지금부터 낚시질을 시작합니다 : 팩트 피싱

지금부터 낚시질을 시작합니다

: 팩트피싱

FACT FISHING

염유창 장편소설

스윙테일

1

"여교사를 뒤에서 덥석?"

연중헌 데스크의 호통에 나윤재는 심드렁하게 입맛을 다셨다. 윤재는 출근하자마자 C회의실로 끌려왔다. 명목상 회의지 실은 집합이나 다름없었다.

"나윤재! 넌 기사를 읽기는 하는 거냐?"

"그럼요. 기사도 안 읽고 어떻게 제목을 뽑아요."

"읽었는데 이 모양이야? 대체 어떻게 읽길래 제목이 이딴 식으로 나와!"

"눈으로 읽죠."

"내가 지금 장난치는 걸로 보여? 한번만 더 깐죽거려라!"

수증기를 내뿜는 압력밥솥처럼 연중헌이 씩씩거렸다. 더 이상 심기를 건드렸다간 좋은 꼴을 못 볼 게 뻔해 작전상 후퇴했다.

"죄송합니다."

"그 기사 다시 읽어봐!"

눈으로 활자를 좇는 윤재에게 곧바로 불호령이 떨어졌다.

"소리 내서!"

윤재는 목청을 가다듬고 기사를 읽기 시작했다.

"10년 만에 열린 사은회 '눈길'. 스승의 날을 일주일 앞둔 지난 8일,

서울 서초구 청두고등학교에서 스승의 날을 기념해 특별한 사은회가 열렸다. 3학년 7반 교실 전경은 다른 반과 사뭇 달랐다. 교복 차림의 앳된 고교생이 아닌 건장한 청년들이 의자에 앉아 있었다. 선생님을 위해 10년 만에 등교한 제자들이었다.

2010년 5월 8일, 청두고등학교 교사 민영선(38) 씨는 수업 도중 갑자기 쓰러졌다. 응급실로 실려 간 민씨는 폐암 판정을 받았다. 민씨는 휴직계를 내고 힘겨운 암투병을 시작했다. 선생님 몰래 스승의 날 행사를 준비하던 학생들은 생각지도 못한 비보를 듣고 깊은 슬픔에 빠졌다. 제자들은 병상의 선생님께 응원 편지를 보냈다. 완쾌하면 미처 못 했던 깜짝 사은회를 꼭 열겠다는 내용도 말미에 적혀 있었다. 민씨는 발병 10년 만에 암을 이겨내고 완치 판정을 받았다. 졸업한 지 10년이 넘었지만 제자들은 선생님께 했던 약속을 잊지 않았다.

당시 반장이었던 김정욱(28) 씨는 '꼭 건강하게 돌아오실 거라 믿었어요. 직접 뵈니 다시 학생 때로 돌아간 거 같아요'라며 감격에 찬 소감을 전했다. 민씨는 '정말 꿈에도 생각지 못했어요. 새까맣게 잊고 있었거든요. 애들이 사은회를 열어주겠다고 한 약속을요. 다시는 학교로 못 돌아올 줄 알았는데……'라며 말을 잇지 못했다.

감격의 눈물을 흘린 민씨는 자신을 둘러싼 제자들과 일일이 포옹하며 고마움을 전했다. 특별 행사를 위해 3학년 7반 재학생 38명은 교실을 꾸미는 등 도움을 아끼지 않았다. 교장 김명재(59) 씨는 '이번 행사를 발판으로 졸업생과 정년퇴직한 선생님도 사제지간의 정을 나누는 자리를 마련하고 싶다'고 말했다."

기사를 다 읽기도 전에 잔소리가 날아와 꽂혔다.

"이렇게 감동적인 기사를 네가 어떻게 변질시켰는지 알아? 〈남학생들 단체로 女교사를 뒤에서 '덥석' 이유는?〉 이게 사은회 미담 기사 제목이냐? 삼류 에로영화 타이틀이지!"

"데스크, 아무리 좋은 기사라도 흥미를 끌지 못하면 소용없다는 거 아시잖아요. 기사를 읽게 만들려면 약간의 낚시는 불가피하다고요. 클릭 안 하면 미담이고 뭐고 말짱 꽝이라니까요."

"적정선은 지켜야 될 것 아니야. 제목에는 전체 맥락을 관통하는 주제가 포함돼 있어야지. 주제랑 상관없는 지엽적인 문장을 갖고 장난을 치면 어쩌자는 거야!"

"맥락이오? 주제요? 다 좋다 이겁니다. 근데 그렇게 FM대로 제목 뽑잖아요, 아무도 안 봐요. 홈페이지 상단에 걸고, 포털에 노출시키고, 뭔 짓을 해도 조회수가 바닥을 긴다고요."

윤재의 말에 옆자리에 앉은 노희선이 고개를 작게 끄덕였다. 편집기자라면 누구나 공감할 만한 발언이었다. 유력 일간지 편집기자 출신이라는 자부심으로 똘똘 뭉친 데스크에게는 어림없는 소리였겠지만.

"누가 조회수 안 중요하대? 호기심을 자극하는 제목도 좋다 이거야. 근데 이건 해도 너무하잖아. 도가 지나치다고. 대놓고 낚시질을 하면 어쩌자는 거야. 기사에 달린 댓글들 보기는 했냐?"

"댓글을 뭣 하러 봅니까. 열등감에 전 찌질이들이 애먼 데 화풀이하는 배설 창구일 뿐인데."

"무분별한 악플만 있는 게 아니야. 신랄한 비판도 많다고. 경준이가 한번 읽어줘봐라. 네 선배가 무슨 짓을 저질렀는지."

난데없이 자신에게 불똥이 튀자 장경준이 눈썹을 추켜세웠다. 테이블 맞은편에서 눈치를 살피는 그에게 윤재는 개의치 않는다는 듯 손짓했다.

"상관없으니까 읊어봐."

"흠…… 와, 진짜 예수 납셨네. 사람을 낚는 어부가 아니라 사람 낚는

기레기네. 쓰레기레기 새끼들 지구에서 싹 다 멸종됐으면. 이거 여교사
가 고소해야 되는 거 아니냐. 미친, 이게 무슨 성추행급 제목이냐. 따로
국밥이냐? 제목이랑 내용이랑 다 따로 노네. 기레기가 기레기짓 했는데
뭘 놀라고 그래. 또 제목장사네. 기레기를 뒤에서 몽둥이로 덥석……."
　윤재의 입에서 거북한 신음소리가 삐져나왔다. 욕을 바가지로 얻어
먹을 거라 예상하긴 했지만 막상 악플 세례를 받으니 속이 부글거렸다.
댓글을 등에 업은 연중헌이 기세등등하게 몰아붙였다.
　"이거 봐봐. 뒤통수치는 낚시 제목에 하나같이 치를 떨잖아. 이 제목
뿐만이 아니야. 〈日 매출 1000만 원 '대박' 맛집 비결 알고 보니…〉, 〈인
기 아이돌 '옷을 훌렁…' 충격 데뷔〉, 〈음주단속 걸린 3선 의원, '후' 불
었더니 결국…〉. 이게 다 뭐냐? 낯부끄럽지도 않냐?"
　첫 번째 제목의 기사는 불황으로 입에 거미줄을 친다는 식당 주인의
푸념이 대부분을 차지했다. 현재 하루 매출은 10만 원도 간당간당했다.
오픈 초기 희망했던 하루 매출이 1000만 원이었다는 포부에서 제목을
따왔다. 두 번째는 최근 핫한 여자 아이돌 인터뷰로 신규 앨범 소개가
주된 내용이었다. 살인적인 스케줄을 소화했던 데뷔 무렵 의상을 환복
할 시간조차 없어 밴에서 갈아입었다는 한 멤버의 멘트에서 영감을 얻
었다. 세 번째 기사는 3선 의원이 우연찮게 음주단속 구간을 지나가다
가 음주 측정을 받게 되었다는 내용이었다. 3선 의원의 혈중알코올 농
도는 기준치를 현저하게 밑돌았다. 당연했다. 의원은 술을 마시지 않았
으니까. 국회의원이든 누구든 예외 없이 단속에 응해야 한다는 원칙을
되짚어주는 기사였다.
　윤재도 인정할 건 인정했다. 연중헌이 태클을 건 제목은 죄다 낚시였
다. 그렇지만 낚시 제목을 완전히 뿌리 뽑아야 될 '절대악'으로 규정하
는 건 수긍하기 힘들었다.

"낚시 제목이 일시적으로 조회수를 올려줄 순 있어. 하지만 수단과 방법을 가리지 않고 조회수에만 목매다간 중요한 가치를 잃어버릴 수도 있어. 양치기 소년이 어떻게 끝나디? 결국에는 무슨 말을 해도 사람들이 믿지 않게 돼. 심지어 진실을 얘기하는데도. 이거랑 똑같은 거야. 선정적이고 자극적인 낚시 제목은 결과적으로 언론사의 신뢰를 떨어뜨릴 뿐이야."

감동했다는 듯이 윤재가 과장된 제스처를 취하며 박수를 쳤다.

"훌륭한 말씀 잘 들었습니다. 제가 어떤 만행을 저질렀는지 뼈저리게 깨달았어요."

연중헌이 콧잔등을 찡그렸다. 순순히 반성하는 태도가 믿기지 않는다는 얼굴이었다.

"정말이냐?"

"번지르르한 말보다 데이터로 보여드리는 게 낫겠죠."

테이블 위의 노트북을 펼친 윤재는 CMS(Contents Management System)를 실행했다. 로그인을 한 다음 조회수 현황 페이지에 접속했다. 윤재가 편집한 기사를 검색한 뒤 노트북 화면을 돌려 조회 결과를 보여줬다. 기사 네 건의 총 누적 조회수가 100만 건을 웃돌았다. 연중헌이 눈을 치떴다.

"조회수만 잘 나오면 장땡이라는 걸 말하고 싶은 거냐? 너 잘났다는 걸 자랑하고 싶어서 입이 근질거리냐고?"

"그럴 리가요. 실적을 내려면 어느 정도의 낚시는 눈감아줘야 한다는 사실을 말씀드리고 싶은 것뿐입니다. 낚시 제목은 절대악이 아니에요. 필요악이라고요."

윤재의 지론에 그가 어처구니없다는 표정을 지었다.

"국장님이 툭하면 뉴스룸에 들락날락하는 이유가 뭐겠어요. 무관심한 척하면서 대놓고 조회수에 집착하신다고요. 조회수가 떨어졌다느니, 신규 유입자가 감소했다느니, 딴 매체는 클릭률이 폭발적으로 증가했다느니 하는 혼잣말을 하시면서요. 국장님이 왜 그러시겠어요. 조회수, 페이지뷰, 가입자 수가 광고 수익이랑 직결되니까 무슨 수를 써서라도 조회수를 올리라고 압박하는 거죠."

"언론의 품격과 신뢰는 지켜가면서 성과를 낼 생각을 해야지. 낚시질은 치열한 노력과 고민 없이 쉽고 편하게만 일하려는 편집자의 꼼수일뿐이야."

"대중성과 예술성, 두 마리 토끼를 다 잡겠다는 건 이상론에 불과할뿐이라고요."

더는 반론은 허용치 않겠다는 듯 연중헌이 단호하게 손사래를 쳤다.

"그러니까 한 마리만 잡아! 낚시가 하고 싶으면 낚시터로 가든가. 뉴스룸에 강태공은 필요 없으니까. 지금 이 시간부로 선정적이고 자극적인 키워드는 사용 금지야. '헉', '대박', '결국', '알고 보니', '아찔', '충격'. 이런 단어들 전부 금기어라고. 시도 때도 없이 남발하는 말줄임표도 줄여. 과장되거나 왜곡된 제목, 내용과 상관없는 제목, 본질을 호도하는 제목. 앞으로는 절대 안 봐줘. 당분간 제목은 전부 컨펌받아."

윤재가 볼멘소리를 내며 이의를 제기했다.

"데스크, 기사 편집은 속도가 생명이에요. 하나하나 컨펌받으면 능률이 엄청나게 떨어질 수밖에 없다고요."

"당분간만이라고 했잖아. 낚시 제목이 근절됐다고 판단되면 기존 프로세스로 돌아갈 거야. 일일이 간섭받기 싫으면 낚시질 습관을 하루라도 빨리 고치든가. 여기 없는 애들한테도 전달하고, 알아들었어?"

"네."

경준과 희선이 대답했다. 윤재가 입을 꾹 닫고 있자 연중헌이 다그쳤다.

"나윤재! 알았냐고?"

"알겠습니다."

윤재는 마지못해 대꾸했다. 연중헌이 회의실을 나가자 희선이 참았던 숨을 길게 내쉬었다.

"데스크가 오늘따라 세게 나오시는데요. 무슨 일 있었나."

윤재가 어깨를 으쓱대며 빈정거렸다.

"갱년기라도 왔나 보지. 이것도 쓰지 말라, 저것도 쓰지 말라고 하면 제목을 어떻게 달란 거야. 차포 다 떼고 뭘 하란 소리냐고. 벌써부터 조회수 팍팍 떨어지는 소리 들리네."

"근데 오늘 건 제가 봐도 좀……."

희선이 겸연쩍게 운을 뗐다.

"심하다고? 경준이도 그렇게 생각해?"

"좀 지나치긴 했죠."

흔들림 없는 목소리로 경준이 대답했다.

"네가 그렇게 단호박으로 나오면 내가 뭐가 되냐."

"경준이 평소 스타일 보면 당연한 반응 아니에요?"

새삼스러울 것도 없다는 투로 희선이 말했다. 그녀의 말이 옳았다. 경준은 팩트체크, 보도 중립성, 진실 규명 등 기자의 본분을 입에 달고 사는 녀석이었다. 윤재 같은 제목 낚시꾼이나 조회수 지상주의자와는 결이 달랐다. 한마디로 고지식한 원칙주의자였다. 어떻게 보면 서로 대척점에 서 있었지만 윤재는 내심 경준을 아꼈다. 상반되는 가치관조차 족히 상쇄시킬 만큼의 인성을 지닌 후배였다. 윤재가 너스레를 떨었다.

"맞다, 이 녀석도 데스크 추종자였지. 뉴스룸에 내 편은 하나도 없구나. 왜 이렇게 외롭나 했더니 다 이유가 있었네."

피식 웃은 희선이 다이어리를 챙겨 일어섰다.

"우리만큼 선배 챙겨주는 후배들이 어디 있다고 그래요. 엄살 그만 떨고 이제 가요. 은빈이랑 유진이 기다리겠어요."

"허한 마음, '빡시게' 일하면서 달래는 수밖에."

윤재도 노트북을 들고 일어서는데 경준이 꾸물거렸다. 뭔가 할 말이 있는 눈치였다.

"왜? 무슨 할 얘기 있어?"

머뭇대는 경준을 보고 희선이 자리를 피해줬다. 윤재가 도로 의자에 앉으며 물었다.

"뭔데, 할 말이?"

"저…… 선배한테 부탁이 있는데요."

"부탁? 무슨?"

경준이 윤재에게 뭔가를 부탁하긴 처음이었다. 책임감이 강했고 남에게 아쉬운 소리를 하는 법도 없는 녀석이었다. 그런 경준의 입에서 부탁이란 단어가 나오니 윤재는 괜스레 긴장했다.

"……근무 좀 바꿔주시면 안 될까요?"

"근무?"

"네, 이번 주 근무를 바꿔주셨으면 해서요."

"뭐야? 고작 근무 바꾸는 거 갖고 이렇게 무게를 잡은 거야?"

"부탁드리기 미안해서요."

"미안하긴 뭐가 미안해? 볼일 있으면 바꿀 수도 있는 거지. 언제 바꿔주면 되는데?"

"이번 주 철야 근무요."

뉴스룸은 온라인 뉴스의 특성상 24시간 3교대 체제로 운영된다. 오전 근무는 7~15시, 오후는 15~23시, 철야는 23~7시로 나눠져 있다.

오전과 오후 근무시간대에는 세 명이 한 조로 일한다. 철야와 주말은 근무시간대별로 한 명만 출근한다.

심야에 출고 기사가 거의 없다고 해서 철야 근무가 만만할 거라 생각하면 오산이었다. 쉴 틈 없이 일해도 시간이 빠듯할 정도로 업무량이 많았다. 홈페이지 메인 화면을 싹 갈아엎어야 하기 때문이었다.

스쿱뉴스는 온라인 전문 미디어라 종이신문을 발행하지 않지만 모회사인 명정일보의 조간 기사를 받아서 올렸다. 철야 업무 시 우선적으로 해야 할 일은 조간 기사를 꼼꼼하게 읽고 제목을 뽑는 것이다.

원제가 좋으면 그대로 가기도 하지만 대부분은 온라인에 맞게 편집한다. 새벽에 최종판이 나오면 CMS에 기사를 입력한다. 명정일보가 40페이지 분량이라 단순히 기사 입력만 해도 상당한 시간이 소요된다. 기사 입력을 마치면 홈페이지 메인을 오늘 자 기사로 싹 물갈이한다. 중요도 순으로 편집한 기사를 배치하고 조회수에 따라 위치를 재조정한다.

홈페이지를 업데이트하면 한시름 놔도 되지만 이걸로 끝이 아니다. 포털에도 기사를 노출시켜야 한다. 시대가 변함에 따라 많은 사람들이 포털에서 뉴스를 소비했다. 포털에 대한 의존도가 높을 수밖에 없었다. 그쪽을 통해 유입되는 가입자와 조회수가 어마어마했기 때문에 포털 편집은 각별히 더 신경 써야 했다. 그런 연유로 낮 근무 땐 편집기자 한 명이 포털만 전담 마크했다.

각 언론사별로 할당된 꼭지, 즉 기사 개수는 일곱 개였다. 이미지 기사는 필수로 홈페이지 톱뉴스로 걸어야 하고 나머지는 언론사 재량이었다. 뉴스마저 잠식해버린 포털 탓에 언론사의 제목 낚시가 한층 심해졌다는 비판의 목소리가 적지 않았다.

편집과 업데이트를 완료해도 쉴 틈은 없다. 조회수를 체크해 유의미한 숫자가 나오지 않으면 제목을 계속해서 바꿔야 한다. 그래도 입질이 오지 않으면 아예 다른 기사로 교체한다. 홈페이지도 마찬가지다.

CMS로 들어오는 통신사 기사도 수시로 확인하고 등록해야 한다. 볼 만한 기삿거리가 있으면 제목을 편집해 홈페이지에 내건다. 어떻게 보면 쇼핑몰 MD와 하는 일이 비슷하다고도 볼 수 있었다. 상품이 아닌 기사를 판다는 게 다를 뿐. 댓글에 달렸던 '제목 장사'라는 비하가 딱히 틀린 말도 아닌 것이다.

철야 근무는 꼬박 밤을 지새워야 하는 탓에 체력적으로 큰 부담이 될 수밖에 없었다. 생체리듬이나 라이프사이클이 엉망이 되기 쉬웠다. 윤재 역시 초기에는 3교대 및 철야 근무를 기피했다. 진지하게 이직을 고려했을 정도였다. 하지만 뉴스룸 터줏대감이 된 현재는 도리어 철야 근무를 반겼다. 아무도 없는 고즈넉한 사무실에서 어떤 방해도 받지 않고 일하는 게 속 편했다. 데스크의 잔소리도, 정신 사나운 벨소리나 키보드 타이핑 소음도, 회의적인 회의도, 긴급 속보도 없었으니까.

철야를 선호하는 또 다른 이유는 퇴근 후 시간을 비교적 자유롭게 활용할 수 있다는 점 때문이었다. 아침에 귀가해서 한숨 푹 자고 일어나도 오후 두세 시 정도라 여가 시간을 여유롭게 보낼 수 있었다.

경준이 5월 근무 스케줄을 출력한 종이를 내밀었다. 그의 손가락이 31일을 짚었다.

"제가 30일, 선배가 31일 철야거든요. 이걸 서로 바꿨으면 좋겠어요."

"그럼 내가 30일에 철야하면 되는 거야? 토요일에? 알았어. 바꿔줄게."

"감사합니다."

경준이 이를 드러내고 웃었다.

"뭐가 그렇게 좋아? 토요일에 데이트라도 하는 거냐?"

"여자 친구도 없는데요. 그냥 일이 좀 있어서요."

윤재는 더 이상 묻지 않았다. 휴가 사유를 꼬치꼬치 캐묻는 상사는 윤재도 질색이었다. 별 생각 없이 근무표를 쳐다보던 윤재의 고개가 삐딱하게 기울어졌다.

"잠깐만, 너 1일에 오전 근무잖아. 나하고만 바꿔서 될 일이 아닌데."

"선배하고만 바꾸면 돼요."

"철야한 다음에는 어쩌려고?"

"바로 오전 근무 하려고요."

"뭐? 밤을 꼬박 새운 것도 모자라 여덟 시간 더 추가 근무를 하겠다고?"

턱을 바짝 당긴 윤재는 황당한 눈길로 경준을 바라봤다. 경준이 멋쩍게 목덜미를 만지작댔다.

"근무 바꾼 걸 밝히고 싶지 않아서요. 데스크한테도 보고하지 말고 우리끼리 바꾸면 안 될까요?"

"몰래 바꾸자는 소리야? 근무표는 어쩌고?"

"보고 안 하면 근무표를 수정할 필요도 없잖아요."

"그래 봤자 근무 교대할 때 들통 날 텐데. 근무표에 표기된 근무자가 아닌 엉뚱한 사람이 출근하는 거니까. 그건 어쩌려고?"

"그래서 말인데 교대 시각에만 잠깐 나와주시면 안 될까요?"

윤재의 입에서 어이없는 헛웃음이 터져나왔다. 터무니없는 부탁이란 걸 본인도 아는지 경준은 두 손을 공손히 모으고 머리를 조아렸다.

"토요일 철야는 제가 10시 40분쯤 와서 미리 교대할게요. 선배는 느긋하게 출근하면 돼요. 저는 중간에 볼일 보러 갔다가 아침 교대 전에 올게요. 일요일 11시 근무 땐 잠깐 들러서 교대만 해주시고요."

"농담이지?"

"농담 아닌데요."

"진심이라고? 근무 바꾼 걸 숨기려고 회사를 왔다 갔다 똥개훈련을 하라는 거야?"

"부탁드릴게요."

경준이 간절하게 매달렸다. 윤재는 고개를 절레절레 저었다.

"이해할 수가 없네. 그렇게까지 해서 근무 변경을 감춰야 하는 이유가 뭔데?"

"데스크에게 보고하면 근무 변경 사유까지 말해야 되잖아요."

"말 못 할 사정이라도 있어?"

대답을 망설이던 경준은 결심이 섰는지 입을 뗐다.

"실은…… 토요일에 본가 좀 다녀오려고요."

윤재는 기가 찼다.

"집에 다녀오는 게 무슨 말 못 할 사정이야? 그냥 얘기하면 되잖아."

"그게…… 남에게 알리고 싶지 않은 가정사 때문이라서요. 데스크 성격에 꼬치꼬치 캐물을 게 훤하잖아요."

"에이, 설마 집에 가는 사유까지 물어볼까. 설령 물어본다 쳐도 대강 둘러대면 되잖아. 제사라든가, 아버님 생신이라든가 하는 식으로."

"회사에서는 되도록 집안 얘기를 꺼내고 싶지 않아요."

경준의 목소리가 의기소침하게 기어들어갔다. 윤재는 의자에 등을 기대고 팔짱을 꼈다. 그렇게 말하니 납득이 안 가는 건 아니었다. 부끄럽게 여기는 가정사라면 불알친구에게도 털어놓기 쉽지 않다. 하물며 경직된 조직사회에서 그런 가정사가 드러나면 본인의 허물이 아니라 해도 마이너스 요소로 작용하기 마련이다.

그럼에도 경준의 부탁에는 애매하고 석연찮은 구석이 있었다. 몹시 비생산적이고 성가신 일이기도 했다.

"오케이, 데스크 보고는 패스하자. 대신 교대자한테만 살짝 귀띔해놓는 건 어때? 우리끼리 근무 바꿨으니까 모른 체해달라고. 그럼 이틀 다 나올 필요 없잖아."

기똥찬 해결책이라는 양 30일과 31일 근무자가 표기된 부분을 손가락으로 툭툭 쳤다.

"근무자가 마침 유진이랑 은빈이네. 꽉 막힌 애들도 아니니까 커피 한 잔이면 입에 지퍼 채워줄 거야."

내키지 않는지 경준이 입술을 비틀었다.

"다른 사람들한테도 비밀로 하면 안 될까요? 유진 선배랑 은빈이를 못 믿어서 그런 건 아니에요. 근무 변경 자체를 아무도 몰랐으면 좋겠어요. 귀찮은 일이라는 거 알지만 부탁 좀 드릴게요."

"휴……."

윤재는 미간에 생긴 주름을 손가락으로 문댔다. 한 번도 징징거린 적 없던 후배가 이렇게까지 사정하니 차마 거절하기가 어려웠다. 대체 무슨 말 못 할 사연이기에 이렇듯 딴 사람 귀에 들어갈까봐 노심초사하는 걸까. 두 손 두 발 다 들었다는 표정으로 윤재가 승낙했다.

"알았다, 인마. 네 말대로 해줄게."

"정말요?"

"그렇다니까. 왜 사람 말을 못 믿어."

"일요일 밤에도 잠깐 나와주는 거죠?"

"몇 번을 말하게 만드냐. 네 소원 다 들어준다고."

"고마워요, 윤재 선배! 정말 고마워요! 이 은혜는 꼭 갚을게요."

"당연하지. 지겨우리만치 뜯어먹을 테니까 각오해라."

경준의 귀에는 아무것도 들리지 않는 듯했다. 꽉 쥔 주먹과 비장한 눈빛은 안도한다기보다는 각오를 다지는 것처럼 결연해 보였다.

2

　오전 내내 화장실에 갈 틈도 없이 쏟아져 들어오는 기사를 처리하고 편집했다. 한숨 돌리고 나니 어느덧 점심 시간 10분 전이었다. 뉴스룸이 24시간 운영되다 보니 점심 시간에도 편집기자 한 명은 자리를 지켜야 했다. 보통 그날 서브가 점심 당번을 섰고 메인이나 포털 담당이 식사를 하고 와서 교대를 해줬다.

　오늘은 윤재가 점심 교대를 해줘야 경준이가 주린 배를 채우러 갈 수 있다. 특별한 경우가 아니면 점심 시간이 끝나는 1시에 교대해주는 게 룰이었다. 윤재는 메신저로 경준에게 말을 걸었다.

　- 경준아, 내가 오늘 점심 약속이 있거든.

　- 오늘 점심 당번 전데요. 갔다 오시면 되죠.

　- 그거야 알지. 근데 약속 장소가 좀 멀어서 말이야.

　- 아, 천천히 와요.

　- ㅋㅋ 눈치 빠른 녀석. 쌩유다. 고마워할 필요가 없나. 기브앤드테이크인가.

　- 그거랑 상관없어요. ㅎㅎ 근데 선배…….

　- 어?

　- 근무 바꾼 건 꼭 아무한테도 얘기 안 했으면 좋겠어요.

　- 걱정 마라. 나, 입 무거운 사람인 거 모르냐.

– 고마워요. 선배만 믿고 있을게요.

슬그머니 일어선 윤재는 화장실 쪽으로 가는 척하다가 비상계단으로 빠져 사무실을 벗어났다.

택시를 잡아타고 10여 분을 달려 내린 곳은 돼지김치찌개 식당 앞이었다. 입구에는 벌써부터 긴 줄이 늘어서 있었다. 윤재는 대기 줄을 지나쳐 식당 안으로 들어갔다.

손님이 바글바글한 내부를 휘둘러보는데 구석 테이블에서 가녀린 손이 번쩍 위로 솟구쳤다. 등받이 없는 플라스틱 의자를 빼서 걸터앉으며 윤재가 구시렁거렸다.

"점심 먹으러 꼭 택시 타고 여기까지 와야겠어?"

최예지가 콧잔등을 찡그리며 받아쳤다.

"오자마자 꼭 투덜대야겠어? 먼저 와서 자리까지 잡아놨으면 고마운 줄 알아야지."

"물론 고맙지. 고마운데 회사 앞에도 돼지김치찌개집 있잖아. 가뜩이나 점심 시간도 짧은데 굳이 먼 데까지 올 필요가 있느냐는 거지."

"회사 근처 식당에 눈이 얼마나 많은지 몰라서 그래?"

"뭐 어때? 같은 팀끼리 점심도 못 먹나? 아무도 이상하게 안 봐."

"우리가 그렇고 그런 사이라고 여기는 사람은 없겠지. 그 근처에서 먹다 보면 이 사람 저 사람 다 끼어든다는 게 문제지. 데스크가 같이 먹자고 해봐. 금방 끝날 거 같아?"

"하긴, 술 좋아하는 양반이 합석하면 점심 시간으로는 턱도 없지."

최예지가 보글보글 끓는 김치찌개에 라면사리를 집어넣었다. 국자로 국물을 끼얹고 휘젓다가 면이 익자 앞접시에 푸짐하게 담아서 윤재에게 건넸다.

"고마워."

자기 그릇에 김치찌개를 담는 예지를 물끄러미 보고 있자니 단둘이 점심을 먹는 게 새삼 신기하게 느껴졌다. 처음 만났을 땐 눈을 피해 점심을 먹는 관계로 발전할 줄은 상상도 못 했다.

예지는 그 어렵다는 언론고시를 단번에 패스한 명정일보 취재기자였다. 명정일보는 충정로에, 스쿱뉴스 사무실은 가산디지털단지에 있어 오다가다 마주칠 일도, 업무 때문에 만날 일도 없는 사이였다.

종종 기사 수정 등의 용건으로 뉴스룸에 연락하는 취재기자가 없는 건 아니었다. 하지만 대부분 전화나 메일로 처리해서 얼굴을 마주할 일은 전무하다시피 했다. 예지는 윤재의 존재를 몰랐고 윤재 역시 예지를 알 길이 없었다. 각자의 존재감을 서로에게 명확하게 각인시켜준 계기는 역시나 기사였다.

늘 그렇듯 윤재의 주특기가 화근이었다. 예지는 헌법재판소가 낙태죄 처벌에 대해 헌법불합치 결정을 내린 것에 관한 기사를 썼었다. 사회적으로나 법률적으로나 굉장히 중요한 이슈였다. 문제는 인터넷에서는 고리타분한 노잼 기사일 뿐이라는 사실이었다.

〈헌법재판소, 66년 만에 낙태죄 처벌 '헌법불합치'〉라고 곧이곧대로 제목을 달면 헌법재판소 재판관도 보지 않을 터였다. 윤재는 낙태 반대 운동을 벌이는 한 시민단체의 인터뷰 발언에 포커스를 맞췄다. 낙태 결정을 내린 부모는 물론이고 낙태수술을 집도한 의사도 살인자나 다름 없다는 강경 발언이었다. 따분한 타이틀은 윤재의 손길을 거쳐 화려하게 재탄생했다. 〈66년 지나니 아기 죽인 살인자 의사도 무죄?〉라는 제목으로.

바닥을 기던 조회수가 몇십 배로 껑충 뛰어올랐다. 뿌듯한 마음으로 모니터링을 하는데 윤재를 찾는 전화가 걸려왔다. 기사 저작권자인 최예지였다. 그녀는 흥분한 목소리로 당장 제목을 고치라고 요구했고, 윤재는 단칼에 거절했다. 제목 편집은 뉴스룸의 고유 권한이니 이래라저 래라 명령하지 말라고도 덧붙였다. 연중헌이 회의 때문에 자리를 비운 상태라 윤재의 폭주를 막을 자는 없었다. 예지가 악다구니를 썼지만 윤 재는 한 귀로 흘리며 가볍게 전화를 끊어버렸다.

윤재의 낚시 천하는 오래가지 못했다. 사회부 데스크의 연락을 받은 연중헌이 회의 도중 뛰쳐나온 것이었다. 예지의 보고로 윤재는 된통 꾸 지람을 듣고 제목을 수정해야만 했다. 그 뒤로도 가끔 예지의 항의 전 화를 받았다. 그녀의 기사만큼은 더 각별하게 신경 써줬기 때문이었다.

뉴스룸에도 온라인 기사 작성을 위해 취재기자가 상주했다. 명정일 보와 스쿱뉴스 취재부에서 순환 근무 형태로 파견되는데 1년을 채우면 본인 부서로 돌아갔다. 새로운 취재기자가 온 날 윤재는 멀뚱멀뚱 그녀 를 바라봤다. 귀여운 외모에 이지적인 분위기를 풍기는 기자였다. 자기 소개를 하는 순간 호감은 와장창 부서졌다. 철천지원수의 이름이 그녀 의 입에서 튀어나온 것이다.

최예지와의 악연을 연중헌이 모를 리 없었다. 그는 같은 팀이 됐으니 앞으로 사이좋게 지내라고 타일렀다. 그렇게는 못 하겠다고 뻗댈 수도 없는 노릇이라 윤재는 알겠다고 대답했지만 말뿐이었다.

최예지는 동글동글한 용모와 달리 쌈닭 기질이 다분했고 윤재는 승 부욕 강하고 지기 싫어하는 고집불통이었다. 거기에 둘만의 히스토리 까지 더해져 사사건건 부딪쳤다.

예지가 명정일보로 복귀할 날만 손꼽아 기다리던 어느 날 대형 사건 이 터졌다. 불행히도 윤재 혼자 근무하던 토요일 오후였다. 쏟아지는 기 사를 홀로 처리하긴 역부족이었다. 비번인 편집기자들에게 비상연락 을 취했지만 지방에 있거나 출발해도 시간이 꽤 걸린다는 비보뿐이었 다. 별수 없이 혼자 고군분투하고 있는데 뜬금없이 최예지가 나타났다.

SOS를 치지도 않았는데 뉴스특보를 보고 달려온 것이다.

일손이 터무니없이 부족한 상황에서는 구세주나 다름없었지만 윤재는 예지의 등장이 달갑지만은 않았다. 도와준답시고 설레발을 치거나 되레 방해만 될 것 같기 때문이었다. 그동안 쌓인 앙금과 선입견도 한몫했지만. 더욱이 이걸로 나중에 온갖 생색을 낼 게 뻔한데 그 꼴을 보는 건 죽기보다 싫었다.

그렇다고 도움을 내칠 처지도 아니라서 어쩔 수 없이 예지와 손을 잡았다. 두 사람은 태풍처럼 휘몰아치는 속보와 관련 기사 속에서 정신없이 일했다. 뜻밖에도 예지와의 호흡은 나쁘지 않았다. 나쁘지 않은 정도가 아니라 꽤 훌륭했다. 예지는 긴박한 비상사태 속에서도 침착하게 대처했다. 일처리는 매끄럽고 능숙했다. 매사에 똑 부러지고 당찬 건 알고 있었지만 기대 이상이었다.

성공적으로 일을 마무리했을 땐 녹초가 된 상태였지만 기분은 날아갈 듯 상쾌했다. 둘 사이에 미묘한 기류도 흘렀다. 감사의 표시로 술을 사겠다는 윤재의 제안을 예지는 스스럼없이 받아들였다. 그날 이후 단둘이 종종 밥을 먹거나 술을 마셨고 연인관계로까지 발전했다.

예지는 연애 사실을 비밀로 하길 원했고 윤재도 찬성했다. 사내커플인 걸 밝혀봤자 득보다 실이 많을 테니. 둘 사이를 의심하는 사람은 아무도 없었다. 서로 툭하면 언성을 높이거나 얼굴을 붉혔기 때문이었다.

"데스크한테 엄청 깨졌다며?"

"소문 한번 빠르네."

"편집자 중에 스파이 한 명 심어놨잖아."

윤재는 밥을 먹다 말고 마뜩잖은 얼굴로 젓가락을 내려놨다. 예지의 말이 거슬렸던 것이다. 모두가 그런 건 아니지만 온라인 편집기자를 기자로 여기지 않는 언론 종사자들도 있었다. 함부로 대하지는 않았지만 행동이나 말투에서 은연중에 얕잡아보는 게 드러났다. 방금 전 예지가 했던 말도 그런 사례 중 하나였다. 명함에 편집기자라고 박혀 있는데도 편집자라고 부르는 것. 아차 싶었는지 예지가 곧바로 사과했다.

"미안. 내가 말실수를 했네."

"난 그렇다 쳐도 애들 앞에선 조심해줬으면 좋겠어."

"앞으로 주의할게."

윤재는 도로 젓가락을 들었다. 어쩌면 다른 기자들은 편집자라는 호칭을 손톱만큼도 신경 쓰지 않을지도 몰랐다. 언론고시에 세 번이나 낙방한 윤재만의 자격지심일 수도 있다. 예지는 아까 하던 얘기로 돌아갔다.

"그나저나 이제부터 제목 편집한 거 전부 컨펌받아야 한다며? 금지어도 생겼고. 괜찮겠어?"

"데스크 잔소리가 하루 이틀도 아닌데 뭘. 데스크가 뭐라 해도 난 내 방식을 고수할 거야."

"그러지 말고 선배도 당분간 데스크 비위 좀 맞춰줘."

명정일보에서는 연차나 기수에 따라 선후배 호칭을 썼다. 명정일보 출신이 많은 스쿱뉴스에도 그 문화가 고스란히 전해졌다. 윤재와 예지는 엄밀히 따지면 선후배 관계가 아니었지만 연중헌은 서열 정리를 중요시해 연차가 더 높은 윤재를 선배라고 부르도록 시켰다. 아니꼬웠지만 데스크 지시라 어쩔 수 없었다고 한참 후에야 예지는 실토했다.

"진짜 뉴스룸에 내 편은 한 명도 없는 건가. 여자 친구마저 데스크를 두둔하네."

"새삼스럽게 이제 와서 뭘 그래. 기사 제목에 한해선 우리, 로미오와 줄리엣 아니었어?"

"줄리엣은 로미오를 위해서 독약도 마시는데 말뿐이라도 내 편 좀 들어주면 어디 덧나냐?"

"줄리엣은 독약이 아니라 수면제를 먹었거든요. 깨어난 다음에 자결한 거지."

"포인트는 그게 아니잖아. 줄리엣이 로미오를 위해서 자기 목숨마저 희생했다는 점이지."

"선후관계가 잘못됐네요. 줄리엣처럼 헌신적인 사랑을 바라는 거면 선배가 먼저 독약 원샷으로 솔선수범해야죠."

"아무튼 한마디도 안 져요."

예지는 장난기 어린 얼굴로 승리의 브이 자를 그렸다.

"아까는 별것 아닌 것처럼 굴더니 많이 속상하셨나 보네."

"짜증 안 나게 생겼어? 나만큼 열정적으로 일하는 사람이 어디 있다고 그래. 조회수 올려주는 사람은 또 누구고!"

"선배 열정이야 누구나 인정하지. 과하다고 느껴질 때가 많아서 그렇지."

"과한 게 아니라 시대의 변화에 발맞춰 빠르게 적응한 거야. 뒤처지고 도태된 사람 입장에서는 지나친 것처럼 보일지 모르겠지만. 지하철만 타봐도 금방 체감할 수 있다고. 몇 년 전만 해도 승객 절반이 신문을 뒤적거렸어. 지금은 어때? 다들 스마트폰만 들여다보고 있잖아."

"본질을 흐리지 마. 뉴스 이용 매체의 변화랑 낚시 제목이랑 무슨 상관이 있다고 그래?"

"왜 상관이 없어? 뭐로 보는지에 따라 제목 글자 수부터 확연히 차이나는데. 사용하는 단어도 완전히 다르고. 뉴스는 더 이상 TV, 라디오, 신문 등 전통적인 대중매체의 전유물이 아니야. SNS, 유튜브, 팟캐스트 같은 1인 미디어들이 엄청나게 많은 뉴스를 초단위로 생산하고 있다고. 그야말로 뉴스의 서바이벌 시대라고 할 수 있지.

기존의 딱딱하고 무미건조한 제목으로는 이런 무한경쟁 시장에서 살아남을 수 없어. 기발하고 톡톡 튀는 미디어에 상대도 안 된다고. 쉽고 간결하면서도 재미가 있어야 돼. 모든 콘텐츠가 그런 방향으로 가고 있어. 웹툰이나 웹소설만 봐도 알 수 있잖아. 흥미 없고 지루한 것들은 인정사정없이 외면당하고 묻혀버려. 팔리질 않는다고."

이마에 핏줄이 불거질 정도로 윤재가 열변을 토했다. 예지는 동의할 수 없다는 듯 고개를 가로저었다. 젓가락까지 내려놓고 본격적으로 반론에 나섰다.

"비교할 걸 비교해야지. 사실 보도가 생명인 기사랑 허구가 기반인 웹툰이랑 어떻게 같아? 뉴스도 시류와 매체의 변화에 부응해야 한다는 점은 나도 동의해. 조금 더 재밌고 친근하게 접근해야 한다는 지적에도 찬성하고. 온라인 플랫폼 성격에 맞게 편집하는 것도 중요하겠지. 클릭을 유도하고 시선을 잡아끈다는 점에서 선배의 제목은 백점 만점이야. 아니, 그 이상이지. 그렇지만 과도할 때도 많아. 본질을 왜곡하고 독자를 기만하는 경우가 적지 않다고. 선배 혹시 그거 알아? OECD 국가 중에서 한국 언론의 신뢰지수가 몇 년째 최하위인 거."

"그게 전적으로 낚시 제목 탓이라는 건 아니겠지? 중립은 개나 줘버리라는 식의 편파 보도, 속보와 특종 경쟁에 유실된 팩트체크, 오보를 내도 사과 한마디 없는 뻔뻔한 태도, 남의 기사를 고스란히 베끼거나 짜깁기한 우라까이, 아니면 말고 식의 추측성 보도 남발, 이익에 눈이 멀어 내팽개친 언론윤리, 정치적 의도가 다분한 확증편향! 이런 보도 행태들이 언론 불신을 자초한 거 아냐?"

쓴소리를 쏟아낸 윤재는 물을 단숨에 비우고 컵을 탁, 내려놨다. 그간 쌓인 울분을 토해냈지만 하나도 후련하지 않았다. 애먼 상대에게 화풀이를 한 거 같아 기분만 더 찝찝해졌다. 곧이어 이어질 대반격을 생각하니 머리마저 지끈거렸다. 그러나 예지는 반박하지 않았다. 제 성에 못

이겨 벌게진 얼굴로 윤재를 쏘아보지도 않았다. 잠자코 입을 다물고 있으니 더 겁이 났다.

"왜 아무 말도 안 해?"

"선배 말이 틀린 게 없으니까. 언론 보도에 문제가 많은 것도 사실이고. 나도 회의를 느낄 때가 많아. 기레기 짓을 하고 있는 건 아닌가 싶을 때도 있고."

자조적인 쓴웃음을 짓는 그녀를 보니 괜히 미안한 마음이 들었다.

"에이, 밥맛 떨어지는 얘기는 그만두자. 말해봤자 입만 아프지. 우리가 뭘 어떻게 할 수 있는 것도 아니고."

"그래, 그만하자. 그나저나 선배 방식을 어떻게 고수하겠다는 거야? 데스크가 족족 제목을 수정해서 줄 텐데."

"데스크가 출근 안 하는 주말이나 철야를 노려야지."

"그러다 나중에 더 혼날 텐데."

"어차피 데스크 방식은 오래 못 가. 데스크 컨펌 제목으로는 조회수가 곤두박질칠 테니까. 그러면 국장이 가만있겠냐. 부리나케 달려와서 쪼아댈걸."

3

토요일, 윤재는 11시 10분에 스쿱뉴스 빌딩에 도착했다. 3층으로 갈 때도 정문 로비에 있는 엘리베이터가 아니라 직원만 아는 뒷문 비상계단을 이용했다. 왜 이런 스파이 짓을 해야 되는지 도무지 이해가 안 갔지만 경준의 부탁이라 낑낑대며 계단을 올랐다.

퇴근 시간이 한참 지난 3층은 도서관처럼 고요했다. 뉴스룸 쪽으로 걸어가자 파티션 위로 삐죽 솟아오른 경준의 뒤통수가 보였다. 그는 모니터를 뚫어져라 쳐다보고 있었다. 윤재가 바로 뒤에 와 섰는데도 알아채지 못하고 화면에 정신이 팔려 있었다. 윤재가 그의 어깨 너머로 머리를 불쑥 들이밀었다.

"선배님 행차하신 것도 모르고 뭘 그렇게 열심히 보는 거야?"

경준이 흠칫 놀라서 뒤를 돌아봤다. 동시에 보고 있던 웹페이지를 재빨리 다른 창으로 전환시켰다.

"선배, 언제 왔어요?"

"방금. 뭘 그렇게 놀라? 야한 거라도 보고 있었냐?"

"그냥 기사 벤치마킹하고 있었어요."

"벤치마킹은 왜? 기사 습작하려고?"

"네."

경준의 꿈이자 목표는 취재기자였다. 뉴스룸 편집기자가 취재기자로 발령 날 일은 하늘이 무너져도 없을 거라고 입에 침이 마르도록 말해 줘도 소용없었다. 딱하면서도 윤재는 진작 포기한 꿈을 뚝심 있게 밀고 나가는 경준에게 질투 비슷한 감정을 느낄 때도 있었다.

"아직도 미련을 못 버렸냐? 너도 참 징글징글하다. 내가 누누이 말했 잖아. 풀리처상을 받아와도 여기서는 취재기자로 못 간다고."

"그래도 한번 도전해보려고요. 기사 쓰는 게 재밌기도 하고요."

윤재가 못 말리겠다는 표정으로 고개를 흔들었다.

"열심히 하는 건 좋은데 너무 큰 기대는 하지 마라."

"명심할게요."

"전달사항 있어?"

경준이 책상 옆에 놔둔《명 Weekend》를 펼치더니 문화면 상단 기사 를 가리켰다.

"이거 6시 엠바고 걸려 있대요."

엠바고란 특정 보도를 약속된 공개 시간까지 보류한다는 뜻이다. 보통 기관 혹은 기사 제공자의 요청이나 기자들 간의 합의로 이루어진다. 일전에 엠바고 기사가 있다는 걸 깜빡 잊고 다음 근무자에게 전달하지 않은 적이 있었다. 엠바고가 풀리기 전 등록한 기사 때문에 뉴스룸이 한바탕 뒤집어진 뒤로는 인수인계를 철저히 하고 있었다.

"주말 섹션에 엠바고는 오랜만이네."

주5일 근무제 도입 이후 많은 언론사가 토요일 자 신문 발행을 중단 했다. 현저하게 감소한 구독자 수로 인한 제작비용 절감 차원이었다. 대신 명정일보는《명 Weekend》라는 주말판 섹션을 신설했다. 주말판에 는 사회적 이슈를 깊이 있게 다룬 심층 분석 기사를 주로 실었다.

"딴 건 뭐 없고?"

"톱기사는 7면 기사로 하면 된대요."

"데스크가 어제 정해주고 간 거냐?"

"네, 그리고 이거."

경준이 A4지 한 장을 내밀었다. 앞뒤가 제목으로 빼곡했다. 윤재가 눈썹을 추켜세웠다.

"이게 뭐야?"

"제목이오. 제가 좀 뽑아놨어요. 성에 안 차겠지만 참고하시라고요. 근무도 바꿔주셨는데 이 정도는 해야 될 것 같아서요."

"이걸 다 했다고? 너 대체 몇 시에 나온 거야?"

"좀 일찍 왔어요. 10시 반쯤."

"40분 만에 이 많은 걸 다 읽고 제목을 뽑았다고?"

"제가 기사를 좀 빨리 읽잖아요."

경준이 쑥스럽다는 듯 손가락으로 인중을 긁적였다. '좀'이란 말은 굉장히 겸손한 표현이었다. 경준의 리딩은 좀 빠른 정도가 아니었다. 활자라면 뭐든 게걸스럽게 빨아들였다. 남들은 읽는 데 보통 서너 시간 걸리는 책도 30분이면 독파 가능했다.

기사도 예외는 아니어서 그가 서브일 땐 일하기가 편했다. 기사가 쓰나미처럼 밀려와도 작업이 지체되는 경우가 없었다. 경준이 기사를 읽는 모습을 보면 신기하기 짝이 없었다. 눈으로 활자를 좇는 게 아니라 카메라로 찍듯 한 페이지를 통으로 촬영해 뇌로 보내는 것 같았다. 회식 자리에서 은빈이 비결을 물어본 적이 있었다.

"선배는 어떻게 그렇게 글을 빨리 읽어요?"

"중학교 때 속독학원에 다녔어. 공부에 도움이 될 거라 생각해서 부모님이 억지로 보냈지. 그땐 죽도록 가기 싫었는데 지금 와서 이렇게 유용하게 써먹을 줄은 몰랐네."

"속독법은 어떤 식으로 읽는 건데?"

"그러게. 우리도 좀 배워보자. 업무량 좀 줄여보게."

윤재도 부추겼다. 안 그래도 궁금하던 차였다.

"속독법에는 여러 가지 방식이 있어요. 한 가지 방식만 쓰는 게 아니라 몇 가지 방법을 섞어 쓰기도 해요. 제가 주로 쓰는 속독법은 문단을 대각선으로 읽어 내리는 거예요."

"대각선?"

"글을 읽을 때 우리는 문장을 왼쪽에서 오른쪽으로 읽어가잖아요. 그 줄을 다 읽으면 다음 줄로 내려가서 다시 왼쪽에서 오른쪽으로 시선을 이동시키고요. 이걸 반복하는 게 일반적인 독서법이죠. 하지만 저는 한 글자씩 순서대로 따라가지 않아요. 한 단락을 대각선 방향으로 단숨에 읽어 내리는 거예요. 이게 말은 쉬운데 막상 해보면 쉽지 않아요. 많은 훈련이 필요하죠."

경준의 말대로 속독법을 익히기는 어려웠다. 윤재가 재미 삼아 시도해봤지만 눈만 침침해질 따름이었다. 제목이 적힌 종이를 내려놓으며 윤재가 떨떠름하게 고마움을 표했다.

"안 그래도 되는데. 아무튼 신경 써줘서 고맙다. 얼른 가봐."

"괜찮아요. 지금 출발해도 충분해요."

"집이 인천이라 그랬지?"

"네, 길도 안 막힐 때라서 금방 갈 거예요."

"지금 가서 내일 새벽에 다시 돌아오는 건 암만 봐도 무리 같은데……."

"서울 바로 옆이잖아요. 조금만 밟으면 40분 안에 도착해요."

경준다운 대꾸였지만 변명하는 것처럼 왠지 모를 조급함이 느껴졌다. 자꾸 토를 다는 윤재에게 짜증이 치민 걸 수도 있지만.

"운전 조심하고. 무슨 일인지는 몰라도 잘 해결됐으면 좋겠다."

"감사합니다, 선배. 나중에 한턱낼게요."

"말로만 그러지 말고 조만간 날 잡아라."

"네!"

경준이 퇴근하고 윤재는 그의 자리에 앉았다. 모니터에는 CMS창이 떠워져 있었다. 자기 아이디로 작업하라고 CMS에 로그인까지 해놓은 상태였다. 새삼스레 경준이 달라 보였다. 얘가 이렇게 치밀한 녀석이었나, 싶었던 것이다.

윤재는 키보드 단축키를 눌러봤다. 경준이 보던 기사로 창이 바뀌었다. 정치인 인터뷰 기사였다. 레이싱걸 포토뉴스라도 보는 줄 알았더니 진짜 습작 중이었나 보네. 싱거운 녀석 같으니라고.

다리를 꼬고 앉아 종이를 눈앞으로 들어 올린 다음 경준이 작업한 제목을 훑어봤다. 윤재의 입매가 삐뚜름해졌다. 예상대로 제목은 정직하고 올곧았다. 다른 말로 하면 무지무지하게 재미없다는 뜻이었다. 가뜩이나 따분한 기사 일색인데 제목마저 지루하게 뽑아놨으니 이대로 가면 내일 장사는 망한 거나 다름없었다.

경준이 뽑은 제목을 그대로 쓰면 일은 대폭 줄어든다. 한숨 자다가 일어나서 느긋하게 작업해도 여유 만만할 것이다. 조회수 폭망은 따놓은 당상이겠지만. 그런 꼴을 두고 볼 수는 없었다. 윤재의 프로정신이 허락지 않는 일이었다.

윤재는《명 Weekend》주말판을 읽기 시작했다. 두 시간에 걸쳐 정독을 마친 윤재의 입에서 절망 어린 탄식이 삐져나왔다. 주말 특성상 볼만한 기사가 평일 조간보다는 적을 수밖에 없었다. 그럼에도 근래 들어 최악이라는 생각이 들 만큼 눈길을 잡아끄는 기사가 없었다.

낚시라고 해서 무데뽀로 거짓말이나 허위사실을 기재할 순 없는 노릇이었다. 포장에도 한계가 있는 법이다. 미끼가 될 만한 최소한의 키워드는 필요했다. 괜찮은 키워드를 메모하려고 띄워놓은 메모장이 텅 비어 있었다. 홈은 그렇다 쳐도 포털에 내걸 몇 꼭지만이라도 건져야 했다. 다시 한 번 주말판을 이 잡듯이 뒤진 끝에 두 꼭지를 골라냈다.

한 꼭지는 날로 심각해지는 저출산 문제를 다각도로 살펴본 기사였다. 그 원인 중 하나로 지목된 게 경제적 요인으로 인한 결혼율의 하락이었다. 월 500만 원 이상 버는 고소득층과 월 100만 원 미만의 저소득층의 결혼 비율을 근거로 삼고 있었다. 그 대목을 살짝 비틀어 제목을 뽑아봤다.

월400만 원 벌어도 결혼 못 하는 까닭

국제면에서는 미국과 중국의 무역전쟁을 심층적으로 분석한 기사를 선택했다. 미국과 힘겨루기를 하던 중국이 무역 제재와 관세 압박에 일시적으로 백기를 들었다는 내용이었다. 상상력을 발휘해 그럴듯하게 제목을 편집했다.

세계 3차 대전 발발? 무역보복 美-中 끝내…

두 꼭지를 겨우 발굴하고 주말판을 덮었다. CMS에서 통신사 뉴스를 뒤져보기 시작했다. 주말이라 통신사 뉴스도 쓸 만한 게 거의 없었지만 장시간을 투자해 세 꼭지를 추려냈다. 정치, 사회, 연예 쪽에서 각각 한 꼭지씩. 통신사 기사여서 우라까이가 필요했다. 포털에는 오직 해당 언론사의 자체 기사만 걸 수 있기 때문이다.

우라까이는 다른 언론사의 기사 일부를 바꾸거나 짜깁기해 본인 기사처럼 보도하는 행위를 뜻하는 은어였다. 언론사에 관행처럼 만연한 우라까이를 남의 기사를 베낀 표절이라거나 취재 없이 인터넷 검색만으로 공장처럼 찍어내는 기사라고 비난하는 사람들도 많았다.

내심 부끄럽게 여기는 기자도 있었지만 윤재는 전혀 거리낌이 없었다. 대부분의 언론사들이 앞다퉈 우라까이에 열을 올렸으니까. 안 하면 자기만 손해였다.

통신사 기사를 참고해 기사 세 개를 작성했다. 오탈자를 점검하고 CMS에 기사를 입력한 뒤 저장했다. 정치 기사는 기사라고 하기에도 민망한 수준이었다. 지지자의 막말 SNS 포스팅에 정치인이 '좋아요'를 눌렀다는 게 전부였다. 시시껄렁한 가십거리였지만 윤재에게는 어둠 속의 한 줄기 빛이나 매한가지였다.

"총리는 나가 뒈져라" 야당 총수가…

다른 한 꼭지는 별 볼일 없는 폭행 사건을 다루고 있었다. 강남의 한 클럽에서 다툼으로 인한 사망 사건이 일어났는데 가해자가 재벌 2세의 친구로 밝혀졌다. 한민그룹은 재계 서열 10위 안에 드는 대기업이었다. 한민그룹 자제는 사건과 아무 관련이 없었지만 윤재로서는 엮지 않을 수 없었다.

클럽 살인범 잡고 보니 한민그룹 후계자…

세 번째는 한창 핫한 연예인 커플의 법정 공방을 취재한 것이었다. 막강한 티켓 파워를 과시하는 톱 영화배우와 한창 주가를 올리는 아이돌 그룹 멤버가 진흙탕 싸움을 벌이는 중이었다. 열네 살의 나이 차에도 불구하고 파파라치 뺨치는 연예 매체에 포착된 게 불과 석 달 전이었다.

그러다 한 달 전 여자 아이돌이 느닷없이 남자 배우를 폭행으로 고소했다. 남배우는 즉각 맞고소로 대응했다. 초반에는 폭로전이 인터넷을 뜨겁게 달궜지만 이내 소강상태로 접어들며 시들해졌다. 이번 기사도 새로울 게 하나 없었다. 수많은 매체에서 신물 나게 우려먹은 내용이었지만 새로운 반전이 드러난 것처럼 제목을 탈바꿈했다.

톱 배우, 여 아이돌 폭행 전말 CCTV 확보?

주력 기사를 선발하고 제목까지 편집해놓자 그제야 마음이 놓였다. 나머지 작업은 수월했다. 포털에 기사를 건 다음 스쿱뉴스 홈페이지를 업데이트하고 나니 어느덧 창밖이 환했다. 몇 가지 잔업을 마무리하고 기지개를 켜면서 시계를 보니 6시가 넘어 있었다.

CMS로 들어가 포털에 노출한 기사 조회수를 체크했다. 윤재의 입가에 만족스러운 웃음이 번졌다. 일요일 새벽인데도 조회수가 꽤 높았다. 화장실을 다녀와 책상을 정리하는데 사무실 입구에서 인기척이 났다. 시선을 돌리자 경준이 걸어오는 게 보였다.

"잘 다녀왔어?"

"선배 덕분에요."

"집안일은 잘 처리됐고?"

"네, 큰 걱정 안 해도 될 거 같아요."

"잘됐네. 한숨도 못 잤을 텐데 안 피곤해?"

"괜찮아요. 교대만 하고 바로 들어갈 건데요. 선배가 고생 많았죠."

"나야 내일 근무 오늘 당겨 했을 뿐인데 뭘."

"내일도 잠깐 나오셔야 되잖아요."

윤재가 입을 뚱하게 내밀었다.

"내일 진짜 나와야 되냐?"

"네, 부탁드릴게요."

말만 부탁이지 표정은 엄격하기 짝이 없었다. 윤재가 투덜거렸다.

"알았다. 약속은 약속이니까."

집에 들어와서 씻자마자 윤재는 그대로 뻗었다. 눈을 떴을 땐 해가 중천에 떠 있었다. 2시쯤 느지막이 라면을 끓여 먹었다. 근무 없는 일요일에는 보통 데이트를 하지만 오늘은 예지에게 선약이 있었다. 차라리 잘 됐다는 생각이 들었다. 철야 탓에 피로가 가시지 않은데다 밤에는 뉴스룸에도 잠깐 들러야 했으니까.

윤재는 믹스커피를 타서 책상 앞에 앉아 PC를 켜고 스쿱뉴스에 접속했다. 쉴 때나 외출 중에도 틈만 나면 조회수를 체크하는 게 습관이 돼버렸다. 홈페이지 톱과 상단은 어느새 새로운 기사들로 도배돼 있었다. 윤재가 밤새 작업했던 기사들은 자연히 아래쪽으로 밀려난 상태였다.

창을 하나 더 띄워 포털에서 스쿱뉴스 섹션을 확인했다. 윤재의 주력 작품 다섯 개 중 정치 기사를 제외한 네 개가 여전히 걸려 있었다. 반나절이 넘도록 포털에 걸어놨다는 건 대체할 만한 기사가 없다는 소리일 수도 있지만 그만큼 조회수가 잘 나온다는 방증이기도 했다.

CMS에 로그인해 성과를 직접 확인해봤다. 한 개는 30만 건이 훌쩍 넘었고 다른 한 개는 20만 건, 나머지 둘은 10만 건대였다. 일요일에 이 정도면 대박을 쳤다고 봐도 무방했다. 뿌듯한 마음으로 스크롤을 내리던 윤재는 멈칫했다. 정치 기사 조회수가 예상보다 저조했던 것이다. 클릭수가 안 나와서 포털에서 금방 빼버린 걸까. 그럴 수도 있지만 그럼에도 현저하게 낮은 수치였다. 더욱이 새벽에는 조회수가 괜찮게 나오지 않았던가. 초반에만 반짝하고 폭락하는 경우가 없는 건 아니지만 뭔가 이상했다.

　정치 기사를 찾아본 윤재는 눈을 게슴츠레 떴다. 기사 제목이 변경돼 있었다. 데스크 지시일 것이다. 모니터링 중에 마음에 안 드는 제목이 있으면 곧잘 뉴스룸에 전화해 수정 지시를 하곤 했으니까. 윤재는 못마땅한 눈초리로 화면을 쳐다보다 컴퓨터를 껐다.

4

윤재는 허겁지겁 계단을 뛰어 올라갔다. 20분이나 늦고 말았다. 초저녁에 졸음이 쏟아져 잠깐 눈을 붙인다는 게 세 시간이나 자버렸다. 교대 근무로 돌아가다 보니 편집기자들은 지각에 예민했다.

지각하는 사람이 없는 건 아니었지만 늦어봤자 몇 분에 불과했다. 더 큰 문제는 은빈과 경준이 마주칠 우려가 있다는 점이었다. 이동하면서 경준에게 연락을 해봤지만 휴대폰이 꺼져 있다는 소리만 들려왔다. 뉴스룸으로 헐레벌떡 달려 들어가자 입이 댓 발 나온 은빈이 보였다. 경준은 보이지 않았다. 그녀가 윤재를 보자마자 까칠하게 쏘아붙였다.

"선배! 지금이 몇 시예요?"

윤재는 두 손을 모으며 사과했다.

"미안, 미안. 내가 좀 늦었지?"

"좀이오? 25분이나 지났다고요."

"미안하다. 어제 철야를 했더니 나도 모르게 잠이 와서……."

"철야라니요, 그게 무슨 소리예요? 선배 철야는 지금이잖아요."

윤재가 황급히 수습에 나섰다.

"아, 뉴스룸 철야를 말하는 게 아니고…… 어제 밤새 술로 달렸거든."

"난 또 뭐라고. 그나저나 어떡할 거예요. 선배가 늦게 오는 바람에 막차도 끊겼단 말이에요."

"아…… 진짜 미안하네. 이걸로 택시라도 타고 갈래?"

윤재는 지갑에서 2만 원을 꺼내 내밀었다.

"택시비 달란 소리는 아니었는데……."

"필요 없으면 말고."

도로 지갑에 집어넣는 시늉을 하자 은빈이 얼른 낚아챘다.

"고마워요, 선배. 이걸로 지각한 죄는 용서해드릴게요. 다음부터는 국물도 없어요."

"고마워서 눈물이 다 날 지경이네. 근데 혹시 누구 안 왔었어?"

"아무도 안 왔는데. 왜요? 누구 오기로 했어요?"

"아니야, 없었으면 됐어."

인수인계를 마치고 은빈이 퇴근하자마자 휴게실 쪽에서 익숙한 실루엣이 미끄러지듯 다가왔다. 경준이었다. 윤재가 볼멘소리를 냈다.

"어떻게 된 거야? 전화도 안 받고."

"죄송해요. 휴대폰 배터리가 다 돼서……."

"언제 온 거야?"

"15분 전쯤에요. 선배가 안 보여서 휴게실에 숨어 있었어요."

"너 때문에 이게 뭐하는 짓인지 모르겠다. 철야한 날 저녁에 얼굴만 비추러 여기까지 또 오질 않나, 근무 바꾼 거 들킬까 봐 심장 터지도록 뜀박질을 하질 않나, 지각 아닌 지각 때문에 택시비를 뜯기질 않나."

"선배 정말 미안해요. 괜히 저 때문에……."

주눅 든 얼굴로 어깨를 떨구는 녀석을 보니 마음이 또 약해졌다.

"됐다, 됐어. 집안일 때문인데 뭐라고 할 수도 없고."

"나중에 진짜 크게 한턱 쏠게요. 선배 은혜 절대 잊지 않겠습니다."

"근무 한 번 바꿔준 걸 갖고 뭘 또 거창하게 은혜까지 운운하고 그래.

낯간지럽게시리.”

“아니에요. 나중에 잘되면 이건 다 윤재 선배 덕분이에요.”

“뭐가 잘되는데?”

“그냥 집안일이든 뭐든요.”

경준이 모호하게 얼버무렸다. 살짝 상기된 뺨에서 기대감을 품은 묘한 흥분이 전해지는 것 같았다. 순간 꺼림칙한 느낌이 들었지만 깊게 생각하지 않고 넘어갔다. 경준이 재촉하듯 손짓했다.

“선배 이제 그만 들어가보세요.”

“뭐 맛있는 거라도 숨겨놨냐? 왜 이렇게 사람을 못 보내서 안달이야.”

“저 때문에 고생 많으셨는데 얼른 들어가서 쉬어야죠.”

“지금 내 걱정 할 때냐? 네가 문제지.”

“제가 왜요?”

“왜긴 뭐가 왜야? 철야하고 오전 근무까지 해야 되잖아. 정말 괜찮겠어? 그러다 쓰러지는 거 아냐?”

“걱정 안 해도 돼요. 며칠 밤을 새워도 아직 쌩쌩할 청춘입니다.”

“잘났다. 그래도 무리하지 말고 한 시간이라도 눈 좀 붙여, 알았어?”

“제가 알아서 할게요. 빨리 들어가기나 하세요.”

“아까부터 자꾸 등 떠미네. 알았다. 맛있는 야식이라도 사왔나 본데 빨리 사라져주마. 그럼 난 간다.”

“선배 정말 고마워요. 조심히 들어가세요.”

모처럼 맞은 온전한 휴일을 윤재는 알차게 보냈다. 허리가 뻐근할 정도로 늘어지게 자다가 정오쯤 일어났다. ‘아점’을 챙겨먹고 집 근처 서점에서 책을 산 다음 커피를 마시며 책을 읽었다. 예지도 쉬는 날이었다면 같이 드라이브를 다녀오거나 가까운 곳으로 여행이라도 갔을 텐데, 그럴 수 없는 게 아쉬웠다.

경준의 근무가 끝날 즈음 윤재는 메시지를 보냈다. 오전 근무 중에 병든 닭처럼 꾸벅꾸벅 졸지는 않았을지 걱정스러웠다. 이내 답장 대신 전화가 걸려왔다.

"안 졸고 근무는 잘 섰어?"

"네…… 안 졸았어요."

"근데 목소리에 왜 이렇게 기운이 없어?"

"약간 졸려서 그런가 봐요."

"졸릴 만도 하지. 서른네 시간 동안 한숨도 못 잤으니. 고생했어, 얼른 들어가서 푹 쉬어."

윤재가 전화를 끊으려는데 경준이 망설이는 투로 불러 세웠다.

"저, 선배."

"왜? 뭐 또 할 말 있어?"

"다른 게 아니라……."

"네가 이렇게 뜸들이면 겁부터 나더라. 빨리 말해. 뭔데 그래?"

"토요일 편집 제목 때문에 클레임이 들어왔었나 봐요."

"내가 뽑은 제목?"

"네."

"어디서 클레임 들어왔는데?"

누가 항의를 했는지 불현듯 알 것 같았다. 윤재가 물었다.

"혹시 야당 총수 막말 기사냐?"

"네."

어쩐지, 금방 포털에서 빠지고 제목이 바뀐 이유가 있더라니.

"데스크가 많이 뭐라고 해?"

"조금요. 정한당 쪽에서 강하게 항의했나 보더라고요."

"또 한소리 듣게 생겼네."

"선배는 신경 안 쓰셔도 돼요."

"신경 쓰지 말라니, 왜?"

"토요일 철야는 제가 했으니까요."

"그게 무슨 소리야?"

"우리끼리 근무 바꾼 건 계속 비밀로 했으면 좋겠어요."

생각지도 못한 대구에 윤재의 목소리 끝이 갈라져 나왔다.

"내가 한 걸 네가 뒤집어쓰겠단 거야?"

"다들 제가 편집했다고 생각해요. 근무표에는 제 근무로 돼 있으니까요."

"정한당에서 난리 쳤다며? 잔소리 듣는 선에서 안 끝날 수도 있어. 징계 먹을 수도 있다고."

"괜찮아요. 설마 자르기야 하겠어요."

"허, 얘 좀 보게. 아주 간이 배 밖으로 나왔네. 아무리 생각해도 이건 좀 아닌 거 같다. 내가 한 일을 왜 네가 책임지겠다는 거야?"

"데스크 허락도 안 받고 우리끼리 근무 변경한 게 드러나면 문제가 더 커질 거예요. 저 혼자 징계 먹고 끝날 일을 괜히 키울 필요 없잖아요. 무엇보다 근무 바꾼 걸 얘기하면 변경하게 된 경위까지 밝혀야 돼요. 그것만은 피하고 싶어요. 그러니까 선배는 모른 척해주세요, 네?"

윤재는 손으로 머리카락을 마구 헝클어뜨리며 답답한 숨을 코로 토해냈다. 결국 알겠다고 대답할 수밖에 없었다. 경준의 목소리에 깃든 절실함을 외면할 수가 없었던 것이다.

5

"미쳤어? 미쳤냐고?"

강병운 편집국장이 방이 떠나가라 고래고래 소리를 질렀다. 오후에 출근한 윤재와 경준은 의자에 엉덩이를 붙일 새도 없이 편집국장실로 불려 왔다. 도살장에 끌려가는 것처럼 굼뜨기 짝이 없는 연중헌 데스크의 인솔을 받으며.

윤재까지 호출하기에 둘만의 비밀이 들통 난 줄 알았는데 그건 아니었다. 윤재는 뉴스룸 선임이라는, 즉 후배 편집기자 관리를 어떻게 한 거냐는 구실로 호출 명단에 포함됐다. 경준은 깊이 반성하는 자세로 두 손을 모으고 고개를 푹 숙이고 있었다. 그다지 침울해 보이지는 않았다. 되레 연중헌이 죽을죄를 지은 죄인인 양 어쩔 줄 몰라 했다. 누가 보면 낚시 제목을 뽑은 사람이 그인 줄 착각할 정도로.

국장실에 들어가자마자 시작된 국장의 분노 섞인 질타는 끝날 줄을 몰랐다. 윤재는 뒷짐을 진 채 귓등으로 흘려듣고 있었다. 강병운이 경준을 죽일 듯이 노려보며 삿대질을 했다.

"왜 이따위로 제목을 단 거야? 어? 총리는 나가 뒈지라는 막말을 왜 야당 총수의 발언처럼 뽑았느냐고!"

"죄송합니다."

경준이 용서를 빌면 빌수록 활활 타오르는 그의 분노에 기름을 붓는 듯했다.

"죄송하다면 다야? 다냐고? 너 때문에 명정일보와 스쿱뉴스가 발칵 뒤집어졌어. 고소한다느니, 명정일보를 폐간시킨다느니 하면서 지랄하는 정한당 의원을 달래느라 얼마나 힘들었는지 알아! 누가 이따위로 편집하래? 격조 높은 언론사에서 싸구려 낚시질이 웬 말이냐고!"

윤재는 속으로 코웃음을 쳤다. 누구보다 낚시를 묵인하고 장려한 건 다름 아닌 편집국장이었다. 기사 조회수가 조금이라도 하락할라치면 득달같이 달려와 쪼아대지 않았던가. 갈수록 선정성이 짙어진다는 데스크의 우려를 가볍게 뭉갠 이도 그였다.

뉴스룸에서 윤재의 반만 닮으라며 추켜세운 인간 역시 강병운이었다. 그랬던 작자가 문제가 생기니 책임 떠넘기기에 바빴다. 자신은 아무 잘못 없다는 듯 큰소리치는 걸 보니 기가 찰 노릇이었다.

"너 때문에 내가 일요일 아침부터 전화를 받아야겠어? 자다 일어나서 된통 깨져야겠냐고? 명색이 국장인 내가 회장님한테 불려가서 조인트를 까여야겠냐고!"

그 말에 윤재는 볼 안을 깨물었다. 명정일보 사주까지 나선 걸 보니 높으신 양반의 심기를 제대로 건드린 듯했다. 사태가 생각보다 심각했던 모양이었다.

"너 뭐야? 대체 뭐하는 놈이냐고?"

"죄송합니다. 편집기자로서 최선을 다하려던 마음이…… 많이 지나쳤던 것 같습니다."

"기자? 웃기는 소리 하고 자빠졌네. 너 따위 게 무슨 기자야! 애초에 근본도 없는 것들을 뉴스룸에 들인 것부터가 잘못이지. 자격도 없고 기본도 안 된 초짜한테 편집을 맡겨갖고 이게 뭔 고생인지 모르겠네."

윤재는 등 뒤로 주먹을 불끈 쥐었다. 화가 나서 한마디 하려는데 연중헌이 애절한 눈빛으로 호소했다. 제발 나서지 말고 가만히 있으라고. 연중헌이 눈치를 살피다가 조심스레 입을 열었다.

"앞으로는 이런 일 안 생기도록 단단히 주의를 주겠습니다."

기다렸다는 듯이 비난의 폭격이 그를 향했다.

"넌 대체 애들 교육을 어떻게 시키는 거야? 편집자 관리를 이따위로 밖에 못 해? 그러니까 그 나이 먹도록 뉴스룸에 처박혀 있지!"

"……면목 없습니다. 다 제 불찰입니다. 앞으로는 똑바로 교육시키도록 하겠습니다."

연중헌이 참담한 낯빛으로 머리를 조아렸다. 윤재는 답답해서 가슴이 터질 지경이었다. 윤재가 저 정도의 멸시와 모욕을 받았다면 대들지는 못하더라도 쓴소리 한마디 정도는 날렸을 것이다. 당하기만 하는 그가 안쓰러웠는지 경준이 감싸고돌았다.

"데스크는 아무 잘못도 없습니다. 기사를 출고한 것도 저고 제목을 편집한 것도 접니다. 전부 제 책임이고 잘못입니다."

갈수록 윤재의 가슴은 납덩이처럼 무거워졌다. 윤재의 제목 탓에 큰 사달이 났는데 엉뚱한 사람들이 뭇매를 맞고 있었다. 여태까지 악을 써 댔는데도 분이 안 풀렸는지 강병운이 으르렁거렸다.

"잘못을 했으면 그에 따른 책임을 져야겠지, 안 그래? 장경준, 1개월 감봉이야. 데스크는 시말서 써 오고."

"감봉이오? 말도 안 됩니다. 이러는 법이 어디 있습니까?"

윤재가 눈을 부릅뜨고 상체를 앞으로 들이밀었다.

"말도 안 된다니? 너도 시말서 쓰고 싶어? 이 정도로 끝나는 걸 다행으로 알아야지. 내가 재빨리 손쓰지 않았다면 누구 한 명 모가지가 날아갔을 거라고!"

"아무리 그래도 그렇죠. 아무 잘못도 없는 사람한테 감봉 1개월이라뇨? 너무 심한 처사라고요!"

"아무 잘못도 없다니? 이렇게 똥을 뿌려놨는데 무슨 소리야?"

순간 경준이 재빨리 끼어들었다.

"윤재 선배가 워낙 책임감이 강해서요. 후배 잘못도 자기 탓이라고 여겨서 그런 겁니다."

경준이 윤재의 옷깃을 세게 잡아당겼다. 그가 단호한 표정으로 고개를 가로저었다.

"오랜만에 피우니까 머리가 핑 도네."

연중헌이 구름 한 점 없는 하늘에 대고 연기를 내뿜었다. 국장실에서 간신히 풀려난 세 사람은 스쿱뉴스 빌딩 옥상으로 올라 왔다. 연중헌이 바람이나 쐬자면서 데려온 것이다. 경준이 다시금 중헌에게 머리를 숙이며 용서를 구했다.

"죄송합니다. 저 때문에 데스크까지……. 뭐라 드릴 말씀이 없네요."

"일하다 보면 실수할 때도 있는 거지. 너만 그런 게 아니다. 뉴스룸을 거쳐간 숱한 선배들도 크고 작은 실수를 저질렀어. 앞으로 잘하면 되니까 너무 주눅 들 필요 없다."

"그렇게 말씀해주셔서 감사합니다. 제가 징계받는 건 상관없는데 데스크까지 시말서를 쓰게 돼서 마음이 안 좋네요."

"시말서 정도야 얼마든지 쓸 수 있으니까 신경 쓰지 마라. 징계 건은 나중에 상황 봐서 다시 한 번 말씀드려보마. 너무 걱정하지 마."

"감사합니다, 데스크."

연중헌이 얼마 피우지도 않은 담배를 옥상 난간에 비벼 끄며 인상을 찡그렸다.

"3년 만에 피워봤는데 역시 괜히 피웠나 보네. 어지럽기만 하고. 근데 말이야. 뜻밖이긴 하더라. 낚시 제목 때문에 문제가 터졌다고 연락받았을 때 당연히 윤재가 사고 친 줄 알았지, 경준이 너일 줄은 몰랐으니까. 제목 보고 깜짝 놀랐다. 안 그러던 녀석이 갑자기 낚시질을 해대서. 무슨 심경의 변화라도 생긴 거냐?"

경준이 겸연쩍게 앞머리를 쓸어 올렸다.

"그동안 너무 제 스타일만 고집한 거 같아서요. 변화를 줘보고 싶었어요. 제가 뽑은 제목은 조회수가 시원찮아서 고민이 많았거든요. 윤재 선배 스타일을 참고해서 새로운 시도를 해봤는데 욕심이 과했나 봐요."

"비싼 수업료 치른 셈치고 잊어버려라. 경준이 넌 충분히 잘하고 있으니까 굳이 스타일을 바꿀 필요는 없다. 그나저나 윤재는 왜 이렇게 말이 없어? 네가 혼난 것도 아닌데."

부루퉁한 얼굴로 허공을 쩨려보던 윤재가 시니컬하게 대꾸했다.

"그러게 말입니다. 제가 혼난 것도 아닌데 왜 이 모든 게 제 탓처럼 느껴지는지 모르겠네요."

경준이 초조한 눈길로 윤재를 주시했다. 혹시나 윤재가 자백이라도 할까봐 불안한 모양이었다. 쓰게 입맛을 다신 연중헌이 못을 박았다.

"이번 일도 겪었고 하니 낚시 제목은 진짜 금물이야. 특히 윤재! 다른 애들은 걱정 안 되는데 너만 보면 조마조마해. 언제 터질지 모르는 시한폭탄 같아서. 부탁이니까 조심 좀 하자. 알았지?"

윤재는 참았던 불만을 터뜨렸다.

"정석대로 편집하면 조회수 안 나온다고 들볶이고 클릭하게끔 뽑으면 낚시질한다고 뭐라 하고. 대체 어느 장단에 맞추란 건지 모르겠네요. 솔직히 딴 사람은 몰라도 국장님은 우리한테 이러면 안 되는 거 아닙니까? 평소 낚시질하라고 분위기 조성한 게 누군데요. 조회수 잘 나올 땐 입 꾹 닫고 있다가 정한당에서 항의 들어오니까 이제야 낚시질이니 뭐니 하면서 우리만 조지는 게 웃기잖아요. 위에는 찍 소리도 못 하면서 만만한 아랫사람들한테 화풀이나 해대고 모든 책임을 덮어씌우는데 열 안 받게 생겼냐고요?"

중헌이 쩔쩔매며 검지를 입에 대고 조용하라는 제스처를 취하더니 주변을 휘휘 둘러봤다.

"목소리 낮춰. 누가 들으면 어쩌려고 그래?"

"들으라고 해요. 제가 뭐 틀린 말 한 것도 아닌데."

한바탕 야단을 칠 줄 알았는데 연중헌은 씁쓸하게 한숨만 내쉬었다.

"억울하고 분한 마음을 나라고 왜 모르겠냐. 우리를 커버해줘야 할 국장이 도리어 뒤통수를 치는데 화가 안 나는 게 이상하지. 근데 어쩌겠니. 사회생활을 하다 보면 부당한 처사나 부조리한 일을 겪어도 참고 견뎌야 할 때가 있는 법이야.

난 말이다. 여기가 마지막이다. 뉴스룸에서도 밀려나면 끝이라고. 여기서 더 눈 밖에 나면 퇴사하는 수밖에 없어. 내 나이에 어디 가서 재취업이 될 거 같니? 쥐꼬리만 한 퇴직금으로 뭘 시작하기도 힘들지만 한다 한들 평생 신문쟁이로 산 사람이 무슨 수로 먹고살겠냐? 최소한 애들 대학 졸업할 때까지는 어떻게든 여기 빌붙어 있어야 돼. 제발 부탁이다. 그때까진 여기 있을 수 있게 좀 도와주면 안 되겠냐?"

한없이 작아진 몸으로 통사정하는 그를 보니 윤재도 마냥 어깃장을 놓을 수가 없었다.

"알았어요. 낚시질 안 하면 될 거 아니에요."

"고맙다, 고마워."

그가 안심한 표정으로 윤재의 어깨에 손을 얹었다.

"이제 그만 들어가자."

"잠깐 경준이랑 얘기 좀 하고 갈게요."

"빨리 하고 들어와. 오전 근무자들 교대해줘야지. 애들 퇴근할 시간 한참 지났다."

"금방 갈게요."

연중헌이 내려간 걸 확인한 윤재가 경준을 보며 이맛살을 찌푸렸다.

"꼭 이렇게까지 해야겠어?"

"선배, 전 괜찮다고 했잖아요."

"인마! 내가 안 괜찮아! 나 때문에 감봉 1개월 징계까지 받았는데 내 속이 편하겠냐? 그냥 솔직히 얘기하고……."

"우리가 근무를 바꿨다는 걸 밝히면 상황만 더 악화될 거예요."

"악화될 게 뭐가 있어? 네 징계를 내가 받으면 되지."

"그렇게 간단히 끝날 문제가 아니에요. 국장이 우리 얘기를 군말 없이 받아들일 거 같아요? 자기를 농락했다면서 더 길길이 날뛸 걸요. 괘씸죄로 가중처벌 할 게 뻔해요. 선배는 물론이고 저한테도 추가징계를 내릴 거라고요. 근무를 바꾸자고 한 것도 저고, 보고하지 말자고 꼬드긴 것도 저니까요. 우리는 그렇다 쳐요. 데스크도 시말서 선에서 끝나지 않을 거예요. 편집기자 관리 책임은 데스크한테 있으니까요."

윤재의 어깨가 축 가라앉았다. 경준의 얘기에 반론할 말이 떠오르지 않았다.

윤재가 연거푸 소주를 들이켜자 예지가 눈살을 찌푸렸다.

"왜 강소주를 마시고 그래? 안주 좀 먹어가면서 마셔."

예지의 만류에도 윤재는 젓가락 대신 소주병을 들어 빈 잔을 채웠다.

"선배, 속상한 거 다 알아. 경준이 징계받은 거 보니까 나까지 다 열 받더라. 국장님도 그래. 위에서 노발대발하더라도 본인이 방패막이가 돼줘야 아랫사람들이 믿고 따르지, 이래서야 어떤 기자가 애사심을 갖고 일하겠어.”

“애초에 국장한테 기대 같은 건 하지도 않았다.”

“하긴, 전부터 전적이 화려했으니까.”

“전적이 화려했다니? 무슨 말이야?”

윤재가 호기심을 보이자 예지가 눈을 빛내며 얘기했다.

“국장님 스쿱뉴스 오기 전에 명정일보 국제부 데스크였던 건 알지?”

윤재가 계속하라는 의미로 손가락을 까딱였다.

“거기 엄윤미라고 나랑 친한 선배가 있었거든. 지금은 미국 특파원으로 가 있는데 국장이 국제부 데스크일 때 윤미 선배가 밑에 있었어. 어느 날 선배가 기삿거리를 한 꼭지 물어왔어. 데스크한테, 그러니까 지금 국장한테 보고하니까 그치도 괜찮다고 했대. 취재하라고 컨펌한 거지. 근데 명정일보 편집국장이 기획서를 보고 호되게 꾸짖은 거야. 어떻게 이딴 걸 기획했냐면서 대체 데스크는 뭐 했냐고 책망한 거지.

그랬더니 강국장이 뭐라고 한 줄 알아? 윤미 선배가 보고도 없이 독단적으로 기획했다고 뒤통수를 친 거야. 낯빛 하나 안 바꾸고 새빨간 거짓말을 하더란 거지. 그것도 윤미 선배를 앞에 두고. 진짜 소름 끼치지 않아?”

예지가 몸을 부르르 떨며 진저리를 쳤다. 윤재가 듣기에도 어처구니가 없었다. 쩨쩨한 인간인 건 알았지만 이 정도로 비열할 줄은 몰랐다. 예지가 건배를 하자며 잔을 들었다.

“그러니까 너무 신경 쓸 필요 없어. 원래 그런 사람이니까.”

“남의 속도 모르면서 편한 소리만 늘어놓네.”

잔을 부딪친 윤재가 퉁명스럽게 중얼거렸다. 답답한 마음에 무심코 본심이 새어나오고 말았다.

“뭐?”

예지의 눈빛이 대번에 사나워졌다. 한참이나 어르고 달래줬는데 고 마음도 모르고 은혜를 원수로 갚으니 인내심에 한계가 찾아올 법도 했다. 예지가 앙칼지게 쏘아붙였다.

"선배 속이 어떤데?"

"됐다, 그만하자."

"그만하긴 뭘 그만해? 남의 속을 먼저 뒤집어놓은 게 누군데! 빨리 얘기해봐. 선배 속이 대체 어떤지 속 시원히 말해보라고!"

"내가 잘못했어. 미안하다. 그러니까 그만하자."

"미안한 건 미안한 거고 하던 얘기는 마저 해야지. 빨리 말해보라니까! 선배 속이 어떤지 알아야 편한 소리를 안 늘어놓을 거 아냐!"

윤재가 뒤통수를 박박 긁으며 괴로운 신음을 흘렸다. 예지에게 다 털어놓고 마음의 짐을 약간이라도 덜고 싶었지만 경준과의 약속 때문에 그럴 수가 없었다. 대강 둘러대는 수밖에는.

"후배가 1개월 감봉 징계를 받았는데 선배로서 마음이 좋을 리가 있겠냐. 그래서 그런 얘기를 한 것뿐이야."

"정말 그것뿐이야?"

"그럼 또 뭐가 있겠어."

"뭔가 수상하단 말이야."

"수상하다니, 뭐가?"

윤재는 뜨끔했다. 놀란 내색을 보이지 않으려고 애쓰며 예지의 얼굴을 살폈다.

"왠지 선배답지 않다고 해야 되나. 경준이 징계 건은 열 받을 만한 일이지. 뉴스룸 식구 모두가 안타깝게 생각하고 있고. 그래도 평소 선배라면 이렇게 풀 죽어 있지는 않았을걸. 툭 털어버리라면서 경준이한테 시답잖은 드립이나 날렸을 거야. 근데 선배가 징계받은 당사자보다 더 의

기소침해하고 있잖아. 경준이는 아무렇지도 않아 보이는데. 그것뿐만이 아니야. 제목만 봐도 그래."

"제목?"

윤재가 마른침을 삼켰다.

"편집 제목이 여태껏 경준이 스타일이랑 너무 달라."

"그건……."

"나도 들었어. 변화를 줘보려고 선배 제목 참고했다는 얘긴. 그래도 너무 비약적으로 달라졌어. 아예 다른 편집기자 제목처럼 느껴질 정도니까. 문체나 편집 성향을 하루아침에 바꾸기는 쉽지 않아. 오랜 시간에 걸쳐 연습해야 가능한 일인데 경준이는 단 며칠 만에 백팔십도 바뀌었단 말이지."

윤재가 변명하듯 말했다.

"내 제목을 베끼다시피 했나 보지."

"그럴 수도 있겠지만 더 납득이 안 되는 점은 경준이의 심경 변화야. 말은 새로운 시도를 해보고 싶었다는데 왜 갑자기 그런 생각을 하게 됐을까. 선배처럼 조회수에 목매는 애도 아니었는데."

"나처럼 조회수에 환장하진 않더라도 편집기자라면 신경을 안 쓸 수가 없지. 아예 조회수 카운팅을 안 한다면 모를까, 누구나 조회수 때문에 알게 모르게 스트레스를 받고 있다고."

"뭐, 그건 그러네."

그 점에는 예지도 군말 없이 동의했다. 윤재가 넌지시 떠봤다.

"그래서 결론이 뭔데?"

"결론이랄 게 뭐 있나. 그냥 좀 이상하다는 거지. 태연한 경준이도 그렇고, 안절부절못하는 선배도 그렇고. 왠지 두 사람이 뒤바뀐 거 같다니까. 같이 일하다 보니 서로 닮게 된 건가. 그러고 보니 애인인 나랑 닮아야 되는 거 아니야? 왜 경준이랑 닮고 그래, 서운하게."

예지의 실없는 농담에 윤재가 피식 웃었다. 예지가 놀리듯 말했다.

"와, 드디어 웃었다. 선배, 그거 알아? 오늘 나 만나고 처음으로 웃은 거? 그래도 다행이네. 기분이 좀 나아진 거 같아서. 아무튼 너무 축 처져 있을 필요 없어. 데스크도 징계를 재고해달라고 말해본다고 하셨으니까."

"알았다. 이제 그만 싹 털어버릴게."

예지 덕분에 찌뿌듯했던 기분이 한결 개운해졌다. 남자 친구의 기분을 풀어주려고 애쓰는 예지가 사랑스럽게 느껴졌다. 윤재가 빤히 바라보자 예지가 쑥스러운지 눈을 살짝 내리깔았다.

"뭘 그렇게 쳐다봐?"

"예뻐서 쳐다봤지."

"몰랐어? 난 늘 예쁜데."

오글거리긴 했지만 오랜만에 연인다운 대화가 이어졌다. 윤재가 손을 뻗어 예지의 뺨을 부드럽게 어루만졌다. 예지도 윤재의 손등에 자신의 뺨을 대고 비볐다. 예지 곁으로 옮겨 앉으려고 일어서는데 예지의 휴대폰이 울렸다. 예지가 액정 화면을 보더니 벌떡 일어났다.

"선배, 나 잠깐 통화 좀 하고 올게. 계속 인터뷰 거절했던 상대한테 온 거라 지금 꼭 받아야 돼."

"퇴근한 게 언젠데? 업무 통화는 근무시간에 하면 안 되냐?"

"금방 받고 올게."

예지는 가차 없이 전화를 받으며 후다닥 밖으로 뛰어나갔다.

덩그러니 남겨진 윤재는 선 채로 소주를 들이켰다. 이 참에 화장실에 가려고 몸을 돌리다가 예지의 핸드백을 바닥으로 떨어뜨렸다. 윤재는 끙 하고 신음소리를 내며 쪼그려 앉아 가방에서 쏟아져나온 화장품, 지갑, 수첩, 물티슈, 보조배터리 등 자질구레한 소지품을 주워 담았다. 반으로 접힌 종이 한 장도 널브러져 있었다.

별생각 없이 종이를 펼쳐본 윤재는 눈을 크게 떴다. 뉴스룸 근무표였다. 근무표는 윤재도 늘 지니고 다녔다. 휴대폰에 이미지 파일로 저장해서. 편집기자도 아닌 예지가 근무표를 갖고 다닐 이유가 없었다.

이윽고 윤재의 입이 기분 좋게 쪼개졌다. 남자 친구 스케줄을 체크하려고 갖고 다녔나 싶었던 것이다. 겉으론 무심한 듯 떽떽거려도 은근히 챙겨주는구나 싶어 흐뭇했다. 윤재는 근무표를 고이 핸드백 안에 집어넣었다. 예지의 예쁜 마음 씀씀이를 놀려먹고 싶지는 않았다.

6

경준의 감봉 1개월 징계 처분은 다음 날 철회됐다. 데스크가 비위를 잘 맞춘 건지, 국장도 본인이 너무 심했다고 생각한 건진 모르겠지만 경준도 시말서를 쓰는 선에서 마무리됐다.

경준의 반응은 담담했다. 징계가 없던 일이 됐는데도 별로 좋아하는 것 같지도 않았다. 애초에 징계 건은 전혀 신경 쓰지 않았고 딴 데 정신이 팔려 있는 느낌이었다.

2020년 인터넷 기사 제목은 1950년대 '대한 늬우스' 수준으로 회귀했다. 윤재도 당분간은 낚시질을 자제하기로 마음먹었다. 폭락한 조회 수 때문에 체한 듯 속이 더부룩하고 손은 근질근질했지만 연중헌만 보면 마음이 짠해졌다.

스마트폰의 가족사진을 촉촉한 눈길로 바라보는 그를 엿본 뒤로 연민의 정은 더 커졌다. 가족을 먹여 살리려면 절대 쫓겨나선 안 된다, 부양가족의 면면을 눈 안쪽에 새기며 그런 각오를 다지는 것 같았다. 의도치 않게 엿들은 통화도 동정심에 부채질을 했다. 비상계단으로 내려가다가 통화 중인 연중헌의 목소리를 듣고 얼른 발길을 돌렸지만 휴학 어쩌고 하는 얘기가 언뜻 귀를 스쳤다. 대학에 다닌다는 딸과 통화 중인 듯했다.

대수롭지 않게 흘리려 했지만 윤재의 귓가에 자꾸 연중헌의 말이 맴돌았다. 담담하게 말했지만 조마조마하게 들리던 목소리가. 중헌을 사지로 내몰았던 장본인인 만큼 마음이 편할 리 없었다. 윤재가 할 수 있는 거라고는 데스크 지시를 고분고분 따라야겠다고 결심하는 것밖에 없었다.

금요일 오전 근무는 윤재가 메인, 파트너인 희선이 서브였다. 출근해서 홈페이지를 살펴본 윤재는 혀를 찼다. 편집 작업을 엉망으로 해놓았던 것이다. 절반 이상이 조간신문 제목 그대로였다. 편집할 거리가 적지 않은데도 손도 안 댄 걸 보니 존 게 분명했다.

"희선아, 내일 은빈이 보면 꼭 전해라. 잠깐 눈을 붙이든 철야 내내 주무시든 상관없는데 작업은 똑바로 해놓으라고."

"왜요? 손볼 게 많아요?"

"한두 개가 아니야. 아예 처음부터 다시 작업하는 게 낫겠다."

오전은 시간 가는 줄 모르고 일에 몰두했다. 점심은 오랜만에 연중헌과 부대찌개를 먹었다. 말없이 꾸역꾸역 밥만 먹는 그를 보니 코끝이 찡해졌다. 식곤증과 사투를 벌이다 보니 어느덧 퇴근 시간이 다 돼 있었다. 윤재는 예지에게 메시지를 보냈다.

– 영화 7시 거 예매해놓을 테니까 칼퇴 바람.

– 오키.

"안녕하세요."

강민수가 씩씩하게 이 사람 저 사람에게 고개를 숙이며 들어왔다. 입사 3개월 차 병아리라 군기가 바짝 들어 있었다. 윤재가 희선에게 말했다.

"먼저 들어가."

"같이 퇴근해요."

"경준이 금방 올 텐데 뭘."

"알았어요, 그럼 먼저 가볼게요."

희선이 데스크와 예지에게 인사를 한 뒤 퇴근했다. 심심했던 차에 민수가 오자 윤재는 장난기가 발동했다.

"우리 막내, 편집 연습은 잘하고 있어?"

"네, 열심히 하고 있습니다."

"그럼 어느 정도 보는 눈도 생겼겠네. 민수 네가 볼 때 뉴스룸에서 누가 제일 제목을 잘 뽑는 거 같냐? 눈치 보지 말고 소신껏 말해봐."

"나 선배, 왜 그런 걸 물어봐요?"

한창 타이핑 중이던 예지가 뒤를 돌아보며 눈총을 줬다.

"왜긴? 편집기자라면 모름지기 자기만의 색깔이 있어야 돼. 그러려면 기사와 제목을 보는 안목을 키워야 하고. 민수야, 어서 얘기해봐. 누구 제목이 네 취향이야?"

"뉴스룸 선배들 제목은 다 마음에 듭니다."

"에이, 그런 식상한 대답을 듣자는 게 아니잖아. 부담 갖지 말고 편하게 얘기해. 내 앞이라고 내 이름 댈 필요도 없어. 그게 마음에서 우러나온 진심이라면 뭐 어쩔 수 없지만."

"진짜인데요. 선배님들 제목은 전부 멋지고 훌륭합니다."

"재미 하나도 없네. 좋아, 그럼 딴 질문. 누구 제목이 제일 별로냐? 저 선배처럼은 하지 말아야겠다, 하는 사람이 누구냐고?"

"선배! 자꾸 왜 그래? 민수 난처하게. 애들도 아니고."

예지가 계속해서 말렸지만 데스크는 뜻밖에도 수수방관하고 있었다. 윤재가 느물거렸다.

"장난이라니? 편집기자끼리 제목에 대해 심도 깊은 토론 중인데. 민수야, 걱정 말고 나한테만 살짝 귀띔해봐. 누구니? 개한텐 절대 얘기 안 할게."

"민수야, 선배 질문에 대답 안 해도 돼."

민수를 도와주려고 예지가 나섰지만 윤재 또한 끈질기게 꼬드겼다.

"후환이 두려워서 말 못 하는 거야? 괜찮다니까. 뉴스룸 왕고가 누구냐? 누구랑 제일 오래 일할 것 같아? 민수야, 줄 잘 서야 된다."

힐끔 눈치를 본 민수의 입이 달싹거렸다.

"저 실은…… 나윤재 선배님이오."

윤재의 눈썹이 일그러졌다.

"장, 장난치는 거지?"

"……장난 아닌데요. 제목이 이상하다거나 본받을 점이 없다는 건 아니에요. 다만…… 윤재 선배님 제목은 따라 하기 어렵고……."

"어렵고, 또 뭐?"

"윤재 선배님만 닮지 말라고……."

윤재가 도끼눈을 뜨고 다그쳤다.

"누가 그딴 소리를 해?"

"내가 그랬다."

연중헌의 무뚝뚝한 대답에 예지가 웃음을 터뜨렸다. 장난치다 본전도 못 찾은 윤재는 입이 댓 발이나 나와서 자리로 돌아갔다.

시계가 벌써 3시 15분을 가리키고 있었다.

"경준이 이 녀석 아직도 안 왔네. 민수, 네 사수 어떻게 된 거야?"

"그러게요. 길이 막히나 본데요."

"뭐, 오겠지. 경준이 올 때까진 내가 메인 잡고 있을 테니까 기사 토스해라."

"네."

경준은 30분에서 한 시간, 한 시간에서 두 시간이 지나도록 나타나지 않았다. 짜증은 염려로 뒤바뀐 지 오래였다. 민수가 여러 차례 연락을 시도했지만 휴대폰이 꺼져 있다는 안내음성만 들려왔다. 옆구리에 손을 얹고 뉴스룸을 정신 사납게 서성이던 연중헌이 말했다.

"어떻게 된 걸까? 경준이가 이럴 애가 아닌데."

"그러게요. 늦으면 늦는다고 연락했을 텐데. 휴대폰도 꺼져 있고."

예지도 근심 어린 표정으로 동조했다. 경준은 근면성실의 표본이었다. 결근은 물론이고 지각조차 한 적이 없었다. 그런 모범생이 연락을 끊고 잠수를 탔으니 걱정이 안 될 리 없었다. 다들 말은 안 했지만 이틀 전 일을 떠올리는 게 분명했다. 낚시 제목으로 인한 징계 해프닝과 무단결근을 연관시키지 않는 게 더 어려울 터였다.

윤재는 딴생각에 빠져 있었다. 둘만이 아는 비밀. 징계를 받는 한이 있더라도 감추고 싶었던 집안 사정. 말 못 할 가정사 때문에 연락이 두절된 게 아닐까. 윤재가 아는 경준은 문책을 받았다고 무단결근을 할 만큼 무책임하거나 나약하지 않았다.

예지의 말이 윤재를 현실로 돌려놨다.

"부모님 댁에 연락해볼까요?"

"좀 이르지 않을까? 아직까지는 많이 지각한 정도잖아. 부모님한테까지 연락하는 건 오버 같은데. 회사에서 갑자기 연락 오면 걱정하실 수도 있고."

"그것도 그러네요."

은밀한 가정사가 얽혀 있을지도 모르는 상황에서 무작정 본가에 연락했다간 경준이만 곤란해질지도 몰랐다. 사소한 해프닝으로 끝날 일을 괜히 키우는 꼴이 될 수도 있었다. 골똘히 생각에 잠겨 있는데 민수가 다른 가능성을 제시했다.

"혹시 출근하다가 교통사고 같은 게 나서……."

"왜 그딴 재수 없는 소리를 하고 그래?"

윤재가 버럭 소리를 질렀다. 움찔 놀란 민수가 상체를 웅크렸다. 한껏 예민해진 상태라 생각보다 언성이 높아졌다. 윤재가 열 오른 숨을 내뱉으며 사과했다.

"미안하다. 나도 모르게 목소리가 크게 나왔다."

"죄송합니다. 제가 쓸데없는 소리를 해서……."

민수가 주눅 든 목소리로 얘기하자 예지가 천천히 고개를 가로저었다.

"흘려들을 얘기만은 아닌 것 같아요. 정말 사고가 났을 수도 있잖아요. 혹시 모르니 경찰서 상황실이랑 병원 응급실에 연락해보는 게 좋지 않을까요?"

"그러는 게 좋겠다."

연중헌의 지시로 각자 인근 경찰서와 응급실에 연락해봤지만 헛수고였다. 경준 또래의 남자가 발견됐거나 실려 왔다는 얘기는 없었다.

예지와 연중헌은 퇴근 시간이 훌쩍 지난 후에도 뉴스룸에 남아 발을 동동 굴렀다. 마냥 기다릴 수도 없는 노릇이라 윤재가 퇴근을 권했다.

"이제 그만 들어가시죠. 별일 아닐 거예요. 예지도 들어가."

연중헌은 움직일 기미가 없었다.

"술 잔뜩 마시고 뻗어 있는 건지도 몰라요."

"경준이는 술 못 마시잖아요. 술자리도 안 좋아하고."

예지의 지적을 윤재가 두루뭉술하게 넘겼다.

"못 마시는 술을 마셨으니까 이 시간까지 뻗어 있을 수도 있지. 술 안 먹는 사람도 가끔 진탕 취하고 싶을 때가 있잖아. 얼마 전에 안 좋은 일도 있었고. 어쨌든 너무 걱정하지 마. 내일이면 아무 일 없었다는 듯이 나타나서 싹싹 빌 테니."

다른 사람들을 안심시키려고 한 말이었지만 윤재 자신을 위한 발언이기도 했다. 그러지 않으면 스멀스멀 기어오르는 불길한 예감에 잡아먹힐 것 같았다.

"근무 끝나고 제가 경준이 자취방에 가볼게요."

"그 생각을 못 했네. 제가 지금 가볼게요. 전 근무 끝났으니까."

예지가 자원했지만 윤재가 넌지시 반대의 뜻을 내비쳤다.

"네가 간다고? 경준이 집이 어딘지도 모르잖아."

"주소만 알려줘요. 설마 거기도 못 찾아갈까봐?"

"그런 것보다 냄새나는 사내놈 자취방에 갑자기 여자 선배가 들이닥치면 당황할 거 아냐. 팬티바람으로 자고 있을지도 모르는데. 내가 가는 게 나아."

"그런가? 알았어요. 선배한테 부탁할게요. 근데 힘들지 않겠어요? 열여섯 시간째 일하고 있는데."

"아직 괜찮아."

"그럼 윤재한테 부탁하마. 경준이가 집에 있든 없든 도착하면 연락 주고."

연중헌이 고단한 얼굴로 당부했다. 데스크와 예지는 그 길로 짐을 챙겨 퇴근했다. 예지는 나가면서 이따 연락하겠다는 제스처를 취했다.

두 시간 후 철야 근무자인 유진이 출근했다. 그녀는 윤재가 아직까지 일하고 있어 놀랐고, 경준이 무단결근을 했다는 사실에 두 번 놀랐다. 걱정스러워하는 유진을 뒤로하고 윤재와 민수는 스쿱뉴스 건물을 나왔다. 민수가 쭈뼛거리며 말을 붙였다.

"저도 같이 갈게요."

"마음은 고맙지만 그럴 필요 없어. 내일 아침 근무잖아."

"선배가 더 피곤하실 텐데."

"괜찮다니까 그러네. 경준이가 집에 있을지 없을지도 모르잖아. 허탕 칠 수도 있는데 둘이나 헛걸음할 필요는 없지. 들어가서 푹 자라."

발이 떨어지지 않는지 주춤거리던 민수를 등 떠밀어 보낸 윤재는 서둘러 발걸음을 뗐다.

경준의 자취방은 화곡동에 있었다. 출퇴근하기에 가깝지 않은 거리지만 그 동네에 방을 구한 이유는 저렴하기 때문이었다.

경준이 사는 5층짜리 다가구주택은 낡고 칙칙했다. 심하게 노후화된 탓에 여기저기 실금이 가 있었고 벽이며 바닥이며 곰팡이의 온상이 아닌 데가 없었다. 공동현관 도어록도 CCTV도 없었다. 원룸은 비좁았고 불을 끄면 바퀴벌레들이 출몰했다. 수도꼭지에서는 물이 시냇물처럼 졸졸 흘러나왔다.

윤재는 대여섯 번이나 신세를 졌던 덕에 경준의 자취방이 집처럼 편안했다. 경준은 회식 후 인사불성이 된 윤재를 자신의 자취방에서 몇 차례 재운 적이 있었다. 구토를 하다가 변기가 막히는 등 갖가지 민폐를 끼쳤지만 경준은 싫은 티 한번 내지 않았다.

까치산역에 내린 윤재는 한동안 길 잃은 아이처럼 출구 앞에 우두커니 서 있었다. 맨정신으로 가본 적이 없으니 길을 알 턱이 없었다. 집주소도 당연히 몰랐다. 연중헌에게 물어보려고 휴대폰 잠금을 풀다가 그가 이미 퇴근했다는 사실이 떠올랐다.

기억을 더듬어 가까스로 빌라 이름을 머릿속에서 끄집어냈다. '유명빌라'. 지도 어플로 검색해보니 화곡동 쪽에는 다행히 하나뿐이었다.

서울특별시 강서구 까치산로16길 23-10.

윤재는 어플의 경로를 따라 이동하기 시작했다. 얼마 가지 않아 가파른 언덕길이 떡하니 나타났다. 경사가 얼마나 심한지 허벅지에 양손을 댄 채 올라가는데도 종아리가 비명을 질러댔다.

헉헉대며 오르막길을 오르다 보니 새삼 경준이 존경스러워졌다. 혼자서도 걷기 힘든 급경사 길을 술에 떡이 된 주정뱅이를 끌고 올라왔다니 미안하기 짝이 없었다. 윤재였으면 길바닥에 버리고 갔을 것이다. 신문지 한 장 덮어주고.

중간에 수차례 쉬기를 반복한 끝에 '유' 자가 떨어져나간 명빌라 앞에 다다랐다. 윤재는 죽을상을 한 채 가쁜 숨을 몰아쉬었다. 자정이 지난 시간의 동네는 적막하기 짝이 없었다. 지나다니는 주민 한 명 보이지 않았다.

터질 듯 뛰던 심장이 다소 진정되자 공동현관 유리문을 밀고 안으로 들어갔다. 센서등이 달려 있지 않은 복도는 컴컴했다. 윤재는 어둠을 헤치며 2층으로 올라갔다. 층마다 네 개 호수가 있는데 경준의 집은 계단에서 두 번째인 202호였다.

윤재는 문 앞에 서서 숨을 고른 다음 벨을 눌렀다. 아무런 응답이 없었다. 야심한 시각임을 감안해 소심하게 문을 두드려봤다. 결과는 똑같았다. 못 들었나 싶어 이번에는 목청을 키워 이름을 불러봤다.

"경준아! 장경준!"

텅 빈 복도에 경준의 이름이 으스스하게 메아리쳤다. 윤재는 현관문에 바짝 붙어 귀를 기울여봤다. 어떤 인기척도 들리지 않았다. 집에 없는 건가. 도어록 손잡이를 잡고 흔들어봤지만 역시나 잠겨 있었다. 마지막으로 한 번만 더 연락해보고 돌아가기로 했다. 휴대폰 액정 불빛이 환하게 주변을 밝히는 순간 한 가지 생각이 윤재의 뇌리를 스치고 지나갔다.

작년 가을 무렵이었다. 3차까지 마시고도 알코올이 부족했던 윤재는 경준에게 딱 한잔만 더하자고 떼를 썼다. 난감해하던 경준은 그러면 시간이 많이 늦었으니 자기 집에서 마시자며 빌라로 데려왔다.

현관문 앞에 선 윤재는 취해서 도어록 비번을 아무거나 눌러댔다. 경보음이 울려댔지만 윤재는 낄낄대면서 계속 장난을 쳤다. 그러다 도어록이 영영 잠긴다며 경준이 비밀번호를 외치듯 알려줬었다.

흔치 않은 여섯 자리인데다 연도와 날짜 형태라 기억에 남아 있었다. 윤재는 비번에 어떤 의미가 있느냐고 꼬치꼬치 캐물었다. 여자 친구와 첫 키스 한 날이냐고, 혹시 숨겨둔 애의 생일이냐고, 짓궂은 질문을 던져도 아니라고만 할 뿐 통 대답을 하지 않았다.

술을 마시며 집요하게 물고 늘어진 끝에 알아냈다. 경준의 스쿱뉴스 입사일이었다. 자신에게는 뜻깊은 날이라 기념하고 싶어서 비번으로 지정했다는, 재미없지만 그 녀석다운 사연이었다. 입사일을 자기 집 비밀번호로 설정한 녀석은 대한민국, 아니 지구상에 네가 유일할 거라면서 꼬부라진 혀로 놀렸던 기억이 새록새록 떠올랐다.

경준이 입사일이 언제였더라. 머리를 쥐어짜봤지만 본인 입사일도 기억 안 나는 판국에 딴 사람 게 떠오를 리가 없었다. 끝내 스쿱뉴스 관리자 페이지에 접속해 뉴스룸 조직도에서 경준의 입사 날짜를 알아냈다. 도어록 케이스를 올리고 숫자를 입력하자 전자음과 함께 잠금장치가 해제됐다.

현관문을 열자마자 역하고 불쾌한 냄새가 훅 밀려와 반사적으로 코와 입을 틀어막았다. 집 안은 칠흑 같은 어둠에 휩싸여 있었다. 몇 번 들락거렸던 덕에 내부 구조는 훤히 꿰고 있었지만 께름칙한 기운이 다리를 뻣뻣하게 만들었다. 현관문 바로 앞에 싱크대가 붙어 있고 오른쪽이 화장실이었다. 왼쪽으로 들어가면 생활공간이 나온다.

윤재는 문턱에 서서 이름을 불러봤다.

"경준아, 장경준."

숨 막히는 정적에 폐부가 짜부라지는 기분이었다. 윤재는 마른침을 삼키며 현관 바닥으로 한 발을 들였다. 악취가 한층 더 심해졌다. 코가 헐 정도였다. 뛰쳐나가고 싶은 충동을 꾹 참고 손으로 왼쪽 벽을 더듬 었다.

스위치를 켜자 쨍한 불빛이 눈을 찔렀다. 눈살을 찌푸리며 안쪽을 돌 아본 윤재는 기겁해서 뒷걸음질을 쳤다. 그토록 찾아 헤맸던 경준이 방 한가운데 있었다. 허공에 매달린 채로.

7

그 뒤의 기억은 흐릿했다. 어떻게 시간이 흘러갔는지 알 수가 없었다. 비명을 지르며 202호에서 도망쳐 나왔던 것, 토악질을 해대며 112에 신고를 했던 것, 출동한 경찰에게 벌벌 떨며 입만 벙긋거렸던 것들 정도만 띄엄띄엄 생각났다.

자다가 막 눈을 뜬 것처럼 눈앞의 모든 사물이 흐리멍덩했고 귀에 물이 찬 것처럼 모든 소리가 먹먹하게 들렸다. 이불이 흠뻑 젖을 정도로 식은땀을 흘리며 영원히 깨지 못하는 악몽을 꾸는 기분이었다.

정신이 약간 돌아왔을 때 예지와 연중헌에게 연락했다. 예지는 우느라 말을 잇지 못했고 연중헌은 탄식만 흘릴 뿐이었다. 경찰서에서 진술을 마치고 귀가하니 새벽 4시였다. 넋 나간 상태로 꼬박 밤을 새웠다.

집에서 쉬라는 연중헌의 말에도 윤재는 아침 일찍 출근했다. 아무것도 하지 않고 가만히 있는 게 더 견디기 힘들었다.

경준의 갑작스러운 죽음에 모두 큰 충격을 받았다. 숨죽여 흐느끼는 울음소리와 반쯤 정신 나간 얼굴들이 뉴스룸을 온종일 둥둥 떠다녔다. 일이 손에 잡힐 리 없었지만 윤재는 눈에 힘을 주고 꾸역꾸역 기사를 읽어나갔다. 경준의 책상을 쳐다보지 않으려 필사적으로 애쓰며.

오후에 경찰에서 연락이 왔다. 자취방에서 유서가 발견됐으며 사건성이 없어 단순 자살로 마무리 한다는 것이었다. 창사 이래 초유의 사건에 온갖 루머가 나돌았다. 심각한 우울증을 앓았다는 둥, 실연의 상처를 극복하지 못했다는 둥 온갖 말들을 여기저기서 수군댔다.

그중에서도 편집국장의 문책과 징계가 경준이를 막다른 길로 몰아넣은 유력한 용의자로 꼽혔다. 입 밖에 내는 사람은 없었지만 뉴스룸에서도 다들 그 의견에 동조하는 분위기였다. 예지 역시 자책했다.

"얼마나 상심이 컸으면 그랬을까. 겉으로는 웃어도 속은 썩어 문드러졌던 거지. 좀 더 신경 썼어야 했는데."

윤재는 혼란스러웠다. 뭐라고 대꾸해야 될지 알 수가 없었다. 경준이가 스스로 목숨을 끊었다는 게 믿기지 않았다. 정말 경준이가 지난주 사건 때문에 극단적인 선택을 한 걸까. 경찰이 보내준 유서 사본이 모든 의혹과 유언비어에 마침표를 찍어줬다.

> 살아갈 의욕을 잃었습니다. 모든 책임과
> 원인은 제게 있습니다. 제가 다 망쳤습니다. 하찮
> 고 평범한 기자가 큰 피해를 끼쳤습니다. 피해자의
> 명예훼손은 물론이고 회사 신뢰도 실추시켰습니다.
> 동료들이 단 한 번의 실수라고 위로해줬지만 견디기
> 힘드네요. 큰 민폐를 끼쳤네요. 죄송합니다. 특히,
> 나 선배 미안해요…….

짧지만 명확한 내용이 담겨 있었다. 어느 정도 예상하긴 했지만 공개된 유서의 파장은 컸다. 자살 동기와 모든 책임을 본인 탓으로 돌렸지만 어찌 됐든 회사 업무로 초래된 비극이기 때문이었다.

경준의 자살을 보는 시각은 엇갈렸다. 편집국장이 경준이를 죽음으로 내몬 것이나 다름없다는 비난과 안타까운 일이지만 고작 그런 일로

목숨을 끊다니 너무 심약하다는 반응으로 나뉘었다. 뉴스룸 편집기자들의 심경은 당연히 전자로 치우쳤다. 몇 년간 함께 지낸 동료를 허망하게 보냈으니 국장을 바라보는 시선이 고울 리 없었다.

윤재는 어느 편에도 설 수 없었다. 낚시 제목 탓에 경준이 모진 질책을 당하고 과한 징계를 받을 뻔한 건 사실이었다. 하지만 경준은 그걸 대수롭지 않게 생각했다. 무엇보다 그건 경준의 잘못이나 실수가 아니었다. 굳이 경준의 허물을 찾자면 근무 변경을 숨겼다는 정도밖에 없었다. 경준은 이 사건을 사소한 해프닝쯤으로 여기고 마음에 두지 않는 듯했다. 그랬던 사람이 유서는 정반대로 썼다. 앞뒤가 맞지 않는 느낌이었다. 필적감정 결과 유서는 경준의 자필로 작성됐음이 판명됐다. 윤재는 한 가지 결론에 이르렀다. 유서는 그의 본심과 다른 게 아닐까.

진짜 자살 동기를 밝히고 싶지 않아서 업무 과실을 전면에 내세운 게 아닐까. 그런 거라면 안 써도 될 걸 굳이 왜 썼을까? 특히 윤재를 거론한 마지막 부분도 몹시 마음에 걸렸다. 마치 윤재에게 보내는 특별한 메시지처럼 느껴졌다.

짐작되는 게 없지는 않았다. 꽁꽁 감추고 싶었던, 윤재에게만 슬쩍 밝힌 가정사가 진짜 자살 동기라 말하고 싶었던 게 아닐까. 윤재만 아는 힌트를 준 동시에 신신당부를 한 걸지도 모른다. 근무 변경 사실과 진짜 자살 동기를 무덤까지 가지고 가달라고. 그러지 않고서야 윤재의 이름만 언급할 까닭이 없었다. 그게 그나마 가장 납득 가능한 추론이었다.

부성병원 장례식장 주위는 한산했다. 3시가 갓 지난 오후라 조문객이 많지 않을 때였다. 윤재는 현관 옆에 마련된 흡연구역에서 담배를 피우며 일행을 기다렸다. 뉴스룸을 비울 수는 없기에 근무 전후로 시간

되는 사람들끼리 조문하기로 결정했다.

첫날인 어제는 데스크와 희선, 민수, 유진이 다녀왔고 오늘은 윤재와 예지, 은빈 차례였다. 방금 전 은빈과 함께 회사 앞에서 택시를 탔다는 예지의 메시지를 받았다. 길이 안 막히면 10분이면 도착할 것이다.

윤재는 착잡한 심경으로 장례식장을 둘러봤다. 아직도 경준의 죽음이 실감 나지 않았다. 유족을 마주할 자신도 없었다. 표면적으로는 극심한 업무상 스트레스로 인한 자살이었다. 회사 사람들에 대한 감정이 좋을 리 없었다.

조문객이 붐비는 시간대에 와서 무리에 슬쩍 묻어갈까도 싶었지만 한편으로는 궁금하기도 했다. 경준의 가족이 어떤 사람들이고 어떤 상황에 처해 있는지. 경준이 그토록 감추고 싶어 했던 가정사가 뭔지.

그때 택시가 정문 앞에 멈춰 섰고 예지와 은빈이 내렸다. 재떨이에 담배를 비벼 끈 윤재는 상의 단추를 채우고 옷매무새를 매만졌다.

아담한 크기의 204호실은 예상대로 썰렁했다. 순서대로 방명록에 이름을 적고 조의금을 낸 다음 빈소로 들어갔다. 윤재와 동년배로 보이는 여자가 벽 쪽에 기대앉아 있다가 일어섰다. 은빈은 경준의 영정 사진을 보자마자 입을 막고 울음을 터뜨렸다. 예지도 감정이 북받쳤는지 고개를 돌리고 붉어진 눈가를 훔쳤다.

윤재의 몸속에서도 뜨거운 것이 치밀었지만 이를 악물고 집어삼켰다. 곧이어 접객실에 있던 부모님이 와서 일행을 맞았다. 윤재가 대표로 향을 피우고 셋이 함께 절을 했다.

'경준아, 왜 이렇게 바보 같은 짓을 한 거야? 뭐가 널 그렇게 힘들게 만들었니? 유서에 쓴 대로 내가 뽑은 낚시 제목 때문이었어? 아니면, 다른 이유가 있는 거야?'

윤재가 절을 하며 속으로 물었지만 영정 사진 속 경준은 미소만 지을 뿐 어떤 대답도 들려주지 않았다. 유족과 맞절을 한 다음 조심스레 위로의 말을 건네자 상주 완장을 찬 아버지가 감사 인사를 전했다.

"이렇게 와주셔서 감사합니다. 전 경준이 애비 되는 사람입니다. 이쪽은 제 안사람이고 이 애는 경준이 누나입니다."

어머니와 누나도 고개를 숙여 인사했다.

"우리 경준이랑은 어떻게 아시는 분들인지?"

아버지가 물었다. 햇볕에 그을린 피부와 자글자글한 주름, 굳은살이 박인 손으로 보건대 모진 풍파를 헤치며 살아온 인상이었다. 곧고 바른 경준의 성품이 누구를 닮은 건지 한눈에 알 수 있었다.

"경준이랑 같이 일했던 회사 동료입니다."

"그러시군요. 경준이도 좋아할 겁니다. 식사는 하셨나요? 뭐라도 좀 드시죠."

은빈은 뭐가 마음에 안 드는 건지 꽁하게 입을 일자로 다물고 있었다. 윤재는 다른 테이블에서 조문객을 접대 중인 유족을 힐끔힐끔 곁눈질했다. 평범한 가족처럼 보였다. 가끔 잔소리가 오가거나 사소한 문제로 다투기는 하겠지만 막장드라마급 비밀을 지닌 콩가루 집안처럼 보이지는 않았다. 별안간 가시 돋친 은빈의 목소리가 들려왔다.

"그거 알아요? 국장님은 조문하러 오지도 않은 거?"

"설마? 새벽에라도 잠깐 다녀가시겠지."

예지가 대꾸했다.

"안 올 거예요. 유진 선배가 어제 봤대요. 데스크가 조의금 봉투에 국장 이름 써서 내는 거."

"아무리 바빠서도 한번쯤은 와보셔야 할 거 같은데……."

"내 말이오. 사람이 어떻게 그럴 수가 있어요? 경준 선배가 이렇게 된

데에는 국장님 책임도 크잖아요. 너무한 거 아니냐고요?"

"은빈아, 그만하자. 빈소에서 이런 얘기 하는 건 실례야."

윤재가 낮은 목소리로 주의를 줬지만 은빈은 그만둘 마음이 없는 듯 쏘아붙였다.

"왜 안 되는데요? 제가 틀린 말 했어요?"

은빈을 옹호하듯 예지가 말을 보탰다.

"은빈이 말도 맞아요. 국장님 탓이든 아니든 부하직원이 유명을 달리했는데 상사로서 와보는 게 도리죠. 지난달에는 얼굴 한번 본 적 없는 사회부 데스크 장모상에도 다녀왔던 분이."

"너희들 심정을 모르는 게 아냐. 근데 이런 얘기가 유족 귀에 들어가기라도 해봐. 가뜩이나 힘든 분들 가슴에 대못 박는 거야. 경준이의 죽음을 국장님 탓으로만 돌리기도 어렵고."

"선배, 지금 국장 편드는 거예요? 어떻게 그럴 수가 있어요? 딴 사람도 아니고 경준 선배랑 제일 친했던 선배가? 거기다 윤재 선배는 현장에도 있었잖아요. 경준 선배가 온갖 폭언을 듣고 인격 모독 당하는 걸 똑똑히 목격했을 거 아니에요? 그런데도 국장 탓이 아니라고요?"

은빈이 날 선 말투로 앙칼지게 따졌다. 윤재는 어깨를 들썩이며 한숨을 내쉬었다.

"이 얘기는 나중에 따로 하자, 어? 여기선 그만하고."

"그래, 은빈아. 선배 말대로 나중에 딴 데서 얘기하자. 경준이 빈소에서 우리끼리 얼굴 붉혀서야 쓰겠니."

예지가 격앙된 은빈의 등을 쓰다듬으며 달랬다. 은빈은 못내 분한 얼굴로 고개를 홱 돌렸다. 싸한 침묵이 내려앉은 테이블로 경준의 아버지가 다가와 조심스레 앉았다.

"식사는 좀 하셨어요?"

"많이 먹었습니다. 경준이가 갑자기 이렇게 돼서 얼마나 황망하고 비통하실지…… 뭐라고 말씀을 드려야 할지 모르겠네요."

눈을 지그시 감았다 뜬 아버지가 생기 잃은 얼굴로 말문을 뗐다.

"차라리 사고로 갔다면 이렇게까지 가슴이 미어지진 않았을 것 같아요. 부모라고 해서 자식 속내를 다 아는 건 아니겠지만…… 어리석은 짓을 할 아이는 아니라고 생각했는데…… 뭐가 그리 힘들었던 건지…… 그렇게 힘들었으면 차라리 일을 그만둘 것이지……."

"면목이 없습니다. 경준이를 잘 돌봤어야 했는데……."

"면목이 없다니요? 그런 말씀 마세요. 그동안 경준이를 잘 보살펴주신 것만으로도 감사한 걸요. 언젠가 집에 왔을 때 회사는 잘 다니고 있냐고 물어본 적이 있어요. 평소에도 원체 말수가 적은 녀석이라 한마디 툭 던지고 입을 닫을 줄 알았거든요. 근데 웬걸, 물어보지도 않은 얘기까지 한참을 떠벌리더라고요. 눈을 반짝이면서요.

그걸 보고 안심했죠. 별 탈 없이 잘 지내는구나 싶어서요. 그리고 자기 일을 정말 좋아하는구나 싶어서 대견하더라고요. 그런 아들놈이 이렇게 허무하게 가다니…… 이런, 죄송합니다. 제 넋두리만 늘어놨네요."

"아닙니다."

"그보다…… 회사는 괜찮은 건가요?"

"회사요?"

"유서를 보니 경준이가 회사에 큰 피해를 입힌 거 같아서……."

"별거 아닙니다. 이미 다 끝난 일이고 피해랄 것도 없었습니다. 걱정하지 않으셔도 돼요."

"그렇다면 다행이고요."

윤재는 결국 어떤 궁금증도 풀지 못한 채 빈소를 나섰다. 집안에 혹시

말 못 할 문제가 있느냐는 질문을 입 밖에 낼 수는 없었다. 한마디라도 내뱉는 순간 경준의 자살 원인을 집안 문제로 몰고 가는 셈이었으니.

차라리 잘됐다 싶었다. 묻어두는 게 최선이었다. 그게 경준이 원하고, 경준을 위한 길이라 여겼다. 윤재가 구두를 찾아 신고 복도로 나오자 예지가 말했다.

"화장실 좀 다녀올게요."

은빈도 말없이 예지를 뒤따랐다. 엘리베이터 앞에서 두 사람을 기다리는데 경준의 누나가 배웅을 나왔다.

"안 나오셔도 되는데. 신경 쓰지 말고 들어가세요."

"아니에요. 바쁘실 텐데 와주셔서 정말 감사했어요."

"당연히 와봐야죠……. 경준이는 무척 각별한 후배였어요. 뉴스룸 식구들도 얼마나 잘 챙겼는지 몰라요. 솔선수범해서 궂은일을 도맡아 하던 녀석이었는데……."

"경준이가 제법 괜찮게 살았나 봐요. 이렇게 좋은 말씀 해주시는 선배가 있는 걸 보니. 이럴 줄 알았으면 얼굴이라도 자주 볼걸 그랬나 싶네요……."

"저희가 3교대라 집에 자주 내려가는 게 쉽지 않았을 거예요. 그래도 지난주에라도 보셨을 테니 다행이라고 해야 될지……."

"네? 지난주요?"

윤재의 말에 누나가 어리둥절한 표정을 지었다.

"지난주에 집에 안 왔었는데…… 경준이가 집에 간다고 했었나요?"

윤재는 순간 얼빠진 사람처럼 멀거니 서 있다가 의아하게 쳐다보는 누나를 보고서야 정신을 차렸다.

"아…… 다른 후배랑 착각했나 보네요. 죄송합니다."

윤재는 망치로 얻어맞은 것처럼 머리가 어질어질했다.

8

"무슨 생각을 그렇게 골똘히 해?"

예지의 말에 윤재는 고개를 퍼뜩 들었다. 창밖으로 눈을 돌리자 남부 순환로를 탔던 택시가 어느덧 사당역 부근을 지나고 있었다. 근무가 끝난 은빈은 지하철을 타고 귀가했고 업무가 남은 예지와 철야 근무인 윤재는 다시 회사로 가는 중이었다.

"아무것도 아니야."

예지가 머리를 삐딱하게 기울이고 쳐다봤다.

"아무것도 아닌 게 아닌데. 장례식장에서 나올 때부터 좀 이상했어. 말을 걸어도 대꾸도 없고 세상 심각한 표정으로 앉아 있잖아. 경준이 누나한테 무슨 얘기라도 들은 거야?"

"별말 없었어. 그냥 답례 인사 받은 게 다야. 이상한 걸로 따지면 나보다 은빈이가 더 이상하던데."

윤재가 말을 돌렸다.

"그렇게 감정적으로 구는 거 처음 봤어. 평소에는 찔러도 피 한 방울 안 나올 것 같던 녀석이 갑자기 국장 얘기에 흥분해서 날뛰었잖아. 그것도 빈소에서."

"선배 몰랐구나?"

"뭘 몰라?"

"은빈이가 경준이 좋아했었어."

"뭐? 그럼 둘이 사귀었던 거야?"

"그건 아니고. 짝사랑이었지."

"경준이는 알고 있었어?"

"몰랐을걸. 경준이가 이런 덴 좀 무디잖아. 온통 일 생각밖에 없는 친구기도 했고."

비로소 핏발 선 눈으로 대들던 은빈의 심경이 이해가 됐다. 예지가 한탄하며 혼잣말을 했다.

"불쌍해서 어떡해. 우리 경준이랑 은빈이."

20분 후 택시는 스쿱뉴스 정문 앞에 도착했다. 예지가 내린 뒤에도 윤재는 시트에 엉덩이를 붙이고 있었다.

"안 내려?"

"먼저 들어가. 난 집에 들렀다 와야 될 거 같아."

"집에는 왜?"

"뭘 좀 놓고 와서."

"저녁은?"

"오늘은 같이 먹기 힘들겠는데."

"알았어, 다음에 먹지 뭐. 퇴근할 때 연락할게."

예지가 스쿱뉴스 빌딩 안으로 사라지자 윤재가 기사에게 요청했다.

"화곡동 유명빌라로 가주세요."

퇴근 시간이 임박한 도로 상황은 좋지 않았다. 교통 체증이 심해졌지만 딴 데 온통 신경이 쏠린 윤재는 알아채지 못했다. 경준이 했던 말과 행동 그리고 그 안의 숨겨진 의미를 곱씹느라 경황이 없었다. 집안일 때문에 본가에 가야 한다며 근무를 바꿔달라고 했던 말. 치부를 드러내고 싶지 않다며 근무 변경을 둘만의 비밀로 해달라던 부탁. 본인이 하지도 않은 작업 탓에 징계를 당했는데도 상관없다던 강경한 태도.

집에 온 적이 없다는 누나의 증언으로 경준의 입에서 나온 모든 얘기를 믿을 수 없게 돼버렸다. 경준에게 속았지만 배신감이나 서운함보다는 궁금증이 더 강렬하게 윤재를 사로잡았다. 뭣 때문에 집안 핑계를 대며 근무를 바꿨던 걸까. 불이익까지 감수하게 만든 게 대체 뭘까. 그에 대한 해답을 찾기 위해 경준의 자취방으로 향하는 중이었다.

현관문에 덕지덕지 붙어 있을 줄 알았던 폴리스라인은 제거돼 있었다. 단순 자살이라는 통보를 받자마자 떼어낸 것 같았다. 집주인에게는 집값 떨어뜨리는 저주의 표지로 보였을 테니까.

202호는 아무 일도 없었던 것처럼 잠잠했다. 현관 문턱에 미처 떼지 못한 노란 테이프 쪼가리만이 이곳에서 끔찍한 일이 발생했다는 사실을 희미하게 환기시켜줄 뿐이었다. 상중인 상태에서 허락 없이 자취방을 뒤지는 게 양심에 찔렸지만 어쩔 수 없었다. 장례식이 끝나면 바로짐을 뺄 테니 기회는 지금뿐이었다. 윤재는 복도 좌우를 살핀 뒤 현관문을 열고 안으로 들어가 소리 나지 않게 닫았다.

혀를 축 늘어뜨린 경준도, 지독한 시취도 없었지만 좀처럼 몸을 움직일 수 없었다. 참혹했던 잔상이 들러붙어 떨어지질 않았다. 심호흡을 몇 번 하자 쪼그라들었던 심장이 미약하게나마 활기를 되찾았다.

윤재는 신발을 벗고 안으로 들어섰다. 입구 쪽에서 방 안을 전체적으로 한번 둘러봤다. 달라진 건 거의 없었다. 한쪽 벽면을 독차지한 책꽂이가 가장 먼저 눈에 들어왔다. 빽빽하게 꽂혀 있는 책 대부분이 언론관련 서적과 작법서였다.

책상 가장자리에는 귀퉁이가 빛바랜 신문 한 뭉치가 자리 잡았고 그옆에 필기구와 노트가 굴러다녔다. 책상 오른쪽으로 벽 모서리에 밀착

된 흰색 붙박이장이 보였다. 반대편 벽으로 시선을 돌리자 천장과 바닥에 단단히 고정된 행어가 나타났다. 걸려 있는 옷들은 검거나 희거나 회색 계열이었다.

입구 왼쪽에 배치된 소형 냉장고는 윤재의 허리 높이쯤 오는 사이즈였다. 냉장고와 싱크대 사이에 진공청소기와 요가 매트, 그리고 덤벨 두 개가 처박혀 있었다. 바지에 손바닥을 문지른 윤재는 행동을 개시했다. 뭘 찾아야 할지는 몰랐지만.

발뒤꿈치를 들고 살금살금 몸을 움직였다. 인기척을 듣고 누가 신고라도 했다간 곤란한 지경에 처할 테니까. 빈집털이범처럼 소리 나지 않게 조심조심 집 안을 뒤지기 시작했다. 살림살이라고 해봐야 책상과 옷장이 전부여서 수색할 데가 많지 않은 게 그나마 다행이었다. 제일 먼저 서랍이란 서랍은 죄다 열어 안을 확인하고 잡동사니를 헤집었다. 서가에 꽂힌 책도 무작위로 뽑아 페이지를 넘기며 속지를 살펴봤다. 책상 위 노트도 면밀히 뜯어봤지만 기사 작성이나 글쓰기 연습으로 도배돼 있을 뿐 눈여겨볼 만한 건 나오지 않았다.

이불장 아랫단 서랍에는 양말과 속옷 등이 줄을 맞춰 개켜져 있었다. 행어에 걸린 재킷이나 점퍼, 바지 등의 주머니도 하나하나 들쑤셔봤다. 동전 몇 개가 나왔을 뿐이었다. 냉장고와 싱크대 찬장도 들여다봤지만 헛수고였다. 쓸 만한 정보가 담겨 있을 확률이 높은 휴대폰은 보이지 않았다. 경찰이 조사 차 수거해 갔을 터였다.

한 시간 가까이 이어진 수색은 별 성과 없이 끝났다. 윤재는 의자를 빼 털썩 주저앉았다. 기운 빠진 몸을 의자 등받이에 맡기고 곰곰이 따져봤다.

애초부터 존재하지도 않는 신기루를 좇은 건지도 모른다. 핑계 대고 근무를 바꾸는 게 뭐 대수란 말인가. 경준이도 친구들과 놀고 싶어서 집안 핑계를 댄 것일지도 모른다. 아니면 몰래 만나는 여자라도 있던 가. 윤재는 그 생각을 지체 없이 털어냈다. 암만 생각해도 그런 이미지 는 녀석과 어울리지 않았다.

근무를 바꾼 다음 집에 안 내려가고 어디를 갔던 걸까. 도대체 뭘 했던 거지. 윤재는 열기가 오른 눈두덩을 손끝으로 지그시 눌렀다. 이제 그만 돌아가야 할 시간이었다. 일어나려고 의자를 돌리는 순간 발에 뭔가가 걸렸다. 책상 밑을 보니 삐져나온 백팩 끈이 발등을 휘감고 있었다. 경준이 늘 메고 다니던 백팩이었다. 들어올 때부터 눈에 띄었는데 확인할 생각도 안 하다니 스스로 생각해도 어이가 없었다.

윤재는 지퍼를 열고 백팩 입구를 벌렸다. 안경집, 보조배터리, 다이어리 등이 보였다. 가방 앞주머니에서는 반지갑이 나왔다. 지갑을 펼쳐보니 운전면허증과 체크카드 두 장, OTP카드, 카페 멤버십카드 그리고 현금 3만 8000원이 들어 있었다. 안쪽 포켓을 벌려 꼬깃꼬깃 접힌 카드 영수증 몇 장을 끄집어냈다. 프랜차이즈 카페 영수증이었다.

지갑을 도로 집어넣고 다이어리를 꺼냈다. 경준이 늘 들고 다녔던 다이어리였다. 눈에 익은 다이어리를 보자 눈시울이 뜨거워졌다. 진지하게 다이어리에 뭔가를 써내려가던 경준의 모습이 자연스레 연상됐던 것이다. 숨을 길게 내뱉으며 감정을 추스른 다음 다이어리를 펼쳐봤다.

올 1월부터 쓰기 시작한 다이어리는 3분의 1정도를 사용한 상태였다. 업무와 관련된 메모가 대부분이었다. 곳곳에 고심했던 제목 편집의 흔적도 보였다.

별 의미 없는 낙서도 군데군데 있었다. 꼼꼼하게 들여다봤지만 구미가 당길 만한 내용은 눈에 띄지 않았다. 사적인 스케줄이나 속마음을 끼적인 페이지도 없었다. 근무 변경이나 징계를 암시하는 글은 더더욱.

다이어리를 샅샅이 훑어본 윤재의 입에서 실망 섞인 한숨이 흘러나왔다. 중간에 속지가 찢겨져나간 페이지가 있었지만 대수롭지 않게 여겼다. 속지를 찢어 메모지 대신 쓰는 경우는 흔했으니까.

다이어리를 덮어 백팩에 도로 집어넣으려던 순간 손에서 놓치고 말았다. 바닥에 떨어진 다이어리는 표지가 위로 보이게 펼쳐진 채로 뒤집어져 있었다. 책등 안쪽에 손가락을 끼워넣고 집어 올리자 끝 페이지가 드러났다. 순간 윤재의 시선이 다이어리에 못 박혔다. 휑한 페이지 중앙에 숫자가 적혀 있었다.

6/1 2

윤재는 고개를 갸우뚱거렸다. 이게 뭘까. '6/1'은 날짜를 의미하는 것 같았다. 그렇다면 옆에 쓴 '2'는 시간을 말하는 게 아닐까. 6월 1일 2시. 윤재는 마른침을 삼켰다.

6월 1일은 윤재가 근무를 바꿔줘 경준이 철야 근무를 한 날이기 때문이었다. 이제껏 윤재는 경준이 쉬었던 31일, 그러니까 집에 간다고 했던 토요일에 무슨 일이 벌어졌을 거라고 짐작했는데 잘못 짚은 모양이었다. 일요일인 6월 1일 2시에 모종의 사건이 발생했을 수도 있었다.

윤재는 경준의 자취방에서 빠져나와 회사로 향했다. 이동하는 내내 6월 1일 2시에 대해 곱씹어봤다. 우선 '6/1 2'가 일시가 맞는지부터 가려내야 했다. 날짜가 아닌 다른 의미일 수도 있다.

그러나 이미 머릿속에 날짜와 시간이라고 각인된 상태라 다른 생각이 비집고 들어올 틈이 없었다. 한동안 여러 가지 가능성을 검토해보다 원점으로 돌아왔다. '6/1 2'는 날짜와 시간이라고 결론지었다. 대부분의 사람이 숫자 사이에 찍 긋는 빗금을 월과 일을 구분하는 기호로 쓴다는 점이 주된 근거였다. 더군다나 6월 1일은 경준과 윤재가 근무를 맞바꾼 날이었다. 6월 1일 말고는 다른 의미를 떠올릴 수 없었다. 그렇게 최종 판단을 내렸을 때 택시가 스쿱뉴스 앞에 멈춰 섰다.

자리에 앉은 윤재는 주변을 빙 둘러봤다. 텅 빈 사무실은 처량하기 짝이 없었다. 할 일이 많았지만 업무에 집중할 수 없었다. 머릿속이 온통 6월 1일 2시로 꽉 들어차 있었다. 누군가와 만날 약속을 정한 걸까. 그럴 가능성이 제일 높았다. 장소는 왜 쓰지 않았을까. 경준이 잘 아는 곳이라서? 그럴 수도 있지만 뭔가 다른 이유가 있을 것 같았다.

통화 내역을 뒤지면 뭐라도 나오지 않을까 싶은데 안타깝게도 경준의 휴대폰은 경찰의 수중에 있었다. 윤재는 전화를 걸어봤다. 12시가 다 됐지만 아직 잠자리에 들진 않았을 것이다. 신호가 다섯 번째 울렸을 때 예지가 전화를 받았다.

"출근 잘 했어?"

"잘 했지. 뭐 하고 있어?"

"그냥 좀 누워 있었어."

예지는 게으름을 모르는 성격이라 평소 같았으면 책을 읽는다든지, 다른 언론사 기사를 분석하고 있었을 것이다. 그렇지만 오늘 같은 날에는 어떤 의욕도 나지 않는 게 당연했다. 윤재가 조심스레 물었다.

"괜찮아?"

"괜찮아지려고 노력하고 있어. 시간은 좀 필요하겠지만. 그나저나 많이 피곤하겠다. 낮에 쉬지도 못했는데 일해야 돼서."

"걱정 마. 많이 안 피곤해."

"그래도 쉬엄쉬엄해."

"그렇게. 저기…… 부탁이 하나 있는데."

"무슨 부탁?"

"혹시 경찰서 출입기자 중에 아는 사람 있어?"

"있기야 하지. 근데 그건 왜?"

"딴 게 아니라 경준이 휴대폰 통화 내역 좀 볼 수 있을까 해서."

"경준이 휴대폰 통화 내역? 경준이 통화 내역은 왜 보려고 하는데?"

"경준이한테 뭘 좀 시킨 게 있었어. 내가 마무리 지으려고 하는데 상대방 연락처를 몰라서. 그쪽 연락처는 경준이만 알거든. 혹시 번호가 있나 확인해보고 싶어서."

"지금?"

예지의 어조는 힐난조였다. 아무리 업무 처리가 급하다 해도 발인도 안 끝난 상황에서 그걸 지금 꼭 확인해야 되겠느냐는 뉘앙스였다. 예상했던 반응이라 윤재는 좀 더 그럴듯한 부연 설명을 달았다.

"시기가 안 좋은 건 나도 알아. 그래도 경준이는 이렇게 해주길 바랄 거 같아서. 본인이 못다 한 일을 내가 마무리해주길 원하지 않을까. 책임감이 강한 녀석이었으니까."

예지가 한결 누그러진 목소리로 승낙했다.

"사회부 쪽 경찰 출입기자한테 부탁해볼게. 근데 경찰이 통화 내역을 뽑아놨을까? 단순 자살로 판명 났잖아."

"없으면 어쩔 수 없고."

"유족이 아니면 통화 내역을 안 보여줄 수도 있어."

"업무와 관련된 거니까 잘 얘기하면 보여주지 않을까. 통화 내역이 전부 필요한 건 아니야. 1일 자만 보면 될 거 같은데."

"1일?"

"응, 경준이가 그날 연락할 거라고 했었거든."

"알았어. 1일 자 통화 내역만 확인해달라고 해볼게."

"고마워."

"고맙긴. 경준이를 위하는 일인데."

인사를 주고받은 뒤 전화를 끊었다. 예지에게 경준과의 비밀을 털어놓고 지혜를 구해볼까도 싶었지만 아직 시기상조라 판단했다.

경준의 자살에 아무 의혹이 없을 수도 있다. 집에 간다고 거짓말을 했던 것이나 숫자 수수께끼는 알고 보면 어이없을 정도로 하찮은 일일지도 몰랐다. 확실치 않은 일로 예지를 힘들게 하기는 싫었다. 비밀을 지켜달라던 고인과의 마지막 약속을 저버릴 수도 없었다. 어느 정도 윤곽이 잡히면, 그땐 예지에게만 살짝 귀띔해줘도 괜찮지 않을까 싶었다.

경준의 책상으로 다가갔다. 다이어리에서 메모를 발견했듯 여기서도 뭔가 나올 수도 있었다. 윤재는 의자에 앉으면서 컴퓨터의 전원을 켰다. 부팅되길 기다리는 동안 서랍을 뒤적이고 노트를 살펴봤다. 별다른 게 없었다. 워낙 무소유 정신이 몸에 밴 녀석이라 개인 물품이 많지 않았다.

컴퓨터가 부팅되자 파일탐색기부터 띄웠다. 하드드라이브 폴더 구성도 단출했다. '기사', '제목', '뉴스룸', '경준' 폴더 네 개가 전부였다. 윤재는 '경준' 폴더를 클릭했다. 두 개의 하위폴더가 들어 있었다. '기사 벤치마킹'과 '기사 습작'. 벤치마킹 폴더 안에 열 개 정도의 하위 폴더가 보였다. 정치, 경제, 사회, 문화, 국제, 스포츠 등 분야별로 나뉘어 있었다.

그중 정치 폴더를 클릭했다. '정치인' 폴더가 상단에 있었고 정치 기사 링크와 텍스트가 포함된 문서 파일이 밑으로 쭉 나열돼 있었다. 기사 화면을 캡처한 이미지 파일도 군데군데 눈에 띄었다.

'정치인' 폴더로 들어가자 요즘 핫한 정치인의 인터뷰 및 관련 기사가 보였다. 정치부에 가고 싶었던 건가. '습작' 폴더에는 여러 가지 이슈에 대해 자신만의 견해와 시각으로 작성한 기사들이 수없이 쌓여 있었다. 윤재는 기사 몇 개를 골라 읽어봤다. 투박하긴 했지만 조금만 다듬으면 당장 지면에 실어도 손색없을 정도로 훌륭했다. 그동안 경준이 얼마나 많은 땀과 노력을 쏟았을지 눈에 보이는 듯했다.

경준의 죽음이나 6월 1일과 관련돼 보이는 자료는 없었다. 회사 컴퓨터라 그런 걸까. 개인적인 파일이나 사진도 저장돼 있지 않았다. 윤재는 상체를 뒤로 젖히고 깍지 낀 손을 뒤통수에 받쳤다. 6월 1일 2시에 대한 단서는 통화 내역에 기대하는 수밖에 없는 건가.

6월 1일 2시에 누군가와 만날 약속을 했던 거라면 그전에 한두 번쯤 연락이 오고 갔을 거라는 생각이 들었다. 시간이나 장소 확인 차, 혹은 약속을 잊지는 않았는지 점검 차. 그도 아니면 출발한다든지 조금 늦는다든지 하는 이유로. 보통은 약속 시간 전후로 그런 연락을 주고받기 마련이니까.

9

윤재는 철야를 마치고 집에 돌아왔지만 쉽사리 잠을 이루지 못했다. 숫자에 대한 집념으로 잠을 설쳐 두 시간밖에 눈을 붙이지 못했다. 일어나서 빵 쪼가리로 대강 배를 채운 다음 하루 종일 휴대폰만 주시했다.

예지의 전화가 걸려온 건 석양이 질 무렵이었다. 윤재는 인사도 생략하고 다짜고짜 용건부터 물었다.

"어떻게 됐어? 통화 내역 뽑아놓은 것 있대?"

"알겠습니다. 급하신 것 같으니 빨리 본론으로 들어가죠. 사회부에 있는 친구한테 부탁해서 좀 전에 갔다 왔어. 경찰이 통화 내역을 확인하긴 했대."

휴대폰을 쥔 손아귀에 힘이 들어갔다. 윤재는 숨을 죽이고 온 신경을 귀에 집중했다. 예지가 말을 이었다.

"통화 내역을 눈여겨보진 않았다나 봐. 금세 자살로 결론 내렸으니까. 업무 관련해서 보고 싶다고 하니까 내역을 주긴 했다더라고."

"1일 자 통화 내역은 확인해봤어?"

"선배가 직접 보는 게 나을 거 같아서 메일로 보내놨어."

윤재는 부랴부랴 인사하고 얼른 전화를 끊었다. 곧바로 통화 내역을 쭉 살펴본 윤재는 실망을 감추지 못했다. 일주일치 분량이었는데 1일에는 통화 내역 자체가 없었다.

'6/1 2'가 6월 1일 2시가 아닌가. 헛짚은 걸까. 사건과 아무 상관 없는 메모인가. 시작도 하기 전부터 벽에 부딪쳤지만 그만둘 마음은 없었다. 실낱같은 단서라도 찾고 말리라. 그런 오기가 뱃속에서 맹렬하게 솟구쳤다. 뉴스룸 경준의 책상을 다시 한 번 뒤져봐야겠다고 생각했다.

윤재는 근무표를 확인해봤다. 사람 없는 철야 근무 때가 아무래도 수색하기 좋을 것이다. 다음번 철야는 11일 목요일이었다. 다음 주 주말에는 근무가 없었다. 12일 아침에 퇴근해서 잠만 좀 줄이면 3일 연휴 같은 기분을 낼 수 있다. 평소라면 예지랑 바람이라도 쐬러…… 윤재가 난데없이 입을 반쯤 벌리고 나지막한 탄성을 흘렸다.

6월 1일 오후 2시라면 경준이가 뉴스룸에서 비몽사몽 일했을 때였다. 철야에 이어 연속으로 오전 근무까지 했었다는 사실을 까맣게 잊고 있었다. 2시면 점심 시간도 아니라서 누군가를 만나는 건 불가능했다. 철야 근무시간대인 새벽 2시라면 모를까.

스쿱뉴스 빌딩 주변은 정적에 휩싸여 있었다. 자정이 넘은데다 주변 회사원들은 진작 퇴근한 상태라 보행자 한 명 보이지 않았다. 윤재는 음산한 기운을 내뿜는 빌딩을 올려다보았다. 뉴스룸이 있는 3층 창문만 환하게 불이 켜져 있었다.

다음 주 철야까지 도저히 기다릴 수가 없어서 무작정 회사로 달려왔다. 6월 1일 새벽 2시에 여기서 뭔가가 벌어졌다. 그런 예감이 강하게 들었다. 새벽 2시에 약속을 잡는 게 일반적인 경우는 아니지만 모를 일이다. 이목을 피해 은밀히 만나야 한다면 여기만큼 적당한 데도 없었다.

윤재는 1층 로비로 발을 옮겼다. 중앙 계단 앞쪽에 보안게이트가, 그 옆으로 안내 데스크가 있었다. 늘어진 자세로 의자에 기대앉은 경비원이 TV를 보고 있었다. 윤재는 그를 향해 곧장 걸어갔다. 일찌감치 인기척을 알아챈 게 분명했지만 윤재가 안내 데스크에 팔꿈치를 대고서야 비로소 그가 고개를 들었다.

"안녕하세요. 수고 많으십니다."

윤재를 알아본 경비원이 코를 벌름대며 목덜미를 주물렀다. 당신이 왜 지금 여기 있느냐고 묻는 표정으로.

"큰 사건이라도 터졌어요? 이 시간에는 웬일이에요?"

"그런 건 아니고요. 뉴스룸에 잠깐 볼일이 좀 있어서요."

"아, 그래요? 그럼 올라가보세요."

화면으로 돌아가는 경비원의 시선을 윤재가 얼른 붙들었다.

"여쭤보고 싶은 게 있는데요."

"뭔데요?"

그가 TV를 곁눈질하며 시큰둥하게 되물었다.

"지난주 일요일 근무 하실 때요. 그러니까 1일 새벽 2시쯤에 혹시 방문객이 오진 않았었나요?"

"아뇨, 방문객은 없었는데요."

대답에는 일말의 주저도 없었다.

"다른 시간에 온 사람도 없었어요? 31일 밤늦게나 1일 새벽에요."

"없었다니까요."

TV에 정신이 팔린 경비원이 건성으로 대꾸했다.

"대충 대답하지 마시고 자세히 좀 생각해봐주세요."

거듭된 부탁에 그가 인상을 찡그렸다. 귀찮기도 했겠지만 자기 말을 안 믿는 게 더 기분 나쁜 모양이었다.

"자세히 생각하고 말고 할 게 없어요. 그날뿐만 아니라 야간 근무 중에 방문객이 온 적은 한 번도 없었으니까. 오밤중에 누가 여기를 오겠어요? 그쪽 철야 근무자 말고는 아무도 없는데."

그의 지적이 옳았다. 새벽 2시에 방문객이 왔을 거란 가설은 현실성이 부족했다.

"방문객 말고 직원은요? 직원 중에 새벽에 온 사람은 없었어요?"

미지의 방문객을 꼭 외부인이라고 단정 지을 순 없다. 새벽 2시에 이곳에서 약속을 잡았다면 같은 회사 직원일 확률이 더 높지 않을까. 경비원의 답변이 작은 기대마저 여지없이 부서뜨렸다.

"없었어요. 야근하다 늦게 퇴근하는 사람은 더러 있어도 이렇게 늦은 시각에 회사에 온 사람은 그쪽이 처음이에요. 근데 왜 이렇게 꼬치꼬치 캐묻는 거예요? 그날 무슨 문제라도 있었어요?"

윤재가 손을 내저었다.

"아무 문제 없습니다. 업무 때문에 확인하고 싶은 게 좀 있어서요. 마지막으로 한 가지만 더 여쭤볼게요. 1일 새벽에 뉴스룸 근무자가 빌딩을 나가지도 않았나요?"

"여기를 통해서요?"

경비원이 보안게이트를 가리켰다.

"네."

"아무도 안 나갔어요. 퇴근할 때 말고는."

스쿱뉴스 건물 내부가 아닌 바깥에서 접선했을 가능성을 타진해봤지만 그도 아닌 모양이었다. 윤재는 힘없이 발길을 돌렸다. '6/1 2'라는 암호는 사건과는 아무 상관이 없는 건가. 그저 스케줄을 적어놓은 걸까. 새벽 2시에 해야 할 일이 뭐가 있지.

2시에 엠바고 걸린 기사라도 있었던 건가. 그랬다면 기사 제목도 써놓지 않았을까. 혹시 모르니 그날 엠바고 기사가 있었는지 체크해봐야겠다는 생각을 하며 발을 놀리다 보니 어느덧 뉴스룸 입구였다. 뉴스룸에는 아무도 없었다. 화장실에 갔나.

오늘 철야 담당은 은빈이었다. 장례식장에서 서로 얼굴을 붉힌 뒤로 첫 대면이었다. 당시에는 왜 그렇게 열을 내는지 몰랐는데 남몰랐던 사정을 듣고 나니 은빈의 심경을 헤아리게 됐다.

경준의 자리에 앉아 컴퓨터 전원을 켜는데 등 뒤에서 발소리가 났다. 뒤를 돌아보자 은빈이 서 있었다. 귀신을 본 것 같았던 얼굴에 낙담의 빛이 빠르게 번져나갔다. 그럴 리 없다는 걸 알면서도 순간 윤재를 경준으로 착각한 모양이었다.

"경준 선배 자리에서 뭐 하는 거예요?"

말에 가시가 돋쳐 있었다.

"경준이 물건 좀 챙기려고. 경준이 누나가 부탁해서."

입에서 그럴듯한 거짓말이 술술 흘러나왔다.

"지금요?"

"잠도 안 오고 마음도 싱숭생숭해서."

윤재의 말에 은빈의 표정이 다소 누그러졌다.

"선배 어제 철야해서 피곤할 텐데."

"괜찮아. 낮에 푹 잤는데 뭘."

침묵으로 분위기가 서먹해지기 전에 윤재가 사과의 말을 건넸다.

"은빈아, 어제 일은 미안하게 됐다."

"아니에요, 선배. 저야말로 죄송하죠. 괜히 욱해서 대들기나 하고."

"내 잘못이야. 그런 식으로 얘기하면 안 되는 거였어. 원통하고 가슴이 미어지는 게 당연한 건데."

"저도요. 선배 얘기를 멋대로 곡해해서 들었잖아요. 장례식장에서 큰소리나 치고. 어제 진짜 싸가지 없었죠?"

"설마 어제만 그랬다고 생각하는 거야?"

은빈이 피식 웃었다.

"제가 뭐 도와드릴 건 없어요?"

"너는 일해야지. 혼자서도 충분해. 별로 많지 않으니까."

"알았어요. 혹시라도 일손 필요하면 얘기해요."

은빈은 자기 자리로 돌아가 앉았다. 은빈과 경준이 서로 마주 보는 자리여서 다행이었다. 그녀의 자리에서는 경준의 모니터가 보이지 않을 테니까. 윤재는 우선 서랍을 하나씩 열고 자질구레한 물건들을 꺼내 책상 위에 올려놓기 시작했다. 유품을 챙긴다고 둘러댔으니 그에 걸맞은 행동을 보여줄 필요가 있었다.

말없이 앉아 있으려니 괜히 껄끄러웠다. 너무 조용하면 딴짓 중인 걸 들킬 우려도 있었다. 서랍 속을 뒤적이며 윤재가 말을 걸었다.

"아까 화장실 다녀온 거야?"

"제가 농땡이라도 쳤을까봐 그래요?"

은빈이 새침한 목소리로 맞받아쳤다. 몇 차례 철야 작업을 엉망으로 해놨던 일이 떠올랐지만 기껏 조성한 화해 무드를 망치고 싶진 않았다.

"설마? 안 보이길래 그냥 궁금해서."

모니터 뒤에서 땅이 꺼져라 한숨 쉬는 소리가 들려왔다.

"제보팀 갔다 왔어요."

"제보전화 받으러?"

"네, 술 취한 음모론자 상대하느라 10년은 늙은 거 같아요."

뉴스룸 건너편에는 제보팀이 자리 잡고 있었다. 사실 팀이라고 부르기도 민망한 조직이었다. 구성원이 달랑 한 명뿐인 유명무실한 팀이었으니까. 사무가구도 원형 테이블에 의자 두 개 그리고 전화기 한 대가 전부였다. 제보팀에는 정년이 얼마 남지 않은 부장이 상주했다. 요즘은 제보의 대부분이 기자 이메일이나 해당 부서 직통전화로 들어왔다. 제보팀으로 걸려오는 중요한 전화는 없다고 봐도 무방했다.

그렇다고 전화가 아예 없는 건 아니었다. 가끔 특종이랍시고 한밤에 전화를 해대는 인간들이 있었다. 울리는 벨소리를 무시할 수도 없는 노릇이라 제보팀 전화는 철야 근무자의 몫이었다.

더 짜증 나는 점은 내선전화로 당겨 받을 수도 없어서 제보팀으로 직접 가서 전화를 받아야 한다는 사실이었다. 윤재도 몇 번 제보팀 전화 응대를 했지만 그동안 다른 부서로 전달해줄 만한 가치 있는 제보는 한 건도 없었다. 주정뱅이의 신세한탄이나 일시적 우울증 환자의 푸념, 그도 아니면 음모론자들의 헛소리가 대부분이었다.

은빈도 방금 전까지 그런 전화에 시달렸던 모양이었다.

"이번엔 뭐였는데?"

"5년 전에 발생한 연쇄살인 사건의 진범을 안다면서 횡설수설하더라고요. 그것도 잔뜩 취한 목소리로요. 경찰에 신고하라고 했더니 그쪽은 상대도 안 해준다면서 불같이 화를 내는 거예요. 그래서 수화기를 붙들고 있었는데 어디서 많이 들어본 것 같은 이야기인 거예요. 알고 봤더니 스릴러 영화 줄거리더라고요."

"고생 많았네. 데스크한테 건의해봐야겠어. 제보전화를 우리가 계속 받아야 되는지. 중요한 연락도 아닌데 자꾸 일할 시간만 뺏기잖아."

"진짜 한번 얘기해보는 게 좋을 것 같아요."

"내가 다음에 말씀드려보지 뭐. 매일같이 오는 건 아니지만 그래도 철야 때 전화 오면 신경……."

불쑥 머릿속을 침범한 생각에 윤재는 미처 말을 끝맺지 못했다.

"선배, 왜 그래요? 왜 갑자기 말이 없어요?"

"어? 아, 아무것도 아니야. 여하튼 제보전화 때문에 스트레스 받을 필요 없어. 헛소리하면 바로 끊어버려."

"그러다 더 골치 아파져요. 받을 때까지 전화하거나 나중에 대표전화나 이메일로 클레임을 건다고요."

은빈의 얘기가 귀에 들어오지 않았다. 윤재의 시선은 전화기에 못 박혀 있었다. 누구를 만나려 했던 게 아니다. 경준이 기다린 건 전화 연락이 아니었을까. 6월 1일 오전 2시에.

은빈이 눈치 못 채게 살그머니 전화기의 수신확인 버튼을 눌러봤다. 수신 내역을 훑었지만 6월 1일자 통화 내역은 없었다. 제보팀 전화를 확인해봐야겠다는 생각이 들었다. 윤재는 의자에서 일어섰다.

"잠깐 화장실 좀 다녀올게."

"네."

화장실 쪽으로 걸어가다 통로가 갈라지는 지점에서 잽싸게 방향을 틀었다. 몸이 보이지 않게 파티션 아래로 상체를 숙였다. 발소리를 죽이며 반대쪽으로 빙 돌아갔다. 참호 안을 이동하는 군인처럼. 기척을 내지 않고 제보팀 파티션 사이로 쓱, 미끄러져 들어갔다.

귀를 기울여 뉴스룸 동향을 살폈다. 키보드 두드리는 소음 외엔 잠잠했다. 윤재는 바닥에 무릎 꿇은 자세로 테이블의 전화기로 손을 뻗었다. 버튼을 눌러 수신 내역을 샅샅이 훑었다. 날짜를 거슬러 올라가다 자기도 모르게 숨을 집어삼켰다.

6월 1일 2시에 통화 기록이 남아 있었다. 통화 시간은 5분 남짓. 경준이 받은 전화가 틀림없었다. 번호는 02로 시작했다. 윤재는 굳은 손으로 수화기를 들었다. 재발신 버튼을 누른 다음 수화기를 귀에 갖다 댔다. 신호음이 가더니 목소리가 흘러나왔다.

"이 번호는 착신금지 번호이오니 다시 확인하시고 걸어주시기 바랍니다."

긴장된 숨을 코로 뱉어내고 수화기를 내려놨다. 수화기를 어찌나 꽉 쥐고 있었던지 손이 하얗게 질려 있었다. 혹시 몰라서 6월 1일 이전 수신 내역도 확인해봤다. 같은 번호가 일주일 전인 5월 25일에도 찍혀 있었다. 수신 시각 또한 2시로 동일했다.

휴대폰을 꺼내 재빨리 근무표를 확인해봤다. 예상대로 5월 24일 철야 근무자는 경준이었다. 그 말은 5월 25일 새벽 2시에 제보팀 전화를 받은 사람 역시 경준이란 뜻이었다.

이제야 윤재에게 근무를 바꿔달라고 한 진짜 이유를 알게 됐다. 6월 1일 2시에 걸려올 전화를 받기 위해서였다. 미로의 출구를 찾아낸 기분이 들었지만 답답한 느낌은 사라지지 않았다. 출구 밖에 더 큰 미로가 펼쳐져 있을 거란 예감 때문이었다.

10

집에 들어오니 2시가 다 돼 있었다. 침대에 고단한 몸을 내던지고 한 동안 축 늘어져 있다가 휴대폰을 집어 들었다. 통화 목록에서 문제의 전화번호를 뚫어져라 쳐다봤다. 일주일 간격으로 제보팀에 걸려온 전화. 그것도 새벽 2시에. 이걸 어떻게 해석해야 될까.

집으로 오는 길에도 여러 번 전화를 걸어봤지만 착신금지 상태는 변함이 없었다. 서울 어딘가에서 걸었다는 것 말고는 알 수 있는 정보가 없었다. 제보자가 누군지는 몰라도 무척 몸을 사린다는 인상이었다.

철저한 비밀 보장을 요구한 걸까. 경준에게서 한마디도 듣지 못한 걸 보면 그럴 가능성이 컸다. 아니면 술주정뱅이를 상대했던 은빈처럼 전달할 가치가 없었던 것일 수도 있다.

하지만 첫 번째 통화에서 허튼소리만 해댔다면 두 번째 전화 약속을 잡을 이유가 없다. 거짓말까지 해가면서 철야 근무를 바꿀 필요도 없다. 제보자는 어디서 전화를 걸었을까. 착신금지 된 사무실 전화? 윤재는 머리를 좌우로 흔들었다. 새벽 2시까지 일하는 회사원이 없지는 않겠지만 드문 것도 사실이다. 사무실에는 보는 눈도 많다. 뭣보다 꼬리를 잡히기 쉽다. 웬만한 기업은 업무 연락을 위해 전화번호를 공개해놓기 때문이었다.

자택 전화일 가능성도 희박해 보였다. 이렇게나 조심성 많은 사람이 집 전화를 이용했을 것 같지는 않았다. 또한 집 전화 착신금지 멘트는 약간 달랐다. '고객님의 사정에 의해'라는 말이 추가로 붙는다. 차후 착신금지가 해제될 수 있다는 여지를 남겨둔 것이다. 이 번호에는 그런 안내가 포함돼 있지 않았다. 태생이 착신 불가능한 번호라는 뜻이다.

이렇듯 추적이 어렵고 익명성이 보장되는 번호가 뭐가 있을까. 답은 어렵지 않게 유추해낼 수 있었다. 공중전화.

윤재는 상체를 일으켜 침대 가장자리에 걸터앉았다. 특정한 번호의 공중전화 위치는 114에 문의하면 알아낼 수 있다. 문제는 오늘이 주말이라는 점이었다. 월요일까지 기다렸다간 늦고 만다. 그런 조바심에 가만히 있을 수가 없었다. 통화는 일주일 간격으로 두 번 이루어졌다. 5월 25일과 6월 1일 새벽 2시. 통화 시간은 두 차례 모두 5분 내외였다. 유용한 정보를 얻어내기엔 턱없이 짧은 시간이다.

그렇기 때문에 윤재는 세 번째 연락이 올 가능성을 점쳤다. 6월 8일 새벽 2시에도 전화가 올지 모른다. 막연한 추측이지만 윤재가 잡을 수 있는 유일한 지푸라기였다.

제보팀 전화기 앞에서 대기할 생각은 없었다. 통화 상대 교체라는 예측 불가능한 변수가 생긴 탓이었다. 경준이 아닌 딴 사람인 걸 알아차리는 즉시 상대는 전화를 끊어버릴 수도 있다. 경준이 죽었다는 걸 알게 되면 영영 잠적할지도 모른다. 직접 만나야 했다.

한시라도 빨리 공중전화 위치를 파악해야 된다는 생각에 마음이 급해졌다. 서둘러 연락처에서 표정욱을 찾아 통화 버튼을 눌렀다. 정욱은 KT에 다니는 대학 동창이었다. 주말이면 코가 삐뚤어질 때까지 술을 마시는 애주가이기도 했다. 남들은 잠에 곯아떨어져 있을 시각이지만 정욱에게는 초저녁이나 다름없었다. 아니나 다를까 세 번째 신호 만에 전화를 받았다. 혀가 반쯤 풀린 목소리로.

"오, 나윤재! 웬일이냐? 네가 먼저 전화를 다 하고?"

시장바닥 뺨치게 주위가 소란스러웠다. 휴대폰을 귀에 완전히 밀착했는데도 뭐라 하는지 알아듣기가 힘들었다.

"어딘데 이렇게 시끄러워?"

"어, 뭐라고? 잘 안 들린다. 잠깐만."

밖으로 나온 건지 갑자기 배경 소음이 확 죽었다.

"이제야 좀 들리네."

"뭐야? 뜬금없이 이 시간에 전화를 다 하고. 뭐, 안 좋은 소식 있는 건 아니지?"

정욱이 조심스레 운을 뗐다. 깜깜무소식이었던 친구의 갑작스러운 연락은 보통 둘 중 하나로 귀결되기 마련이다. 결혼 아니면 부고. 늦은 시각이라 아무래도 후자가 연상된 모양이었다.

"그런 거 아니야. 별일 없다."

그제야 정욱의 목소리가 활기를 되찾았다.

"휴, 생전 안부 전화 한 통 안 하던 놈이 밤늦게 연락해서 쫄았잖아."

"쫄기는. 또 술 마시고 있냐?"

"또라니? 처음이야, 오늘은. 주말에는 신나게 달려줘야지."

"작작 좀 마셔라. 우리도 이제 몸 생각할 나이야. 슬슬 관리해줘야 된다고."

"난 술이 무지막지하게 잘 받는 체질이라 상관없어. 쓸데없는 걱정 말고 날이나 잡아라. 한잔하게."

"알코올 체질이라 아주 좋으시겠어요! 알았다. 조만간 한잔 마시자. 그건 그렇고 부탁 하나만 하자."

"오늘따라 왜 그러냐? 무섭게 연락에 부탁까지. 사람이 안 하던 짓 하면 갈 때가 된 거라던데."

평소라면 아무렇지도 않게 웃어넘길 농담이었지만 괜스레 등골이 서늘해졌다. 불과 며칠 전 세상을 뜬 경준이 떠오르기도 했지만 수상한 사건을 파헤치는 자신도 경준의 전철을 밟게 되는 건 아닐까 하는 불길한 생각이 뒷덜미를 움켜쥐었던 것이다. 윤재는 재수 없는 상상을 떨쳐내듯 내뱉었다.

"싱거운 소리 그만하고 번호 하나만 조회해줘."

"번호?"

"공중전화 위치 좀 알고 싶어서."

"야! 나도 몰라. KT 다니면 모든 전화번호를 꿰고 있을 거라 생각하는 거냐? 난 그쪽 부서가 아니라고. 114에 전화해서 물어봐."

"오늘이 주말인 거 까먹었냐? 주말에는 114 상담 안 하잖아."

"인마, 나도 주말에는 출근 안 해! 쉬는 날이라고!"

그의 입에서 볼멘소리가 튀어나왔다. 심정은 이해하지만 닦달하지 않을 도리가 없었다.

"진짜 급해서 그래. 친구 좋다는 게 뭐냐? 그쪽 부서에 아는 사람 좀 있을 거 아냐. 당직자한테 부탁 좀 하면 안 될까?"

"휴, 알았다, 이놈아. 톡으로 번호 보내. 설마, 지금 당장 알아봐달라는 건 아니지?"

"나도 양심은 있다. 내일 오전 중으로만 알려줘."

"그래, 일어날 수 있으면……."

말만 이렇게 하지, 약속은 칼같이 지키는 녀석이었다.

"고맙다, 친구야. 다음에 거하게 한잔 사마."

11시쯤 정욱의 연락을 받았다. 예상은 틀리지 않았다. 공중전화 번호였다. 정욱이 불러준 주소를 받아 적고 인사를 하는 둥 마는 둥 전화를 끊었다.

PC를 켜고 지도 어플을 실행했다. 주소로 검색해보니 어딘지 알 것 같았다. 로드뷰로 전환하자 화면에 동네 전경이 펼쳐졌다. 윤재는 문제의 공중전화 부스를 보고 숨을 들이켰다. 전화기는 두 대였다.

공중전화를 뚫어지게 쳐다보다 주변 지형으로 눈길을 돌렸다. 부스 왼쪽 너머에 빌라가, 오른쪽 담벼락을 따라간 곳에는 제과점이 있었다. 화면을 돌려 부스 맞은편을 둘러봤다. 어린이 보호구역 팻말이 서 있는 2차선 도로를 건너자 8층짜리 오피스텔이 나타났다. 1층에는 치킨집, 부동산, 중국집 등이 입점돼 있었다. 특별할 것 없는 주택가였다.

제보자는 이 동네에 사는 걸까. 새벽 2시에 여기서 전화를 했으니 그럴 가능성도 배제할 수 없었다. 윤재는 시간을 확인했다. 10분 뒤면 정오였다. 새벽 2시까지는 14시간이나 남아 있었다. 지금 가서 미리 둘러보는 게 나을 듯싶었다. 공중전화를 이용하는 사람을 누군가 봤는지 탐문도 할 겸. 운이 좋다면 목격자를 만날지도 몰랐다.

윤재는 공중전화 부스 내부를 꼼꼼하게 살펴봤다. 제보자에 대한 단서가 있을 리 없었다. 공중전화를 이용하는 사람도 없었다. 보행자도 차량 통행도 적은 지역이었다. 윤재는 걸음을 옮겨 제과점부터 가봤다.

"공중전화를 쓰는 사람을 본 적이 있느냐고요?"

빵집 사장이 귀찮은 투로 되물었다. 문을 열고 들어갔을 때 보였던 친절함은 온데간데없었다.

"네, 저쪽에 있는 거요."

윤재가 손으로 창문 너머를 가리켰다.

"잘 모르겠는데요. 공중전화에 딱히 신경 써본 적이 없어서요."

"요즘 세상에 누가 공중전화를 쓴다고 그래? 그리고 내가 그렇게 한

가한 사람으로 보여? 저걸 하루 종일 쳐다보고 있게?"

중국집 주인에게는 구박만 받았다. 부동산과 치킨집 반응도 별반 다르지 않았다. 혹시나 했지만 역시나 수확은 없었다.

시간을 때우려고 PC방으로 향하는데 휴대폰이 울렸다. 예지였다. 윤재는 쓰게 입맛을 다셨다. 둘 다 근무가 없는 날이니만큼 만나자고 할 확률이 높았다. 뭐라고 핑계를 대야 하나. 받지 말까 고민하다 결국 통화 버튼을 눌렀다.

"뭐 하고 있어?"

"쉬다가 잠깐 밖에 나왔어."

"밖이라고? 어딘데?"

벌써부터 말문이 막혔다. 의문의 제보자를 쫓는 중이라고 사실대로 털어놓을 순 없었다. 대답을 주저하자 이상한 낌새를 챈 듯했다.

"무슨 일 있어? 왜 말을 못 해?"

예지의 목소리에 미심쩍은 기색이 묻어나왔다. 전전긍긍하며 할 말을 고르는데 퍼뜩 약국이 눈에 들어왔다.

"아…… 실은 약국에 왔어."

"약국? 약국은 왜?"

"몸살 기운이 좀 있어서."

"많이 안 좋아?"

예지가 걱정스러운 투로 물었다.

"심한 건 아니야. 걱정할 필요 없어."

"죽 좀 사가지고 갈까?"

윤재는 보이지도 않는데 손사래까지 치며 사양했다.

"아냐, 그럴 필요 없어. 약 먹고 한숨 푹 자면 괜찮아지겠지."

"알았어. 그럼 약 먹고 쉬어."

가슴을 쓸어내리며 전화를 끊으려는데 예지가 머뭇대며 운을 뗐다.

"선배……. 경준이 일에 너무 신경 쓰지 마. 경준이가 이렇게 허망하게 간 거 나도 아직 안 믿기는데 선배 심정이야 오죽하겠어. 슬퍼하고 애도하더라도 건강에 무리가 가지 않는 선에서 했으면 좋겠어. 알았지?"

예지는 윤재가 충격에서 헤어나오지 못하고 심신이 상할까봐 염려하고 있었다. 핑계로 둘러댄 몸살 역시 그런 조짐으로 여기는 듯했다. 속인 것도 꺼림칙한데 걱정까지 끼치니 미안하기 짝이 없었다.

"너무 걱정하지 마. 내일이면 쌩쌩해질 테니까. 고마워…… 그리고 미안해."

"뭐가 미안해?"

"그냥. 이것저것 다…… 간만에 쉬는데 데이트도 못 하고…… 걱정만 끼치게 만들었네."

"아픈데 데이트는 무슨. 약 먹고 푹 쉬어. 이따가 전화할게."

PC방 입구 층계참에서 윤재는 민수에게 전화를 걸었다. 전화를 받은 민수는 다소 긴장한 목소리였다. 윤재가 개인적으로 연락한 적이 없는데다 최근 뉴스룸에 변고까지 생겼으니 불안할 만도 했다.

"뭐 하고 있어?"

"그냥 쉬고 있어요. 근데 무슨 일로……."

"너 오늘 철야 근무지?"

"네."

"부탁 하나만 하자. 만약 새벽에 제보팀으로 전화 오면 나한테 문자 하나만 보내줄래?"

"제보팀 전화는 갑자기 왜요?"

"요새 그쪽으로 계속 장난 전화가 온다고 해서 오늘도 그러면 조치를 취할까 하고."

"아, 그러면 전화 오는지 체크해뒀다가 출근하실 때 말씀드릴게요."

"아냐, 바로 문자 넣어줘."

"새벽에요?"

"확인해볼 게 좀 있어서 그래."

"알겠습니다."

"전화번호를 문자로 찍어줄게. 그 번호로 전화 오면 받지 말고 나한테 바로 연락해."

"알겠습니다."

"그리고 이 얘기는 딴 사람한텐 하지 마. 가뜩이나 분위기 어수선한데 신경 쓰게 만들기 싫으니까."

"네."

전화를 끊은 윤재는 민수에게 문자로 공중전화 번호를 보냈다.

게임도 안 하는데 PC방에 반나절 넘게 죽치고 앉아 있으려니 좀이 쑤셨다. 인터넷 서핑과 유튜브 시청도 한 시간이 지나자 지겨워졌다. 예지에게는 일찍 잠자리에 들겠다고 톡을 보내놨다.

컵라면으로 저녁을 때운 다음 의자에 몸을 묻고 골똘히 생각에 잠겼다. 제보자는 경준에게 무슨 이야기를 했을까. 경준이는 제보에 대해 왜 한마디도 안 했을까. 제보자가 과연 내일 새벽에 세 번째 연락을 해올까.

풀리지 않는 수수께끼를 풀려고 애쓰다 보니 눈이 감겨왔다. 저도 모르게 잠이 들었다가 뭔가에 놀라 퍼뜩 눈을 떴다. 휴대폰이 테이블 위에서 드르륵대며 몸을 떨고 있었다. 1시에 맞춰둔 알람이었다.

11

어둠이 내려앉은 주택가는 적막하다 못해 을씨년스러웠다. 번화가와 한 블록 이상 떨어진 동네여서 주위는 고요했다. 차량도 거의 지나다니지 않았다. 조도가 낮은 가로등 조명 탓인지 아니면 기분 탓인지는 몰라도 공중전화 부스는 스산해 보였다.

윤재는 길 맞은편 오피스텔과 옆 건물 사이에 설치된 에어컨 실외기 뒤에 숨어 있었다. 40분 정도 공중전화 부스를 주시했지만 길고양이 한 마리도 얼씬대지 않았다. 행인 자체가 없었다. 오피스텔에 인접한 인도를 오가던 발길도 뚝 끊긴 지 오래였다. 휴대폰으로 시간을 확인했다. 1시 45분을 지나고 있었다. 2시가 가까워질수록 심장박동이 빨라졌다. 제보자가 과연 나타날까. 허탕을 치게 될까.

1시 50분이 됐을 때 윤재의 어깨에 힘이 들어갔다. 숨을 죽이고 한곳만 뚫어지게 쳐다봤다.

남자 한 명이 걸어오고 있었다. 불안정해 보이는 걸음걸이였다. 어두운데다 거리가 멀어 얼굴은 안 보였지만 중간 키에 표준 체형이었다. 40대로 보였다. 그는 공중전화 부스를 향해 느릿느릿 움직였다. 고개를 떨군 남자는 양팔을 늘어뜨린 채 갈지자로 비틀거렸다. 전형적인 취객의 모습이었다. 알아들을 수 없는 말을 구시렁대는 소리도 얼핏 들렸다. 윤재는 남자가 얼른 지나가기를 기다렸다.

공중전화 부스 앞을 지나치기 직전 남자가 돌연 몸을 돌렸다. 느슨해졌던 긴장감을 바짝 조이며 남자에게 시선을 고정했다. 위장전술이었나. 일부러 술 취한 연기를 했던 걸까.

남자는 공중전화 부스 귀퉁이를 붙잡고 상체를 숙인 채 헛구역질을 해댔다. 다행히 구토는 안 했지만 좀처럼 떠날 생각을 하지 않았다. 부스에 몸을 기대고 뒤척이면서 힘겨운 숨을 몰아쉬었다. 취객을 보고 제보자가 그대로 발길을 돌릴까봐 윤재는 속이 바짝 타들어갔다.

58분에서 59분이 됐을 땐 고함을 치고 싶었다. 거기서 꾸물대지 말고 빨리 꺼지라고. 부스에서 미적대던 남자가 자리를 뜬 건 5분이나 지나서였다. 조급하게 시간을 확인했을 땐 2시 4분이었다. 아니, 5분.

제보자가 여기 왔었다 해도 진작 돌아갔을 시각이었다. 극도로 경계심 많은 인간이 지금까지 자기 차례를 기다렸을 리 없다. 이제껏 잠잠하다 왜 하필 지금 훼방꾼이 나타나서는. 유일한 기회를 써보지도 못하고 날려버렸다는 사실에 울화통이 터졌다. 헛헛한 마음으로 저린 다리를 펴다가 윤재는 멈칫했다. 제과점 모퉁이에서 희미한 발소리가 들렸던 것이다. 철수하려던 마음을 바꿔먹고 도로 몸을 웅크렸다. 잰걸음으로 공중전화 부스로 접근하는 사람이 보였다.

윤재는 온몸의 신경을 곤두세우고 남자를 응시했다. 그는 이동하면서 쉴 새 없이 사방을 두리번거렸다. 차림새도 수상쩍었다. 검은색 마스크와 파란 야구모자로 안면을 빈틈없이 가렸다. 얼굴에서 보이는 데라곤 번뜩이는 눈빛뿐이었다. 키는 180센티미터 정도에 탄탄한 체형. 날랜 몸놀림으로 봐선 젊은 축에 속할 것 같았다. 많아봐야 30대 후반. 이 사람이 제보자다. 확신에 찬 전율이 등줄기를 훑고 지나갔다.

기대는 10초도 안 돼 산산조각 나버렸다. 남자가 그대로 부스를 지나쳤던 것이다. 젠장. 왜 미심쩍은 행동과 복장으로 사람을 헷갈리게 만드느냐며 따지고 싶을 지경이었다.

내연녀의 집에 들렀다가 돌아가는 불륜남인가. 포기하려는 찰나 남자가 멈춰 섰다. 그의 시선이 정면을, 그리고 오른쪽을 향했다가 윤재에게 꽂혔다. 윤재는 가슴이 철렁했다. 눈이 마주친 남자가 매섭게 윤재를 노려보았다. 발각됐다고 여긴 순간 남자가 고개를 돌렸다. 윤재는 작게 안도의 한숨을 내쉬었다. 가로등 불빛은 건물과 건물 사이 안쪽까진 미치지 못했다. 깜깜한 암흑을 뒤집어쓰고 있다는 걸 잊고 있었다.

아무도 없다고 판단했는지 남자가 공중전화 부스로 되돌아갔다. 앞에서도 꼼꼼히 사방을 살피더니 왼쪽 부스로 들어갔다. 윤재는 몸속의 아드레날린이 설레발을 치지 않게 주의를 줬다. 헛발질은 두 번으로 족했다. 민수의 문자가 올 때까진 어떤 것도 장담할 수 없었다.

전화기에 바싹 붙어 선 남자가 수화기를 들었다. 동전을 넣고 검지로 버튼을 눌렀다. 제보팀 번호일까. 윤재는 휴대폰을 움켜쥐고 얼굴 쪽으로 들어 올렸다. 남자는 귀에 수화기를 댄 채 연신 주위를 힐끔거렸다. 신호가 가고 있는 듯했지만 윤재의 휴대폰은 조용했다.

민수가 전화벨 소리에 반응해 제보팀으로 달려가는 데 넉넉잡고 7초. 액정에 뜬 전화번호를 확인하는 데 2초. 휴대폰으로 문자를 보내는 데 4초. 벌써 10초는 지난 것 같은데. 저 사람도 아닌가 싶은 찰나 휴대폰 액정에 알림 메시지가 떴다.

– 선배, 전화 왔어요.

윤재는 주먹을 불끈 쥐었다. 저자가 제보자다. 경준과 두 번이나 통화했던. 침착하자, 침착하자. 윤재는 그렇게 속으로 되뇌면서 벌렁대는 가슴을 진정시켰다. 수화기를 내려놓는 남자의 모습이 눈에 들어왔다. 잠깐 어떻게 할지 고민하는 듯싶더니 주저 없이 부스를 나섰다.

그가 몸을 트는 것에 맞춰 윤재는 슬그머니 모습을 드러냈다. 그가 발을 멈췄고 어깨가 나무토막처럼 딱딱해졌다. 윤재가 은근슬쩍 다가가자 그가 재게 움직이기 시작했다. 윤재가 외치듯 말을 걸었다.

"방금 스쿱뉴스에 전화했죠?"

남자가 멈춰 섰다. 남자 주변의 시간만 정지된 것 같았다. 그가 뒤를 돌아보더니 천연덕스럽게 대꾸했다.

"네? 방금 저한테 말씀하신 건가요?"

중저음의 듣기 좋은 목소리였다.

"여기 그쪽 말고 아무도 없는데요."

"혼잣말인 줄 알고 흘려들었네요. 뭐라고 하셨죠?"

"스쿱뉴스로 전화했냐고요."

"스쿱뉴스요? 인터넷 언론사 말하는 건가요?"

"맞습니다."

"제가 거기 왜 연락하죠?"

"방금 전화하셨잖아요. 오늘뿐만 아니라 5월 25일과 6월 1일에도."

남자의 눈빛이 미세하게 흔들리는 듯했지만 태연하게 부인했다.

"친구한테 전화했는데요. 근데 누구시죠? 누군데 뜬금없이 나타나서 꼬치꼬치 캐묻는 겁니까? 경찰인가요?"

"스쿱뉴스 뉴스룸 편집기자입니다."

윤재의 신원이 남자의 경계경보를 한 단계 더 격상시킨 듯했다.

"난 그쪽이랑 아무 상관도 없습니다. 더 이상 귀찮게 굴지 마세요."

그가 도망치듯 몸을 돌렸을 때 윤재가 외쳤다.

"죽었어요! 당신이랑 통화했던 기자가 죽었다고!"

마주 잡은 두 손이 테이블 위에서 불안하게 꿈지락거렸다. 떨리는 손끝을 진정시키려는지 주먹을 쥐었다 폈다 했지만 소용없는 듯했다. 잔뜩 겁에 질린 모습이었다. 뭐가 그를 이토록 공포로 몰아넣는 걸까.

경준이 죽었다는 얘기를 들은 직후부터 반쯤 정신이 나가 있었다. 옆 방에서 새어나오는 노랫소리가 시끄러웠지만 그의 귀에는 아무것도 들리지 않는 것 같았다. 윤재는 제보자를 노래방으로 데려왔다. 은밀한 대화를 나누기에 이보다 적합한 장소도 없었다. 밀폐된 공간이고 누가 엿들을 염려도 없으니까. 모니터 속의 줄어드는 이용 시간을 곁눈질하며 대화를 어떻게 이끌어갈지 머리를 굴리는데 절박한 목소리가 들렸다.

"날 어떻게 찾은 거죠? 장 기자한테 들었나요?"

자기 신분이 노출됐을까봐 전전긍긍하는 기색이 역력했다.

"경준이는 아무 말도 안 했어요. 끝까지 비밀을 지켰죠. 그래서 당신을 찾는 데 애를 좀 먹었고요."

"장 기자가…… 죽었다고 했는데…… 어떻게 된 겁니까?"

"자취방에서 목을 맸어요."

"목을 맸다고요? 자살했다는 말입니까? 동기는요?"

"유서를 남겼습니다. 업무과실로 자책하고 괴로워했더군요."

"사인은 정확한 겁니까? 진짜 자살이 맞느냐고요?"

그가 꼬치꼬치 캐물었다. 수긍할 수 없다는 태도였다.

"경찰 조사 결과는 그래요. 자살로 판명 났습니다."

"부검도 했습니까?"

"안 했어요. 사건성이 없는데다 유가족도 원하지 않아서."

그가 머리카락을 쥐어뜯으며 신음소리를 냈다. 경준의 죽음을 안타까워한다기보다는 자신의 안위가 걱정되는 듯했다.

"경찰 조사 결과를 믿으시나요? 정말 장 기자가 자살했다고 생각하느냐고요?"

"아니요, 경준이는 결코 어리석은 짓을 할 녀석이 아니에요."

근무일을 바꿔줬던 일은 굳이 언급하지 않았다. 부차적인 사안인데다 정체를 알 수 없는 사람에게 선불리 패를 까 보일 순 없었다.

"하긴 자살에 의혹을 갖지 않고서야 내 뒤를 쫓을 리 없겠죠."

"대체 무슨 일이 있었던 겁니까? 무슨 제보를 한 거죠? 아니 그전에, 당신은 대체 누굽니까?"

윤재는 흥분해서 다그치듯 질문을 퍼부었다. 눈앞의 남자가 경준의 죽음과 모종의 관계가 있을지도 모른다고 생각하니 절로 격앙됐다.

"증명부터 해주십시오."

"무슨 증명이오?"

"그쪽이 장 기자 동료라는 사실을요."

그는 눈초리에서 의심을 지우지 않았다. 윤재는 지갑에서 운전면허증을 꺼내 테이블에 내려놓은 다음 남자 쪽으로 밀었다. 휴대폰으로 스쿱뉴스 홈페이지에 게시된 뉴스룸 전화번호도 보여줬다.

"전화 걸어서 '윤재냐'라고 말해요. 근무자가 없다고 할 거예요. 그럼 친구라고 둘러대면서 근무 중인 줄 알았다고 하고 끊어요."

그는 윤재가 시킨 대로 했다. 운전면허증 사진과 윤재의 얼굴을 번갈아 살피며 전화를 걸었다. 민수와의 통화로 신원을 확인한 남자가 운전면허증과 지갑을 돌려줬다.

"이제 됐죠? 어떻게 된 건지 하나도 빼놓지 말고 털어놔요."

"……미안하지만 말 못 합니다."

"뭐라고요? 말을 못 하다니요? 왜 못 한다는 겁니까?"

"입을 열었다간 무슨 꼴을 당할지 몰라요. 당신까지 위험해질 수 있다고요. 장 기자가 어떻게 됐는지 봤잖아요."

"그 말은……."

"장 기자는 자살한 게 아니에요. 자살당한 거라고요."

윤재는 발밑이 꺼진 듯 정신이 아득해졌다. 충격이 채 가시기 전에 입을 가까스로 뗐다.

"……누가요? 누가 경준이를 죽였다는 겁니까?"

"장 기자님 일은 정말 유감입니다. 그 인간이 설마 이런 짓까지 저지르려고는 상상도 못 했습니다. 이건 명백한 경고예요. 잠자코 입 닥치고 있으라는. 폭로하는 순간 죽은 목숨이라고 협박하는 거라고요. 동료를 잃은 참담한 심정은 이해합니다만 말 못 합니다. 미안합니다."

사태를 이 지경으로 만들어놓고 발을 빼려 하다니, 분통이 터졌다.

"그렇게 무책임한 소리가 어디 있습니까? 이럴 거였으면 애초에 제보를 하지 말았어야죠!"

"일이 이렇게 될 줄 나라고 알았겠습니까? 전적으로 내 책임이라고 할 수도 없고요."

"당신 책임이 아니라고요? 그건 또 무슨 말입니까?"

"장 기자님이 살해당했다는 건 정보가 샜다는 뜻이라고요."

"그게 경준이 탓이라는 겁니까? 경준이가 흘렸을 리는 없어요. 목에 칼이 들어와도 비밀을 지킬 녀석입니다. 뉴스룸의 어느 누구도 제보에 대해 듣지 못했다고요."

"누군들 알겠습니까? 메모한 걸 누가 훔쳐봤을 수도 있고 취해서 말실수를 했을지도 모르죠."

책임을 은근슬쩍 경준에게 떠넘기는 발언이었다. 윤재는 발끈했다.

"뭘 근거로 경준이 잘못이라고 단정 짓는 거죠? 당신 쪽에서 새어나갔을지 어떻게 압니까?"

"장 기자 말고는 아무에게도 얘기한 적이 없으니까요."

그가 얄밉게 이죽거렸다. 윤재는 욱해서 반박하려다 그만뒀다.

"지금 그게 중요한 게 아니니 일단 넘어가죠. 그쪽 상황도 여의치 않은 것 같으니 많은 걸 바라지는 않겠습니다. 경준이한테 말했던 것만이라도 알려주십시오."

타협을 시도했지만 남자는 그마저도 거부했다.

"몇 번을 말해야 알아듣겠어요. 상황이 그때랑 완전히 달라졌다니까요. 입을 잘못 놀리면 황천길로 간다고요."

"난 당신이 누군지도 모릅니다. 그쪽 신분이 드러날 일은 없다고요."

"정보가 누출되면 내가 의심받을지 몰라요. 누가 까발렸는지 혈안이 돼서 색출할 거라고요. 사람까지 죽이는 마당에 뭔들 못 하겠어요."

죽음의 공포에 사로잡힌 입은 꿈쩍도 하지 않았다. 하나밖에 없는 목숨이 왔다 갔다 하는 판이니 몸을 사리는 게 이해가 안 가는 건 아니었다. 그렇다고 이대로 물러날 순 없었다. 윤재는 간곡하게 부탁했다.

"죽는 한이 있어도 당신 얘기는 안 하겠다고 맹세하겠습니다. 아니, 애초에 제보 따위 없었던 걸로 치면 되잖습니까. 지금부터 들은 얘기는 전부 내가 취재한 걸로 하겠습니다."

"편집기자라고 하지 않았어요?"

"필요할 땐 취재도 합니다."

거짓말이지만 양심에 걸리지는 않았다. 제보자의 입을 열 수만 있다면 뭐든 할 각오가 돼 있었다. 그는 방금 전과 달리 단칼에 내치지 않았다. 관자놀이를 손으로 문지르며 미적거리는 걸 보니 갈등하고 있는 게 분명했다. 윤재는 그의 죄책감을 이용해보기로 했다.

"경준이는 제보가 아니었다면 멀쩡히 살아 있었을 겁니다. 창창한 나이에 그쪽이 해준 이야기 때문에 죽었다고요. 억울한 원혼이라도 달래줘야 하지 않겠습니까. 최소한의 정보라도 괜찮습니다. 그쪽이 위험에 빠지는 건 나도 원하지 않으니까요. 제발 부탁드리겠습니다."

손톱 끝을 쉴 새 없이 잡아 뜯던 남자가 길게 장탄식을 흘렸다.

"알겠습니다. 장 기자가 이렇게 된 데엔 제 책임도 있으니까……."

"고맙습니다."

윤재는 테이블에 머리가 닿을 듯 고개를 숙였다. 허공을 응시하며 뜸을 들이던 그가 묵직한 어조로 이야기를 시작했다.

"첫 날은 간보기였어요."

"간보기요?"

"그래요. 장 기자가 믿을 만한 사람인지 확인이 필요했어요. 당장 터뜨리면 내가 의심받을 수도 있으니까요. 가짜 미끼도 함께 흘렸죠."

"가짜 미끼라면……."

"원래 제보하려던 것과 상관없는 딴 제보도 했어요. 그것도 제법 대형 스캔들이었죠. 내가 쥐고 있는 것보다는 약했지만. 어쨌든 사정이 있어서 그러니 다음 주에 연락할 때까지는 보도하지 말라고 요청했죠."

"약속을 깨고 기사를 쓰면 연락을 끊을 작정이었군요."

"맞아요. 하지만 장 기자는 약속을 지켰어요. 미끼 제보는 기사화되지 않았죠. 입도 무거운 것 같더군요. 루머가 나돌지도 않았으니까. 신뢰할 만한 사람이라는 판단을 내렸고 두 번째 통화에서 진짜 목적을 밝혔죠."

"제보 내용이 뭐였습니까?"

윤재의 입에서 질문이 튀어나왔다.

"불륜 스캔들이에요."

"불륜을 저지른 사람이 누군데요?"

"정치인이라는 것만 말해두죠. 그 이상은 입도 벙긋 안 할 거예요."

"경준이는 누군지 알았었나요?"

"처음에는 이름만 넌지시 알려줬어요. 두 번째 통화 때 불륜 상대에 대한 힌트를 줬고요. 자세한 내용은 오늘 알려주려고 했는데……."

그는 얼굴을 일그러뜨리며 말끝을 흐렸다. 윤재가 사정했다.

"정치인 이름만 얘기해주십시오. 더 이상은 바라지 않겠습니다."

"미안해요. 그 이상은 무리예요. 나머지는 직접 알아내세요."

윤재의 부탁을 그는 단박에 뿌리쳤다. 윤재는 아랫입술을 잘근잘근 씹었다. 더 이상 정보를 뽑아내기는 힘들어 보였다. 이제부터는 혼자 힘으로 알아내는 수밖에 없었다.

어디서부터 손을 대야 할지 막막하긴 했지만 정치인 카테고리를 차근차근 뒤지다 보면……. 순간 깜깜했던 머릿속에 불이 번쩍 켜졌다. 경준의 컴퓨터에서 특정 정치인 기사를 모아놓은 폴더를 봤던 일이 떠오른 것이다. 그때는 대수롭지 않게 생각했는데 돌이켜보니 유독 그 정치인 기사만 많았다. 윤재의 표정에서 심상치 않은 기색을 느꼈는지 그가 입을 열었다.

"왜 그래요?"

"한 가지 짚이는 게 있어서요. 며칠 전에 장 기자 컴퓨터를 살펴봤거든요. 거기서 특정 정치인 기사를 스크랩해둔 걸 발견했죠. 혹시…… 신정한 의원인가요?"

그의 목울대가 꿀렁댔다.

"불륜 스캔들의 주인공이 신정한 의원이었군요."

"난 아무 말도 안 했어요. 아무것도 모른다고요."

제보자가 시선을 내리깔며 중얼거렸다. 윤재는 힘주어 말했다.

"걱정 말아요. 우리는 만난 적도 얘기한 적도 없는 거니까. 뭣보다 난 당신 이름도 얼굴도 모르잖아요."

윤재가 모니터로 눈길을 돌리자 어느덧 마지막 곡을 부를 시간밖에 남아 있지 않았다.

"그만 일어날까요?"

자리에서 일어나는데 그가 초조한 목소리로 물었다.

"경찰에 신고할 건가요?"

"증거 하나 없는데 어떻게 신고하겠어요. 그쪽 주장은 증거 없이는 음모론자의 망상에 불과할 뿐인데. 무작정 신고해봤자 상대방한테 증거 인멸할 시간만 벌어주는 꼴이죠. 명예훼손으로 고소당하는 건 덤이고요."

"그러지 마요."

그가 만류했다. 애원하는 눈빛이었다.

"뭘요?"

"괜히 복수하겠다고 나대거나 뒤를 캐고 다니지 말라고요."

"그쪽한테 피해 가는 일 없도록 할 테니 걱정 말아요."

"내가 문제가 아니라 당신도 장 기자처럼……."

격하게 말을 토해내던 그가 끝말을 집어삼켰다. 충분히 인지하고 있었다. 윤재 역시 죽을 수도 있다는 걸. 무섭지 않다면 거짓말이었다. 지금도 무릎이 후들거렸다. 그러나 결코 멈출 수 없었다.

"갈 때 가더라도 경준이 죽인 새끼 낯짝만큼은 신문에 대문짝만 하게 실어주고 갈 겁니다."

12

"안녕하세요."

예지의 조심스러운 출근 인사가 들렸다. 윤재를 포함한 모두가 보일 듯 말 듯 눈인사를 주고받았다. 활력 넘쳤던 뉴스룸 분위기는 하루아침에 시들해졌다. 연중헌의 얼굴이 윤재의 시야 끄트머리에 잡혔다.

연중헌은 퀭한 눈으로 경준의 빈 책상을 바라보고 있었다. 며칠 사이에 눈에 띄게 수척해진 모습이었다. 말수도 부쩍 줄었다. 일도 손에 잡히지 않는지 저렇게 멍 때릴 때가 많았다. 이마에는 못 보던 고뇌의 주름이 깊게 패 있었다.

부서 책임자로서 이번 사태에 책임을 지고 물러나야 한다는 편과, 생계를 위해 뻔뻔하게 빌붙어 있어야 한다는 편이 마음속에서 치고받고 싸우는 중인지도 몰랐다. 윤재가 착잡한 심경으로 눈길을 거두는데 메신저 창이 떴다. 예지였다.

– 몸은 좀 괜찮아?

– 응, 괜찮아. 약 먹고 푹 잤더니 씻은 듯이 나았어.

– 안색이 나빠 보이는데…….

당연했다. 제보자와 헤어지고 귀가한 시간이 새벽 4시였다. 오전 근무라 7시까지 출근해야 돼서 두 시간밖에 눈을 붙이지 못했다. 그마저도 잠을 설쳤다. 경준의 타살 의혹이 거머리처럼 귓가에 들러붙어 떨어지지 않았던 것이다. 잠복에 취조도 모자라 뜬눈으로 밤을 지새웠으니 낯빛이 좋을 리 없었다.

- 기분 탓이겠지. 어제 좀 앓았다는 얘기를 들어서 그렇게 보이는 거야. 멀쩡하니까 걱정할 필요 없어.

- 아침에 약은 먹었어?

- 안 먹었어, 컨디션이 많이 좋아져서. 괜찮으니까 걱정 마.

- 그러면 퇴근하고 삼계탕 먹으러 가자. 우리 선배 몸보신 좀 시켜야지 아무래도 안 되겠어.

- 어쩌지, 동훈이랑 만나기로 했는데.

- 동훈 씨랑? 오늘?

- 응, 갑자기 오늘 만나자고 하네.

- 그럼 나도 같이 가자. 오랜만에 동훈 씨 얼굴도 볼 겸.

- 아…… 잘은 모르겠는데 동훈이가 긴히 할 얘기가 있나 봐. 담에 같이 보는 게 좋을 거 같아.

메신저 하단에 문장을 작성 중입니다, 라는 표시가 조금 길게 떠 있다가 사라졌다. 이윽고 짤막한 답변이 도착했다.

- 알았어. 잘 만나고 와.

메신저 창을 닫은 윤재는 신경질적으로 뒷머리를 긁적였다. 마음이 못내 불편했다. 꼬리에 꼬리를 무는 거짓말을 가장 하지 말아야 할 상대에게 계속하는 게 껄끄러웠다. 아직 음모론에 불과한 사안을 얘기할 수도, 위험한 일에 예지를 끌어들일 수도 없다고 자기합리화를 하는 수밖에 없었다. 출근하자마자 동훈에게 연락해 다짜고짜 약속을 잡은 건 윤재였다. 전화 벨소리에 잠이 깬 동훈은 비몽사몽간에 수락했을 뿐이다.

퇴근 후 윤재는 지하철을 타고 여의도로 향했다. 동훈의 근무지가 그쪽에 있었다. 고동훈은 언론고시를 함께 준비한 사이였다. 스터디 모임에서 처음 만나 동갑이라는 이유 하나로 친해졌다. 똑똑한데다 성실하기까지 했던 동훈은 단번에 안국일보 공채에 합격했다. 예지와 사귄다는 사실을 아는 유일한 친구이기도 해서 가끔 셋이 어울렸다.

동훈과 뜬금없이 약속을 잡은 까닭은 그가 국회 출입기자이기 때문이었다. 국회의사당에 상주하는 덕에 정치권 소식 및 의원 정보에 빠삭했다. 신정한 의원의 평판을 들으려면 동훈이 제격이었다. 그와 만나기로 한 카페에서 커피를 주문하는데 마침 동훈이 들어왔다.

"일찍 왔네."

"간만에 보는 친구를 기다리게 할 수야 없지."

"지금 나와도 되는 거야?"

"안 되지. 너 때문에 농땡이 친 거야. 그러니 이 집에서 제일 비싼 거로 사라."

동훈이 윤재 어깨에 팔을 두르더니 메뉴판을 훑었다.

"야! 여기는 네 나와바리잖아. 당연히 네가 쏴야지."

"나와바리라는 말 쓰지 말라고 했잖아. 구역이란 말을 써야지."

동훈은 누가 기자 아니랄까봐 비속어나 외래어 사용에 깐깐하게 굴었다.

"이 정도도 안 돼? 입에 붙은 걸 어쩌라고. 알았다, 알았어. 앞으로 안 쓸게. 반성하는 의미로 오늘은 내가 사마."

윤재가 웃으며 커피 두 잔을 주문했다. 그리고 카운터에서 커피를 받아 손님이 별로 없는 안쪽 테이블에 자리를 잡았다.

"잘 지냈냐?"

안부를 묻는 말에 순간 막막해졌다. 경준이가 세상을 떠난 건 모르는 눈치였다. 그럴 만도 했다. 신문사가 아닌 국회의사당 기자실에 박혀 있는데다 불미스러운 일이니만큼 스쿱뉴스에서도 쉬쉬하고 있었으니까.

윤재의 표정이 안 좋아 보였는지 그가 근심 어린 투로 입을 열었다.

"혹시 예지 씨랑 무슨 일 있었냐?"

"예지랑은 잘 지내고 있어. 안부 전해달라더라. 혹시…… 나중에 오늘 너랑 만난 거 물어보면 네가 먼저 만나자고 한 걸로 해줘라."

동훈이 미간을 찡그렸다.

"잘 지낸다면서 예지 씨는 왜 속이려는 건데? 나는 또 왜 끌어들이고? 무슨 공범이라도 된 거 같잖아."

"그럴 일이 있어."

"이거 수상한데. 아무래도 둘 사이에 심상찮은 일이 있는 거 같은데……."

"안 좋은 일은…… 사실 뉴스룸에 있었어."

윤재는 경준의 자살 사건에 대해 간략하게 말해줬다. 제보자와 접촉했던 일이나 타살 의혹 그리고 신정한과의 연루설에 대해선 언급하지 않았다. 그를 만나러 온 진짜 이유도. 얘기를 다 들은 동훈이 딱하다는 표정으로 위로의 말을 건넸다.

"너도 마음이 말이 아니겠다. 아끼던 후배가 그렇게 떠났으니."

"그 녀석 마지막 모습이 머리에서 떠나질 않아. 착한 녀석이었는데…… 아무튼 이래저래 마음이 갑갑하니까 그쪽 동네를 벗어나고 싶더라고. 예지는 나를 생각해서 저녁 먹자고 했는데 둘이 있으면 그 녀석을 안 떠올릴 수가 없잖아. 그래서 네 핑계 대고 빠져나온 거야."

"알았다. 오늘 약속은 내가 잡은 걸로 해주마."

"고맙다. 넌 어떻게 지냈어?"

윤재는 근황을 물으며 말을 돌렸다.

"늘 똑같지. 정치인들이랑 지지고 볶고 인터뷰하고 기사 쓰고."

"복귀는 언제 해? 여기 꽤 오래 있었잖아."

"그게 내 맘대로 되냐? 회사에서 오라고 해야 들어가지."

자연스럽게 신정한 얘기를 꺼낼 기회만 엿보다 슬슬 밑밥을 깔았다.

"아니면 그냥 여기 눌러앉든가. 의원들이랑 친분 쌓으면서 눈도장이나 찍어둬."

"눈도장 찍어서 뭐하게?"

"정치인하고 친하게 지내서 나쁠 거 없잖아. 혹시 알아? 신정한 의원 같은 사람 눈에 띄어서 정계로 진출하게 될지?"

동훈이 어이없다는 듯 헛웃음을 터뜨리며 손사래를 쳤다.

"정계 같은 소리 하고 있네. 난 그쪽하고는 체질적으로 안 맞아요. 왜 엄한 사람 등을 떠밀고 그러냐. 정치할 생각은 눈곱만큼도 없으니까 관심 있으면 네가 하든지. 소중한 한 표 정도는 행사해줄 테니."

윤재는 애가 탔다. 기껏 신정한을 대화에 끼워 넣었는데 이야기가 딴 데로 새고 있었다.

"에이, 난 안 되지. 너처럼 정치인 연줄이 있는 것도 아니고."

"나도 연줄 같은 거 없어. 내 사정 뻔히 알면서 오늘따라 이상하게 엮으려고 하네."

"연줄이 별거냐? 신정한 의원 같은 사람이랑 가깝게 지내면 연줄이지."

"신 의원은 왜 자꾸 들먹거리는데?"

"왜긴? 요새 여의도에서 제일 핫한 정치인이잖아. 왜? 네가 보기엔 그냥 그래?"

윤재는 잡담하듯 지나가는 투로 물었다. 포커스가 드디어 신정한에게 맞춰졌다. 동훈은 별 의심하는 기색 없이 대꾸했다.

"아니, 괜찮은 사람이야. 청소하시는 분들한테도 매너 있고 젠틀하게 대하니까.”

분명 칭찬인데 왠지 신통치 않았다. 말과 표정이 따로 노는 느낌이랄까.

“근데 반응이 왜 그래? 사람만 좋고 일은 젬병이야?”

“일도 똑 부러지게 잘하지. 필리버스터 스타로 떴을 때 너도 봤을 거 아냐. 여섯 시간이나 연설하면서 한마디라도 중언부언하거나 막히는 거 봤어? 논리정연하고 일목요연한데다 초등학생도 알아듣기 쉽게 주장을 술술 펼치는데 절로 입이 떡 벌어지더라.”

방금 전과는 사뭇 다른 태도였다. 입에 침이 마르도록 추앙하는 모양새가 열성 지지자가 따로 없다.

“그뿐이야? 얼굴도 꽤 잘생겼잖아. 여성 지지자들 팬심도 엄청나요. 신정한 때문에 통국당 여성 지지율이 천정부지로 치솟았다는 얘기도 있어. 그뿐인가, 딸바보에 애처가이기까지 하잖아. 장인은 장관 출신이고. 얼마나 완벽하고 반듯하냐. 도대체 인간이 깔 데가 없어요.”

“그래서 별로라는 거야, 너무 완벽해서? 사람이면 모름지기 허술한 구석이나 흠결도 좀 있어야 하는데 질투 날 정도로 깨끗하고 훌륭해서?”

동훈이 눈살을 찌푸렸다. 자기를 뭐로 보느냐는 듯한 표정이었다.

“내가 신 의원 같은 사람을 질투해서 뭐하겠냐? 그런 사람한텐 질투도 안 나요. 딴 세계에 사는 사람이니까.”

“그럼 대체 뭐가 못마땅한 건데?”

“못마땅한 게 아니라 그냥 좀 그래. 모범적이고 존경할 만한 사람이긴 한데 가깝게 지내고 싶지는 않다는 느낌이랄까.”

윤재가 몸을 숙이고 귓속말하듯 목소리를 낮췄다.

“어디 구린 데라도 있는 거야? 이런저런 뒷얘기가 들어올 거 아냐. 기사로 못 쓰는 비하인드 스토리나 오프 더 레코드 같은 것들 말이야.”

동훈이 질문을 되새김질하는 듯 입을 오물대더니 대꾸했다.

"기자들 사이에서 정치권 인사에 대해 도는 얘기들이 있긴 하지. 근데 신 의원은 너무 깨끗해."

"성인군자란 소리야?"

"그거랑은 좀 다른 느낌인데…… 뭔가 포장된 삶처럼 느껴진다고 해야 되나. 사소한 가십거리 하나 없거든. 보좌관을 하인 부리듯 굴려먹는다든가, 대접받는 걸 좋아해 의전에 환장한다든가, 주사가 심하다든가 하는 것들조차 없어요. 그래서 신 의원이 좀 꺼림칙하게 느껴지나 봐. 인간미가 안 느껴진달까."

"그냥 자기 관리에 철저한 거 아냐?"

"뭐, 그럴 수도 있겠지."

윤재는 동훈의 떨떠름한 얼굴을 보며 그가 해준 얘기들을 곱씹어봤다. 동훈에 따르면 신정한은 인간으로서도 정치인으로서도 흠잡을 데 없는 인물이었다. 도무지 불륜과 매칭되지 않았다. 제보가 그를 끌어내리려는 반대파의 음해 공작일 가능성은 없을까.

하지만 모종의 정치공작이었다면 무조건 터뜨리고 보지 않았을까. 사실 여부와 관계없이 상당한 타격을 입힐 수 있을 테니까. 윤재가 느꼈던 제보자의 감정은 원초적인 공포 그 자체였다. 두려움을 꾸미거나 복잡한 연극을 하는 걸로는 보이지 않았다.

경준이의 죽음은 또 어떻게 설명한단 말인가. 훌륭한 사람이지만 왠지 모르게 꺼림칙하다는 동훈의 감상 또한 의미심장하게 들렸다. 그는 예전부터 촉이 좋은 편이었다. 어쩌면 신정한은 겉과 속이 매우 다른 사람일 수도 있다. 두꺼운 가면을 쓰고 있을지도 모른다. 가면 아래 진짜 민낯을 보려면 한 가지 방법밖에 없었다.

윤재는 고개를 들어 신식 건물을 올려다봤다. 2층과 3층 창문 사이에

'통국당 국회의원 신정한 사무소'라는 간판이 달려 있었다. 그 위에 '발로 뛰는 동작의 일꾼'이라는 현수막도 보였다. 휴대폰으로 시간을 확인했다. 10시 55분. 오후 3시 근무라서 시간은 충분했다.

크로스백을 고쳐 멘 윤재는 건물 입구로 걸어 들어갔다. 지역구 사무실은 계단과 가까운 2층 복도 중앙에 있었다. 노크한 다음 문을 조심스레 열고 상체를 들이밀었다. 윤재는 문간 근처 책상 앞에 앉은 여자와 눈이 마주쳤다. 앳된 외모로 봐선 인턴 같았다. 그녀의 입에서 또랑또랑한 인사말이 튀어나왔다.

"안녕하세요. 허드렛일도 마다 않는 동작구의 일꾼 신정한 의원 지역구 사무소입니다. 무엇을 도와드릴까요?"

창가 쪽 자리에도 40대로 보이는 남자가 앉아 있었지만 자기와는 상관없는 일이라는 듯 거들떠보지도 않았다. 윤재가 옅은 미소를 머금고 말했다.

"신정한 의원님을 좀 뵙고 싶은데요."

"의원님은 의정활동 때문에 국회에 계세요. 건의사항이 있으시면 저희한테 말씀하시면 됩니다."

윤재를 지역 주민으로 생각한 모양이었다. 신정한이 지역구 사무실로 출근하지 않는다는 건 익히 알고 있었다. 국회의원은 특별한 일이 아니면 대부분 국회에 상주한다. 윤재가 멋쩍게 턱을 긁으며 말했다.

"제 소개부터 드릴 걸 그랬네요. 스쿱뉴스 나윤재라고 합니다."

매뉴얼에서는 보지 못한 말인지 인턴이 당황한 얼굴로 남자를 힐끗대며 도움을 청했다. 남자가 귀찮다는 듯 끙, 소리를 내면서 자리에서 일어섰다.

"스쿱뉴스에서 오셨다고요? 이쪽으로 들어오시죠."

인턴의 안내를 받아 윤재는 사무실 가운데에 있는 타원형 회의 테이블 앞에 앉았다. 윤재는 엉거주춤한 자세로 그와 명함을 교환했다. 명함 상단에 '국회의원 신정한'이 박혀 있고 중앙에는 '보좌관 한중화'라고 적혀 있었다.

한중화는 윤재의 명함을 흘낏 보더니 테이블 가장자리에 내려놨다. 인턴 비서가 물 한 잔을 내와 윤재는 목을 축였다. 한중화가 테이블에 올린 손을 겹쳐 잡고는 사무적인 투로 용건을 물었다.

"의원님은 무슨 일로 뵙기를 원하시는 겁니까?"

"인터뷰를 진행하고 싶습니다."

"인터뷰라……."

그가 말꼬리를 애매하게 흘렸다. 썩 내키지 않는다는 반응이었다. 아니나 다를까 에둘러 거절 의사를 내비쳤다.

"근데 의원님이 인터뷰를 하신 지 얼마 안 돼서요. 못 보신 모양인데 2주 전쯤에 UBC에서 꽤 많은 분량을 할애해 의원님 인터뷰를 내보냈습니다. 스쿱뉴스에서 더 다룰 게 있을지 모르겠네요."

"저도 봤습니다. 의원님의 정치인생을 일목요연하게 망라해놨더군요. 그래서 말인데 저는 다른 각도에서 접근해보고 싶습니다."

"다른 각도요?"

한중화가 턱을 문질렀다. 관심보다는 귀찮아하는 몸짓에 가까웠다.

"신 의원님의 의정활동이나 정치철학을 다룬 기사는 많습니다. 정책 이슈나 사회 현안에 대한 대담 인터뷰도 수두룩하고요. 그렇지만 의원님 개인을 분석한 기사는 전무하다시피 하죠."

"개인이오?"

"정치인 신정한이 아닌 인간 신정한을 보여주는 겁니다."

"그런 거라면 이미……."

"부인을 끔찍이 아끼는 애처가, 아이들과 보내는 시간을 무엇보다 중요하게 여기는 자상한 아빠, 가정적인 남자 1위로 뽑힌 적도 있으시죠. 말씀하시려고 했던 것처럼 의원님의 가정사도 널리 알려져 있습니다. 독자가 보기에는 식상할 법도 하죠."

이제 한중화는 상체를 테이블에 붙인 채 귀를 쫑긋 세우고 있었다.

"누구의 남편, 누구의 아빠, 어떤 당의 의원. 이런 이름표를 모조리 떼 버리고 오로지 신정한이란 사람에게만 포커스를 맞추고 싶습니다. 베일에 싸인 신정한의 사생활을 밀착 취재하는 거죠. 마치 연예인을 24시간 뒤쫓는 파파라치처럼요. 일테면 정치인 파파라치랄까요."

"신선한 콘셉트이긴 하네요. 온라인 미디어라 그런가요? 파격적인 시도를 하시네요."

말은 그럴듯하게 해줬지만 허무맹랑한 제안이라고 생각하는 것이 분명했다. 감정이 얼굴에 그대로 드러나는 사람이었다. 슬슬 미끼를 던질 타이밍이었다.

"의원님께도 많은 도움이 될 겁니다. 이제껏 유권자들이 보지 못했던 색다른 모습을 통해 의원님의 인간적인 면모를 부각시킬 수 있을 테니까요. 다소 민감할 수 있는 주제까지 여과 없이 밝히면 루머를 정면 돌파할 수도 있을 테고요."

즉각 입질이 왔다. 꽤 놀랐는지 한중화가 눈을 부릅뜨고 엉덩이를 들썩거렸다.

"네? 루머라니요? 무슨 루머 말입니까?"

말실수를 했다는 듯 윤재는 손으로 입을 가리는 시늉을 했다.

"제가 경솔했군요. 의원님 사무실에서도 가급적 피하고 싶은 얘기일 텐데……."

"지금 무슨 말씀을 하시는 겁니까? 우리 의원님에 대한 루머가 나돈다는 소립니까?"

"모르는 척하실 필요 없습니다. 이미 다 알고 왔으니까요."

한중화는 냉정을 잃고 전전긍긍했다.

"모르는 척이라니요? 루머가 돈다는 얘기는 금시초문인데요. 대체 무슨 루머가 돌고 있다는 겁니까?"

윤재는 주위를 살핀 뒤 그에게 손짓했다. 그가 가까이 다가오자 낮게 소곤거렸다. 한중화의 낯빛이 새파랗게 질렸다.

13

전화가 걸려온 건 9시경이었다. 낯선 번호였지만 누군지 짐작이 갔다. 재게 비상계단으로 이동해 문을 닫자마자 통화 버튼을 눌렀다.

"여보세요."

"나윤재 기자님 되십니까?"

남자치고는 하이톤의 목소리였다.

"네, 그런데요."

"저는 신정한 의원님 수석 보좌관 정유일이라고 합니다. 내일 시간 괜찮으십니까? 의원님께서 나기자님을 만나길 원하십니다."

"잘됐네요. 저도 의원님을 만나 뵙고 싶었는데."

만날 장소와 시간을 알려주고 정유일은 전화를 끊었다. 윤재는 고개를 갸웃거렸다. 왜 여기서 만나자고 했을까. 밀실까진 아니어도 조용하고 사람 없는 곳으로 부를 줄 알았는데. 숨길 게 없으니 떳떳하다는 자신감의 표출인가. 가보면 알겠지.

지역구 사무실을 공략해 루머를 흘린 전략은 먹혀들었다. 미끼를 던진 지 반나절 만에 신정한이 몸소 등판했으니까.

피부가 따가울 정도로 강렬하게 내리쬐는 햇볕에 윤재는 인상을 잔뜩 찡그리며 이마 위로 손차양을 쳤다. 6월 중순밖에 안 됐는데도 폭염을 머금은 뜨거운 공기에 숨이 턱 막혔다.

그늘 하나 없는 한강공원에 마이크 소리가 웽웽 울려 퍼졌다. 머리에 신문지로 만든 모자나 캡을 눌러쓴 군중이 단상에서 열변을 토하는 신정한을 홀린 듯 바라보고 있었다. 한마디가 끝날 때마다 우렁차고 열렬한 박수 소리가 뒤를 따랐다.

대부분 신정한의 열성 지지자인지 교주의 말씀을 하사받는 신자처럼 감격에 겨운 표정으로 두 손을 모으고 있었다. 개중에는 따분한 얼굴로 손부채질에 여념이 없거나 하품을 참지 못하는 사람도 있었지만.

"예정보다 행사가 길어졌네요. 이제 거의 끝났습니다. 기다리시느라 고생 많으셨습니다."

어느 틈에 왔는지 윤재 곁에 선 정유일이 절도 있는 목소리로 귀엣말을 했다. 다소 거만하게 보였던 한중화와 달리 정유일은 반듯한 느낌을 주는 남자였다.

"그렇게 오래 기다린 것도 아닌데요. 의원님이 많이 바쁘신 것 같은데 다른 날 뵐걸 그랬나요?"

"다른 날도 마찬가지라서요. 시간을 분 단위로 쪼개 써야 할 만큼 매일 스케줄이 빽빽합니다. 의원님이 나기자님을 오늘 꼭 뵙고 싶다고 하시기도 했고요."

윤재는 내심 쾌재를 불렀다. 그가 윤재를 최대한 빨리 보려고 한 건 발등에 불이 떨어졌다는 의미 아닐까 싶었던 것이다. 정유일이 자못 진중한 목소리로 말했다.

"의원님을 만나시기 전에 당부드리고 싶은 게 있습니다."

"말씀하시죠."

"오늘 만남은 정식 인터뷰가 아니라는 점을 양해해주셨으면 합니다. 의원님이 하시는 어떤 말씀도 기사화하지 않겠다고 약속해주시겠습니까? 당연히 녹음도 안 됩니다."

"그렇게 하죠."

윤재는 순순히 동의했다. 오늘은 어차피 탐색전이 될 것이다.

그로부터 20분이 더 지나서야 용의자를 볼 수 있었다. 연설이 끝난 후에도 신정한의 이름을 연호하는 지지자들과 일일이 악수하며 감사 인사를 전하느라 시간을 잡아먹은 탓이었다.

"미안합니다. 오래 기다리셨죠?"

만면에 미소를 띤 신정한이 머리를 공손하게 숙이며 윤재의 손을 와락 부여잡았다. 마치 선거 유세에서 유권자를 만난 것처럼.

"아닙니다. 덕분에 좋은 말씀 많이 들었습니다."

신정한은 TV에서 보던 그대로였다. 자신감 넘치면서도 호감 가는 서글서글한 인상. 진심이 담긴 눈빛과 자신을 낮추는 겸허한 태도. 방금 전의 환대에서도 가식은 느껴지지 않았다.

사실 여부는 둘째치고 루머를 들먹이며 자신을 공격한 윤재가 달가울 리 없을 텐데도 오랜만에 만난 동창 대하듯 반겼다. 동훈이 느꼈던 위화감이 뭔지 조금은 알 것 같았다.

"좋은 자리에서 뵀어야 했는데 어수선한 곳으로 모셔서 죄송합니다."

"간만에 한강에 와서 바람도 쐬고 좋은데요."

"그렇다면 다행이고요. 가볍게 걸으면서 얘기할까요."

두 사람은 산책하듯 느긋하게 한강변을 걷기 시작했다. 대화가 들리지 않을 정도의 거리를 유지한 채 정유일이 그림자처럼 뒤따라왔다.

"강병운 편집국장님은 잘 계신가요? 예전에 사석에서 몇 번 뵌 적이 있는데."

둘 다 아는 사람 이야기로 신정한이 자연스럽게 대화의 물꼬를 텄다. 꾸밈없는 표정을 보아하니 강병운과의 관계로 압박을 주려는 목적은 아닌 듯했다.

"잘 계십니다. 스쿱뉴스에도 아는 분들이 좀 있으신가 보네요."

"그럼요. 인터뷰 때문에 스쿱뉴스나 명정일보 기자님들도 많이 만나
뵜으니까요."

"혹시 장경준 기자도 아십니까?"

"처음 듣는 이름이네요."

윤재가 불쑥 치고 들어갔는데도 당황한 기색은 찾아볼 수 없었다.

"신정한 의원님께 관심이 많았던 친구였어요. 의원님 기사만 따로 모
아놓을 정도로."

"그거 참으로 고마운 얘기네요."

"얼마 전에 죽었습니다."

걸음을 멈춘 신정한이 윤재에게 시선을 돌렸다. 윤재도 발을 붙이고
서서 그를 마주 봤다. 그의 표정과 몸짓 하나하나를 유심히 관찰했다.
경준이 죽었다는 말에도 동요는커녕 눈썹 하나 까딱하지 않았다. 범행
이 들통날까봐 가슴을 졸이는 것처럼 보이지도 않았다. 왜 잘 알지도
못하는 사람 얘기를 하는지 모르겠다는 듯 어리둥절한 기색만 언뜻 스
쳐 지나갔다. 곧바로 조문객으로 빙의해 애도를 표하긴 했지만.

"저런…… 삼가 고인의 명복을 빕니다. 젊은 나이에 세상을 뜨다니
안타깝기 그지없네요. 어쩌다가 그렇게 된 건가요?"

"스스로 목숨을 끊었습니다."

"아이고…… 어쩌다가…… 동료분이 그렇게 가셨다니 참으로 상심
이 크시겠습니다."

그의 반응은 일면식도 없는 사람의 부고 그 이상도 이하도 아니었다.
셋 중 하나이리라. 실로 완벽한 포커페이스이거나 자신이 죽인 사람에
게 일체 관심이 없거나, 아니면 지시만 내리고 실행은 아랫사람이 해서

디테일한 정황을 모르던가.

"상상도 못 했던 불행이라 충격이 크기는 합니다. 결코 극단적인 선택을 할 녀석이 아닌데……."

의미심장한 말을 던져봤지만 신정한은 눈만 끔뻑거릴 뿐이었다. 가라앉은 분위기와 무거운 화제에 마침표를 찍고 싶은지 그가 끝맺듯이 말했다.

"장기자님이 좋은 데로 가시길 빌겠습니다."

신정한이 다시 발을 떼자 윤재도 그와 어깨를 나란히 하며 걸었다. 강변을 따라 이동하다 그가 방향을 왼쪽으로 틀었다. 그리고 신정한이 대뜸 입을 열었다. 마치 날씨 얘기라도 하는 것처럼 덤덤한 투였다.

"제 루머가 나돈다고요? 비서관에게 얼핏 전해 듣긴 했습니다만 자세한 이야기를 듣고 싶습니다."

"들으신 그대로입니다. 의원님이 바람을 피우고 있다는 내용입니다. 일명 불륜 스캔들이죠."

그는 발끈하며 부인하지 않았다. 어이없다는 듯 실소를 흘리지도 않았다. 특유의 사람 좋아 보이는 미소를 입가에 머금을 뿐이었다.

"아니 땐 굴뚝에 연기 나랴, 라는 속담이 있지요. 뭔가 구린 짓을 했으니까 그런 풍문이 돌겠지, 라는 생각으로 저를 찾아오셨을 겁니다. 물론 그 속담이 딱 들어맞는 사례도 없지는 않습니다. 하지만……."

"아니 땐 굴뚝에 연기가 나는 경우도 있다는 건가요?"

"맞습니다. 불순한 의도를 가진 무리가 남의 굴뚝에서 불을 때는 경우도 있습니다."

"사실무근이라는 건가요?"

"반대로 제가 한번 여쭤봐도 되겠습니까? 루머에 제 불륜 상대가 누군지도 나오나요? 구체적인 이름이나 이니셜까진 아니더라도 동종업

계라든가, 지지자라든가, 연예계 인물이라든가 하는 정도만이라도요.”

어디까지 알고 있는지 떠보는 건가. 문득 그런 생각이 들었다. 새로운 유언비어를 퍼뜨릴 수도 없는 노릇이라 윤재는 솔직하게 대답했다.

“아니요. 불륜 상대에 대한 내용은 전혀 듣지 못했습니다.”

그의 입꼬리에 야릇한 미소가 매달렸다.

“상대에 대한 정보 하나 없다니 불륜설의 근거가 너무 희박하군요.”

“철저하게 보안을 유지하는 걸 수도 있죠.”

“정치한답시고 동분서주하느라 가족과 보낼 시간도 부족한 마당에 무슨 여력으로 딴 여자를 만나겠습니까? 보잘것없는 사람이지만 국가와 국민에게 충성을 맹세한 몸입니다. 누구보다 청렴하고 윤리적이어야 할 공직자로서의 신분을 한시라도 망각해본 적이 없습니다.”

진심 어린 눈빛이 강렬하게 윤재를 찔러왔다. 빨아들이는 듯한 시선과 호소력 짙은 말발에 하마터면 홀딱 넘어갈 뻔했다.

“그럼 왜 이런 루머가 떠돈다고 생각하십니까?”

윤재의 질문에 찰나였지만 세상 물정 모르는 애송이를 보는 듯한 비웃음이 입가에 맺혔다가 사라졌다.

“여의도는 보기보다 지저분한 곳입니다. 온갖 정치공작과 교활한 술수가 판을 치죠. 권력을 차지하고 각종 이권을 손에 넣기 위해서라면 양심과 법을 저버리는 자들이 적지 않습니다. 자신이 가는 길에 걸림돌이 되는 건 수단과 방법을 가리지 않고 제거하려 들죠.”

“의원님을 거꾸러뜨리려는 반대세력의 소행이라는 겁니까?”

신정한은 물끄러미 윤재를 응시할 뿐 대꾸하지 않았다. 당연한 소리를 말해 무엇하느냐는 것처럼. 윤재는 질문의 방향을 바꿔봤다.

“누군가 별것 아닌 장면을 보고 오해했을 가능성은 없을까요?”

“무슨 말씀이신지?”

"이를테면 의원님이 여성 보좌관과 카페에 있는 걸 목격한 누군가가 상상의 나래를 펼친 겁니다. 소문이 퍼지면서 와전되거나 덧붙여진 거죠."

"그럴 리 없습니다."

한 치의 망설임도 없는 답변이었다. 그럴 수도 있겠다며 기억을 더듬지도 않았다. 그래서 더 부자연스럽게 느껴졌다.

"사소한 오해를 살 만한 행동마저 전혀 없으셨다?"

"그렇습니다."

다음 질문을 골라내는 와중에 그가 의표를 찔러왔다.

"이게 루머가 맞긴 한 건가요?"

"무슨 말씀이십니까? 루머가 아니면요?"

"루머란 본디 입에서 입으로 전파되잖습니까. 물론 소문이라는 게 본인만 빼고 주변 사람들은 다 아는 경우도 있다고는 하지만요. 제가 발도 넓은 편이고 국회에서도 나름 정보통이라 자부하는데 이런 루머는 처음 들어서요. 나기자님은 제 불륜 루머를 누구에게 들으신 겁니까?"

표정은 여전히 부드러웠고 다그치는 말투가 아님에도 취조를 받는 기분이었다.

"말 그대로 루머잖습니까. 저도 여기저기 떠도는 소문을 주워들은 것뿐입니다."

"나기자님께 말해준 사람은 있을 것 아닙니까?"

"루머의 출처가 많이 궁금하신가 봅니다."

"오해는 마십시오. 루머의 최초 작성자를 색출해내거나 유언비어 유포자를 고소하려는 건 아니니까요. 단지 이런 낭설이 돌게 된 경위를 파악하고 싶을 뿐입니다. 제 부덕의 소치에서 비롯된 일이라면 몸가짐을 바로잡는 데 도움이 될 것 같아서요."

듣기에 번지르르한 말이었지만 곧이곧대로 믿을 수가 없었다.

"죄송합니다만 그건 말씀드릴 수 없습니다. 의원님도 잘 아실 텐데요. 정보원을 밝히지 않는 게 이쪽 룰이라는 걸요."

"그럼 한 가지만 알려주시죠. 기자에게 전해 들은 겁니까? 아니면 제보를 받은 건가요?"

"그것도 말씀드릴 수 없습니다."

신정한의 입에서 칭찬인지 빈정거림인지 모를 말이 흘러나왔다.

"기자정신이 투철하시군요. 알겠습니다. 어쨌든 이런 루머에 더 이상 시간 낭비를 안 하셨으면 좋겠습니다."

"왜 시간 낭비라고 생각하시죠?"

"허위사실을 취재할 이유가 없으니까요."

"허위인지 아닌지는 아직 판명 나지 않았는데요."

신정한이 곁눈질로 윤재를 힐끗 쳐다봤다. 되바라진 아이를 째려보는 것 같은 눈매였다.

"제 명예를 걸고 말씀드리죠. 악성 루머입니다. 그러니 이 건에선 손을 떼주셨으면 합니다."

"한마디로 취재를 중단하라는 말씀이군요."

"시민의 알 권리를 최우선으로 하는 분에게 감히 어떻게 그런 요청을 하겠습니까? 다만 나기자님이 곤란한 상황에 처할까봐 노파심에서 드리는 말씀입니다."

"제게 압력을 행사하시는 건가요? 나를 잘못 건드리면 큰코다친다고?"

윤재가 농담 반 진담 반 삼아 말하자 신정한은 손사래를 쳤다.

"그럴 리가요. 저야 이런 일을 한두 번 겪는 게 아니라서 허허 웃어넘기면 그만일 뿐입니다. 다만 제 보좌관들은 아직 혈기가 넘쳐서 그런지 유언비어에 강경하게 대처하자는 입장이라서요. 소속 정당도 당 이미지가 걸린 문제에 한해서는 강력한 법적 대응에 나서고 있고요."

지극히 원론적인 얘기였지만 희한하게도 협박처럼 들렸다. 불현듯 옆자리가 허전해진 느낌에 윤재는 멈춰서 몸을 반쯤 돌렸다.

어느새 신정한은 공중화장실 앞에 서 있었다. 볼일이 급한 건가. 지은 지 얼마 안 됐는지 공중화장실 외관은 세련되고 깔끔했다. 그가 불쑥 손가락으로 입구를 가리켰다. 그의 손끝을 따라가보니 여자화장실 입구 옆에 안내 문구가 적힌 보드판이 보였다.

"안전한 화장실, 음성인식 비상벨? 위급 시 비명을 질러주세요?"

무심결에 보드판의 문구를 소리 내 읊은 윤재가 영문 모를 얼굴로 신정한을 바라봤다.

"공공장소나 공중화장실에 설치된 비상벨을 본 적이 있으십니까?"

"장애인 칸에 설치된 걸 본 적은 있습니다."

"기존 비상벨은 물리적으로 압력을 가해야 작동되는 버튼식이 대부분입니다. 그렇지만 위급 상황 시 버튼을 누르기란 현실적으로 쉽지 않습니다. 공포로 몸이 굳는다거나, 범인의 위협을 받는다거나, 비상벨과의 거리가 멀다거나 하는 이유로요."

신정한은 잠깐 틈을 뒀다가 설명을 계속했다.

"그런 단점을 보완한 게 음성인식 비상벨입니다. '살려주세요'나 '도와주세요' 같은 특정 음성이나 여자의 비명소리를 감지하면 112 상황실로 신고가 자동 접수됩니다. 상황에 따라 경찰을 즉각 출동시킬 수 있고 양방향 통화도 가능하죠. 이상음원 감지기뿐만 아니라 기존의 버튼식 비상벨도 설치돼 있고요."

"신기하네요. 음성인식 기능이 포함된 비상벨이 있는 줄은 몰랐습니다."

윤재의 감탄에 신정한이 입을 실룩이며 우쭐거렸다.

"지난달까지 우리 구에 위치한 40개 공중화장실 모든 곳에 음성인식 비상벨을 설치했습니다."

윤재는 얼떨떨했다. 뜬금없이 최신식 비상벨 홍보에 열을 올리는 꿍꿍이를 알 수가 없었다. 불륜 스캔들 건은 집어치우고 자신의 치적이나 기사로 써달라는 뜻인가. 신정한의 표정에 설핏 아련한 빛이 서렸다.

"주민의 안전과 범죄 예방을 위해 음성인식 비상벨 도입을 추진하긴 했지만 실은 제 아내를 위한 일이기도 했습니다."

"사모님을 위한 일이라고요?"

또다시 이야기가 생뚱맞은 데로 튀었다. 비상벨 설치가 그의 아내와 어떻게 연결된다는 건지 감도 잡히지 않았다.

"10년 전쯤이었습니다. 아내는 동창 모임에 참석했다가 귀가하는 길이었어요. 근데 뭘 잘못 먹었는지 속이 좋지 않았죠.

결국 택시에서 내려 근처 공중화장실에 들렀습니다. 외진 곳이라 평소에도 이용자가 많지 않은데다 늦은 밤이라 아무도 없었어요. 저녁 먹은 걸 죄다 변기에 게워내고 나오는데 소스라치게 놀랐다는군요.

세면대 앞에 웬 남자가 우두커니 서 있었던 겁니다. 그를 보자마자 본능적으로 알아차렸다고 해요. 위험인물이라는 걸. 겁먹은 기색을 감추고 태연하게 말을 건넸다더군요. 여기는 여자화장실이라고. 혹시나 잘못 들어온 걸 퍼뜩 깨닫고 사과한 뒤 나가길 속으로 빌면서요. 작은 바람은 이루어지지 않았어요. 그는 꿈쩍도 안 했죠. 음험한 눈길로 아내를 훑어보기만 했어요. 온몸의 피가 얼어붙는 것 같았다고 하더군요.

전전긍긍하는 와중에 그의 어깨 너머로 벽에 붙은 비상벨이 보였대요. 하지만 그림의 떡이나 다름없었어요. 남자가 길목을 막아선 상태였거든요. 그자가 비상벨을 누르게 놔둘 리도 없을 테고요. 어쩔 줄 몰라

쩔쩔매는데 그가 앞으로 한 발 내딛더랍니다. 아내는 저도 모르게 뒷걸음질을 쳤다고 합니다. 하지만 피할 곳은 어디에도 없었어요. 도망칠 데도 없었고요. 몇 발자국 못 가 등이 벽에 닿았으니까요.

남자는 끈적거리는 몸짓으로 접근하며 서서히 거리를 좁혔어요. 마치 먹잇감을 덮치려는 맹수처럼. 왜 이러느냐고, 돈을 원하는 거냐고 물어도 아무 대꾸도 않더래요. 여기서 죽는 건가 싶어서 온몸이 벌벌 떨려오더랍니다."

윤재는 어느샌가 그를 만난 목적도 잊고 스토리에 흠뻑 빠진 자신을 발견했다. 본연의 임무를 망각하지 말자고 마음을 다잡으면서도 뒷얘기를 묻지 않을 수 없었다.

"그래서 사모님은 어떻게 되셨습니까?"

신정한이 빙긋 웃어 보였다.

"다행히 아무 일도 당하지 않았어요. 밖에서 인기척이 나자마자 남자가 도망쳤거든요. 운이 좋았죠. 다리가 후들거리긴 했다지만."

윤재는 눈썹을 긁적였다. 여전히 그의 진의를 파악할 수가 없었다. 윤재의 반응에 아랑곳하지 않고 신정한은 제 할 말을 다했다.

"운 좋게 별 탈 없이 지나갔지만 저는 내내 그 일이 마음에 걸렸어요. 아내가 겪었을 끔찍한 공포를 상상하면 가슴에 돌덩이가 얹힌 것 같았죠. 더 마음 아픈 점은 아내에게 트라우마가 생겼다는 겁니다."

"무슨 트라우마요?"

"그날 이후로 공중화장실은 물론 외부 화장실 사용 자체를 꺼려요. 무조건 집에서만 가려고 하죠. 안쓰러웠지만 제가 해줄 수 있는 게 없었습니다. 그러던 차에 음성인식 비상벨에 대한 소식을 듣게 됐고 지역구 내 공중화장실 전면 설치를 강력 추진하게 된 겁니다."

윤재는 비로소 신정한이 철 지난 신변잡기를 구구절절 늘어놓은 까닭을 알아차렸다. 나는 절대 불륜을 저지를 사람이 아니다, 사랑하는 아내를 위해 이런 일까지 하는 로맨티스트다, 라는 걸 보여주고 싶은 것이다. 윤재를 행사장으로 부른 것도, 좀 걷자면서 화장실 앞으로 데려온 것도 모두 연출된 것이었다.

포장된 삶처럼 보인다던 동훈의 말이 무슨 뜻인지 어렴풋이 알 것 같았다. 어쩌면 부인이 공중화장실에서 치한을 만났다는 사연도 지어낸 것일지도 모른다. 윤재는 새삼스러운 눈길로 신정한을 쳐다봤다. 그는 여전히 우수에 젖은 눈빛으로 공중화장실을 바라보고 있었다.

14

스쿱뉴스 빌딩 앞에 도착했을 때 전화벨 소리가 울렸다. 예지였다. 혀 끝으로 앞니를 쓸며 망설이다 통화 버튼을 눌렀다.

"어."

"어디야? 아직 친구들 만나고 있어?"

오늘은 고교 동창을 만난다고 둘러댔다. 속여봤자 어차피 들통 날 게 뻔해서 사실대로 말했다.

"지금 회사 앞이야."

"회사는 왜? 친구들 모임은 일찍 파한 거야?"

"실은 경준이 아버님 연락을 받았어."

"경준이 아버님?"

의아하면서도 조심스러운 목소리로 예지가 되물었다.

"회사에 있는 경준이 소지품 좀 챙겨달라고 하셔서."

"아…… 그것 때문에 중간에 나온 거야?"

"되도록 빨리 챙겨드리는 게 좋을 거 같아서."

"그랬구나. 선배가 고생이 많네. 얼른 짐 챙기고 일찍 집에 들어가. 무리하지 말고."

"무리 안 해. 걱정하지 마."

"선배, 이번 주 금요일은 별일 없지?"

"이번 주 금요일? 없긴 한데…… 왜?"

"왜긴 뭘 왜야? 선배가 요즘 워낙 공사다망하셔서 도통 만날 수가 있어야지. 무슨 애인 얼굴 보는 게 하늘의 별 따기야. 하도 까이니까 미리 번호표라도 뽑아놓으려고 그런다."

장난삼아 투정을 부리는 듯해도 말속에 뼈가 있었다. 경준의 사건을 남몰래 파헤치느라 예지에게 소홀했던 게 사실이었다. 새삼스레 미안해졌다.

"미안…… 내가 요새 좀……."

"아니야. 선배가 미안할 게 뭐가 있어. 상황이 이런 걸. 선배도 어쩔 수 없는 부분이잖아. 그냥 투정 좀 부려봤어."

"금요일은 제가 풀코스로 모시겠습니다."

"됐거든요. 이번 주는 내가 살 거야. 아주 비싸고 맛있는 데로 갈 거니까 완벽한 공복 상태를 유지하도록!"

"충성!"

"그럼 짐 정리 잘하고. 난 피곤해서 일찍 잘게."

윤재는 전화를 끊고 죄책감이 실린 숨을 길게 뱉어냈다.

이미 퇴근한 사람이 저녁 늦게 되돌아오자 희선과 유진의 눈이 동그래졌다. 희선이 물었다.

"휴대폰이라도 놓고 갔어요? 왜 다시 온 거예요?"

"경준이 물건 좀 챙기려고."

"아……."

경준의 이름을 꺼내자마자 둘 다 말이 없어졌다. 어느샌가 '경준'이 뉴스룸의 암묵적인 금기어가 돼버렸다. 경준 자리에 걸터앉은 윤재의 귀에 유진의 소심한 목소리가 들렸다.

"가족한테 전달해주시려고요?"

"그래야지."

"누가 벌써 정리한 것 같던데. 서랍이 텅 비었더라고요."

윤재는 마른 입술에 침을 바르며 둘러댔다.

"소지품은 내가 한번 정리했어. 오늘은 컴퓨터 좀 살펴보려고 온 거야."

"컴퓨터는 왜요?"

"개인적으로 쓴 글이나 경준이 사진이 저장돼 있을 수도 있잖아. 부모님에게는 그런 거 하나도 소중할 테니까."

"저한테 연락하시지. 제가 해도 되는데 뭘 하러 힘들게 또 와요."

희선이 말했다.

"괜찮아. 내가 하고 싶어서 그래."

별것 아닌 한마디에도 분위기가 무거워졌다. 경준이 윤재에게 어떤 존재였는지 알기 때문이리라. 두 사람이 더 침울해지기 전에 윤재가 쾌활하게 농담을 던졌다.

"왜 다들 슬픈 눈망울이야? 안 되겠네, 감동파괴 좀 해줘야지. 실은 컴퓨터에서 뭐가 나올지 몰라서 너희들한테 안 시킨 거야. 경준이가 이상한 거 다운받아놨을지도 모르잖아."

유진이 피식거렸다.

"경준이 성격에 참도 그랬겠네요. 보나 마나 기사에 관련된 문서만 한 트럭일걸요."

"맞아. 경준이 뇌구조를 그려보면 90퍼센트는 기사가 차지했을걸."

희선이 맞장구를 쳤다. 추억에 잠긴 듯 아련한 눈빛이었다. 잡담이 더 길어지기 전에 윤재는 박수를 치며 상황을 정리했다.

"그럼 일들 해. 난 신경 쓰지 말고."

희선과 유진은 의자를 돌려 본래 업무로 돌아갔다. 윤재는 책상 테두리에 가슴이 닿을 정도로 의자를 바짝 끌어당겨 앉았다. 등을 곧추세우고 목도 쭉 펴서 모니터를 가렸다.

전원을 켜고 부팅되기를 기다리며 두 손을 마주 잡고 비볐다. 경준이라면 신정한의 불륜 상대를 알아내지 않았을까. 제보자에게 들은 힌트로 답을 맞혔을지도 모른다는 생각이 뇌리를 맴돌았다. 별도로 생성한 신정한 폴더가 그 추측의 근거였다.

부팅이 완료되자 바탕화면의 파일 탐색기를 클릭했다. 새 볼륨(D:) 〉 경준 〉 기사 벤치마킹 〉 정치 〉 정치인. 하위폴더를 순서대로 클릭해 정치인 폴더로 들어갔다. 텍스트 파일 하나당 기사 한 꼭지씩이었다. 파일명은 기사 제목으로 돼 있었다. 제목 앞에 느낌표를 붙인 파일들이 위쪽에 정렬돼 있었다. 느낌표가 달린 게 아홉 개, 나머지가 스물여섯 개였다. 첫 번째 파일을 클릭해봤다.

〈!_신정한 통국당 의원, 소득세법 일부개정법률안 대표발의〉란 제목이었다. 해당 파일을 열자 링크 한 줄만 달랑 적혀 있었다.

링크를 복사해 주소창에 붙여넣기 한 다음 엔터키를 쳤다. 기사를 읽어보니 본문도 제목 그대로였다. 세법 관련 법률안을 신정한이 대표로 발의했다는 내용이었다. 별게 없었다. 딱딱하고 무미건조한 기사였다. 다른 기사들도 차례대로 클릭해봤지만 특별한 요소는 없었다. 당 지도부에 선출됐다거나 포럼에서 강연했다거나 세미나에 참석했다거나 긴급 간담회를 열었다거나 하는 따분한 내용 일색이었다.

개중에 다른 정당 의원과 설전을 벌이거나 토론 프로에서 현안에 대해 의견을 개진한 기사도 보였지만 구미가 당길 정도는 아니었다.

느낌표가 붙은 아홉 개 기사를 꼼꼼히 정독했지만 눈에 띄는 점은 없었다. 흔하고 뻔한 정치 기사였다. 제목도 평범하기 짝이 없었다. 공통

점이 없지는 않았다. 기사들이 대체적으로 신정한에게 우호적이라는 인상을 받았다.

느낌표가 달린 건 신정한에게 우호적인 기사인가. 느낌표가 없는 건 비판적인 기사고? 그런 식으로 분류한 걸 수도 있겠다는 생각이 들었다. 윤재는 느낌표가 붙지 않은 기사들도 훑어보기 시작했다. 얼마 못 가 예상이 빗나갔다는 걸 인정해야만 했다.

느낌표가 안 달린 기사들에는 우호적인 것과 비판적인 것이 골고루 섞여 있었다. 전체 기사를 샅샅이 훑어봤지만 실마리를 찾기는커녕 머릿속에 물음표만 늘어났다.

느낌표는 대체 왜 붙인 걸까. 아무 이유 없이 느낌표를 달아놓지는 않았을 것이다. 누가 봐도 분류를 해놓은 게 분명했다. 어떤 기준으로 분류한 걸까. 재차 제목과 내용을 집중해서 살펴봤지만 보면 볼수록 실타래가 엉키는 기분이었다.

한숨을 내쉬며 의자에 등을 기대자 희선이 근심 어린 투로 물었다.

"선배…… 괜찮아요?"

"괜찮아. 좀 피곤해서 그래. 요즘 잠을 좀 설쳤더니."

"그만하고 들어가요. 나머지는 내가 할게요."

"거의 다 했어. 내가 마무리하는 게 나아."

"알았어요, 그럼."

윤재는 대뜸 희선과 마주 볼 수 있게 의자를 뒤로 빙글 돌렸다.

"잠깐 시간 돼?"

희선도 의자를 돌렸다.

"네, 괜찮아요."

"만약에 말이야. 무작위로 뽑은 기사들을 두 가지 카테고리로 분류하라고 하면 너는 어떤 기준을 적용할래?"

"갑자기 그건 왜 물어보는데요?"

"그냥 심심해서. 쉬는 김에 잡담이나 하자는 거지 뭐."

다행히 이유를 깊게 캐묻지는 않았다. 잠시 생각하던 희선이 입을 뗐다.

"일반적인 뉴스 카테고리로 나누면 되지 않을까요?"

"뉴스 카테고리를 구성하는 범주가 한두 개가 아니잖아. 기본적인 것만 뽑아봐도 정치, 경제, 사회, 국제, 연예 등등 한 손으로 꼽기 힘든데."

"포괄적으로 묶으면 되죠. 이를테면 정치 기사와 비정치 기사로."

괜찮은 방법이지만 경준의 분류법에는 해당되지 않았다. 정치인 폴더 안에는 죄다 정치 기사뿐이었으니까.

"나쁘진 않은데 너무 광범위하지 않나. 딴 건 없을까?"

"흠…… 아니면 한글과 영문 기사로 나누는 건 어때요?"

"전부 한글 기사라면."

"그럼 우리가 신봉하는 베스트셀러 방식은요? 조회수로 구분하는 거예요. 조회수 10만 이상과 10만 미만 기사, 이런 식으로요."

조회수는 아닐 것이다. 경준이 수집한 기사는 스쿱뉴스뿐만 아니라 다양한 매체에서 작성한 것들이었다. 조회수 데이터 파악이 불가능했다. 윤재의 표정이 신통치 않았는지 희선은 곧장 다른 의견을 제시했다.

"단독과 단독이 아닌 것?"

솔깃한 얘기였다. '[단독]' 표시나 마크는 못 봤지만 확인해볼 만한 가치는 있을 것 같았다. 그럼에도 남의 옷을 입은 느낌이랄까. 어울리지 않는다는 생각이 들었다. 다른 게 없을까. 그때 유진이 모니터 옆으로 고개를 내밀며 끼어들었다.

"낚시 기사와 낚시가 아닌 기사?"

"지금 나 놀리는 거지?"

윤재가 아랫입술을 깨물며 장난기 어린 표정을 짓자 유진은 한술 더 떴다.

"왜요? 좋잖아요. 그렇게 되면 선배가 기준이 되는 건데. 모든 기사가 나윤재 기사와 나윤재와 상관없는 기사로 나뉠 거 아니에요."

순간 현기증이 난 것처럼 머리가 띵했다. 유진의 말이 생각지도 못했던 점을 일깨워줬던 것이다. 그건 바로 바이라인이었다.

"선배, 왜 그래요? 화났어요? 장난친 건데……."

목을 움츠린 유진이 힐끔힐끔 눈치를 봤다. 윤재가 생각에 빠진 걸 삐 쳤다고 착각한 모양이었다. 정신을 차린 윤재가 손을 휘휘 내저었다.

"아냐, 화난 거 아냐. 도리어 절이라도 하고 싶은 심정이다!"

"네? 절이오?"

"신경 쓸 거 없어. 아무튼 고맙다!"

"뭐가 고마운데요?"

"같이 잡담해줘서. 잘 쉬었으니 이제 다시 일하자."

유진과 희선이 얼떨떨한 눈으로 쳐다봤지만 윤재는 아랑곳하지 않고 모니터로 시선을 돌렸다. 바이라인은 기사에 기자 이름을 명시한 줄을 의미한다. 책표지에 저자 이름을 넣듯 기사에도 기자명이나 뉴스팀명을 표기한다. 바이라인은 대개 기사 본문 끝줄에 위치한다.

아까는 내용에만 온 신경을 쏟느라 바이라인은 거들떠보지도 않았다. 누구나 그렇다. 바이라인을 주의 깊게 보는 사람은 해당 기사를 쓴 기자밖에 없을 것이다.

나윤재 기사와 나윤재와 상관없는 기사로 구분할 수도 있다는 유진의 우스갯소리에 눈이 번쩍 뜨이는 기분이었다. 경준의 분류 기준이 혹시 바이라인이 아닐까 싶었던 것이다. 서둘러 기사들의 바이라인을 체크했다.

링크를 클릭해 스크롤을 내린 다음 기자 이름을 확인하는 작업을 반복했다. 아홉 개 기사 중 세 개는 기자 이름 대신 뉴스콘텐츠팀이라고 적혀 있었다. 여섯 개 기사에는 김주희라는 이름이 박혀 있었다. 아홉 개 기사 모두 UBC 기사였다. 뉴스콘텐츠팀 기사 역시 십중팔구 김주희가 썼을 것이다.

짜릿한 전율이 몸 한가운데를 관통해 흘렀다. 눈도 깜빡이지 않고 김주희라는 이름을 뚫어지게 응시하다 인터넷 브라우저를 띄웠다. 포털 사이트에서 김주희를 검색해봤다. 인스타, 페이스북, 핀터레스트 등 각종 SNS 링크와 함께 김주희란 이름이 나타났다. 동명이인이 많았다. 스크롤을 내리다 윤재는 멈칫했다. '김주희-기자, 앵커'라고 적힌 게시글이 보였다.

해당 링크를 타고 들어가자 윤재가 찾는 김주희가 나왔다. 사진도 몇 장 걸려 있었다. 늘씬한 체형에 서구적인 마스크를 지닌 미인이었다. 약력은 대충 훑고 경력사항을 유심히 뜯어봤다. 2년 전 UBC 기자로 입사. 줄곧 정치부에 있다가 지난달 8시 주말 뉴스 앵커로 발탁.

8시 주말 뉴스면 평일 8시 메인 뉴스 다음가는 UBC 간판 프로다. 불과 입사 2년 만에 주요 뉴스 앵커 자리를 꿰차며 승승장구하고 있었다. 그것도 앵커가 아닌 기자 출신이. 아무리 능력이 출중하다 해도 UBC처럼 보수적인 방송국이 3년 차밖에 안 된 새내기를 얼굴마담으로 내세울 리 없었다.

뭔가 냄새가 났다. 신정한이 뒤에서 알게 모르게 힘을 써준 결과일까. 아직까지는 심증일 뿐이다. 김주희를 찔러보면 어느 쪽에서든 반응이 올 것이다. 김주희 본인이든, 신정한이든.

15

레스토랑 간판을 본 윤재의 눈이 휘둥그레졌다. 5성급인 한민호텔로 들어올 때부터 심상치 않다 싶었는데 예지가 데려온 곳은 최고급 뷔페 식당이었다. 안내를 받아 의자에 앉자마자 윤재는 예지를 향해 상체를 기울이고 속닥거렸다.

"너무 무리하는 거 아냐? 여기 엄청 비싼 데잖아."

"걱정 마. 내가 선배한테 밥 한 끼 못 살까."

"얻어먹는 건 좋은데 부담스러워서 그렇지. 오늘이 무슨 기념일도 아니고. 먹다가 체하는 거 아닌지 모르겠네."

윤재의 말에 예지가 새침하게 눈을 흘겼다.

"정말 오늘이 무슨 날인지 모르는 거야?"

순간 윤재의 눈동자가 미세하게 흔들렸다. 오늘이 기념일이었나. 무슨 날인지 기억해내려고 안간힘을 썼지만 머릿속은 새하얗게 변했다. 별안간 예지가 까르르 웃음을 터뜨렸다.

"놀랐구나? 기념일 까먹은 줄 알고. 마음 놓으셔도 됩니다. 아무 날도 아니니까. 장난 좀 쳤어. 이럴 때 보면 꽤 귀엽다니까."

"이 자식 보게. 감히 하늘 같은 선배를 놀려먹어!"

윤재가 뚱한 얼굴로 입을 삐죽거리자 예지가 애완견 달래듯 우쭈쭈, 소리를 냈다.

"그렇게 부담돼?"

"약간."

"크게 한턱 쏘고 목에 힘 좀 줘보려고 했더니 안 되겠네. 내 돈으로 사는 거 아니니까 부담 갖지 마."

"그럼 누가 사는 건데?"

예지가 핸드백에서 티켓을 꺼내 보여줬다.

"짠!"

"뭐야 그게?"

"뷔페 이용권. 아는 분한테 받았어."

윤재가 못 말리겠다는 표정으로 콧김을 내뿜었다.

"아주 그냥 나를 놀려먹으려고 작정하고 나오셨구먼. 오늘을 그냥 나 윤재 낚시 기념일로 정하지 그래?"

"오, 좋은 생각인데. 굴욕당한 날은 절대 안 까먹을 거 아냐."

예지가 혀를 날름 내밀었다. 음식 메뉴는 다양했고 퀄리티도 훌륭했다. 분위기는 화기애애했다. 오랜만에 웃고 떠들면서 예지와 오붓한 시간을 보내니 뾰족했던 마음이 둥그스름해지는 기분이었다. 살인 사건이니 불륜 스캔들이니 하는 복잡하고 심란한 일들을 잠깐이나마 머리 한구석으로 밀어놓을 수 있었다.

윤재뿐만 아니라 예지 또한 약속이라도 한 것처럼 경준이의 '경' 자도 꺼내지 않았다. 한마디라도 꺼냈다간 분위기를 망칠 거라는 공감대가 형성된 듯했다. 화제가 두서없이 바뀌던 중 예지가 윤재의 근황을 도마 위에 올렸다. 지나가는 투로 말했지만 작심하고 입 밖에 낸 게 분명했다.

"근데 요즘 어디를 그렇게 쏘다니는 거야? 만나자고 할 때마다 튕기고. 뭘 하는데 이렇게 얼굴 보기가 힘든 건데?"

윤재는 눈길을 슬쩍 피하며 입을 앙다물었다. 뭐라고 둘러대야 하나 머리를 굴려봤지만 좋은 수가 떠오르지 않았다. 선뜻 대꾸를 못 하자 예지의 얼굴에 그늘이 졌다.

"말 못 할 사정이라도 있는 거야?"

"아니야, 그런 거. 그냥 요새 약속이 좀 몰린 것뿐이야."

얼렁뚱땅 넘어가고 싶었지만 예지는 쉽게 놔줄 생각이 없어 보였다.

"누구를 만났는데? 동훈 씨랑 친구 모임 말고는 얘기도 안 해줬잖아."

"너는 잘 모르는 애들이라 말 안 했지."

"정말 친구를 만나기는 한 거야?"

의심을 거두지 못하는 그녀에게 윤재가 취할 수 있는 행동이라고는 우기는 게 전부였다.

"그렇다니까."

윤재를 가만히 응시하던 예지가 윤재의 손등에 자신의 손을 부드럽게 포갰다.

"무슨 일인지는 몰라도 혼자서 끙끙 앓지는 않았으면 좋겠어. 무거운 짐을 혼자 떠안지 말라고. 딴 사람은 몰라도 나한테는 얘기해줄 수 있잖아."

자신을 이토록 아껴주고 믿어주는 사람을 기만하는 일은 정녕 못해 먹을 짓이었다. 더는 예지를 속일 수가 없었다. 조금만 털어놓기로 했다. 예지에게 위험이 닥치지 않는 선에서. 할 말을 신중하게 골라 담은 뒤 윤재는 말문을 뗐다.

"실은 뭘 좀 조사하고 있어."

"무슨 조사?"

"경준이의 죽음에 대해서."

"경준이의 죽음을 조사한다고? 그게 무슨 소리야? 경준이는 자살했잖아. 경준이의 자살에 의문을 품고 있는 거야?"

윤재는 작지만 단호하게 고개를 끄덕였다.

"난 경준이가 스스로 목숨을 끊었다고 생각하지 않아."

"그럼……."

"살해당한 거야. 자살로 위장한 타살이지."

경악을 금치 못한 표정 그대로 얼어붙었던 예지가 반박에 나섰다.

"말도 안 돼. 경찰 조사 결과 자살로 판명 났잖아."

"경찰은 제대로 수사하지 않았어. 자필 유서가 나왔으니까. 죽기 직전 회사에서 중징계를 받았다는 그럴싸한 동기도 부실 수사에 한몫했고."

"자필 유서는 어떻게 설명할 건데?"

"협박당했겠지. 유서를 쓰라고."

"대체 누가?"

"그건 아직 몰라."

"말도 안 돼. 사건성이 의심될 만한 부분도 없었잖아. 외부 침입이나 폭행의 흔적이 발견되지도 않았고."

"보나 마나 건성으로 조사했을 거야. 유서가 나오자마자 자살로 결론 내렸겠지."

윤재가 못내 분하다는 듯 씩씩거리자 예지가 따지듯 물었다.

"타살의 근거가 뭔데?"

"경준이가 자살할 애로 보여?"

"뭐?"

"국장한테 혼났다고 극단적인 선택을 할 녀석으로 보이느냐고?"

고작 그게 전부냐는 듯 딱한 표정을 지은 예지가 진지하게 대답했다.

"나도 경준이가 자살할 사람이라고는 생각하지 않았어. 하지만 열 길 물속은 알아도 한 길 사람 속은 모른다고, 겉만 보고 어떻게 속내를 알겠어. 평소 쾌활하고 밝았던 사람이 느닷없이 목숨을 끊는 경우도 많잖아. 우리 모르게 우울증을 앓았을 수도 있어. 진짜 자살 동기는 본인 외에는 아무도 모른다고. 심지어 본인조차 알지 못할 수도 있지."

"그게 전부가 아니야. 경준이가 죽기 직전 수상쩍은 일이 있었어."

"무슨 일?"

"그건 아직 말할 수 없어."

그 얘기를 끝으로 윤재는 입을 꾹 닫아버렸다. 신정한에 대해서는 입도 벙긋 안 할 작정이었다. 많이 알면 다치는 정도로 끝나지 않는다. 죽을 수도 있다. 예지를 위험에 빠뜨릴 수는 없었다. 윤재를 바라보는 예지의 눈에 연민의 빛이 가득했다.

"선배, 이제 그만해."

"그만하라니, 뭘?"

"이만하면 됐다고."

"뭐가 이만하면 됐다는 거야?"

"경준이는 이제 그만 놓아주자. 편히 쉴 수 있게."

"조사를 때려치우라고? 경준이가 억울하게 살해당했는데도?"

"경준이는 살해당하지 않았어. 자살했어. 스스로 목숨을 끊었다고. 선배도 직접 봤잖아."

"내 눈으로 똑똑히 봤기 때문에 이러는 거야!"

"선배는 경준이의 죽음을 받아들이지 못하는 거야. 그래서 음모론에 집착하는 거라고."

"그렇지 않아! 그럴 만한……."

"선배 괴로운 마음 나도 알아. 툴툴대면서 뒤로는 누구보다 경준이를 챙겼던 것도 알고. 유서에 선배를 언급한 것 때문에 더 힘들어하고 있다는 것도."

예지의 지적은 날카로웠다. 자신의 이름이 적힌 유서가 막중한 임무가 부여된 임명장처럼 느껴졌으니까. 어떡해서든 살인범을 잡아 경준의 원통함을 풀어줘야 한다는 책임감과 함께 부담감이 몸을 무겁게 짓눌렀다. 예지가 타이르듯 말을 이었다.

"유서에 선배 얘기를 한 건 선배가 각별했기 때문이지, 존재하지도 않는 살인범을 잡아달라고 부탁한 게 아니야."

"네가 전후사정을 몰라서 그래. 자세한 사정을 들으면 내 말이 허무맹랑한 주장이 아니란 걸 알게 될 거야."

"그럼 전후사정을 얘기해봐."

"지금은 말할 수 없어."

그럴 줄 알았다는 듯이 예지가 한숨을 내쉬었다.

"지금은 왜 못 하는 줄 알아? 전후사정이란 게 애당초 없기 때문이야. 음모론으로 현실도피를 하는 것뿐이라고."

"현실도피? 난 지금 그 어느 때보다 현실을 직시하고 있어!"

윤재가 발끈해서 핏대를 올렸다. 끝까지 잡아뗄걸, 괜히 털어놨다는 후회만 일었다. 타살 근거를 대지 못하는 상황도 답답했지만 윤재의 심경을 헤아려주지 못하는 예지가 야속하기도 했다. 귀를 꽉 틀어막은 태도로 보건대 숨김없이 다 밝혔어도 믿어주지 않았을 것이다. 음모론도 모자라 생사람까지 잡을 작정이냐며 더 학을 뗐겠지. 예지가 호소했다.

"제발…… 그만하자, 응? 선배가 이러는 걸 경준이가 원할 것 같아?"

"경준이가 살해당한 건 팩트야! 경준이를 누가 죽였는지 알아낼 때까지는 절대 멈추지 않을 거야!"

결연한 얼굴로 선언하듯 외친 윤재는 자리를 박차고 일어섰다.

16

미래 도시에나 나올 법한 유선형의 첨단 디자인. UBC의 사옥은 쌈박했다. 이런 데서 일하면 근로 의욕이 배가되려나. 윤재는 회전문을 지나 로비로 들어섰다. 대리석 바닥에서는 광택이 좔좔 흘러내렸다. 출입구 게이트 옆의 안내 데스크로 가자 직원이 사무적인 미소로 응대했다.

"안녕하세요. 스쿱뉴스 나윤재 기자라고 합니다."

"무엇을 도와드릴까요?"

"김주희 앵커를 만나고 싶은데요."

"약속하고 오신 건가요?"

"아뇨, 약속은 안 했습니다."

"실례지만 무슨 용건으로 김주희 앵커를 만나시려는 거죠?"

"김주희 앵커가 썼던 기사에 대해 여쭤볼 게 있어서요. 특히 정치인 기사요."

어딘가로 전화를 건 그녀가 한두 마디 소곤대더니 로비 가장자리에 있는 소파를 가리켰다.

"저쪽에서 잠시 기다려주시겠어요?"

문전 박대당할 각오를 하고 찾아왔는데 만나준다니 시작이 나쁘지 않았다. 소파에 앉은 윤재는 무의식중에 다리를 떨며 손에 쥔 휴대폰을 내려다봤다. 뷔페에서 대판 싸우고 헤어진 뒤로 예지는 깜깜무소식이었다. 단단히 화가 났으리라. 짬 날 때 연락을 해볼까. 원인 제공자가 먼저 손을 내밀어야 어쩌겠어.

잠금을 해제하고 예지의 번호를 불러냈다. 통화 버튼을 누르려다 말고 윤재는 머뭇거렸다. 막상 전화하려고 보니 어떻게 화해를 해야 할지 막막했다. 이전의 다툼과는 양상이 사뭇 다르기 때문이었다. 어느 한쪽이 지고 들어간다고 해서 풀릴 싸움이 아니었다. 손이 발이 되도록 빌어서 화해해봤자 근본적인 문제는 해결되지 않는다. 화근을 뿌리 뽑는 길은 한 가지밖에 없다. 윤재가 사건에서 완전히 손을 떼는 것.

하지만 그것만큼은 결코 양보할 수 없었다. 일단 사과부터 하자. 그렇게 결심하고 통화 버튼을 누르려는 찰나 누군가 말을 걸었다.

"나윤재 기자님?"

뒤를 돌아보자 후줄근한 차림의 남자가 서 있었다. 윤재는 휴대폰을 주머니에 집어넣으며 일어섰다.

"네."

"저는 보도국 AD 배현호라고 합니다. 김주희 앵커가 모셔오라고 해서요."

안내 데스크에서 방문객 출입증을 받은 후 남자를 따라 게이트를 통과했다. 보도국이 위치한 7층까지 엘리베이터로 이동한 다음 내려서 왼쪽 복도로 향했다. 복도 좌우로 늘어선 문에는 대기실이나 분장실 등의 팻말이 붙어 있었다. 모퉁이를 돌자마자 나온 첫 번째 방 앞에서 그가 멈춰 섰다.

"여기입니다."

팻말에 '김주희 앵커 대기실'이라고 쓰여 있었다. 그가 노크를 하고 문을 열더니 옆으로 비켜섰다.

"들어가시죠."

안으로 들어가자 뒤에서 문이 닫혔다. 널찍한 대기실에는 김주희 혼자였다. 그녀가 읽던 대본을 테이블에 내려놓더니 도도한 걸음걸이로 다가왔다. 방송용 특유의 친근한 웃음을 띠며 손을 내밀었다.

"반가워요, 나윤재 기자님. 제가 직접 마중 나갔어야 했는데 방송 리허설이 얼마 남지 않아서요."

윤재는 그녀의 손을 가볍게 쥐고 흔들면서 눈을 마주쳤다.

"아닙니다. 연락도 없이 불쑥 찾아온 불청객을 흔쾌히 만나주신 것만으로도 감사하죠."

"이쪽으로 앉으세요."

두 사람은 대기실 창가 쪽에 있는 소파에 마주 앉았다. 화면보다 실물이 더 낫다는 게 그녀에 대한 첫인상이었다. 차가우면서도 이지적인 느낌을 풍기는 사람이었다.

소파에 몸을 파묻으며 다리를 꼬는 자세는 여유로움을 넘어 오만해 보이기까지 했다. 시선을 부딪쳐도 피하지 않았다. 어디서도 초조한 기색은 찾아볼 수 없었다. 준비된 자의 여유가 느껴졌다. 윤재가 온 이유를 아는 듯했다. 신정한이 미리 귀띔해줬을까. 루머가 나돌고 있으니 조심하라고? 불청객이 찾아올지도 모르니 마음 단단히 먹으라고?

"방금도 말씀드렸지만 제가 시간이 많지 않아서요. 바로 용건을 말씀해주셨으면 좋겠는데요."

빈말로도 차 한 잔 권하지 않는 걸 보니 가능한 한 빨리 보내고 싶은 듯했다. 윤재는 등을 곧추세우며 맞잡았던 두 손을 놓았다.

"바쁘실 텐데 귀한 시간을 뺏을 순 없죠. 그래도 축하할 일은 축하해야 되지 않겠습니까?"

"무슨 축하요?"

"8시 주말 뉴스의 앵커가 되셨잖아요. 늦었지만 축하드립니다."

"감사해요. 운이 좋았던 것뿐이에요."

"겸손하시네요. 운도 다 실력이죠. 요즘 같은 시대에 빽으로 메인 앵커 자리를 꿰찰 수 있을 리도 만무하고요."

뼈 있는 말에 김주희가 소리 없이 웃었다. 경직되고 어색한 억지웃음이었다. 자신을 겨냥한 말이라는 걸 안다는 소리였다.

"정치인 기사 때문에 오셨다고요."

"김주희 앵커가 정치부 기자 시절 쓴 기사를 봤습니다."

"부끄럽네요. 부족한 점이 많았을 텐데. 제 기사에 무슨 문제라도 있나요?"

"그건 아닙니다. 쓰신 것 중 특정 정치인을 다룬 기사가 유달리 많더군요."

"어떤 정치인을 말씀하시는 건지 모르겠네요. 정치부 시절에 만났던 분들이 한둘이 아니라서요."

비스듬히 머리를 기울이며 아리송하다는 표정을 지었지만 시치미를 떼는 게 분명했다.

"신정한 의원님 기사요. 딴 정치인에 비해 유독 많던데요."

"난 또 누구라고. 신의원님이야 요새 한창 주목받는 정치인 중 한 명이잖아요. 정계의 이슈메이커다 보니 기사가 많을 수밖에 없죠. 대중들이 궁금해하는 인물이기도 하고요."

"하긴 그렇겠네요. 그래도 친분이 남다르실 것 같은데요. 워낙 기사도 많이 쓰고 인터뷰도 많이 하셨으니."

"각자 맡은 일에 충실했던 것뿐이에요. 취재나 인터뷰할 때 빼고는 뵌 적도 없어요. 국회나 방송국에서 우연히 마주치면 눈인사만 나누는 정도고요. 게다가 워낙 바쁘신 분이잖아요. 저도 한가한 편은 아니고요.

국회의원과 친분을 쌓을 틈은 없어요."

잘나가는 정치인과 안면만 튼 사이라 할지라도 부풀려 으스댈 법도 한데 김주희는 선 긋기에 바빴다. 신정한과 엮이는 것 자체를 꺼리는 느낌이었다. 윤재는 슬슬 시동을 걸었다.

"신정한 의원에 대해 좋은 기사를 많이 써줬으니 신의원님은 김주희 앵커를 가깝게 여길 수도 있죠."

"그렇지 않아요. 저 같은 기자가 한두 명도 아니니까요."

이번에도 강한 부정이다.

"뭐, 좋습니다. 친분은 없어도 신의원님에 대해서는 누구보다 속속들이 아실 거 같은데요."

"왜 그렇게 생각하시죠?"

"취재를 많이 하신 건 사실이잖아요. 그 정도면 자타공인 신의원님 전문가라고 봐도 손색없지 않을까요?"

반 농담조로 말했지만 그녀는 조금도 웃지 않았다. 무미건조한 말투로 그녀가 대답했다.

"기사 몇 개 더 썼다고 신의원님을 잘 아는 건 아니죠."

"그래도 저보다는 많이 아시겠죠. 그래서 말인데요. 김주희 앵커에게 도움을 좀 받고 싶습니다."

"어떤 도움이오?"

그녀가 몸을 뒤로 빼며 방어적인 자세를 취했다.

"최근 신정한 의원에 대한 루머를 들었거든요. 김주희 앵커가 혹시 그와 관련해 아는 게 있을까 해서요."

"그런 거라면 도움을 못 드릴 거 같네요. 저 역시 언론에 보도된 것 말고는 신의원님에 대해 아는 게 없어요."

그녀가 보란 듯이 손목시계를 확인하더니 말했다.

"이제 그만 가봐야겠어요. 리허설 시간이 다 돼서요."

일어서려는 그녀에게 윤재가 질문을 던졌다.

"궁금하지 않으신가요? 그 루머가 뭔지?"

"별로요."

"희한하네요. 거물 정치인의 루머에 관심이 없으시다니…… 그것도 뉴스를 진행하는 앵커가. 다른 기자 같았으면 쪼가리 정보라도 입수하려고 혈안이 됐을 텐데……."

윤재가 별종 쳐다보듯 하자 그녀가 변명조로 대꾸했다.

"알고 보면 뜬소문인 사례를 너무 많이 접해서요. 그러다 보니 검증 안 된 정보에는 시큰둥해지더라고요."

"그렇긴 하죠, 루머라는 게."

갑자기 무언가를 깨달은 것처럼 윤재가 실눈을 뜨고 김주희를 쳐다 봤다.

"혹시 김주희 앵커는 이미 알고 있는 거 아닌가요? 신정한 의원의 루머에 대해?"

"모른다니까요. 들어본 적도 없고요."

"정말 신정한 의원 불륜 루머에 대해 못 들어봤어요?"

윤재는 기습적으로 툭 내뱉었다. 어떤 반응을 보일지 확인하기 위해서였다. 얼굴에서 핏기가 가시지도, 입가에 미세한 경련을 일으키지도 않았다. 지극히 태연해 보이는 얼굴이었다.

"불륜 루머라니…… 나기자님께 처음 들어봤네요."

"놀라지 않으시는군요."

"불륜 스캔들이야 흔한 가십거리잖아요."

"이번 스캔들의 주인공은 보통 사람이 아니잖아요. 촉망받는 정치인 이자 모범적인 국민남편, 바른생활의 아이콘 같은 인물이니까요."

"악성 루머일 가능성도 높으니까요."

"그렇게 생각하시는 특별한 이유라도 있습니까?"

"방금 말씀하신 대로 신의원님은 가정적인 사람으로 유명하잖아요. 의정활동으로 눈코 뜰 새 없이 바쁘신 분이기도 하고요. 또 차기 당대표로까지 거론되는 시기에 본인 커리어를 망칠 짓을 하진 않겠죠."

"사람이니까요."

"네?"

"사람이 항상 합리적으로 생각하고 행동하는 건 아니잖습니까. 비이성적인 결정을 내리는 경우도 숱하죠. 충동적이고 감정적으로 행동하기 십상이고요. 누가 봐도 똑똑하고 잘난 인간도 바보 같은 짓을 저지를 때가 있는 법이죠."

김주희가 고개를 작게 끄덕였지만 심드렁한 표정은 여전했다. 대화 주제에 큰 흥미가 없다는 걸 보여주려는 것처럼.

"뭐라도 짚이는 게 없으십니까?"

"전혀요. 남의 일에는 별 관심이 없어서요. 언론이 사활을 걸고 파헤칠 만큼 중차대한 사안인지도 모르겠고요. 권력형 비리나 범죄를 저질렀다면 모를까, 개인의 사생활일 뿐이잖아요."

은근슬쩍 윤재를 비꼬고 있었다. 자극적인 사생활이나 캐고 다니는 파파라치나 다름없다고. 윤재 역시 어느 정도는 동감했다. 그러나 개인의 치부를 덮으려고 사람을 죽였다면 얘기가 달라지지. 연이어 그녀가 지나가는 투로 입을 뗐다.

"근데 불륜 상대에 대한 소문도 도나요?"

"관심이 없으신 줄 알았는데."

"없어요, 언론인으로서는. 개인적인 호기심이에요."

"아쉽게도 상대 정보는 전무합니다. 그 힌트를 김주희 앵커한테 얻을 수 있지 않을까 해서 온 겁니다."

내가 어떻게 알겠느냐는 듯 김주희가 어깨를 으쓱했다. 그녀가 시계를 보더니 가차 없이 일어섰다.

"이제 정말 가봐야겠어요. 도움을 못 드려 죄송하네요."

"시간 내주셔서 감사합니다."

대기실 밖으로 나와 인사하고 돌아서려는 순간 김주희의 입에서 충고인지 경고인지 모를 말이 새어나왔다.

"주제넘은 참견일 수도 있지만 이런 루머는 다루지 않는 편이 낫지 않을까요? 확인되지도 않은 뜬소문을 퍼뜨렸다간 명예훼손으로 고소당할 수도 있으니까요."

"말씀은 감사한데 너무 걱정하실 필요는 없습니다. 저도 확신 없이 움직이는 놈은 아니라서요."

윤재는 고마움을 표하며 김주희의 표정을 살폈다. 내 알 바 아니라는 식의 천연덕스러운 태도는 한결같았다. 그렇지만 가면 아래서 일어난 미세한 감정의 균열을 윤재는 놓치지 않았다. 그녀의 마음 한구석에 불안의 씨앗을 심는 데 성공한 듯했다.

인사를 한 다음 왼쪽으로 돌아 걸어가는데 모퉁이 너머에서 낯설지 않은 목소리가 들렸다.

"김주희! 어디 가?"

남자의 음성에 윤재는 촉각을 곤두세웠다. 어디선가 들어본 목소리였다. 귀를 쫑긋 세우고 목소리에 끌려가듯 발을 옮겼다. 벽면 모서리에 상체를 붙이고 고개를 빼꼼히 내밀었다. 김주희의 뒷모습이 보였다. 뒤통수만 봐도 남자를 상대하는 게 얼마나 싫은지 느껴졌다.

남자는 허우대가 멀쩡했다. 선 굵은 눈썹이 뇌세포를 자극했고 기분 좋게 울리는 중저음의 목소리가 기억을 되살리는 데 결정적 기여를 했다. 옷차림도 다르고 얼굴도 처음 보지만 제보자가 확실했다.

김주희는 그가 성가신지 단답형으로만 짧게 대꾸했다. 가식적인 미소 한 번 보여주지 않았다. 반면 남자의 볼은 홍조를 띠고 있었다. 그녀를 바라보는 눈길도 예사롭지 않았다. 애정을 갈구하는 눈빛이었다.

두 사람의 관계 도식이 대강 그려졌다. 여자를 짝사랑하는 남자와 그런 남자를 거들떠보지도 않는 여자. 냉담하고 거북해 보이는 김주희의 태도로 짐작하건대 벌써 고백과 거절의 단계를 밟은 사이처럼 보였다.

그럼에도 남자는 미련을 못 버린 듯싶었다. 예전처럼 편한 동료로 지내자면서 기회를 호시탐탐 노리는 게 아닐까. 남자가 김주희의 뒤를 몰래 쫓아다녔을 가능성도 컸다. 마치 스토커처럼.

그러다가 우연히 신정한과 김주희의 불륜 장면을 목격했을지도 모른다. 제보는 자신의 마음을 받아주지 않은 것에 대한 복수였을까. 아니면 부적절한 관계를 끝내고 자신에게 오기를 바라는 희망고문의 일종일까. 둘 다일지도 모른다. 어쩌면 둘 다 아닐 수도 있고.

김주희가 늦었다면서 매몰차게 돌아섰다. 그가 허둥대며 그녀의 등에다 수고하라는 인사말을 던졌지만 그녀는 들은 척도 하지 않았다. 수치심으로 남자의 목덜미가 벌겋게 달아올랐다. 대놓고 무시당했는데도 그녀의 뒷모습에서 눈을 떼지 못했다.

축 처진 남자가 뒤돌아서 윤재가 있는 쪽으로 다가왔다. 모퉁이를 지나치는 순간 윤재가 그의 팔을 잡아챘다.

"뭐야?"

짜증을 내던 남자가 윤재를 보더니 숨을 헉 들이켰다.

"잠깐 얘기 좀 합시다."

비상계단 문을 닫자 그의 눈꺼풀이 파르르 떨렸다. 계단참 구석에 몸을 웅크린 그는 윤재와 눈을 마주치지도 못했다. 그의 목에 걸린 사원증에 이승렬이라고 적혀 있었다.

"이승렬 씨? 반갑네요. 이런 데서 만날 줄은 몰랐는데."

"누구신데요?"

"나 알잖아요."

"모, 모르는데요. 처음 뵙는데."

"며칠 전에 만났잖아요, 노래방에서."

이승렬은 끝끝내 잡아뗐다.

"무슨 소리를 하는 건지 모르겠네요. 누구신지 몰라도 난 그쪽 처음 봅니다. 사람 잘못 본 것 같은데 전 바빠서 이만."

"이승렬 씨가 제보했잖아요."

문손잡이를 잡은 이승렬이 제자리에 못 박힌 듯 멈춰 섰다. 윤재를 돌아본 그의 눈이 거세게 요동쳤다. 목소리도 떨려 나왔다.

"난 제보 같은 거 한 적 없어요. UBC 기자가 뭣 때문에 딴 언론사에 제보를 하겠습니까?"

"제보와 연관된 인물이 UBC 소속이니까요. 김주희 앵커요."

"뜬금없이 김주희 앵커는 왜 끌어들이는 겁니까?"

"이승렬 씨가 시작한 일이잖습니까."

"댁이 무슨 소리를 하는지 모르겠네요."

"그래요? 그럼 김주희 아나운서랑 다시 한 번 얘기를 해봐야겠네요. 불륜 루머를 누가 제공했는지에 대해서."

이승렬이 원망스러운 눈빛으로 윤재를 쏘아봤다.

"나한테 억하심정이라도 있어요? 대체 왜 이러는 겁니까? 왜 나를 괴롭히는 거냐고요?"

"이승렬 씨를 괴롭힐 생각 없습니다. 한 가지만 확인해줘요. 내가 여기 온 이유 알고 있죠? 김주희 앵커가 루머 속 인물 맞죠?"

울상을 짓던 이승렬은 끝내 머리를 푹 떨구듯 고개를 끄떡였다.

"고마워요. 앞으로 승렬 씨를 찾아오는 일은 없을 겁니다. 마지막으로 한 가지 부탁만 더 들어주면요."

17

센터페시아의 시계는 8시 45분을 지나고 있었다. 김주희가 진행하는 8시 뉴스는 지금쯤 끝났으리라. 주말인데다 저녁 시간대라 지하 5층 주차장은 거의 비어 있었다.

윤재는 출구와 가까운 구역에 세워둔 차 안에서 잠복 중이었다. 기둥 세 개를 가로질러 맞은편 자리에 SUV 차량이 주차돼 있었다.

김주희의 차였다. 그녀의 차종이 뭔지 알려달라는 게 윤재의 마지막 부탁이었다. 주저하던 이승렬은 선택의 여지가 없다고 여겼는지 차종은 물론 번호까지 읊어줬다. 차량번호까지 외우는 걸 보니 김주희를 미행한 전력이 있는 게 틀림없었다.

이승렬은 다시는 자기를 끌어들이지 말라고 사정사정했다. 덧붙여 김주희는 경준의 죽음과 아무 관련 없을 거라며 감싸고돌았다. 좋아하는 마음에 두둔한 거겠지만 윤재도 그 의견에는 동의했다. 그녀는 경준의 죽음에 대해선 모를 가능성이 높았다. 어찌 됐든 김주희는 가능한 한 빨리 신정한을 만나려 할 것이다. 윤재가 중요한 뭔가를 쥐고 있다는 뉘앙스를 흘렸으니까. 뉴스에 자기 얼굴이 나오기 전에 대책을 세우려 하겠지.

윤재는 그녀가 오늘 당장 행동에 나설 거라 자신했다. 김주희의 뒤를 쫓으면 신정한과의 비밀 회동을 포착할 수 있을 것이다. 운이 좋다면 경준의 죽음과 관련된 실마리를 건질지도 모른다.

어느덧 9시가 훌쩍 넘어 있었다. 운전석에 장시간 몸을 구긴 자세로 있었더니 몸이 찌뿌듯했다. 퍼뜩 예지에게로 생각이 미쳤다. 아직까지 메시지 한 통 없었다. 아까 하려다 만 연락을 해볼까 하다가 그만뒀다. 언제 김주희가 나타날지 몰랐다. 지금은 타이밍이 좋지 않았다.

시간이 갈수록 주차장은 한산해졌다. 입차는 없고 출차 차량만 늘어났다. 환영할 만한 상황은 아니었다. 주차장에 차량이 드물수록 남아 있는 차는 더 눈에 띄기 마련이다. 좀이 쑤셔서 상체를 뒤척거리는데 엘리베이터 입구 쪽에서 조급한 하이힐 굽 소리가 울려 퍼졌다.

김주희였다. 윤재는 시트 가장자리로 엉덩이를 미끄러뜨려 상체를 눕히고 얼굴을 숨겼다. 김주희는 차에 올라타자마자 지체 없이 출발했다. 그녀의 차 헤드라이트 불빛이 윤재의 차를 훑고 지나갔다. SUV가 통로 속으로 사라진 뒤 윤재는 시동을 걸었다.

김주희는 원효대교를 탔다가 강변북로로 진입했다. 출퇴근 시간보다는 덜했지만 상시 정체 구간이라 통행량이 많았다. 윤재는 차량 서너 대를 사이에 두고 그녀를 쫓았다. 차간거리를 50미터 정도로 유지하려고 노력하면서. 거기서 더 벌어지면 놓칠 우려가 있고 너무 가깝게 붙으면 미행을 들킬 염려가 있었다.

영동대교를 지나친 차량은 계속해서 강변북로를 타고 북상했다.

SUV가 경기도로 진입하자 윤재는 거의 확신했다. 김주희는 신정한을 만나러 가고 있다고. 서울을 벗어나자 차량 소통은 한결 원활해졌다. 김주희도 속력을 높여 쉬지 않고 달렸다. 미사리와 팔당대교를 거쳐 양평의 한 국도에 이르렀을 때 SUV가 속도를 늦추더니 좌회전해 비포장도로로 들어섰다. 윤재는 비상등을 켜고 반대편 갓길에 차를 댔다.

진입로 주변에는 인가나 건물 한 채 보이지 않았다. 가로등도 없어 SUV의 헤드라이트 불빛만 어둠을 가르며 이동하고 있었다.

윤재는 내비게이션을 확인해봤다. 김주희가 향한 곳은 지도에도 나오지 않은 길이었다. 손가락으로 화면을 내리자 뒤쪽에 기다란 강줄기가 나타났다. 오래전 양평의 강변도로를 지나다 봤던 강가의 별장들이 떠올랐다. 김주희의 최종 목적지도 그와 같은 외진 별장일 확률이 높았다. 어쩌면 종종 그곳에서 밀애를 나눴을지도 모른다.

짙은 어둠이 차량의 후미등을 완전히 삼켜버렸을 때 윤재는 비포장도로로 진입했다. 자동차 한 대가 겨우 통과할 수 있을 정도로 폭이 좁은 길이었다. 노면 상태도 엉망이었다. 무성하게 자란 잡초가 범퍼를 힘없이 때렸고 울퉁불퉁한 지면 탓에 엉덩이는 의지와 상관없이 들썩였다. 도로라기보다는 야생동물 통행로에 가까웠다.

SUV가 시야에서 사라진 지 꽤 지나서 조바심이 났지만 길바닥 상태가 영 꽝이라 속도를 올릴 수가 없었다. 이 길의 끝이 목적지가 아닌 경유지라면 놓칠 수도 있었다.

그런 생각이 들자 가속페달을 밟은 발에 힘이 들어갔다. 노면도 개떡같고 길도 꼬불꼬불하지만 그나마 외길이라 다행이었다. 그렇게 긍정적으로 생각하려는 찰나 눈앞에 갈림길이 등장했다.

"젠장!"

윤재는 차를 세우고 성질 급하게 내렸다. 휴대폰 손전등을 켜 바닥을 비췄다. 오른쪽과 왼쪽을 번갈아가며 훑어보다가 한쪽 길에서 희미한 타이어 자국을 발견했다.

날쌔게 차에 올라탄 윤재는 오른쪽 길로 차를 몰았다. 5분 정도 더 들어가자 어둠의 농도는 묽어지고 공기 중의 습도는 높아진 느낌이 들었다. 목적지에 거의 도착했다는 예감이 들었다.

헤드라이트를 끈 다음 차를 길가에 바짝 붙여 세웠다. 도보로 30미터쯤 이동하자 시야가 탁 트이며 강변이 모습을 드러냈다. 윤재는 수풀 아래로 자세를 낮춰 몸을 숨기고 전방을 주시했다.

강가와 인접한 위치에 2층짜리 고급 별장이 서 있었다. 창문을 통해 불빛이 환하게 새어나왔다. 정문 앞에는 김주희의 SUV와 세단 한 대가 나란히 세워져 있었다.

윤재는 별장 주변을 샅샅이 살펴봤다. 경비 인력은 보이지 않았다. 반려동물이나 개집도 눈에 띄지 않았다. 심호흡을 한 후 인기척을 최대한 죽이고 민첩하게 별장으로 접근했다.

벽에 매미처럼 찰싹 등을 붙이고 귀에 온 신경을 기울였다. 별장 내부에서 특이 소음은 감지되지 않았다. 외관을 눈으로 훑으며 침입 가능한 곳을 찾아봤다. 1층 거실 창문은 강변이 훤히 보이도록 한쪽 벽면 전체가 폴딩도어로 돼 있었다. 커튼이 쳐져 있어 실내가 들여다보이진 않았지만 사람의 실루엣이 희미하게 어른거렸다.

별장 뒤쪽으로 돌며 창문들을 건드려봤지만 하나같이 잠겨 있었다. 고개를 젖히고 실망 어린 숨을 뱉어내는데 2층 창문 하나가 눈에 들어왔다. 창틀과 창문 사이에 손가락 한 개가 들어갈 정도의 작은 틈새가 보였다. 열려 있다는 뜻이었다.

윤재는 창문과 맞닿은 외벽을 눈으로 훑어 내렸다. 창문과 1미터가량 떨어진 벽면에 지면과 지붕을 잇는 배수관이 붙어 있었다. 어린아이 팔뚝만 한 굵기라 튼튼해 보이지는 않았다.

윤재의 체중을 버틸 수 있을지 걱정스러웠지만 별다른 수가 없었다. 올라가기 전에 방에 사람이 있는지부터 체크해봐야 했다. 발치에서 콩알만 한 돌멩이 하나를 주워들었다. 2층 창문을 겨냥해 던진 다음 몸을 재빨리 숙였다. 돌멩이가 유리를 때리며 콕, 소리가 났지만 1층에서 들릴 만큼 크지는 않았다.

2층에서 누군가 창문을 열고 바깥을 내다보는 일은 벌어지지 않았다. 빈방이었다. 폐에 든 숨을 모조리 뱉어낸 윤재는 배수관을 양손으로 단단히 잡고 몸을 위로 끌어올렸다.

배수관은 예상보다 견고했다. 문제는 배수관을 벽에 고정하려고 띄엄띄엄 박아 넣은 나사가 부실하다는 점이었다. 손에 힘을 주고 체중을 실을 때마다 나사들이 덜커덕대며 흔들렸다.

벽면도 매끈해서 발을 안정적으로 디디기 힘들었다. 소리를 안 내려고 용을 쓰다 보니 힘이 배로 들었다. 창문에 다다랐을 땐 온몸에서 땀이 비 오듯 흘렀다.

가쁜 숨을 몰아쉬며 창문 틈새를 들여다봤다. 아무도 없었다. 침대와 화장대가 있는 걸 봐선 침실인 듯했다. 방충망과 창문을 조심스레 연 다음 창틀을 넘었다. 바닥에 발을 딛자마자 다리에 힘이 풀려 무릎이 꺾였다. 기운이 빠질 대로 빠진 양팔은 후들후들 떨렸다.

기진맥진한 몸을 벽에 기대고 터질 듯 뛰는 심장을 진정시켰다. 숨을 고른 다음 체력이 방전된 육신을 달래며 움직였다. 뒤꿈치를 들고 살금살금 방문으로 다가갔다. 방문에 귀를 바짝 대고 바깥 동향을 살폈다. 인기척이나 말소리는 들리지 않았다.

윤재는 문을 살며시 열고 문틈으로 밖을 내다봤다. 텅 빈 복도와 방문이 보일 뿐 어디에도 사람은 없었다. 발소리를 죽이고 복도로 나갔다. 안쪽 통로 좌우에도 방문이 하나씩 보였다. 한쪽은 닫혀 있었고 다른 쪽은 반쯤 열려 있었다.

윤재는 제자리에 꼼짝 않고 서서 열린 방문을 주시했다. 방 안에서 움직임은 느껴지지 않았다. 확인해볼까 하다가 그대로 몸을 돌렸다. 아래층에서 두런대는 말소리가 들렸기 때문이었다.

반대편 복도 끝에 난간과 함께 아래층으로 내려가는 계단이 있었다. 윤재는 난간을 향해 슬금슬금 접근했다. 가까이 갈수록 소리가 또렷해졌다. 신정한과 김주희의 목소리였다. 무슨 말을 하는 건지 알아들을 순 없었지만 짐짓 심각한 어조였다.

윤재는 신발을 벗어놓은 뒤 계단에 살며시 발을 내려놨다. 나무로 된 계단이라 삐걱거리지 않을까 걱정했는데 다행히 소음은 나지 않았다. 한 발씩, 한 발씩 조심조심 움직였다.

1층에 내려와 벽에 등을 붙인 채 좌우를 훑어봤다. 별장에는 신정한과 김주희 외에는 아무도 없는 것 같았다. 내연녀를 만나는데 사람을 달고 올 리는 없겠지. 윤재는 숨을 죽이고 거실 쪽으로 이동했다. 문턱 앞에 다다르자 대화 내용이 명확하게 고막을 울렸다.

"이제 어떡하면 좋죠?"

염려 가득한 김주희의 음성이었다.

"걱정 마. 별일 없을 거야."

신정한이 듬직하게 다독였지만 그의 말투에서도 초조함이 느껴졌다.

"왜 이렇게 느긋해요? 내일 당장 터뜨리기라도 하면 어쩌려고요?"

"같이 찍힌 사진 한 장 없는데 터뜨리긴 뭘 터뜨린다는 거야?"

"안 찍혔다는 보장이 없잖아요. 요새 파파라치가 얼마나 활개를 치는데."

"그런 게 있었으면 애초에 찾아오지도 않았어. 바로 터뜨렸지. 확실한 물증이 없으니까 주변에서 알짱대는 거라고. 너도 알잖아. 우리가 얼마나 빈틈없이 행동했는지."

"그럼 그 인간은 대체 누구한테 우리 얘기를 들은 거죠?"

김주희가 따지듯 묻자 신정한이 끙 하고 신음을 흘리더니 분개한 목소리로 말했다.

“알아내야지. 기필코 알아내서 함부로 입을 놀린 대가를 치르게 해줘야지.”

“내가 당한 모욕까지 전부 갚아줘야 돼요.”

“당연하지. 그 새끼가 설마 우리 예쁜이한테까지 찾아갈 줄은 몰랐어. 기자 나부랭이 따위가 감히 누구를 건드려. 절대 용서 못 하지.”

손발이 오그라드는 신정한의 멘트에 괜히 윤재의 얼굴이 화끈거렸다. 낯간지러운 소리는 둘째치고 이제껏 봐왔던 신정한의 이미지와 영딴판이었다. 젠틀하고 인간적인 정치인의 내면에 저토록 경박하고 천박한 사내가 도사리고 있었다니.

“용서 못 하면요?”

“스쿱뉴스 편집국장한테 엄포를 놔야지. 그쪽 기자 한 놈이 미꾸라지처럼 여기저기 들쑤시고 다니며 물을 흐린다고. 권력 앞에서는 알아서 기는 인간이니까, 우리 얘기가 기사로 나오는 일은 없을 거야.”

신정한의 장담에도 김주희는 좀처럼 안심이 안 되는 모양이었다.

“그 기자가 윗선의 압력에도 굴하지 않으면요? 굉장히 끈질기고 집요해 보이던데.”

“걱정 마. 딴 방법도 있으니까. 내가 알아서 처리할게.”

알아서 처리하겠다는 말에 윤재는 등골이 오싹해졌다. 경준이처럼 자살로 위장해 죽이겠다는 소리처럼 들렸던 것이다. 행여나 경준이 얘기를 떠벌릴까 싶어 얼굴을 더 가까이 들이대다가 멈칫했다. 뾰족한 뭔가가 옆구리를 찌르고 있었다. 등 뒤에서 허스키한 목소리가 말했다.

“엉뚱한 짓 할 생각 마. 옆구리에 구멍 나기 싫으면.”

윤재는 순순히 항복하겠다는 표시로 양손을 머리께로 들어 올렸다. 거슬리는 목소리가 잇달아 명령했다.

“돌아서서 천천히 앞으로 가. 허튼짓했다간 피를 보게 된다는 걸 명심하고."

윤재는 마른침을 삼키고 손을 든 채 거실 안쪽으로 들어갔다. 윤재를 본 김주희가 소스라치게 놀라 눈을 휘둥그레 떴다.

"당, 당신이 여기 어떻게……."

신정한의 신경질적인 시선이 윤재의 어깨 너머를 향했다. 윤재를 위협한 남자가 보고했다.

"이자가 두 분의 대화를 몰래 엿듣고 있었습니다."

"여기는 어떻게 들어왔습니까?"

신정한이 훈계조로 윤재를 다그쳤다. 어느 틈에 근엄한 정치인의 마스크를 덮어쓰고서.

"누군가의 예쁜이가 여기까지 저를 안내해줬습니다."

노골적인 빈정거림에도 신정한은 눈 하나 깜빡이지 않았다. 그에 반해 김주희는 당황해서 어쩔 줄 몰라 했다.

"날 따라왔을 리 없어요. 오면서 계속 주위를 살폈다고요."

"김주희 씨를 미행하지 않았으면 내가 무슨 수로 여기까지 왔겠습니까?"

김주희가 분해 죽겠다는 표정으로 윤재를 쏘아봤다. 힐난하는 것처럼 혀를 차는 소리가 나더니 신정한이 천연덕스럽게 용건을 물었다.

"무슨 볼일이 있어 이렇게 먼 데까지 오신 겁니까?"

"먼저 의원님 부하에게 이것 좀 치워달라고 해주시겠습니까? 칼날을 들이대고 있으니 입이 떨어지질 않네요."

"칼이오?"

신정한의 반문에 윤재가 뒤를 돌아봤다. 남자의 손에는 칼이 아닌 삼단봉이 들려 있었다. 윤재는 허탈한 숨을 내뱉었다. 남자는 삼단봉을 접어 뒤춤에 집어넣더니 거실을 나갔다. 신정한이 말문을 열었다.

"오해하실까봐 미리 말씀드리는데 저 사람은 제 비서입니다. 특수부대 출신이라 경호원이 없을 때는 경호 업무를 맡기도 합니다. 예를 들면 무단침입자로부터 저를 보호하는 일 같은 걸요."

신정한은 강심장이었다. 별장에서 단둘이 있는 걸 들켰는데도 낯빛 하나 변하지 않았으니까. 또한 고단수였다. 자신이 불리한 상황에서도 상대의 약점을 노려 반격했으니까. 무단침입은 변명의 여지가 없는 범법 행위였다. 그 부분에 대해 윤재는 머리를 숙이고 사과했다.

"허락도 없이 멋대로 들어와서 죄송합니다."

"됐습니다. 이미 들어오신 걸 뭘 어쩌겠습니까. 그건 그렇고 오늘은 무슨 용건으로 여기까지 오셨습니까?"

신정한은 시치미를 뗐다. 윤재는 대답 대신 질문으로 받아쳤다.

"그건 제가 여쭤보고 싶은데요. 의원님은 김주희 앵커와 여기서 뭘 하시는 겁니까?"

"개인적인 일이라 말씀드릴 필요는 없지만 괜한 오해를 사고 싶진 않으니 기자님께만 알려드리죠. 특별 대담에 대해 논의 중이었습니다."

"특별 대담이오?"

김주희가 당혹스러운 눈길로 신정한을 바라봤다. 그렇지만 즉각 신정한의 의도를 알아채고 장단을 맞췄다.

"UBC에서 극비리에 준비 중인 시사기획 프로그램이에요. 각계의 지도층 인사를 초대해 정치, 경제, 사회 등 주요 현안과 이슈에 대해 담론을 나누는 프로죠. 출연자가 누구냐에 따라 시청률이 달라지기 때문에 캐스팅에 심혈을 기울이고 있어요. 신의원님께도 물밑 작업을 하려고 여기 온 거고요."

즉석에서 프로그램 하나를 뚝딱 기획해내는 김주희의 순발력에 윤재는 속으로 혀를 내둘렀다.

"언뜻 들은 두 분의 대화는 캐스팅과는 거리가 멀어 보이던데요. 제가 찾아갈 줄은 몰랐다는 둥, 내일 당장 터뜨리면 어쩌느냐는 둥, 스쿱뉴스 편집국장에게 압력을 행사하겠다는 둥, 그 얘기들은 다 뭐죠?"

김주희의 안색이 흙빛으로 변했지만 신정한은 태연했다.

"나기자님이 우리 관계를 단단히 오해하는 것 같아서 대책을 세운 것뿐입니다."

"오해라…… 두 분이 부적절한 관계가 아니라는 거죠? 김주희 앵커의 초고속 승진도 의원님과 아무 상관 없고요?"

"어디서 무슨 소리를 들었는지는 모르겠지만 황당무계한 헛소문일 뿐입니다. 정신 차리시죠. 더 늦기 전에."

"헛소문이라고요?"

"헛소문이 아니라면 제가 꼼짝 못 할 증거를 보여주시죠. 우리가 발가벗고 나뒹구는 사진이라든가, 밀애를 속삭이는 통화 내용이라든가 하는 것들 말입니다."

윤재가 꿀 먹은 벙어리가 되자 신정한은 회심의 미소를 지었다.

"있을 리가 없죠. 진실이 아닌 루머일 뿐이니까요. 이제 그만하시죠. 지금까지의 결례는 실수라 여기고 눈감아드리겠습니다. 대신 약속 하나만 해주시죠. 저와 김주희 앵커 근처에 다시는 얼씬도 하지 않겠다고."

"싫다면요?"

"그렇다면 어쩔 수 없죠. 법적 조치를 취하는 수밖에요. 죄목이 한두 가지가 아닌데 괜찮으실지 모르겠습니다. 얼토당토않은 유언비어를 퍼뜨려 우리 둘의 명예를 훼손한 죄, 김주희 앵커를 스토커처럼 쫓아다니며 괴롭힌 죄, 별장에 무단침입 한 죄."

윤재는 입술을 삐뚜름하게 내밀었다. 신정한의 가면을 벗겨내기는커녕 맥도 못 추고 당하게 생겼다. 깔짝깔짝 떠보는 것만으로는 그의 민낯을 까발릴 수 없겠다는 생각이 들었다. 날것 본연의 모습을 끌어내기 위해 그를 도발해보기로 했다. 난데없이 윤재가 눈을 부릅뜨며 큰소리를 쳤다.

"의원님이 말하는 조치는 그런 게 아닐 텐데요!"

신정한의 머리가 비스듬히 기울어졌다.

"법적 조치 말고 또 뭐가 있다는 겁니까?"

"의원님이 잘하는 거 있잖습니까. 죽여서 입막음하기."

"무슨 소리를 하는 겁니까?"

"나는 어떻게 죽일 거죠? 경준이처럼 자살로 위장할 겁니까? 아니면 사고사로 처리할 겁니까?"

그를 자극한 게 어느 정도 먹혔는지 무표정하던 얼굴에 당혹감이 배어나왔다. 흠칫 놀란 김주희는 충격받은 눈으로 신정한을 쳐다봤다. 신정한은 황당한 표정으로 말했다.

"지금 내가……."

"모른 척할 필요 없어요. 어차피 나도 죽일 거잖아요. 속 시원하게 털어놓으시죠."

흥분한 신정한의 입에서 상스러운 말이 튀어나왔다.

"무슨 개소리야? 내가 사람을 죽였다고? 어디서 구라를 치는 거야?"

"장경준 기자를 죽였잖아요! 불륜 스캔들을 덮으려고! 알량한 정치 생명을 이어가려고!"

"미친 거 아냐? 내가 죽이긴 누구를 죽였다고 그래?"

"이제 곧 죽을 사람한테까지 거짓말을 해서 뭐합니까. 솔직히 말해주시죠. 경준이를 자살로 위장해서 죽인 게 당신 맞죠?"

"설마 그때 자살했다던 기자 후배가……."

"그래요. 불륜 제보 때문에 당신에게 살해당했죠."

망연자실한 표정으로 멍하니 있던 그가 갑자기 미친 듯이 손사래를 쳤다.

"아니야! 난 아무도 죽이지 않았어! 내가 왜 사람을 죽여? 당신 정말 단단히 미쳤군!"

"미친 건 그쪽이죠. 바람피운 걸 덮으려고 사람을 죽였으니까."

윤재의 비난에 김주희가 몸을 바들바들 떨었다. 잔뜩 겁먹은 얼굴로 입을 열었다.

"정말이에요? 진짜 사람을 죽였어요? 우리 관계를 숨기려고?"

신정한의 귀에는 김주희의 목소리가 들리지 않는 듯했다. 그가 입을 열지 않자 김주희가 울 것 같은 표정으로 하소연했다.

"아니죠? 제발…… 아니라고 해줘요. 네? 아니죠? 사람 안 죽였죠?"

"너까지 왜 이래? 정신 사납게! 입 좀 닥쳐!"

신정한이 험상궂은 얼굴로 고함을 치자 김주희가 놀라서 어깨를 흠칫 떨었다. 신정한의 민낯을 처음 목격한 모양이었다. 눈동자에 공포가 깃들었다.

신정한의 살기 어린 눈빛이 이번에는 윤재를 찔러왔다. 피가 거꾸로 솟은 듯 얼굴이 붉으락푸르락 변했다. 이윽고 분노를 주체할 수 없는지 떨리는 손으로 마구 삿대질을 해대며 분통을 터뜨렸다.

"감히 나를 살인자 취급해? 오냐오냐 받아주니까 내가 우습지? 나, 신정한이야! 국회의원 신정한이라고! 나를 이렇게 능멸하고도 무사할 수 있을 거라 생각해? 가만두지 않겠어! 철저하게 짓밟아줄 거야! 대한 민국에 발도 못 붙이게 해주겠다고! 네놈을 완전히 끝장내주마!"

윤재는 으름장 놓는 그를 찜찜한 시선으로 관찰했다. 예상했던 음모의 배후와는 사뭇 다른 모습이었다. 끝까지 잡아뗄 거라 여기긴 했지만 이토록 경솔하게 대처할 줄은 몰랐다. 이건 마치 억울해서 미칠 것 같은 사람의 반응 아닌가.

한국에 발도 못 붙이게 해주겠다는 위협도 어설프기 짝이 없었다. 이딴 협박은 처음 해보는 것처럼 입만 살아서 허세를 부리는 느낌이었다. 그냥 죽여버리면 그만일 텐데. 전에 그랬던 것처럼.

아니면 윤재를 맛이 간 음모론자로 몰아세우면 그만이었다. 윤재의 주장은 심증만 있을 뿐 물증은 하나도 없으니까. 어느 모로 보나 신정한에게 유리한 상황이었다. 한마디로 가만히만 있어도 중간은 갈 수 있었다.

그러나 그의 반응은 극단으로 치달았다. 살인자로 지목받은 사실에 억울하다 못해 모멸감까지 느끼는 것 같았다. 윤재는 점점 자신이 없어졌다. 잘못 짚은 걸까. 그럴 리 없다고 마음을 굳게 먹으려는 찰나 폴딩 도어 창을 통해 강렬한 헤드라이트 불빛이 비쳐 들어왔다. 순간적으로 멈칫했던 신정한이 윤재를 향해 눈을 부라렸다.

"누구야? 또 누구를 끌고 온 거지?"

윤재는 어깨를 으쓱였다.

"아무도."

"임비서!"

기다렸다는 듯이 임비서가 나타났다.

"나가서 누군지 확인해봐."

신정한이 그에게 급하게 손짓하며 명령했다. 김주희도 뜻밖의 불청객에 당황해서 허둥거렸다. 임비서만 묘하게 침착해 보였다. 마치 이렇게 될 줄 알고 있었다는 듯이. 현관으로 간 그는 문을 열더니 문고리를 잡은 채로 옆으로 비켜섰다. 방문객을 안으로 맞아들이는 것처럼.

이윽고 의문의 방문객이 모습을 드러냈다. 우아하면서도 당당한 기상이 엿보이는 중년 여성이었다. 그녀를 본 신정한은 심장마비를 일으킨 것처럼 놀라서 굳어버렸다. 김주희의 반응도 별반 다르지 않았다. 고양이 앞의 쥐처럼 옴짝달싹하지 못했다.

윤재는 그들의 반응으로 그녀의 정체를 눈치챘다. TV에서 얼핏 본 기억도 났다. 박영미였다. 신정한의 아내이자 전직 장관의 외동딸. 신정한의 정치적 기반을 닦아준 일등공신. 신정한이 침을 꼴깍 삼키며 힘겹게 말문을 뗐다.

"당, 당신이 여기는 어떻게……."

박영미가 드센 억양으로 거침없이 쏘아붙였다.

"왜요? 난 여기 오면 안 돼요? 이 별장이 누구 명의로 돼 있는지 잊었어요?"

"그, 그게 아니라 연락도 없이 와서…… 미리 연락을 하지 그랬어?"

신정한의 이마에 진땀이 송골송골 맺혔다.

"연락했으면 당신이 참도 얌전히 여기 있었겠네요. 이렇게 재미있는 구경도 못 했겠죠. 서서 이러지 말고 다들 앉아서 얘기하죠. 나기자님도요."

박영미의 목소리에는 거부할 수 없는 위엄이 깃들어 있었다. 거실 소파에 네 명이 둘러앉았다. 박영미가 가운데 상석을 차지했고 신정한은 그녀의 오른편에 앉았다. 윤재는 김주희와 함께 신정한 맞은편에 자리를 잡았다. 임비서는 박영미 뒤에 경호원처럼 빈틈없는 자세로 서 있었다. 좌중을 쓱 둘러보던 박영미의 시선이 김주희에게 날카롭게 꽂혔다.

"이렇게 직접 보니 반갑네."

말과 달리 표정은 냉랭하기 짝이 없었다. 김주희는 감히 눈을 못 마주치고 죄인처럼 머리를 숙였다. 박영미의 입에서 비난처럼 들리는 칭찬이 흘러나왔다.

"실물이 훨씬 낫네. 얼굴도 예쁘고 피부도 탱탱하고. 그래, 우리 바깥양반이 잘해줘?"

"여보, 그건 오해……."

"당신은 가만있어요."

박영미의 일갈에 신정한은 찍소리도 내지 못하고 입을 다물었다. 가차 없는 눈빛이 재차 김주희를 향했다.

"내 말 못 들었니?"

"사모님 오해예요! 절대 생각하고 계신 그런 관계가 아니에요!"

김주희가 필사적으로 해명에 나섰다. 마치 구명줄을 잡으려는 것처럼 온몸으로 절박하게.

"오해? 무슨 오해?"

"의원님과 전 아무 사이도 아니에요. 일 때문에 몇 번 뵌 게 다예요. 오늘도 인터뷰로 상의할 문제가 있어서 온 겁니다. 믿어주세요."

"젊은 사람이 왜 이렇게 구질구질하게 굴까? 바람피운 거면 피운 거고, 잤으면 잔 거지."

"아니에요! 그건 정말……."

"12일 플라자, 17일 신사동 오피스텔, 22일 힐튼, 28일 메리어트, 3일 오피스텔. 더 읊어줘? 몸 섞는 소리까지 들려줘야 인정할 거야?"

박영미의 말이 끝나기도 전에 김주희가 몸을 던지듯 후다닥 무릎을 꿇었다.

"죄송합니다! 사모님 죄송합니다. 한 번만 용서해주세요!"

박영미는 김주희를 거들떠보지도 않고 신정한에게 매서운 눈길을 돌렸다. 신정한은 테이블에 머리를 박을 듯 굽실대면서 목소리를 쥐어짜냈다.

"여보, 미안해. 내가 죽을죄를 지었어."

박영미는 불같이 화를 내지도 배신감에 치를 떨지도 않았다. 충격받은 얼굴도 아니었다. 불륜 행각을 줄줄 꿰고 있는 걸 보니 진작 남편의 외도를 알고 있었던 모양이었다. 박영미가 한심하다는 눈길로 그를 바라보며 혀를 찼다.

"이렇게 칠칠맞아서야……. 젊은 애랑 잠깐 재미 보는 건 그렇다 쳐요. 그럴 거면 최소한 꼬리를 밟히지는 말았어야죠. 그것도 기자한테 들키다니. 정치한다는 사람이 이렇게 부주의해서야 쓰겠어요? 당신 같은 사람하고 어떻게 큰일을 도모하겠어요?"

"미안해, 여보. 앞으로는 이런 일 절대 없을 거야. 당장 정리할게. 진작 헤어지려고 했어."

초등학생 아들을 엄하게 꾸짖는 엄마와 치맛자락에 매달려 싹싹 비는 마마보이를 보는 느낌이었다. 뭔가 할 말이 있는지 쭈뼛대던 신정한이 비굴한 표정으로 입을 열었다.

"근데…… 언제부터 눈치챘던 거야?"

"당신이 김주희한테 눈독을 들일 때부터요."

"그, 그걸 어떻게?"

"내 뒤에 있는 임비서가 누구 심복일 것 같아요?"

그녀의 말에 신정한이 이를 갈며 임비서를 노려봤다. 계속해서 박영미의 경고가 이어졌다.

"당신은 내 손바닥 안에 있다는 걸 잊지 말아요. 당신 주위에 심어둔 사람이 한둘일 거 같아요?"

"내 일거수일투족을 감시하고 있다는 소리야?"

신정한이 기분 나쁘다는 어조로 저항을 시도했지만 즉각 제압당했다.

"당신이 자초한 일이에요. 이렇게 사고를 치고 다니는데 어떻게 당신을 가만 놔두겠어요."

"아무리 그래도 남편에게 사람을 붙여 감시하는 건……."

"왜요? 숨 막혀서 못 살 거 같아요? 파릇파릇한 애랑 살고 싶으면 언제든 얘기해요. 깔끔하게 갈라서줄 테니."

신정한은 할 말을 잃었다. 박영미는 그의 귀중한 정치적 자산이었다. 그녀의 배경과 지원이 없었다면 결코 이 자리까지 올라오지 못했을 것이다. 더 높은 곳으로 올라가기 위해서라도 그녀의 도움은 절실했다. 야망에 눈먼 그가 박영미를 포기할 리 없었다. 신정한이 좀스럽게 들러붙어 알랑거렸다.

"무슨 소리야? 여보! 내가 정말 잘못했어요. 나한테는 당신밖에 없어. 두 번 다시 이런 일은 없을 거야."

박영미가 콧방귀를 뀌더니 윤재에게 시선을 돌렸다.

"여기 오면서 대강 전해 들었어요. 바깥양반이 불륜을 덮기 위해 사람을 죽였다고 생각하신다면서요. 기자님도 보셔서 아시겠지만 이 양반은 사람을 죽일 위인이 못 돼요. 그런 계획을 짤 만큼 치밀하지도 않고요. 범행을 사주할 수하도 없어요. 그래도 의심을 거두지 못하겠다면 저 양반의 알리바이를 확인해드릴 용의도 있어요."

"여보, 그건 좀……."

반항의 기미를 내보이는 신정한을 박영미가 단칼에 뿌리쳤다.

"살인교사 혐의를 받는 것보다는 간통남이 되는 게 낫지 않겠어요?"

신정한은 본전도 못 찾고 꼬리를 내렸다. 윤재는 쓰게 입맛을 다셨다. 박영미가 등장하기 전부터 회의감이 고개를 쳐들던 참이었다. 아내에게 꽉 잡혀 꼼짝 못 하는 걸 보니 의심은 확신으로 굳어졌다. 완전히 잘못된 길로 들어선 것이다. 그럼에도 묻지 않을 수 없었다.

"사모님께서도 아무 관련이 없으십니까?"

"제보가 있었다는 것도 도착 10분 전에 알았어요. 미리 알았다 해도 그렇게 무모한 방법은 쓰지 않았을 거예요. 돈으로 입막음을 했으면 했지. 사실…… 은근히 바라는 마음도 없지는 않았던 것 같아요?"

"바라다니요? 뭘요?"

"불륜 스캔들이 세상에 드러나기를요."

"하지만 그렇게 되면……."

"십수 년간 공들여 쌓아 올린 남편의 정치생명이 한순간에 허물어지겠죠. 재기하기도 힘들 테고요. 그래도…… 가끔씩 궁금할 때가 있거든요. 그렇게 되면 저이가 날 떠날지, 내 옆에 붙어 있을지."

처량한 눈으로 어딘가를 응시하던 그녀가 시선을 윤재에게 돌리더니 당부의 말을 덧붙였다.

"이번 일은 모른 척 넘어가주셨으면 해요."

"알겠습니다."

윤재는 순순히 응했다. 불륜 스캔들은 관심도 없을뿐더러 윤재에게는 더 중요하고 시급한 일이 남아 있었다.

"감사드려요. 나기자님께 빚을 졌군요."

"그렇게 생각하실 필요 없습니다."

"아니에요. 빚은 꼭 갚겠어요. 빚지고는 못 사는 성격이라서요."

집에 귀가하니 4시가 다 돼 있었다. 오후 근무인 게 그나마 다행이었다. 일할 때 병든 닭이 되지 않으려면 잠깐이라도 눈을 붙여야 했지만 잠이 오지 않았다. 몸은 파김치 상태였지만 정신은 더없이 말짱했다.

윤재는 침대에 누워서 길게 한숨을 내쉬었다. 이제껏 헛발질만 한 스스로가 한심하기 짝이 없었다. 스스로 구축한 편견과 아집에 사로잡혀 엉뚱한 사람에게 살인 누명을 씌울 뻔했다. 불륜 제보와 경준의 자살은 아무 관계도 없었다. 그저 시기와 상황이 묘하게 겹친 것뿐이었다.

경준이는 자살했을 것이다. 동기는 유서에 쓴 그대로일 테고. 그것 말고 달리 설명할 방법이 없었다. 타임머신을 타고 과거로 되돌아가 경준이로 빙의되지 않는 이상 장본인의 심경을 헤아리는 건 불가능했다. 그럼에도 목에 가시가 걸린 것처럼 껄끄러운 느낌을 떨쳐낼 수 없었다.

18

　뉴스룸 파티션 입구에서 윤재는 저도 모르게 주춤거렸다. 비상사태가 발생하지 않는 한 일요일에는 출근할 필요가 없는 예지가 앉아 있었다. 멀거니 서 있는 윤재를 보고 은빈이 인사했다.

　"선배, 왔어요?"

　"어, 그래."

　예지는 모니터에 시선을 고정한 채 돌아보지도 않았다.

　"안녕하세요."

　지극히 사무적이고 감정 없는 억양이었다. 의자에 앉은 윤재는 용기를 한껏 끌어모아 말을 붙였다.

　"예지는 오늘 웬일이야?"

　"마무리할 일이 좀 있어서요."

　마무리란 단어에 윤재는 가슴이 덜컥 내려앉았다. 설마 이별 통보를 하려고 나온 걸까. 은빈도 예지의 쌀쌀맞은 태도를 눈치챘는지 눈짓으로 무슨 일이냐고 물었다. 윤재는 모르겠다는 뜻으로 어깨를 으쓱이는 수밖에 없었다. 인수인계를 하고 은빈이 퇴근하자 사무실 공기는 한층 더 냉각됐다. 무거운 정적에 짓눌린 윤재는 안절부절못했다. 무슨 말이든 해야겠다 싶어 입을 떼려는 순간 앙칼진 목소리가 선수를 쳤다.

　"어떻게 끝낼 거야?"

순간 당황해서 말문이 막혔던 윤재가 볼멘소리를 내며 항의했다.

"너무한 거 아냐? 좀 싸웠기로서니 대뜸 헤어지자니? 그것도 막 출근한 사람한테 이러는 법이 어디 있어?"

"대체 무슨 소리를……."

홧김에 큰소리를 친 윤재는 냉큼 꼬리를 내렸다. 그는 두 손을 가슴에 모으고 싹싹 빌었다.

"내가 다 잘못했어. 내가 죽일 놈이라고. 이번 일은 백 퍼센트 내 잘못이니까 한번만 봐주라. 무섭게 끝내자는 얘기 같은 거 하지 말고."

혼자서 북 치고 장구 치는 윤재를 황당한 눈으로 바라보던 예지가 돌연 웃음을 터뜨렸다.

"내가 언제 헤어지자고 했어?"

"방금 그랬잖아. 어떻게 끝낼 거냐고."

"그거야 냉전을 어떻게 끝낼 건지 물어본 거지."

"그, 그런 거였어?"

"싸운 뒤로 서로 연락 한 번 안 했잖아. 언제까지 본체만체하며 지낼 순 없을 거 아냐."

비로소 윤재는 가슴을 쓸어내렸다.

"난 또 이별 통보하는 줄 알고 식겁했네."

윤재의 말에 예지가 못내 아쉬운 표정을 지었다.

"그냥 가만히 있을걸 그랬나. 선배가 울며불며 매달리는 꼴 좀 구경하게."

윤재가 뚱하게 입을 내밀며 구시렁거렸다.

"심보를 곱게 써야지. 누구는 어떻게 마음을 풀어줄지 며칠째 골머리 싸매고 있었구먼."

"골머리만 싸매면 뭐해? 행동으로 보여줘야지. 그동안 누구 속은 시커멓게 타들어갔는데."

예지의 핀잔에 윤재가 겸연쩍게 변명을 늘어놓았다.

"그간 복잡한 사정이 있어서 그랬어. 아무튼 미안하다. 버럭 할 일도 아니었는데 까칠하게 굴어서. 내 고집만 너무 앞세웠던 것 같아. 너는 내 생각 해서 충고해줬던 건데. 결국 네 말이 옳다는 걸 알았어."

"그럼 경준이 사건은……."

"번지수를 한참 잘못 짚었더라고. 네 말대로 경준이를 잃었다는 사실을 인정하기 싫어서 억지를 부렸나 봐."

제보자 이승렬을 만난 일, 신정한과 김주희의 불륜, 그들을 별장까지 뒤쫓았던 해프닝에 대해선 털어놓지 않았다. 경준의 사건과 하등 관련이 없는데다 위험천만한 행동을 한 걸 알게 되면 2차 대전이 시작될 테니까. 모든 게 끝났다는 생각에 그리고 경준이를 영영 잃었다는 사실에 윤재의 어깨가 처지고 고개는 아래로 기울어졌다. 부드러운 손길이 윤재의 볼을 어루만졌다.

"비록 오판이었지만 경준이는 선배가 자신을 위해 애써준 걸 하늘에서 고마워할 거야. 그러니까 기운 내. 고개를 들라고."

풀 죽은 윤재의 머리를 쓰다듬던 예지는 별안간 장난기가 발동했는지 고개를 뒤로 젖혔다.

"손님, 샴푸해드릴까요?"

실소를 흘리던 윤재의 시선이 엉겁결에 천장에 닿았다. 윤재의 자리에서 조금만 고개를 들고 눈을 치켜뜨면 보이는 천장에 작은 얼룩이 묻어 있었다. 윤재의 눈길이 얼룩에 고정됐다. 새까맣게 잊고 있었던 추억이 머릿속에서 뭉게뭉게 피어올랐다.

"선배 오늘 무슨 일 있었어요?"

다들 퇴근하고 경준과 단둘이 일하던 저녁 근무시간, 그가 대뜸 윤재를 향해 돌아앉았더니 물었다.

"없어. 일은 무슨 일."

눈을 모니터에 고정한 채 윤재는 무뚝뚝하게 대답했다.

"진짜요? 되게 저기압이신 거 같은데…….'

"아무 일도 없었다니까. 귀찮게 굴지 말고 일이나 해."

사실은 있었다. 무척 열 받고 속상한 일. 하지만 후배에게 신세타령하며 넋두리를 늘어놓는 건 속된 말로 쪽팔리는 일이었다.

"알았어요, 그럼."

경준은 별말 없이 쿨하게 돌아앉았다. 잠시 후 윤재의 뒷자리에서 꼭 누구 들으라는 듯이 중얼대는 소리가 흘러나왔다.

"고등학교 때 수학여행으로 경주에 갔었어요. 낮에는 불국사니 첨성대니 하는 관광명소를 구경하고 저녁에는 장기자랑까지 하느라 다들 업어 가도 모를 만큼 곯아떨어졌죠. 그 와중에 어떤 방에서는 선생님 몰래 술까지 사다 마셨고요.

한참 자는데 기상 소리가 숙소에 쩌렁쩌렁 울렸어요. 눈도 못 뜬 채 일어나 보니 새벽 4시더라고요. 석굴암에 가야 한다며 선생님들이 애들을 깨워댔어요. 다들 원성이 자자했죠. 이 새벽에 무슨 등산이냐면서요. 게다가 석굴암 코앞까지 차로 갈 수 있었거든요. 근데 거기를 굳이 걸어 올라가야 한다며 새벽부터 수선을 떤 거죠."

윤재는 인상을 찡그렸다. 어쭙잖은 위로를 해주려고 '썰'을 푸는 것 같은데 오지랖처럼 느껴져 달갑지가 않았다. 그러나 성의를 봐서 당분간 잠자코 듣기로 했다.

"어두컴컴한 산길을 전교생이 올라가기 시작했어요. 투덜대는 소리가 여기저기서 새어나왔죠. 왜 안 그랬겠어요. 피곤하고 졸려 죽겠는데 오르막길을 오르려니 힘들 수밖에요. 이게 수학여행이냐, 극기훈련이냐, 불평들이 빗발쳤죠. 저도 마찬가지였어요. 씩씩거리며 발을 옮기다가 내가 오밤중에 왜 이런 짓을 하고 있나 싶은 거예요. 짜증이 나는데 힘드니까 더 짜증 나더라고요. 좀 쉬어야겠다 싶어서 멈춰 섰죠. 허리에 손을 대고 등을 쭉 펴는데 와 하고 감탄사가 절로 나오더라고요."

"왜?"

윤재가 시큰둥하게 물었다.

"하늘에서 별빛이 쏟아진다는 말이 무슨 뜻인지 그때 처음으로 실감했어요. 헤아릴 수 없을 만큼 수많은 별들이 밤하늘을 빈틈없이 메우고 있더라고요. 넋을 잃을 정도로 황홀한 광경이었어요. 한참을 가만히 서서 하늘의 별을 올려다봤어요. 지나가던 선생님이 어깨를 잡고 흔들 때까지 무아지경에 빠진 채로요. 까만 밤을 수놓았던 반짝거림이 지금도 눈앞에 생생해요. 그 뒤로 언젠가부터 힘들거나 괴로운 일이 생기면 밤하늘을 보는 버릇이 생겼어요. 희한하게 별을 보고 있으면 모났던 마음이 조금은 둥그스름해지더라고요."

윤재의 잇새로 마뜩잖은 숨이 새어나왔다.

"그래서 대체 하고 싶은 말이 뭔데? 요점이 뭐냐고?"

"무슨 일인지는 모르겠지만 선배도 별이나 한번 보시라고요."

경준이 윤재를 돌아보며 씩 웃었지만 윤재의 입에서는 어이없는 헛웃음만 흘러나왔다.

"뭔 뚱딴지같은 소리야. 뜬금없이 별을 보라니?"

"혹시 알아요? 별을 보면 기분이 좋아질지. 그리고 별 구경 하다 보면 자연스럽게 어깨도 펴고 고개도 들게 되잖아요. 구부정한 자세로 있으면 기분도 구부정해지는 법이라고요. 기분 나쁘거나 힘든 일이 있어도 바른 자세를 취하고 있으면 뭐든 다 괜찮아질 것 같은 묘한 느낌이

든다니까요. 아무튼 저는 별 보기 강추합니다."

"여기가 경주냐? 석굴암 등산로냐고? 요즘 안 그런 데가 있겠냐만 서울에서 별 보기는 하늘의 별 따기야. 미세먼지나 매연도 예전보다 훨씬 심해졌고. 밤하늘에 반짝대는 거라고 해봤자 비행기나 인공위성밖에 없어요. 게다가 하루 종일 사무실에만 처박혀 있는데 무슨 수로 하늘을 보고, 별을 보겠냐? 난 별 볼일 없는 사람이라고."

속이 배배 꼬인 윤재는 트집을 잡으며 핀잔을 줬다. 턱을 괴고 생각에 빠졌던 경준이 대뜸 일어서더니 윤재 앞의 책상 쪽으로 갔다.

"왜? 뭐하려고?"

윤재의 물음에도 경준은 대꾸 없이 의자를 밟고 책상 위로 올라갔다. 얘가 갑자기 머리가 어떻게 됐나. 얼떨떨한 눈으로 경준을 지켜보는데 그가 까치발을 들더니 오른팔을 머리 위로 쭉 뻗었다. 그러더니 손에 쥔 펜으로 서슴없이 천장에 뭔가를 그렸다.

"야! 거기 낙서는 왜 하는 거야?"

만족스러운 얼굴로 책상에서 내려온 경준이 손가락으로 자신이 그린 걸 가리켰다. 엉성했지만 무슨 형상인지 한눈에 알아볼 수 있었다. 별이었다.

"이제 선배도 별 볼일 있는 사람이죠?"

"선배, 왜 그래? 괜찮은 거야?"

예지의 부름에 윤재는 현실로 돌아왔다. 예지는 천장의 낙서를 올려다보는 윤재의 아련한 눈길에서 무슨 사연이 있다는 걸 짐작한 듯했다. 윤재에게 경준과의 이야기를 다 들은 예지의 얼굴도 경준을 향한 그리움으로 물들었다. 빛나지 않았지만 그 무엇보다 빛났던, 하지만 이제는 영영 빛을 잃은 별을 윤재는 한참이나 올려다봤다.

19

집으로 돌아온 윤재는 오랜 시간 뜨거운 물을 맞으며 샤워기 밑에 서 있었다. 지난 며칠간의 과오와 실책을 깨끗이 씻어버리려는 것처럼.

씻고 나와 말끔한 얼굴로 침대 가장자리에 걸터앉았다. 피곤했지만 잠은 달아난 상태였다. 알코올에 의지해 잠을 청해보려고 냉장고에서 캔맥주를 꺼내 왔다. 시원하게 한 모금 들이켜고 책상에 캔을 내려놨다. 관자놀이가 찡할 정도로 냉랭한 기운이 식도를 타고 내려갔지만 맥주 맛은 느껴지지 않았다. 도무지 뒷맛이 개운치 않았다.

경준이 사건을 이대로 묻어도 될지 판단이 서지 않았다. 뭔가 아주 중요한 걸 놓친 게 아닐까. 그런 생각이 거머리처럼 들러붙어 떨어지질 않았다. 윤재는 머리를 좌우로 세차게 흔들었다. 집착이고 현실도피일 뿐이다. 경준이가 자살했다는 사실을 받아들여야 한다고 다짐하듯 되뇌었다.

캔을 집어 드는데 밑에 깔린 종이가 붙어서 딸려 왔다. 맥주 캔의 물기가 접착제 역할을 한 것이다. 종이를 떼어내자 둥근 모양의 물 자국이 이면지 뒷면에 찍혀 나왔다.

무심코 이면지를 뒤집은 윤재는 숨을 멈췄다. 경준이의 유서 사본이었다. 유서에 윤재를 언급한데다 자살에 의혹을 가졌던 터라 자세히 읽어보려고 복사해놨던 거였다. 볼 때마다 가슴이 미어져서 눈에 안 띄게 뒤집어놨던 걸 잊고 있었다. 마지막으로 유서를 읽어보기로 했다. 그래야 마음 정리가 될 것 같았다.

경건한 자세로 바로앉아 한 자씩 정성 들여 망막에 새겨나갔다. 다시 읽어봐도 딱히 이상한 점은 보이지 않았다. 경준이다운 문체에 경준이다운 어휘로 조합돼 있었다.

별안간 윤재의 시선이 마지막 줄에 못 박혔다. 전에는 대수롭지 않게 여겼던 점이 눈에 밟혔다. '특히, 나 선배 미안해요'라는 구절이었다. 경준이는 '나 선배'라는 호칭을 쓴 적이 없었다. 그냥 '선배' 혹은 '윤재 선배'라고 불렀으면 불렀지, 성을 붙여 부른 기억은 없었다. '나 선배'라는 호칭은 예지나 다른 후배들의 전유물이었다.

이름을 불렀던 녀석이 유서에는 왜 성을 썼을까. 괜히 마음에 걸렸다. 난데없이 윤재의 입에서 짜증 섞인 욕이 튀어나왔다.

"제기랄! 나 또 왜 이러나?"

별 의미 없는 호칭에 또다시 멋대로 의미 부여를 하고 있었다. 윤재는 마음을 굳게 먹고 유서 가장자리를 양손 끝으로 단단히 붙잡았다. 서슴없이 단번에 유서를 찢어버렸다.

종이가 사선 모양으로 길게 갈라졌다. 두 장으로 분리된 유서를 아무렇게나 바닥에 팽개치고 맥주를 벌컥벌컥 마셨다. 깨끗이 비운 캔도 찌부라뜨려 내던졌다. 어지럽혀진 방이 눈에 들어오자 다른 종류의 짜증이 밀려왔다. 앓는 소리를 내며 일어나 캔을 주운 다음 무릎걸음으로 가 찢어진 유서로 손을 뻗었다. 종이를 집은 순간 뇌리를 찌르는 듯한 전율이 윤재를 덮쳐왔다.

찢긴 부분의 끄트머리에 단어가 위태롭게 걸려 있었다. 아무 상관 없는 두 개의 글자를 대각선으로 읽어 내리자 하나의 단어가 만들어졌다.

잃었습니다. 모든 책임과

있습니다. 제가 다 망쳤습니다. 하찮

큰 피해를 끼쳤습니다. 피해자의

사 신뢰도 실추시켰습니다.

고 위로해줬지만 견디기

요. 죄송합니다. 특히,

사고.

불현듯 예전에 경준이 했던 말이 떠올랐다. 속독법 덕분에 기사를 빨리 읽을 수 있다며 쑥스럽다는 듯 말했었다. 문단을 대각선으로 읽어내리면 된다면서 방법도 전수해줬다.

윤재는 허겁지겁 나머지 절반도 주워들고 책상으로 달음질쳤다. 어쩌면 유서에 메시지를 남긴 게 아닐까. 남들은 못 알아보는 경준만의 방식으로. '나 선배'라는 호칭은 유서를 잘 살펴보라는 힌트가 아닐까.

서두르다 책상 모서리에 무릎을 찧었지만 아픔을 느낄 새도 없었다. 숨을 죽이고 두 장으로 분리된 종잇조각을 원래 모양대로 맞붙였다. 첫 문장의 첫 번째 글자부터 대각선으로 쭉 이어봤다.

살아갈 의욕을 잃었습니다. 모든 책임과
원인은 *제*게 있습니다. 제가 다 망쳤습니다. 하찮
고 평범한 기자가 큰 피해를 끼쳤습니다. 피해자의
명예훼손은 물론이고 회사 신뢰도 실추시켰습니다.
동료들이 단 한 번의 실수라고 위*로*해줬지만 견디기
힘드네요. 큰 민폐를 끼쳤네요. 죄송합니*다*. 특히,
나 선배 미안해요…….

살제가회위다? 문장도 뭣도 아니었다. 문득 인터넷 단골 유머 소재인 '세로드립'이 생각났다. 모든 줄의 첫 번째 글자를 쭉 연결해봤다.

살아갈 의욕을 잃었습니다. 모든 책임과
원인은 제게 있습니다. 제가 다 망쳤습니다. 하찮
고 평범한 기자가 큰 피해를 끼쳤습니다. 피해자의
명예훼손은 물론이고 회사 신뢰도 실추시켰습니다.
동료들이 단 한 번의 실수라고 위로해줬지만 견디기
힘드네요. 큰 민폐를 끼쳤네요. 죄송합니다. 특히,
나 선배 미안해요…….

살원고명동힘나. 역시 말이 되질 않았다. 홧김에 이면지를 구겨버리려다가 윤재는 다급히 A4지 한 장을 꺼냈다. 유서 전문을 대각선으로 가린 다음 천천히 각도를 좁혀나갔다. 어느 시점에서 손이 멈췄다.

살
원인
고 평범
명예훼손은
동료들이 단 한
힘드네요. 큰 민
나 선배 미안해요…….

살인범은한민. 윤재는 경악에 찬 눈빛으로 문장을 뚫어질 듯 쳐다봤다. 손끝부터 시작된 떨림이 몸 구석구석까지 퍼져나갔다. 오른손으로 왼손을 붙잡아 진정시켜야 할 정도로 충격의 여파는 쉽게 가시지 않았다. 유서에는 경준이의 다잉메시지가 숨겨져 있었다. 자신을 죽인 살인마를 지목하고 윤재에게 복수해달라고 애원하고 있었다. 목이 메이고 코끝이 찡해졌다. 눈물샘의 둑이 와르르 무너져내려 윤재는 오열했다.

20

"나 선배? 눈이 왜 그래?"

벌겋게 충혈된 윤재의 눈을 보고 예지가 물었다. 그러자 희선과 유진도 덩달아 윤재를 주목했다. 유진이 걱정스러운 목소리로 끼어들었다.

"진짜네. 선배 눈이 왜 이렇게 빨개요? 좀 부은 것 같기도 하고. 어디 아픈 거 아니에요?"

펑펑 울며 날밤을 지새웠으니 눈에 핏발이 설 수밖에. 윤재는 그들의 시선을 피하며 얼버무렸다.

"민망하게 왜 그래? 실핏줄이 좀 터진 것 가지고. 얼굴 부은 건 새벽에 라면 먹고 자서 그래. 별거 아니니까 호들갑 떨지 말고 일들 하세요."

희선과 유진은 별 내색 않고 넘어갔지만 예지는 못내 석연찮은 표정이었다. 윤재는 예지의 눈길을 외면했다. 유서의 다잉메시지를 예지에게 알릴 생각은 없었다. 경준이 문제를 또 들먹였다간 돌이킬 수 없는 강을 건널 것 같은 기분이 들었다.

대각선으로 읽어 내릴 때 보이는 문구를 코앞에 들이밀어도 예지는 콧방귀도 뀌지 않을 것이다. 뭐 눈에는 뭐만 보인다고, 우연히 얻어걸린 문장에 과도한 의미 부여를 한다며 깎아내릴 게 뻔했다. 간신히 회복한 관계를 하루 만에 망치고 싶지는 않았다.

확실한 증거를 발견할 때까지는 어느 누구에게도 말하지 않으리라

굳게 다짐했다. 컴퓨터 전원을 켜는데 연중헌이 보이지 않았다. 윤재가 누구에게랄 것도 없이 물었다.

"데스크는 어디 가셨어?"

희선이 대답했다.

"편집국장실에 가셨어요."

"국장님 호출이야?"

"호출은 아닌 거 같던데……. 근데 요새 데스크 괜찮으신 건지 모르겠어요. 기운이 너무 없어 보여요, 보기 안쓰러울 정도로."

희선의 염려에 윤재도 가슴이 답답해졌다. 다들 언제쯤 일상으로 돌아갈 수 있을까. 경준이가 살아 돌아오지 않는 이상 그런 일은 없을 거란 현실을 외면한 채 작은 소망을 내비쳤다.

"괜찮으시겠지."

윤재는 사내 인트라넷에 접속했다. 우선 가까운 곳부터 수색할 작정이었다. 윤재의 지인 중에 '한민'이란 이름을 가진 사람은 없었다. 한민이란 작자가 경준이만 아는 사람일 것 같진 않았다. 안면은 없어도 경준과 윤재의 공통 반경 내에 존재하는 사람일 거란 직감이 들었다.

인트라넷 검색 창에 '한민'을 입력했다. 화면이 바뀐 순간 윤재는 하마터면 환호성을 외칠 뻔했다. 한 건의 검색 결과가 나왔다. 경영지원팀 서한민. 내선번호와 이메일 주소를 급히 메모하는데 메시지가 떴다. 연중헌이었다. 절로 눈길이 데스크 자리로 향했지만 여전히 비어 있었다.

– 뉴스룸에 있어?

– 네.

– 잠깐 옥상으로 올라올래?

– 무슨 일이신데요?

– 할 얘기가 있어서. 딴 애들한텐 얘기하지 말고.

- 네, 알겠습니다.

느낌이 좋지 않았다. 셋이 국장에게 왕창 깨진 뒤에 우울한 마음을 달랬던 장소라 그런지 꺼림칙했다.

"왔냐?"

윤재가 고개를 숙이자 연중헌이 윤재의 어깨에 손을 얹었다. 입가에는 보기 드물게 정감 어린 미소가 배어 있었다. 이렇게 다정한 모습은 처음이라 불안은 점점 커져만 갔다.

"데스크 무슨 일 있으세요?"

"혹시 담배 있냐?"

"저, 담배 끊었는데……."

"그랬구나. 잘 생각했다. 건강을 생각하면 끊어야지."

예지의 성화에 못 이겨 금연을 시작했지만 몸이 한결 가뿐해진 느낌이라 내심 끊길 잘했다고 생각했다. 그러나 처량하기 짝이 없는 데스크의 표정을 보니 금연이 문제가 아니었다. 그는 마치 집행 전 마지막 소원을 비는 사형수처럼 보였다.

"가서 사 올게요. 조금만 기다리세요."

급히 몸을 돌리려는 윤재를 연중헌이 말렸다.

"됐다. 그럴 필요 없어. 막 당기는 건 아니야. 그냥 윤재 너랑 마지막으로 한 대 피워보고 싶었다."

마지막이라는 의미심장한 말에 윤재는 심장이 펄떡거렸다.

"네? 마지막이라니요? 그게 무슨 말씀이세요?"

두 손으로 난간을 짚은 연중헌이 가만히 구름 한 점 없는 하늘을 응시하더니 무덤덤하게 입을 뗐다.

"아까 국장님께 말씀드렸다. 그만두겠다고."

"네? 데스크가 왜요?"

놀란 윤재가 얼굴을 들이밀며 따지듯 물었다.

"누군가는 책임을 져야 하니까."

"국장님이 책임지고 옷 벗으래요? 데스크보고 총대 메라고 한 거냐고요?"

윤재가 흥분해서 소리치는데도 연중헌은 감정이 제거된 사람처럼 기계적으로 응답했다.

"내가 먼저 그만두겠다고 했다. 국장님은 다시 한 번 생각해보라고 하셨고."

"먼저 나가라고 한 것도 아닌데 왜 그만두시겠다는 건데요? 경준이 때문에요? 그럴 필요 없어요. 데스크는 아무 잘못도 없다고요!"

"왜 잘못이 없어? 뉴스룸 책임자는 나야. 경준이 직속 상사이고. 경준이는…… 뉴스룸 업무 탓에 세상을 등졌어……. 내 잘못이 커."

윤재는 머리를 쥐어뜯고 싶었다. 경준이는 업무 스트레스로 자살한 게 아니었다. 한민이라는 자에게 살해당했다. 그걸 알 리 없는 데스크가 자기 탓으로 돌리는 것도 모자라 책임지고 물러나려 하고 있었다. 내막을 밝히질 못하니 미치고 펄쩍 뛸 것 같았다. 윤재는 침을 튀겨가며 필사적으로 만류했다.

"데스크 다시 한 번만 생각해보세요. 아무 대책도 없이 갑자기 그만둬서 뭘 어쩌시려고요? 한 가정의 가장이시잖아요. 감정에 휩쓸려 충동적으로 결정하시면 어떡해요."

연중헌이 딸에게 휴학을 권했던 이유가 비로소 명확해졌다. 퇴사 후 월급이 끊기면 가계 허리띠를 졸라맬 수밖에 없을 터였다.

"충분히 심사숙고해서 내린 결정이다. 먹고사는 문제는 당분간 퇴직금으로 버티면 돼. 그사이 딴 데 이력서도 내고."

"불경기라 재취업이 쉽지 않다는 거 데스크도 잘 아시잖아요. 적은 연세도 아니고요."

"어떻게든 되겠지."

윤재가 가슴을 턱턱 두드리며 한숨을 토해냈다.

"좋아요. 퇴사하시더라도 딴 회사 알아보고 나가세요. 갈 데가 확정되면 움직이시라고요."

연중헌이 윤재를 물끄러미 바라봤다. 생기를 잃은 탁한 눈동자였다.

"걱정해줘서 고맙지만 내 결심은 변함이 없다. 꼭 경준이 때문만도 아니야. 오래전부터 생각해왔던 일이다. 그동안 앞만 보고 달려오느라 많이 지치기도 했고. 당분간 좀 쉬고 싶구나. 나를 좀 이해해다오."

이렇게까지 얘기하는데 더는 잡을 도리가 없었다. 그의 고집을 어떤 말로도 꺾지 못할 것 같았다. 그만큼 연중헌의 의지는 확고해 보였다. 더불어 휴식이 절실해 보이기도 했다. 언제 쓰러져도 이상하지 않을 만큼 지쳐 보였다. 연중헌이 당부했다.

"한 가지만 부탁하자. 퇴사 날짜가 확정될 때까진 다른 애들에게는 얘기 안 해줬으면 좋겠다."

"알겠습니다. 대신 제 부탁도 하나만 들어주세요."

"무슨 부탁?"

"국장님한테 그만두겠다는 확답을 드리는 건 다음 주에 하시면 안 될까요?"

"그건 왜?"

"그냥 좀 들어주세요. 한 주 늦게 말한다고 달라질 것도 없잖아요."

"그래, 알았다. 그렇게 하마."

그는 의아해하면서도 두말없이 청을 받아줬다. 이로써 일주일의 유예 기간이 생겼다. 윤재는 그 안에 어떻게든 진범을 잡고 사건의 진상을 밝힐 작정이었다. 경준이의 죽음이 자살이 아닌 타살로 드러나면 데 스크가 그만둘 필요가 없을 테니까.

오후 내내 한민을 잡을 계획에 골몰했다. 경찰에 신고하기에는 아직 이르다. 미친놈 취급만 당할 것이다. 설령 윤재의 가설을 진지하게 들 어준다 해도 별 성과 없이 정보만 새어나갈 가능성이 컸다. 한민이란 자에게 증거 인멸할 시간만 벌어주는 꼴이 될지도 몰랐다.

우선 경영지원팀 서한민이 경준이 지목한 한민이 맞는지부터 확인해 야 했다. 서한민에 대해 수소문해볼까 하다가 마음을 바꿔먹었다. 주변 인에게 평판을 물으면 누군가가 자신의 뒤를 캐고 다닌다는 얘기가 그 의 귀에 들어갈 공산이 컸다. 윤재는 그를 직접 만나보기로 했다.

경준이의 퇴직금 처리를 문의한다는 핑계를 대고. 5시쯤 은빈에게 화장실에 다녀오겠다는 메시지를 보낸 다음 자리에서 일어섰다. 사무 실을 빠져나와 비상계단에서 서한민에게 내선전화를 걸었다. 신호가 두 번 울렸을 때 낭랑한 목소리가 들렸다.

"경영지원팀 서한민입니다."

윤재는 목소리를 가다듬고 말했다.

"안녕하세요. 뉴스룸 나윤재라고 합니다."

"네, 말씀하세요."

"뉴스룸 장경준 기자 건으로 여쭤볼 게 있어서요. 장기자가 세상을 떠난 건 아시죠?"

"알고 있습니다."

그의 말투가 조심스러워졌다.

"다름이 아니라 장기자 퇴직금 수령 절차가 어떻게 되는지 궁금해서 연락드렸습니다. 유족이 알아봐달라고 부탁하셔서요."

"아, 그 일은 담당 직원한테 돌려드리겠습니다."

"서한민 과장님께 직접 좀 듣고 싶은데요."

"저한테요?"

"긴히 상의드리고 싶은 문제도 있고 해서…… 이번 사건이 회사 업무와도 관련이 있잖습니까."

"아…… 그 부분은 제가 말씀드리기 힘들 것 같은데요…….'"

서한민이 난감해하며 말끝을 흐렸다.

"알고 있습니다. 유족분들도 아직 어떻게 대응할지 결정한 건 아니라서요. 회사 방침이 나오기 전에 어떤 식으로 일이 진행되는지 대략이라도 알고 싶다고 하시더라고요."

"방금 말씀드렸다시피 제가 함부로 말씀드릴 사안이 아닙니다. 저는 결정권자도 아니고 나중에 제 말을 근거로 이의 제기를 하시면 제 입장이 곤란해질 수도 있거든요."

"그러면 이와 비슷한 상황에서 다른 회사들은 어떻게 처리했는지 정도만이라도 알려주실 순 없을까요. 과장님 이름은 일절 말하지 않겠습니다."

"흠…… 알겠습니다. 그러면 일단 이쪽으로 와주시겠어요?"

"바로 가겠습니다."

유가족을 파는 게 못내 양심에 찔렸지만 살인범을 찾기 위한 일이라며 자기 세뇌를 했다.

서한민은 풍채가 좋고 듬직한 인상의 남자였다. 첫인상은 결코 살인자처럼 보이지 않았지만 겉만 보고 사람을 평가할 수는 없는 법이다. 악수를 나눈 뒤 그를 따라 작은 회의실로 이동했다. 테이블에 앉자 서한민이 바인더에서 꺼낸 서류를 보며 말문을 열었다.

"장, 경준 씨 같은 경우에는…….."

경준의 이름이 입에 잘 붙지 않는지 살짝 더듬었다. 들어본 적도 불러본 적도 없는 것처럼. 같은 회사라고 해도 모든 직원을 알기는 힘들다. 그러나 본인이 죽인 사람이라면 모를 수가 없다. 연기를 하고 있는 건가. 경준과의 관계를 싹둑 잘라내버리려고. 윤재는 그의 얘기를 경청하는 척하며 사소한 몸짓 하나하나를 주의 깊게 살펴봤다.

"내규에 따르면 직원 사망 시 퇴직금은 본인 급여계좌로 지급하도록 돼 있습니다. 유족이나 상속자가 관련 서류를 구비한 다음 은행에 방문해 퇴직금을 수령하시면 됩니다. 만약 사망 직원 급여계좌가 해지됐거나 해서 유족 계좌로 받으시길 원하시면 그렇게 해드릴 수도 있습니다. 그럴 경우 추가 서류가 필요하지만요. 수령동의서나 각서를 쓰셔야 할 수도 있는데 그 부분은 저도 확인을 해봐야 될 것 같습니다."

설명이 귀에 쏙쏙 잘 들어왔다. 일도 잘할 것 같았다. 초면인 상대도 편안하게 해주는 걸 보면 대인관계도 원만할 듯싶었다. 평범한 사람 같았고 범죄와는 거리가 멀어 보였다. 그렇지만 이 또한 선입견에 불과할지 몰랐다. 흉악한 살인마가 잡혔을 때 주변 사람들의 평판도 이와 다르지 않으니까. 착하고 친절한 이웃이라거나 법 없이도 살 사람이라면서 살인마가 자기 근처를 어슬렁거렸다는 사실에 소름 끼쳐 한다. 연쇄살인마 중에는 호감형 외모도 적지 않다. 서한민 역시 철저하게 정체를 감췄을지 누가 알겠는가. 그의 어조가 한결 신중해졌다.

"지금까지 드린 얘기는 회사의 공식적인 답변이 아니란 걸 유념해주셨으면 합니다. 유족분들께도 회사 관계자에게 들었다고 하지는 말아주십시오."

"그렇게 하겠습니다."

입 밖에 내기 껄끄러운 얘기인지 그가 뜸을 들이더니 말했다.

"혹시…… 유족께서 회사를 상대로 법적 책임을 물을 계획이신가요?"

"손해배상청구 같은 걸 말씀하시는 건가요?"

"그렇습니다."

"확실하지는 않지만 제가 봤을 땐 배상청구를 하실 것 같진 않습니다."

"다행이군요."

서한민은 보다 편안해진 얼굴로 이어 말했다.

"회사에서는 도의적인 책임을 다하려고 할 겁니다. 적당한 선에서 경조사비와 위로금을 드리지 않을까 싶습니다. 거듭 말씀드리지만 제 예상일 뿐이라는 걸 명심해주세요. 위쪽에서 어떤 논의가 오가고 있는지는 저도 아는 바가 없으니까요."

"혹시 장경준 기자를 생전에 아셨나요?"

"네? 그건 왜……."

"서 과장님 말투에서 유족에 대한 배려와 호의가 물씬 느껴져서요. 경준이와 친분이 있어 신경을 더 써주시는 건 아닌가 싶어 여쭤봤습니다."

"장경준 기자는 이번 사건으로 처음 알게 됐습니다."

"그러시군요. 경영지원팀이라고 모든 직원을 알 수는 없는 노릇이죠. 더구나 층수도 근무시간대도 다른 걸요. 모르는 게 당연하죠."

서한민을 용의자로 특정하려면 사건 당일 어디서 뭘 했는지 알아내야 했다. 용의자에서 제외시키려 해도 알리바이 확인은 필수다. 문제는 그날의 행적을 묻기가 애매하다는 점이었다. 물어보는 순간 그를 의심하고 있다는 속내를 드러내 보이는 꼴이니까. 서한민이 무안해하며 대꾸했다.

"실은 장례 지원 업무도 돕지 못했습니다. 부고 소식도 나중에 전해 들었고요."

"무슨 일이 있으셨나요?"

"그 주에 휴가를 갔거든요."

윤재는 의자에 몸을 기대고 여유로운 표정을 가장했다. 휴가 중이었다면 경준이를 해칠 기회가 얼마든지 있었다는 소리다. 왜 자신에게 불리한 얘기를 스스럼없이 꺼내는 걸까. 자살로 종결 난 사건이니 방심하고 거리낌 없이 떠벌리는 걸 수도 있다. 서한민과 경준의 연결고리에도, 자살에도 의혹을 품는 사람이 없을 거라 자신하는 건지도 모른다. 윤재는 잡담을 나누듯 대수롭지 않게 물었다.

"휴가는 어디로 다녀오셨는데요?"

휴가지에서의 행적을 조사해볼 작정으로 던진 질문이었다. 탐문 중에 수상쩍은 동선을 찾아낼 가능성도 있다. 휴가 간 시늉만 냈다거나 휴가지에서 빠져나와 범행을 저지른 후 다시 돌아갔다거나. 알리바이를 깨줄 실마리를 발견할 거란 기대감을 안고서 윤재는 그의 입을 주시했다. 서한민이 수줍게 머리를 긁적였다.

"하와이요. 신혼여행이었거든요."

김이 팍 샜다. 서한민은 유서 속의 한민이 아니었다. 하와이로 신혼여행 간 새신랑이 일시 귀국했다가 살인을 저지르고 다시 하와이로 돌아가는 건 불가능했다. 윤재는 실망한 내색을 감추며 서한민에게 고마움을 표한 뒤 회의실을 빠져나왔다.

21

한민이란 자는 대체 누구일까. 경준이와 어떤 관계였던 걸까. 이름을 알 정도면 최소한의 교류는 있었다는 소리다. 스쿱뉴스가 아니라면 다른 언론사 기자일까. 어디까지 범위를 확장해야 할까. 골똘히 생각에 잠겨 있는데 까칠한 목소리가 귓전을 때렸다.

"선배! 오늘 너무 농땡이 피우는 거 아니에요?"

고개를 들자 불퉁한 표정으로 눈을 흘기는 은빈이 보였다.

"어?"

"오후 근무 내내 업무와는 담을 쌓고 있는 것 같아서 하는 말이에요. 기사 토스해주는 것도 거의 없고 이미지 작업이나 기사 등록을 요청해도 한세월씩 걸리잖아요."

"미안해. 머리가 좀 복잡한 일이 있어서. 뭐 할 거 있어?"

"없어요. 선배가 하도 미적대서 제가 알아서 다 했거든요. 그리고 30분 후면 퇴근이라고요."

윤재의 시선이 시계를 향했다. 어느덧 10시 30분이었다. 30분 후면 철야 근무자가 출근한다.

"다음에 같이 근무하게 되면 은빈이 넌 아무것도 하지 말고 쉬어. 나혼자 알아서 다 할게."

"됐거든요. 난 누구처럼 근무시간에 딴짓 안 한다고요."

머쓱해진 윤재는 말을 돌렸다.

"그러고 보니 요즘 들어 엄청 열혈모드더라. 갑자기 왜 이렇게 열심히 일하는데? 무슨 심경의 변화라도 생겼나?"

투정 부리듯 종알대던 은빈의 얼굴에 상심의 빛이 스쳐 지나갔다. 윤재는 속으로 아차 싶었다. 무신경하게 내뱉은 말이 은빈의 상처를 건드린 듯했다. 경준을 잊기 위해 일에 매달린다는 걸 진작 눈치챘는데도 무심결에 허튼소리가 튀어나오고 말았다. 아무튼 이놈의 입방정이 문제다. 내심 자책하는데 은빈이 애써 밝은 톤으로 대꾸했다.

"당연히 더 열심히 일해야죠, 경준 선배 몫까지. 인원 충원도 아직 안 됐잖아요. 그러니 제가 한 사람 몫을 더 해야 되지 않겠어요?"

씩씩하게 파이팅 포즈를 취하는 은빈이 대견하게 느껴졌다. 자신이 할 수 있는 방식으로 경준을 애도하고 있다는 생각이 들었다. 실의에 빠져 허송세월을 보내느니 경준이 소중하게 여겼던 일을 열심히 하는 게 진정 그를 위하는 길이라 여기는 것이다.

윤재는 포털 사이트에 접속했다. 포털 검색창에서 '한민'을 검색해 볼 목적으로. 블로그, 카페, SNS는 물론 커뮤니티의 게시물까지 웬만한 건 정보의 바다에서 건져올릴 수 있다. 검색 조건이 너무 제한적이라는 점이 문제였지만. 한민이 풀네임인지 아닌지조차 확실치 않았다. 성은 '한'이고 이름은 외자로 '민'일 수도 있다. 혹은 이름이 한민이고 성은 따로 있을 수도 있다. 희귀한 이름도 아니어서 동명이인이 무수히 많을 공산이 컸다.

큰 기대는 말자고 뇌까리며 검색창에 '한민'을 입력했다. 보통 상단에 인물정보가 나오고 그 밑으로 웹사이트, 블로그, SNS, 동영상, 이미지 순으로 검색 결과가 정렬된다. 결과 페이지를 본 윤재의 입에서 어하고 의아한 신음이 삐져나왔다.

최상단에 (주)한민의 기업 소개와 홈페이지 링크가 떠 있었다. 스크롤을 내려봐도 (주)한민에 대한 내용이 대다수였다. 주식정보와 계열사 사이트 그리고 한민그룹 관련 뉴스가 보였다. 재계 순위 10위 안에 드는 대기업이니만큼 검색 결과 페이지의 대부분을 차지하는 게 당연했다.

윤재는 불만족스럽게 입술을 실쭉거렸다. 사람을 찾으려고 했더니 기업 콘텐츠들만 흘러넘쳤다. 이름에 정신이 팔려 있다 보니 그 외의 것들은 미처 생각지 못했다. 혀를 차며 인터넷 창을 닫으려는데 무심코 뉴스 제목이 눈에 들어왔다. 한민그룹 바이오 계열사 주가가 연신 상한가를 친다는 내용이었다.

돌연 경주마에게 씌우는 눈가리개를 벗은 것처럼 시야가 확 넓어진 기분이 들었다. 한민이 꼭 사람 이름이란 법은 없지 않은가. 기업명일 수도 있다. 어딘가의 지역명일 수도 있다. 아니면 기관명이거나.

그동안 사람일 거라는 테두리에 갇혀 편협한 시각으로 '한민'을 바라보았다. 발상의 전환으로 수색 범위가 엄청나게 광범위해졌다. 한민이란 명칭이 낯설지 않았던 게 한민그룹 때문이었나. 얼마 전에도 한민그룹의 기사 제목을…… 거기까지 생각이 미친 순간 윤재의 몸이 돌처럼 딱딱해졌다.

시간이 멈춘 것처럼 옴짝달싹 못 하다가 퍼뜩 정신을 차렸다. 허겁지겁 새 창을 띄워 스쿱뉴스 사이트로 들어갔다. 검색창에 '한민'을 입력하고 검색 버튼을 클릭하자 한민그룹과 관련된 경제 기사가 시간순으로 노출됐다. 급하게 마우스 스크롤을 내렸다. 얼마 안 가 윤재가 뽑은 제목을 발견했다. 격렬하게 요동치는 눈으로 제목을 뚫어져라 쳐다봤다.

설마…… 아니야, 말도 안 돼! 낚시 제목 때문에 한민그룹이 앙심을

품었다고? 내가 뽑은 제목 때문에 경준이가 살해됐다고? 충격과 고통
으로 윤재의 얼굴이 흉측하게 일그러졌다.

"선배, 왜 그래요? 무슨 일 있어요?"

은빈의 걱정스러운 목소리가 비행기를 탔을 때처럼 먹먹하게 들렸
다. 윤재는 가까스로 대답을 쥐어짜냈다.

"몸이 안 좋아서…… 먼저 좀 들어갈게……. 미안하다."

황급히 짐을 챙겨 도망치듯 뉴스룸을 빠져나왔다.

집에 들어오자마자 책상 앞으로 직행해 정신없이 노트북을 켰다. 아
까 그 기사를 클릭해 핏발 선 눈으로 본문을 훑어 내렸다.

> 서울남부지검은 클럽에서 만난 여성을 폭행해 숨지게 한 A씨(34)를 폭행치사
> 혐의로 구속 기소했다.
>
> 검찰은 A씨에게 고의성이 없었으며 술에 취한 우발적인 폭행이었다는 점을
> 감안해 폭행치사죄를 적용했다고 밝혔다.
>
> A씨는 지난달 5일 오전 2시 30분경 서울 강남의 모 클럽 룸에서 B(24)씨와
> 사소한 말다툼을 벌이던 중 폭력을 휘둘러 B씨를 사망케 한 혐의로 체포됐다.
>
> 한편 A씨가 머물렀던 클럽 룸에는 한민그룹 자제 C씨도 동석했던 걸로 알려
> 졌다. C씨는 사건 발생 전 클럽을 떠난 걸로 확인됐다.
>
> 한민그룹 관계자는 "A씨와 함께 술을 마신 건 사실이지만 일찌감치 자리를
> 떴고 사건과는 아무 관계가 없다"면서 C씨가 거론되는 것에 유감을 표했다.
>
> 또한 "근거 없는 추측성 보도를 자제해줄 것을 요청드린다"고 말했다.
>
> 스쿱뉴스 뉴스룸 newsroom@scoop.co.kr

특별할 것 없는 기사였다. 흔하디흔한 사건사고 단신. 쟁점이 될 만한

부분도 논란의 소지가 될 만한 요소도 없었다. 윤재의 시선이 마지막 줄로 향했다. 직접 취재한 기사는 바이라인에 기자의 이름을 명시한다.

하지만 우라까이한 기사는 보통 바이라인에 '스쿱뉴스 뉴스룸'으로 표기했다. 근무표나 CMS에서 확인해보지 않는 이상 누가 썼는지 알 수 없었다. 이 기사는 경준이 등록한 게 아니었다. 제목 역시 경준이 뽑지 않았다. 윤재가 등록한 기사이고, 윤재가 편집한 제목이었다. 경준의 철야 근무 날에. 그 사실을 아는 사람은 이 세상에 단 한 명뿐이었다.

윤재는 창백한 낯빛으로 화면을 멀뚱히 바라봤다. '살인범은한민'의 한민이 한민그룹을 가리키는 말이었다니……. 말도 안 되는 소리 같았지만 그보다 말이 되는 소리도 없었다. 땀으로 축축해진 손으로 마우스를 움직여 타 언론사 기사를 뒤져봤다. 다른 곳의 보도 역시 빼다 박은 듯이 비슷했다. 죄다 통신사 기사를 받아썼기 때문이었다. 크게 주목받지도 화제가 되지도 못한 기사였다.

스쿱뉴스가 타 언론사와 차별화되는 점은 딱 하나였다. 다름 아닌 제목이었다. 딴 언론사도 낚시질을 했지만 제목에 '살인범'과 '한민' 키워드를 넣은 건 윤재가 유일했다. 막강한 대기업의 코털을 건드리기에는 간이 너무 작았던 걸까. 기자의 상상력과 창의력이 빈곤했던 걸 수도 있다. 아니면 구미가 당기지 않았거나. 그럴 만도 한 게 내용도 하잘것없지만 원제목도 돈 주고 보라고 해도 안 볼 정도로 따분했다.

검찰, '클럽 폭행 사망' 사건 가해자 구속 기소

누가 이렇게 시시한 제목을 클릭하겠는가. 그래서 클릭 안 하고는 못 배기게끔 제목을 뜯어고쳤다. 기사 속 한민그룹의 당부는 귓등으로 흘리고 최대한 선정적으로. 추측성 보도를 자제해달라고 했지, 낚시 제목을 자제해달라고는 안 했으니까.

클럽 살인범 잡고 보니 한민그룹 후계자…

자극적인 제목으로 독자를 낚은 덕에 별 볼일 없었던 기사는 그야말로 기사회생했다. 시간당 천 건도 안 됐던 조회수가 몇 시간 만에 몇십만 건을 훌쩍 넘겼다. 제목만 보면 클럽 살인범이 한민그룹 후계자라는 뉘앙스를 풀풀 풍겼다.

클릭해서 기사를 읽어보면 후계자는 사건과 아무 관련이 없다는 걸 알 수 있지만. C씨는 그저 가해자와 술을 마시다 먼저 집에 갔을 뿐이다. 기만당한 독자들의 배신감과 짜증에 비례해 조회수와 윤재의 쾌감은 솟구쳤다.

한민그룹의 높으신 양반에게는 불쾌하기 짝이 없는 제목이었을 것이다. 당사자는 두말할 것도 없고. 분노와 증오가 뱃속에서 터질 듯이 소용돌이쳤던 걸까. 평생 씻을 수 없는 모욕감을 느꼈을지도 모른다. 태어날 때부터 주위에서 상전 모시듯 하는 탓에 스스로를 특권층으로 자각하는 사람이라면 더욱더. 하등한 인간이 감히 자신을 조롱거리로 만든 것에 인내심의 끈이 끊어졌을 수도 있다. 찰나일지라도 자신을 살인범으로 착각하게 만든 자에게 맹렬한 살의를 느꼈을지도 모른다. 그래서 앙갚음한 걸까. 자신이 당한 치욕을 죽음으로 되돌려준 걸까.

윤재는 망연자실한 표정으로 머리를 내저었다. 현실성도 개연성도 없는 추리다. 고작 낚시 제목 때문에 사람을 죽였다고? 그게 순진한 생각임을 깨닫는 데는 1초도 걸리지 않았다.

고작 그런 일로 사람을 죽일 수도 있는 게 사람이라는 동물이니까. 기분 나쁘게 쳐다봤다거나 지나가다 어깨를 부딪쳤다는 둥의 어처구니없는 살인 동기는 발에 채일 정도로 많다. 경준이는 왜 부인하지 않았을까. 그날 철야 근무는 나윤재라는 기자가 했고 그가 편집한 제목이라고. 나는 낚시 제목을 혐오한다고.

해명할 기회조차 주지 않은 걸까. 그럴 리는 없었다. 자살로 위장하기 위해 유서까지 쓰게 했다. 자기 변호 할 시간은 충분했을 것이다. 남은 결론은 한 가지밖에 없었다. 경준이가 입을 다문 것이다. 윤재를 보호하기 위해서. 윤재와 자신의 목숨을 맞바꾼 것이다.

윤재는 두 손으로 머리를 쥐어뜯듯 감쌌다. 낚시 제목이 경준이를 죽음으로 몰아넣었다. 그 말인즉슨 경준이가 살해되는 데 윤재도 힘을 보탰다는 뜻이었다. 애초에 낚시 제목을 뽑지 않았다면 아무 일도 벌어지지 않았을 것이다. 경준이가 죽지도, 뉴스룸이 상실의 늪으로 변하지도, 데스크가 퇴사하지도, 은빈이가 짝사랑을 잃지도, 윤재의 내면이 썩어 문드러지지도 않았을 것이다.

물론 진짜 원흉은 따로 있었다. 경준이를 죽이라고 사주한 한민그룹의 누군가. 그리고 누군가의 지시를 이행한 살인범. 그렇다고 해서 윤재에게 면죄부가 주어지는 건 아니었다. 불가항력적인 우연과 인간의 악의가 맞물려 잔혹한 결과를 빚어냈다 해도 윤재 또한 살인이 작동되게끔 일련의 역할을 수행한 조그만 톱니바퀴였다. 원인 제공자라는 사실은 변하지 않는다.

경준이는 지지리도 재수가 없었다. 근무를 바꾸지 않았더라면 멀쩡히 살아 있을 터였다. 싸늘한 시체가 돼 한 줌의 잿더미로 화하는 건 윤재의 몫이었을 것이다. 하필이면 그때 엉뚱한 제보전화를 받을 건 뭐며, 또 하필이면 낚시꾼 윤재와 근무를 바꿀 건 뭐란 말인가.

내 잘못이 아니다. 그냥 덮어버리자. 이 모든 걸 무덤까지 가져가자. 머릿속에서 간사한 목소리가 부추겼다. 못 이기는 척 그렇게 하고 싶었다. 모든 진실이 밝혀졌을 때 쏟아질 비난이 두려웠다. 딴 사람들은 둘째치고 동료들의 손가락질을 견딜 수 있을지 자신이 없었다.

윤재는 쓴웃음을 지었다. 이 지경이 됐는데도 제 안위 챙기기에 급급해 빠져나갈 구멍을 찾는 자신이 혐오스러웠다. 윤재는 허벅지에 손을 짚고 어기적대며 일어섰다. 창가로 가서 창문을 열고 하늘을 올려다봤다. 밤하늘은 숯검정을 칠한 듯 캄캄했다. 어디서도 반짝이는 점은 찾아볼 수 없었다. 마치 윤재의 앞날을 보는 듯했다.

만약 경준이였다면 눈앞의 현실이 깜깜하다고 해서 자포자기하고 주저앉았을까. 그것만큼은 분명하게 '노'라고 대답할 수 있었다. 설령 자신이 뭇매를 맞는 처지가 된다 할지라도 진실의 별을 찾기 위해 사력을 다했을 것이다. 유서에 다잉메시지를 숨기며 윤재를 언급한 건 자기 대신 진실을 밝혀달라는 부탁이 아니었을까.

윤재가 해야 할 일은 명확했다. 개인적인 복수든 기자로서의 사명감이든 정의구현이든 간에 명분 같은 건 아무래도 상관없었다. 사건의 진상을 파헤치고 기필코 놈을 잡아 심판대에 세우리라. 경준이를 죽인 응분의 대가를 치르게 해주리라. 밤하늘 너머를 응시하며 주먹을 불끈 부르쥐었다.

22

"이거 좀 더 먹어."

예지가 자기 뚝배기에 있던 닭다리를 집어 윤재의 그릇에 놔줬다.

"괜찮은데."

"많이 먹고 기운 좀 내. 오늘따라 더 기운이 없어 보이네."

"잠을 좀 설쳐서 그래."

그릇에 눈길을 박은 채 윤재는 얼버무렸다. 몸보신 좀 시켜야겠다며 예지가 삼계탕집에 데려온 참이었다. 두 시간 대기는 기본인 소문난 맛집이지만 윤재는 먹는 둥 마는 둥 깨작대다 젓가락을 내려놨다. 반 이상 남은 삼계탕을 본 예지의 눈썹이 마뜩잖게 꿈틀거렸다.

"왜 이렇게 많이 남겼어? 입맛에 안 맞아?"

"맛있어. 그냥 밥맛이 좀 없네."

"어디 아픈 거 아냐?"

"아픈 데 없어. 괜찮아."

윤재의 답변에도 예지는 근심을 덜지 못한 투로 중얼거렸다.

"보약이라도 한 첩 지어줘야 되나."

"보약은 무슨. 멀쩡하니까 엄한 데 돈 쓰지 마."

윤재의 얼굴을 빤히 쳐다보던 예지가 조심스럽게 운을 뗐다.

"무슨 일 있는 거 아니지?"

"일은 무슨 일. 아무 일도 없어. 피곤해서 그렇다니까."

억지로 입꼬리를 잡아 늘렸지만 윤재가 느끼기에도 어색하기 짝이 없는 미소였다. 예지는 알면서도 속아준다는 표정으로 말했다.

"알았어. 그럼 이만 일어날까."

치마 때문에 옆으로 다리를 접고 앉았던 예지가 몸을 일으키며 곁에 놔뒀던 토트백을 툭 건드렸다. 토트백이 쓰러졌고 벌어진 입구에서 화장품 파우치가 굴러 나왔다. 윤재는 일어나다 말고 엉거주춤한 자세로 그 장면을 멍하니 바라봤다. 예지가 파우치를 주워 담고 토트백을 어깨에 멘 뒤에도 윤재는 넋 나간 것처럼 우두커니 서 있었다.

"왜 그래? 뭐 잘못된 거라도 있어?"

"어? 아, 아무것도 아니야."

카페로 자리를 옮겨 커피를 마시며 이런저런 얘기를 나눴지만 윤재는 대화에 집중할 수가 없었다. 토트백에서 굴러 나온 파우치가 생각지도 못한 기억을 불러냈다.

술집에서 예지가 전화를 받으러 나간 사이 윤재가 핸드백을 떨어뜨린 일. 소지품을 줍다가 근무표를 발견한 일. 그 기억은 또 다른 기억의 꼬리를 물었다. 예지가 쏜다면서 한민호텔의 고급 뷔페에 데려갔던 일. 값비싼 티켓을 누군가에게 받았다고 얘기했던 일. 상상하기도 싫었지만 자연스럽게 근무표와 한민이 하나의 선으로 이어졌다.

강남의 유흥가는 늘 그렇듯 젊음과 혈기를 주체 못 하는 인파로 붐볐다. 번화가는 물론이고 인적이 없을 것 같은 좁은 골목길도 불야성을 이뤘다. 대로변에 위치한 클럽 안드로메다 입구에는 벌써부터 클러버들이 진을 치고 있었다.

한 시간 전만 해도 윤재는 집에 처박혀 있었다. 식사도 거른 채 클럽 사건 관련 기사를 이 잡듯이 뒤졌다. 후속 보도는 거의 찾아볼 수 없었다. 화제성이 부족하다 보니 아무래도 기자들의 관심 대상에서 멀어진 모양이었다. 경찰이 피의자를 폭행치사 혐의로 검찰에 송치했다는 이전 기사만 보였다. 경찰은 피의자 진술에 신빙성이 있다는 점, 살인의 고의성이 없다는 점 등을 들어 폭행치사 혐의를 적용했다고 밝혔다.

대략적인 사건 개요를 파악할 수 있는 기사조차 없으니 직접 발로 뛰는 수밖에 없었다. 우선 사건 현장부터 살펴봐야겠다는 생각에 무작정 강남으로 왔다. 뭘 해야 될지는 몰랐지만 부딪치다 보면 뭔가가 방향을 제시해줄 거라는 막연한 기대감을 품고서.

윤재는 기다란 줄을 지나쳐 입구로 직행했다. 새치기 얌체족을 견제하는 눈빛과 짜증 섞인 야유가 뒤통수를 찔렀지만 무시했다. 게이트 앞에 도달하자 윤재보다 머리 하나는 더 큰 근육질의 가드가 길을 막듯 한 발 앞으로 나섰다. 얕잡아 보는 눈초리가 윤재의 전신을 스캔했다.

"테이블이나 룸 잡으셨나요?"

"아니요."

"입장 안 됩니다."

찔러도 피 한 방울 안 나올 듯 단호한 태도였다. 윤재는 돌아서는 대신 그를 향해 상체를 기울이고 귀엣말을 했다.

"놀러 온 게 아닙니다. 사람을 좀 찾으러 왔어요."

"일행이오?"

"아니요. 일행은 아닙니다."

"그럼 나올 때까지 기다려요."

그가 파리를 쫓듯 팔을 휘휘 저었지만 윤재는 끈덕지게 들러붙었다.

"사람만 찾으면 즉시 나올 테니까 부탁 좀 합시다."

"안 된다니까요. 여기 줄 선 거 안 보여요? 자리 날 때까진 못 들어갑니다. 귀찮게 하지 말고 뒤로 가서 줄 서든가 딴 데로 가든가 해요."

가드가 위압적인 제스처로 윽박질렀다. 윤재는 어쩔 수 없다는 듯 혀를 차며 휴대폰을 꺼냈다.

"협조를 못 해주겠다니 별수 없죠. 경찰의 힘을 빌리는 수밖에."

"뭐요? 경찰이오?"

가드가 눈을 부라렸다.

"가출한 조카를 찾고 있거든요. 조카 친구에게 수소문해보니 오늘 여기 놀러 간다고 했다더군요. 참고로 알려주자면 조카는 고딩이에요. 미성년자라고."

그의 목젖이 초조하게 꿀렁거렸다. 윤재는 쐐기를 박았다.

"어떻게 할래요? 나를 들여보내주고 조용히 문제를 해결할래요? 아니면 경찰 불러서 일을 크게 만든 다음 영업정지를 먹어볼래요?"

똥 씹은 표정으로 윤재를 노려보던 가드가 게이트의 차단 줄을 풀었다.

"빨리 데리고 나와요."

"걱정 말아요. 찾으면 연기처럼 사라져줄 테니까."

클럽 홀로 들어가자 절로 오만상이 찌푸려졌다. 스피커를 찢어발기며 튀어나올 것 같은 음악 소리에 골이 울렸다. 시도 때도 없이 정신 사납게 바뀌는 휘황찬란한 조명에 눈이 멀 지경이었다. 내일이면 지구가 멸망하기라도 할 것처럼 수많은 군중이 다닥다닥 붙어서 격렬하게 몸을 흔들어대고 있었다.

대학교 때 친구를 따라 나이트에 한두 번 가본 게 전부인 윤재로서는 좀처럼 적응하기 힘든 광경이었다. 들어오자마자 나가고 싶어졌지만 해야 할 일이 있으니 참는 수밖에.

윤재는 주위를 두리번거리며 물고 늘어질 목표물을 탐색했다. 원체 많은 사람이 빽빽하게 몰려 있는 탓에 누가 누군지 분간도 되지 않았다. 밀집 구역에서 벗어나 그나마 한적한 가장자리로 빠져나왔다.

벽에 기대 클럽 내부를 전체적으로 휘둘러봤다. 중앙에 위치한 디제이 부스를 중심으로 스테이지가 방사형으로 펼쳐져 있었다. 바깥쪽에는 테이블이 스테이지를 빙 두르며 띄엄띄엄 깔려 있었다. 스테이지가 한눈에 내려다보이는 2층에도 술을 마시거나 어깨를 들썩이는 손님들로 가득했다.

1층 출입구 반대편 끝에 통로가 보였다. 술병과 안주를 든 사람들이 부산스럽게 들락날락하는 걸로 봐선 독립된 룸으로 통하는 복도 같았다. 윤재는 그들을 지켜보다 빈 쟁반을 옆구리에 끼고 나오는 남자를 점찍었다. 그에게 잰걸음으로 접근해 소리치듯 말을 걸었다.

"잠깐 얘기 좀 할 수 있을까요?"

자기 소관이 아니라는 듯 그는 건성으로 대꾸했다.

"부킹은 담당 MD한테 얘기해요."

"네? 엠디요?"

"손님 담당 MD 있을 거 아니에요."

무슨 소리인지는 모르겠지만 대충 윤재를 부킹에 목마른 손님으로 착각한 모양이었다. 윤재가 손을 내저었다.

"부킹은 필요 없어요. 난 그쪽이 필요해요."

"저요?"

경계하는 눈초리로 윤재를 보는 그에게 기자라고 밝히자 떨떠름하게 입술 끝을 씹었다. 바쁘다며 구시렁대는 그를 세종대왕 몇 장으로 꾀어 클럽 뒷문으로 데리고 나왔다.

"뭐 때문에 그러는데요? 저를 찾는 손님이 한둘이 아니라서……."

돈을 받아먹고도 비싸게 구는 그가 얄미웠지만 잘 구슬리는 수밖에.

"금방 끝나요. 지난달 클럽에서 일어났던 폭행 사건에 대해서 좀 묻고 싶은데요."

"왜 다들 그걸 궁금해하는지 모르겠네. 그런 사건은 흔하지 않나. 클럽을 악의 온상으로 만들고 싶어서 그러는 건가."

그의 삐딱한 태도는 눈에 들어오지도 않았다. 그가 별생각 없이 중얼댄 혼잣말 때문이었다.

"이 사건에 대해 나 말고 누가 또 물어봤어요?"

"그쪽 말고 다른 기자도 한 명 왔었어요. 그 사람도 그 사건에 대해 꼬치꼬치 캐묻더라고요."

귀가 솔깃해지는 얘기였다. 안드로메다 사건은 겉보기에는 별 볼일 없는 기삿거리였다. 취재 가치가 없는 사건에 매달릴 기자는 없다. 그 기자 또한 수상한 냄새를 맡은 걸지도 몰랐다.

"어느 언론사 기자였는데요?"

"뭐라고 했더라. 이슈 뭐 어쩌고 했는데."

첫마디에 떠오르는 언론사가 있었다.

"혹시 이슈트랙인가요?"

"맞아요. 이슈트랙."

이슈트랙은 일주일에 한 번 발행되는 시사주간지로 탐사보도 분야에서는 나름 정평 난 언론사였다.

"이슈트랙 기자가 뭘 물어봤는데요?"

"그 룸에 서빙했던 MD가 누군지, 피해자 부킹은 누가 해줬는지, 그룸에 같이 있던 사람은 언제 떠났는지, 뭐 그런 시시콜콜한 것들이오."

"그래서요?"

"그래서라뇨?"

"뭐라고 대답했냐고요?"

그가 어깨를 으쓱했다.

"모른다고 했죠. 내 담당도 아니었는데 내가 그걸 어떻게 알겠어요."

"그럼 그 룸을 담당했던 웨이터 좀 불러줄 수 있어요?"

"여기가 무슨 나이트인 줄 아시나. 웨이터라뇨? 우리는 MD라고요."

"아, 미안해요. 제가 이쪽 세계는 문외한이라. 아무튼 그 룸 담당했던 사람 좀 불러줄 수 있어요?"

"톰이오? 걔는 요새 안드로메다에는 얼씬도 안 해요."

"왜요? 그만뒀어요?"

"그만둔 게 아니라 발길을 끊었어요. MD는 프리랜서 개념이라 그만두고 말고 할 게 없어요. 클럽에 매인 몸이 아니라고요."

"근데 여기는 왜 안 오는 건데요?"

"이런 사건이 터졌는데 오고 싶겠어요? 아무래도 찝찝하겠죠."

납득이 갈 듯 하면서도 안 갔다. 사건에 연루되긴 했지만 그는 직접적인 관계자는 아니었다. 경찰에서도 참고인 조사 정도만 받았을 터였다. 죄책감이나 상실감 탓에 이쪽으로는 발이 떨어지지 않는 걸까. 자체 애도 기간으로 자숙이라도 하는 건가.

"여기 말고 다른 데도 발길을 끊은 거예요?"

"그럴 리가요. 딴 클럽에선 주야장천 활동하고 있죠."

그렇다면 애도의 뜻은 아닐 테고. 그가 안드로메다에 오지 않는 숨겨진 이유가 있을 것만 같았다.

"그쪽 분도 피해자를 아시나요?"

"당연하죠. 이 바닥에서 나연이 모르면 간첩이에요. 클러버치고 모르는 애가 없을 정도로 유명했거든요."

"왜 유명했는데요?"

별 한심한 질문을 다 들어본다는 듯한 얼굴로 그가 핀잔을 줬다.

"왜 유명했겠어요? 무지막지하게 예뻤으니까 그렇지. 진짜 거짓말 하나도 안 보태고 웬만한 연예인은 명함도 못 내밀 정도였다니까요. 직접 한번 보셔야 되는데. 뭐, 걔도 연영과에 배우지망생이긴 했으니 이렇게 허무하게 안 갔으면 머지않아 TV에서 볼 수 있었을 텐데⋯⋯."

"나연 씨라는 분을 그 룸에 데려간 사람도 톰인가요?"

"네, 톰은 물게 MD이기도 하거든요."

"근데 MD가 대체 뭡니까? 쇼핑몰 MD 같은 건가요? 머천다이저?"

윤재의 질문에 그가 실소를 흘리더니 비웃은 게 아니라는 듯 얼른 이유를 덧붙였다.

"그때 그 기자도 MD가 쇼핑몰 MD 같은 거냐고 물어봤었거든요. 하기야 클럽을 안 다니면 잘 모를 수도 있겠다. 어찌 보면 쇼핑몰 MD랑 비슷하긴 하죠. 상품이 아닌 고객관리를 한다는 게 다를 뿐이지. 클럽 MD의 가장 중요한 일은 고객 유치예요. 영업해서 손님을 끌어오는 거죠. 그런 점 때문에 가끔 호객하는 삐끼나 나이트 웨이터랑 동급으로 엮는 사람들이 있는데 우리는 걔네랑 수준이 달라요. 영업부터 시작해서 손님 수준 그리고 벌어들이는 수입까지 하늘과 땅 차이라고요."

"그렇군요. 그럼 나연 씨도 톰이 데려온 손님인가요?"

"나연이도 톰이 데려왔죠. 아까도 말했지만 톰은 테이블 MD이면서 물게 MD이기도 하거든요."

"물개요? 바다에 사는 물개?"

윤재의 반문에 그가 웃음을 터뜨렸다.

"물개가 아니고 '물게'예요. '아이'가 아니라 '어이'요."

"물게가 뭔데요?"

"'게'는 게스트의 준말이에요."

"그럼 '물'은요?"

"클럽에 들어가면 안에 있는 사람들 전체적으로 훑어보고 으레 하는 얘기들 있잖아요. '오늘은 물이 좋네'라든가, '물이 별로네'라는 식으로."

"아, 그 물을 말하는 거예요?"

"그렇죠. '물게'는 물 좋은 게스트를 뜻하는 거예요. 한마디로 와꾸 좋고 몸매 새끈한 애들을 말하는 거죠."

MD니 물게니 하는 듣도 보도 못 한 은어를 접하니 수백만 광년 떨어진 은하계에 온 기분이었다. 그가 으스대며 클럽의 생태에 대해 떠벌렸다.

"어디든 물게가 많아야 사람이 꼬이는 법 아니겠어요? 클럽은 말할 것도 없고요. 그래서 물게 섭외하는 MD가 따로 있어요. 톰도 그 방면으로는 나름 알아줬고요. 섭외한 애들이 하나같이 연예인 뺨쳤거든요. 그중에 최고는 나연이였지만."

"그러니까 피해자를 룸에 데려온 사람이 톰이라는 MD인데 그 사람은 더 이상 안드로메다에는 안 온다는 말이죠?"

"시간 좀 지나면 여기서도 다시 활동하겠죠. 아무래도 안드로메다가 손님이 많고 돈벌이도 좋으니까."

"마지막으로 하나만 더 물어볼게요. 이 사건에 대해 물어봤다는 이슈트랙 기자 이름 기억나세요?"

"이름은 기억 안 나는데……. 그때 명함을 주긴 했어요……. 잠깐 기다리면 찾아서 갖다줄 수도 있는데……."

그는 뭘 바라는 눈빛으로 미적거렸다. 윤재는 쓰게 입맛을 다시며 지갑을 꺼냈다. 5분 뒤에야 꼬깃꼬깃 접힌 명함을 손에 넣을 수 있었다. 이슈트랙 양정남이라고 적혀 있었다.

23

문 열리는 소리에 윤재는 조급히 카페 입구로 시선을 던졌다. 들어온 손님은 여자였다. 눈길을 거두고 초조하게 시간을 확인했다. 1시 20분이었다. 약속 시간에서 20분이나 지났는데 코빼기도 보이지 않다니.

기분이 나쁜 것보다 불길한 생각이 가슴 한구석에 움텄다. 연락해보려고 휴대폰을 드는데 테이블 위로 그림자가 드리워졌다. 고개를 들자 튼실한 체형의 남자가 윤재를 내려다보고 있었다. 그가 사람 좋아 보이는 웃음을 지으며 말을 걸었다.

"나윤재 기자님?"

윤재는 카운터에서 커피를 주문하는 양정남의 평퍼짐한 뒤태를 바라봤다. 먼저 만나자고 한 윤재가 사겠다는 걸 양정남은 극구 만류했다. 여기는 자기 구역이니 본인이 대접해야 마땅하다며. 시간 개념이 없는 것 빼고는 사람은 괜찮아 보였다. 양정남의 첫인상은 예상과 달랐다. 통화 목소리에서는 민첩하고 예리한 외모의 민완 기자가 연상됐는데 막상 보니 곰돌이 푸처럼 푸근한 인상이었다.

어제 전화를 걸어 신분을 밝힌 다음 클럽 사건으로 만나고 싶다는 용건을 전했었다. 양정남은 잠깐 고민하는 듯싶더니 아무 조건도 내걸지 않고 카페 위치를 알려줬다. 아메리카노 두 잔을 가져온 그가 한 잔을 윤재 앞에 내려놓고 맞은편에 앉았다.

"감사합니다. 잘 마시겠습니다."

"천만에요. 피차 바쁜 사람들이니 곧장 본론으로 들어갈까요. 클럽 사건을 궁금해하는 이유가 뭡니까?"

양정남이 다짜고짜 질문을 던졌다. 입은 웃고 있지만 눈매는 매서웠다.

"사건에 석연찮은 부분이 있어서요."

"어떤 부분이오?"

그가 집요하게 물고 늘어졌다. 경준이 사건까지 거슬러갈 순 없는 노릇이라 윤재는 질문으로 되받았다.

"양기자님은 왜 별 볼일 없는 사건에 관심을 가지셨던 겁니까?"

"나기자님과 똑같습니다. 석연찮은 점을 느꼈거든요."

"어떤 점이오?"

"데자뷔인가요? 같은 말을 어디선가 들어본 것 같은데."

윤재는 싱거운 웃음을 흘렸다. 그의 우스갯소리에 딱딱했던 분위기가 다소 부드러워진 듯했다. 괜히 신경전을 펼치며 시간 낭비를 할 필요가 없다고 여긴 모양인지 양정남이 말문을 열었다.

"제가 최근에 쓴 기사를 읽어보셨나요?"

"봤습니다. 대기업의 시장독점 폐해에 관한 기사를 쓰셨더군요."

양정남에 대해 파악해두는 편이 나을 듯싶어 그의 기사 몇 꼭지를 훑어보고 왔다. 그는 각종 사회문제 및 현안을 심도 있게 파헤치는 탐사팀 기자였다. 탐사보도 분야에서 실력을 인정받았고 한번 물면 놓지 않는 근성의 소유자로 평가받았다. 이번에는 대기업 횡포와 독점에 포커스를 맞췄는지 경제 관련 기사가 유달리 많이 보였다.

"말씀대로 공정경쟁 질서를 무너뜨리는 대기업의 시장독점 폐해에 관한 기획을 시리즈로 준비 중이었습니다."

독점 폐해를 다룬 경제 기사와 클럽 폭행 사건이 무슨 상관이 있다는 걸까. 윤재의 얼굴에 의아한 기색이 드러났는지 그가 부연 설명을 덧붙였다.

"기존 기획을 내팽개치고 클럽 사건을 파고들게 된 까닭은 한 토막의 외신 기사 때문이었습니다."

"외신 기사요?"

윤재는 고개를 갸웃거렸다. 들을수록 미궁에 빠지는 기분이었다.

"시리즈 2탄의 주요 내용이 글로벌 기업의 시장독점이었거든요. 사례 수집을 위해 외신 뉴스를 샅샅이 훑어봤죠. 그러다가 우연히 7년 전 미국의 지역 언론 뉴스를 보게 됐어요. 한민이란 키워드 때문이었죠."

"한민그룹을 말씀하시는 건가요?"

"맞습니다. 한민그룹과 관련된 기사라면 경제면에 실려야 할 텐데 사회면에 있어서 이상하게 생각했죠. 읽어봤더니 흔한 사건 기사였어요. 살인이나 강도처럼 중범죄를 다룬 것도 아니었고요.

클럽 주차장에서 벌어진 단순 폭행 사건이었습니다. 만취한 한국인 남성이 백인 여성을 때린 거죠. 같이 한잔하자는 제의를 거절했다는 이유로요. 진짜 별거 없죠? 왜 한민 키워드로 검색됐나 봤더니 끝부분에 나와 있더군요. 가해자와 함께 있던 일행이 한민그룹 직원이었어요."

윤재는 묘한 기시감을 느꼈다. 시공간을 뛰어넘어 두 나라의 클럽에서 벌어진 폭행 사건 양상이 신기할 정도로 비슷했다. 양정남도 야릇한 눈빛을 보내왔다. 이제는 감을 잡았냐고 묻는 듯한 눈길이었다.

"한민그룹 직원이라는 사람이……."

"주민훈이었어요. 그는 당시 유학을 마치고 한민그룹 미국 지사에서 근무 중이었어요."

윤재가 성마르게 물었다.

"설마 두 사건의 폭행 가해자가 동일 인물인가요?"

"다른 사람이에요. 두 사건에서 동일하게 등장하는 인물은 주민훈뿐입니다."

목이 마른지 커피로 입술을 축인 양정남이 말을 계속했다.

"그 사건을 보도한 다른 매체가 있나 찾아봤지만 없더군요. 그래서 미국 특파원으로 가 있는 친구에게 부탁했어요. 그 사건에 대해 자세히 알아봐달라고. 결과는 평이했어요. 가해자는 순순히 폭행 혐의를 인정했고 처벌을 받았죠. 주민훈은 참고인 조사를 받은 게 전부고요.

근데 진술조서에 흥미로운 부분이 있더군요. 피해자가 최초 진술을 번복했다는 내용이었어요. 처음 지목한 용의자가 다른 사람이었던 거죠."

누군지 짐작이 갔지만 선뜻 이름을 입에 담을 수가 없었다. 중간에 맥을 끊기 싫은 마음도 있었지만 그보다는 왠지 모를 두려움이 앞섰다.

"피해자가 최초 지목한 용의자는 주민훈이었어요. 그런데 나중에 말을 바꿨죠. 자기를 때렸다고 주장하는 남자가 범인이 맞는다고. 동양 남자는 다 비슷비슷하게 보여서 착각했다는 거예요."

양정남은 말을 멈추고 윤재를 물끄러미 바라봤다. 새로 습득한 정보를 소화시킬 수 있게 시간을 주는 것처럼. 윤재는 목소리를 낮추었다.

"양기자님은 착각이 아니라고 생각하시는군요."

"그래요. 아마 최초 진술이 정확할 거예요. 주민훈이 가해자가 맞을 겁니다."

"피해자가 진술을 번복하면서까지 거짓말을 한 이유가 뭘까요? 동행인은 왜 주민훈의 죄를 대신 뒤집어쓴 거죠?"

그는 엄지와 검지 끝을 붙여 원을 만들고 나머지 손가락은 펴 보였다.

"돈으로 매수당했다는 건가요?"

"자본주의 사회에선 돈으로 못 사는 게 없으니까요. 거짓 진술이나 거짓 자백의 대가 정도야 주민훈에겐 껌값에 불과하겠죠."

"그럼 안드로메다 폭행치사 사건 역시······."

윤재는 주위를 힐끔거렸다. 그들의 대화를 엿들을 사람은 없었지만 사안의 심각성이 절로 주변을 살피게 만들었다. 양정남은 아무 대꾸 없이 의미심장한 웃음만 옅게 흘릴 뿐이었다. 긍정의 침묵이었다. 양정남의 주장이 사실이라면 주민훈은 과거 자신의 폭행 사건을 돈으로 무마한 셈이었다. 양정남은 거기서 한발 더 나아가 주민훈이 연루된 강남 클럽 사건에도 다른 내막이 존재할 거라 믿는 듯했다.

"주민훈에 대해 얼마나 알고 계시죠?"

"한민그룹 주형원 회장의 외아들이자 유력한 경영승계권자라는 것 외에는 잘 모릅니다."

윤재의 말에 그가 고개를 작게 주억거렸다.

"그게 주민훈에 대한 세간의 보편적인 시선이에요. 그는 공개 석상에 모습을 드러내는 일이 거의 없어요. 신비주의를 고수하는 건지 낯을 가리는 건지는 모르겠지만요. 대외활동도 언론 노출도 전무하다시피 해요. 그러다 보니 구설수에 오른 적도 없습니다. 오로지 그룹 경영에만 전념하고 있죠. 주형원 회장의 지시일 수도 있겠지만요."

양정남의 말대로 주민훈은 베일에 싸여 있었다. 긍정적이든 부정적이든 그의 이름이 뉴스에 오르내리는 일은 드물었다. 한민그룹이 사상 최대 실적을 기록한 해에도 제 공로인 양 뽐내는 '언플'조차 하지 않았다. 슈퍼카를 샀다는 등 SNS에 재력을 과시하지도 않았다. 루머와는 더욱 거리가 멀었다. 그 흔한 인성이나 갑질 논란도 없었다.

"그래서 제 나름대로 주민훈의 뒷조사를 해봤습니다."

"뒷조사요?"

윤재가 눈을 크게 뜨자 양정남이 안심하라는 듯 누런 이를 드러냈다.

"놀라실 필요는 없어요. 불법적인 뒷조사는 아니었으니까요. 여기저기 친분 있는 경제기자와 한민그룹 퇴사자를 살살 꼬드겨 뒷얘기를 그러모은 것뿐입니다."

흥미가 동할 수밖에 없는 재벌가 이야기라 윤재는 귀를 기울였다.

"주민훈 실장은 비현실적인 인물이더군요."

"어떤 면에서요?"

"현실에 존재하지 않는 엄친아 같다고나 할까요."

"그 정도로 평가가 좋은가 보죠?"

"아무래도 한민 측에 호의적일 수밖에 없는 사람들이라 걸러 들을 필요는 있습니다. 그런 점을 감안해도 평판이 굉장히 좋더군요. 공통적으로 재벌 같지 않은 소탈함에 어디서나 자신을 낮추는 겸손의 미덕을 갖췄다고 추켜세우더군요. 인턴도 아닌 아르바이트생을 일부러 찾아가서 안부를 물을 정도로 인간미도 넘친다고 하고요. 결코 언성을 높이는 법도 없답니다. 사내에서 신망이 매우 두터운 모양이에요. 거기다 머리도 명석하고요. 유능한 걸로 치면 현재의 한민그룹을 일군 주회장보다 한 수 위라는 평가를 받을 정도로요. 그에게 거는 기대가 큰 것 같아요. 그가 한민을 재계 1위로 우뚝 세울 거라는 말까지 나돈다고 합니다."

질투가 날 정도로 완벽한 사람이었지만 그게 전부가 아닌 모양이었다. 양정남의 입꼬리가 이상야릇하게 말려 올라간 걸 보니.

"뭐가 더 있나 보군요."

"이래서 신은 공평한가 봅니다. 잘못 짚었나 싶은 찰나에 결정적인 제보 하나를 입수했어요. 지금은 딴 회사에서 근무하고 있지만 한때 주민훈과 같은 부서에서 일했던 직원의 증언이었죠. 그 친구 역시 처음에는 칭찬만 늘어놓더군요. 이대로 아무 수확 없이 끝나나 보다 싶었는데 귀가 번쩍 뜨이는 얘기를 들려줬어요. 회식 때 벌어진 일이었답니다."

회식이라면 술이 빠질 수 없다. 미국과 강남 클럽 사건의 공통 매개체 역시 알코올이라 볼 수 있다.

"주민훈은 평소에는 좀처럼 술을 입에 대지 않는다고 하더군요. 회식을 자주 하지도 않았지만 한다 해도 술 대신 음료수를 마셨다고 해요."

"술을 못 마시는 체질인가 보네요."

"그 직원도 그런 줄 알았답니다. 술을 안 받는 체질이라 안 마시나 보다, 라고요. 근데 그날은 웬일로 1차부터 달렸다고 하더군요. 그것도 아주 잘 마시더랍니다. 얼큰하게 취했는지 평소와 다르게 실없는 농담도 많이 하고 기분도 상당히 좋아 보였대요."

"그렇게 잘 마시는 사람이 평소에는 왜 한 모금도 안 마셨던 거죠?"

"그 친구도 기회를 엿보다 물어봤다고 하더군요. 이렇게 잘 드시면서 왜 다른 땐 안 마셨냐고. 그랬더니 떨떠름한 표정으로 푸념을 늘어놨다고 합니다. 조금이라도 빈틈을 보이거나 몸가짐이 흐트러져선 안 되는 신분이라 어쩔 수 없다고요."

이해가 안 가는 바는 아니었다. 위치가 위치인 만큼 지켜보는 눈이 한둘이 아닐 터였다. 특히 요즘처럼 SNS와 인터넷이 발달한 시대에 조금이라도 책잡힐 짓을 했다가는 너덜너덜해질 정도로 물어뜯길 테니까.

"하소연을 들으니 재벌도 나름의 고충이 있구나 싶어 안쓰러웠답니다. 인간적인 면모를 엿본 듯해서 좀 더 친밀해진 느낌도 받았다고 하고요. 의기투합한 두 사람은 1차가 끝나고 단둘이 2차를 갔답니다."

극적 긴장감을 유발하기 위한 건지 양정남이 한 템포 쉬었다가 말문을 뗐다.

"거기서 처음으로 목격했다고 합니다. 한 번도 보지 못했던 주민훈의 모습을요. 2차는 가까운 호프집으로 갔다고 하더군요. 들어가기 전부터 심상찮은 조짐이 보였다고 해요. 술기운이 오를수록 평소에는 안 쓰던 상스러운 욕을 남발하고 행동이 거칠어진 거죠. 그때까진 별일이야 있겠나 싶은 마음이었답니다. 큰 실수를 한 것도 아니니 대수롭지 않게 여긴 거죠. 오랜만에 술을 마셔서 기분이 많이 업됐다고만 여겼답니다. 재앙의 시발점은 안주였어요. 주문한 생맥주 500cc 두 잔과 노가리가 나왔을 때 주민훈이 언짢은 표정으로 혀를 차더랍니다."

왜 기분이 상했을까. 윤재는 나름대로 추측을 해봤지만 주민훈이 뿔난 이유를 짐작하기 어려웠다.

"노가리 안주가 부실하게 나왔다는 이유였어요."

"안주가 별로라서 화를 냈다고요?"

"그 친구가 보기에도 안주가 빈약하긴 했답니다. 속은 기분이 들었지만 그냥 먹자면서 구슬렸다고 하더군요. 근데 주민훈은 막무가내로 알바를 호출했다고 해요. 항의 안 하고 잠자코 있으면 호구로 본다면서요.

테이블로 온 알바에게 주민훈은 느닷없이 노가리 접시를 내던졌어요. 누가 먹다 남은 걸 내오냐고 소리를 고래고래 지르면서요. 백팔십도 돌변한 주민훈의 모습에 그 친구는 기겁해서 얼어붙었다고 하더군요.

조용조용하던 사람이 갑자기 폭발해서 난동을 부리니 깜짝 놀랄 만도 하죠. 평소 행실이 상당히 올바르고 모범적이었던 만큼 충격 역시 말도 못 하게 컸다고 합니다. 완전 딴사람을 보는 것 같았겠죠."

윤재가 생각해봐도 점잖은 이미지의 주민훈과 난폭한 주취객의 모습은 좀처럼 매치되지 않았다.

"난데없는 소란에 사장이 카운터에서 뛰쳐나왔다고 해요. 주인양반도 다혈질에 한 성깔 했던 모양이에요. 손님은 왕이라면서 무조건 굽실대는 타입은 아니었던 거죠. 안주는 원래 이렇게 나오니 마음에 안 들면 오지 말란 식으로 맞불을 놓은 겁니다. 덧붙여 왜 남의 영업장에서 행패냐면서 경찰에 신고하겠다고 한 거예요.

그 순간 주민훈의 눈이 섬뜩하게 희번덕거렸다더군요. 맹수처럼 괴성을 내지르며 사장에게 덤비는 걸 그 친구가 필사적으로 말렸다고 합니다. 사람 한 명 죽일 기세였다고 해요. 어찌나 미쳐 날뛰는지 말리는 와중에 그 친구도 엄청 얻어맞았다고 해요. 아무리 달래고 빌어도 주민훈의 광기는 좀처럼 수그러들지 않았답니다.

주민훈의 서슬에 질린 사장이 신고하려는 찰나 양복 차림의 남자들이 들이닥쳤다더군요. 그들이 몸부림치며 악다구니를 쓰는 주민훈을 말려서 데리고 나갔다고 합니다."

"그 사람들은 누구였는데요?"

호기심을 참지 못하고 윤재가 불쑥 물어봤다.

"나중에야 안 사실이지만 주민훈의 사설 경호원이었답니다. 그 친구도 넋 나간 사장에게 머리를 조아려 사과하고 서둘러 따라 나갔답니다. 경호원들이 주민훈을 차에 태우고 있었대요. 걱정돼서 어디로 데려가는 거냐고 묻는데 뒷좌석에서 누군가가 내리더랍니다. 알고 보니 김광철이었다고 하더군요."

이름이 낯설지 않았다. 어디서 들어봤더라.

"한민그룹의 전략기획이사죠. 주형원 회장의 오른팔이기도 하고요."

김광철은 한민그룹의 막후 실세였다. 해결사로도 불렸다. 그룹 내외적으로 불미스러운 사건이나 말썽이 생겼을 때 그가 나서면 깔끔하게 해결되는 덕에 붙은 별명이었다. 불가능해 보이는 문제도 김광철이 손을 쓰면 술술 풀렸다. 주회장의 신뢰가 두터울 수밖에 없었다.

"김광철의 등장에 그 친구도 어안이 벙벙했답니다. 김광철은 주민훈이 요즘 스트레스를 많이 받는 탓에 볼썽사나운 실수를 한 거니 이해해 달라고 당부했다더군요. 그리고 오늘 일은 아무에게도 말하지 말라며 은근슬쩍 압력을 행사했다고도 했고요.

나는 새도 떨어뜨린다는 김광철의 지시를 거스를 수 없는데다 주사 부리는 사람을 처음 본 것도 아니라서 알겠다고 했답니다. 다소 당황스럽긴 했지만 어찌 보면 단순한 해프닝에 불과했으니까요."

계속 떠드느라 목이 아픈지 양정남이 잠깐 말을 멈추고 헛기침을 하며 목소리를 가다듬었다.

"다음 날 주민훈에게 잘 들어갔냐고 물어봤답니다. 주민훈은 필름이 끊겨서 기억이 안 난다고, 자기가 혹시 실수한 게 없느냐고 되묻더랍니다. 그 친구는 김광철의 언질도 있고 해서 아무 일도 없었다면서 넘어가려고 했다는군요.

근데 주민훈이 다음에는 안주가 형편없이 나오는 호프집은 가지 말자면서 웃더라는 거죠. 그 말을 듣고 소름이 돋았다고 하더군요. 필름이 끊겼다고 했지만 어제의 그 난동을 다 기억한다는 소리였으니까요."

"민망해서 기억 안 나는 척한 게 아닐까요?"

"그럴 수도 있죠. 주사가 심한 사람 중엔 본인이 저지른 실수가 창피해서 필름이 끊겼다고 핑계 대는 경우도 많으니까요. 하지만 왠지 그런 부류와는 다른 느낌이었다고 합니다. 더불어 고약한 주사 때문에 그동안 주민훈이 술을 멀리했던 건가 싶은 생각이 들었다고도 했고요."

긴 이야기를 마친 양정남이 테이블에 팔꿈치를 대며 깍지를 꼈다.

"회식 때의 소동이 일회성 사고가 아니라고 여기시는군요."

"결코 그때뿐만이 아닐 겁니다. 주민훈에겐 주사가 있어요. 그것도 아주 질 나쁜 종류의 주사죠."

주사에는 다양한 종류가 있다. 술만 마셨다 하면 어김없이 우는 사람이 있는가 하면 쉬지 않고 입을 놀려대는 이도 있다. 스킨십이 진해지거나 언행이 과격해지는 부류도 있다. 혹은 눈앞의 음식이란 음식을 모조리 게걸스럽게 먹어치우는 술꾼도 있다. 길바닥이든 쓰레기장이든 개의치 않고 드러눕는 취객도 존재한다. 이토록 주사는 각양각색의 형태로 나타나지만 단연코 최악은 주폭이었다. 술만 마시면 폭력적으로 변하고 행패를 부리는 인간.

"주민훈이 전형적인 주폭이라고 생각하시나요?"

"그럴 가능성이 높아요. 전력이 있으니까요. 미국 유학 때도 그렇고 방금 말한 회식 사례도 그렇고."

"그럼 안드로메다에서도……."

윤재는 뒷말을 차마 입 밖에 낼 수가 없었다. 사실이라면 엄청난 후폭풍을 불러올 메가톤급 폭탄이었다.

"아직은 가정일 뿐입니다. 망상이나 다름없는. 그래서 보고 없이 단독으로 조사를 해봤습니다. 미심쩍은 정황이 몇 가지 보이더군요."

"어떤 점이오?"

"대략적인 사건 개요는 알고 계신가요?"

"기사 몇 줄 본 게 답니다. 그 이상의 정보는 찾을 수가 없더군요."

"그럴 겁니다. 저쪽에서 다 틀어막았을 테니."

"저쪽이라면?"

윤재가 물었다. 어딘지 뻔했지만 확실히 하고 싶었다.

"한민그룹이죠."

"굳이 그렇게까지 할 필요가 있을까요? 주목받는 사건도 아니었는데. 실제로도 다른 사건들에 금방 묻혔잖아요."

"그냥 두면 어디로 불똥이 튈지 모르니까요. 조금이라도 문제의 소지가 보이면 아예 싹을 잘라내는 게 한민그룹의 기본 방침일 겁니다."

그럴 수도 있겠다 싶었다. 기업 입장에선 한 톨의 불안 요소도 남겨두고 싶지 않을 것이다. 소비자에게 한번 찍히면 공들여 쌓은 브랜드 가치가 순식간에 무너진다. 불미스러운 일에 엮이면 기업 이미지는 하락하고 주가 역시 곤두박질친다. 불매운동이라도 벌어지면 돈을 쏟아부어도 원상복구가 쉽지 않다.

"주민훈과 이현수는 안드로메다에서 룸을 잡고 술을 마셨어요. 톰이라는 MD가 피해자 오나연을 연결시켜줬고요. 그렇게 셋이 놀다가 주민훈은 피곤하다며 먼저 자리를 떴죠. 둘이 술을 마시던 중 사소한 말다툼이 벌어졌어요. 흥분한 이현수는 술김에 주먹을 휘둘렀고 오나연은 쓰러지며 머리를 테이블 모서리에 정통으로 부딪혔어요.

이렇게 보면 특이할 것 없는 단순한 사건이에요. 홧김에 한 대 쳤는데 재수 없게 죽었다는 전형적인 폭행치사 사건의 형태를 띠고 있죠."

"근데 뭐가 미심쩍다는 말씀이시죠?"

양정남이 손가락 하나를 펴 보였다.

"첫 번째, 주민훈과 이현수의 관계가 불분명해요. 동창은 확실히 아니에요. 주민훈은 미국에서 학창 시절을 보냈으니까요. 회사 동료라고 볼 만한 근거도 없어요. 한민그룹 계열사 어디에도 이현수라는 직원은 존재하지 않았어요."

"사회에서 만난 친구일 수도 있죠."

윤재의 의견에 양정남이 '이런 순진한 양반 보게'라는 듯한 표정을 지었다.

"주민훈은 재벌가 자제예요. 평범한 사람들하고 모임이나 동호회 활동을 할 수 있을 것 같아요? 재벌가 자제들끼리 교류하기도 하지만 주민훈은 그쪽 모임에도 참석한 적이 없다고 하더군요. 그쪽에서도 고고한 학 같다고 해야 되나, 가까워지기 어려운 존재였나 봐요. 아웃사이더라고도 볼 수 있죠. 한마디로 주민훈과 이현수 사이에는 어떤 공통분모도 없어요."

논리적이고 타당한 주장이라 윤재는 반박하지 않고 넘어갔다.

"두 번째는요?"

"클럽 입구와 복도에 설치된 CCTV 녹화 영상이 삭제됐어요. 사건 당일이 포함된 일주일치가요. 클럽 측에서는 보안직원의 조작 실수라고 하는데, 시기가 참 공교롭지 않습니까?"

윤재는 가만히 고개를 끄덕였다. 그의 말대로 수상쩍긴 했다. 양정남이 잇달아 말했다.

"세 번째는 톰이라는 MD의 반응이에요. 주민훈을 담당했고 오나연을 소개해준 사람이니만큼 뭔가 알고 있을 가능성이 제일 높은데 통 입을 열지 않아요. 입장했을 때 룸으로 안내해주고 오나연을 들여보낸 게 전부라고 하더군요. 그 뒤로는 바빠서 그 룸에 전혀 신경을 못 썼다고 하고요. 그 외에는 아무것도 모른다면서 묵비권을 행사하더군요."

"진짜 아는 게 없는지도 모르죠."

"아무것도 모르는 사람의 표정이 아니었어요. 뭔가에 겁먹은 사람의 표정이었지. 마치 누구처럼."

그가 얘기한 '누구'가 누구인지 궁금했지만 말하기 꺼리는 눈치라 묻지 않았다. 대세에 지장을 줄 만한 중요 정보도 아닌 것 같아서 건너뛰기로 했다.

"미심쩍은 정황들을 종합해서 양기자님이 내린 결론은 뭡니까?"

"이미 아시잖습니까?"

"양기자님 입으로 직접 듣고 싶습니다."

"사건 조작과 은폐입니다."

예상한 대답임에도 살갗이 기분 나쁘게 따끔거리며 목덜미의 잔털이 곤두섰다. 양정남이 얼굴을 테이블 가운데로 들이댔고 윤재도 그를 따라 바싹 몸을 기울였다. 마치 작당모의라도 하듯.

"만약 제 짐작대로 CCTV 영상을 고의로 삭제한 거라면 뭘 숨기려고 한 걸까요?"

"주민훈이 클럽을 떠난 시각?"

"맞아요. 중간에 먼저 갔다는 진술과 달리 주민훈은 끝까지 남아 있었던 건지도 몰라요. 오나연의 사망 시점까지."

"주민훈이 폭행을 방조했다는 말인가요?"

"그럴 수도 있죠. 저는 그것보다 더 심각한 걸 생각하고 있지만요."

"더 심각한 거라면 주민훈이 공범일 수도 있다는 겁니까?"

"아니요. 주민훈이 진범일 수도 있다는 거죠. 이현수가 클럽에 도착한 시간 역시 그들의 주장일 뿐이니까요. 이현수는 오나연이 죽은 후에 달려온 걸지도 모릅니다. 가해자를 바꿔치기 하기 위해서요."

싸늘한 한기가 윤재의 등줄기를 훑었다. 증거 하나 없는 가설일 뿐이지만 허무맹랑한 음모론으로 치부하기엔 너무나 설득력 있었다.

"말씀드린 것 외에도 사건을 조직적으로 은폐하려 한 정황이 몇 가지 더 있어요."

"뭔데요?"

"유족이 부검을 거부했어요."

"부검을 원치 않는 유족은 생각보다 많지 않나요? 고인의 신체를 훼손하고 싶지 않다는 이유로요. 그리고 사건이 금방 해결됐잖아요. 유족의 반대가 아니더라도 굳이 부검할 필요가 없었을 것 같은데요."

"유족이 부검을 꺼리는 경향이 있는 건 사실이에요. 비참하게 세상을 뜬 것만으로도 억장이 무너질 일인데 망자의 몸에 칼까지 대겠다고 하니 심정이 오죽하겠어요. 그 심경은 저도 충분히 이해합니다. 제가 미심쩍게 여긴 부분은 유족의 태도 변화예요."

"태도 변화요? 부검을 처음부터 거부한 게 아니라는 말입니까?"

"그렇습니다. 피해자 유족은 처음에는 경찰의 부검 요청을 받아들였어요. 그런데 나중에 안 하겠다고 말을 바꾼 거죠."

"이유가 뭡니까?"

"아무리 생각해봐도 딸에게 몹쓸 짓을 하는 것 같다면서 못 하겠다고 했답니다. 공감이 안 가는 건 아니지만 왠지 수상쩍단 말이죠. 혹시 한민과 비밀리에 접촉한 게 아닐까 하는 생각이 들더군요."

"한민 측이 유족을 구슬렸을 수도 있다, 그런 뜻인가요?"

"맞습니다."

윤재는 조심스레 다른 견해를 펼쳤다.

"한민 측이 굳이 부검을 막을 필요가 있었을까요? 부검을 하든 안 하든 폭행치사 혐의는 변함이 없을 텐데요."

양정남이 의미심장하게 눈썹을 추켜세웠다.

"과연 그럴까요? 부검을 기필코 저지하려는 세력이 있다고 한다면 그 이유를 두 가지 정도로 추측해볼 수 있겠죠. 범인을 특정할 만한 결정적인 증거가 나온다거나 혹은 사인이 바뀔 수도 있다거나."

"사인이 바뀐다고요?"

예상도 못 했던 지적이라 윤재는 당혹스러웠다.

"폭행이 발단이 됐다지만 직접적인 사망 원인은 테이블 모서리에 부딪히며 받은 후두부의 충격이었어요. 하지만 그게 아니라면요? 오로지 폭행에 의해서만 사망에 다다랐다면요. 그러면 부검을 필사적으로 막으려 하지 않을까요?"

윤재는 이마를 손으로 짚었다. 논리적 비약이 심한 것 같으면서도 한편으로는 손에 잡힐 듯한 현실감도 느껴졌다.

"유족이 완강하게 거부한다 해도 범죄 사건의 경우 동의 없이 부검이 가능한 걸로 아는데요."

"맞습니다. 현행법상 경찰이나 검찰 등의 수사기관이 부검이 필요하다고 판단하면 유족의 의사와 상관없이 진행할 수 있죠. 그렇지만 경찰은 부검 영장을 신청하지 않았어요."

"처음에는 경찰 측에서 부검을 요청했다고 하지 않았나요?"

"그랬죠. 근데 유족의 의사를 존중하겠다면서 부검 영장 신청을 취소했어요."

그의 말대로 뭔가 석연찮았다. 피의자의 혐의 인정으로 사건이 해결됐고 유족이 원하지 않았다지만 경찰이 그렇게 순순히 부검을 철회하다니. 불현듯 그가 어디까지 알고 있을지 궁금해졌다. 진도를 어디까지 나갔는지도. 양정남이라면 든든한 아군이 돼줄지도 몰랐다.

"지금도 계속 조사 중이신가요?"

윤재의 질문에 그가 무기력한 표정으로 대꾸했다.

"파볼수록 특종감이라는 확신이 들었어요. 국장에게 보고했더니 그 역시 들뜬 표정으로 크게 흥미를 보였고요. 어떤 기삿거리를 물어 와도 시큰둥했던 양반이 대박이라는 표현까지 썼을 정도니 말 다 한 거죠. 물심양면 지원을 아끼지 않을 테니 열심히 해보라고 하더군요. 근데 이틀 만에 느닷없이 취재 중단 지시가 내려왔어요."

"왜요?"

"찌라시 수준의 유언비어에 아까운 인력과 시간을 낭비할 순 없다고 둘러대더군요. 자체적으로 알아봤는데 터무니없는 헛소리일 가능성이 높다고 하면서요. 보도했다가 허위사실로 판명나기라도 하면 대기업을 상대로 뒷감당을 할 수 있겠느냐고 으름장까지 놓았죠."

"그래서 취재를 접으신 건가요?"

"포기할 수가 없어서 입이 아프도록 설득해봤죠. 허무맹랑한 음모론이 아니다, 의심할 만한 정황이 있다, 진행해보고 헛짚었다 싶으면 바로 엎겠다고. 사정사정했는데 씨알도 안 먹혔어요. 쓸데없는 짓 하지 말고 원래 하던 거나 잘하라며 일축하더군요.

첫 보고 때만 해도 눈을 반짝였던 양반이 손바닥 뒤집듯 말을 바꾸니까 이상하더라고요. 말로는 언론사로서의 책임 어쩌고저쩌고하는데 개똥 같은 소리죠. 얼마 안 가 국장이 변심한 까닭을 알게 됐어요. 이슈트랙에 한민그룹 광고가 실리더라고요. 그것도 꽤 대형의 장기 광고가. 돈 받고 기사를 팔아먹었던 거예요."

양정남의 입가에 자조적이고 쓸쓸한 웃음이 번졌다. 기업의 약점을 잡거나 흠을 파헤친 다음 돈을 뜯어내는, 언론사의 탈을 쓴 양아치들이 없지는 않았다. 골칫거리를 보도하지 않는 대가로 광고나 협찬을 요구하는 것이다. 반대로 기업 측에서 먼저 거래를 제안하는 경우도 있었다. 비판적인 기사를 내려달라거나 우호적인 논조로 바꿔주면 광고를 싣겠다고.

이처럼 뒷거래가 오가는 경우가 아니더라도 광고 수익으로 연명하는 언론사 입장에선 광고주의 눈치를 볼 수밖에 없었다. 그들의 심기를 건드리지 않는 선에서 살살 기거나 입맛에 맞는 기사를 써주며 알랑방귀를 뀌는 것이다. 경언유착은 언론의 독립성과 중립성을 저해하는 가장 큰 요인 중 하나로 꼽혔다. 언론이 재벌과 광고주의 입김에서 벗어나 소신을 지키기란 쉽지 않았다.

"우리 쪽뿐만이 아닐 겁니다. 경찰에도 한민의 끄나풀이 존재하는 게 분명해요. 번갯불에 콩 구워 먹듯 수사를 종결했으니까요."

"경찰 편을 들려는 건 아니지만 딱히 종결짓지 않을 까닭도 없잖아요. 범인이 현장에서 현행범으로 체포됐고 바로 자백했으니까요. 그들

입장에서 보면 손 안 대고 코 푼 격이었겠죠. 빡세게 수사할 필요 없이 사건이 해결됐으니까요."

"그래도 너무 허술해요. 유족이 거부했다지만 부검 영장을 신청하지 않은 점도 그렇고 졸속으로 마무리했다는 느낌을 지울 수가 없네요."

윤재는 사건을 담당했던 형사를 만나봐야겠다고 생각했다. 본격적으로 사건을 파헤치다 보면 어차피 한번쯤은 맞닥뜨릴 수밖에 없을 터였다. 그전에 염탐할 겸 미리 만나보는 것도 나쁘지 않겠다 싶었다. 긴 이야기가 끝났는지 양정남이 노곤한 기색으로 의자에 등을 기댔다.

"이 사건에선 아예 손을 떼신 겁니까?"

"제가 이래 봬도 똘끼가 좀 있습니다. 하지 말라는 건 꼭 하고야 마는 청개구리 성격이기도 하고요. 말도 안 되는 일로 파투가 나니까 오기가 생기더라고요. 혼자서 몰래 취재를 계속했죠. 일주일 정도 여기저기 들쑤시고 다녔는데…… 결국 단념할 수밖에 없었어요."

양정남의 낯빛이 어두워졌다. 그의 눈에 서린 감정은 아쉬움이 아니었다. 어떤 감정도 뒤섞이지 않은 순수한 공포였다. 그제야 아까 얘기했던 '누구'란 게 양정남 본인을 말한 것이었음을 윤재는 깨달았다.

"무슨 일이 있었나요?"

"밤마다 집으로 이상한 전화가 걸려왔어요. 저는 매일같이 야근하다 보니 그 사실을 몰랐고요. 상대는 한마디도 안 하더랍니다. 와이프가 누구냐고, 왜 전화했냐고 물어도 묵묵부답이고요. 기분 나쁜 숨소리만 희미하게 들린다고 하더라고요.

처음에는 잘못 걸려온 전화나 장난 전화인 줄 알았대요. 근데 이게 며칠째 계속 반복되니 무서울 수밖에 없죠. 일주일째 되는 날 떨면서 이야기하더라고요. 다음 날은 작정하고 집에 일찍 들어왔어요. 밤이 되자 어김없이 전화벨이 울렸고 제가 받았어요.

와이프에게 들은 대로 상대방은 아무 말도 안 했어요. 이러지 말라고 타일러도, 장난치지 말라고 호통쳐도, 경찰에 신고하겠다고 엄포를 놔도 반응이 전혀 없었어요. 다시는 전화하지 말라고 마지막으로 경고한 뒤에 끊으려고 했어요. 그러자 상대가 처음으로 입을 열었어요."

당시 기억을 떠올리기만 해도 소름이 끼치는지 양정남이 진저리를 쳤다. 윤재는 미동조차 않고 그를 주시했다.

"양혜선. 단 한마디뿐이었어요."

무슨 소리인가 싶어 고개를 갸우뚱대다가 퍼뜩 그와 성이 같다는 공통점을 발견하고 윤재는 숨을 들이켰다. 양정남의 목소리도 희미하게 떨려 나왔다.

"딸의 이름만 언급하고 상대는 전화를 끊었어요. 그것 외에는 어떤 말도 없었지만 전하고자 하는 메시지는 분명했죠. 경고였어요. 경고의 목적도 주체도 밝히지 않았지만 그들이 내게 뭘 원하는지는 똑똑히 알 수 있었어요. 클럽 사건에서 손을 떼라, 그러지 않으면 딸에게 끔찍한 일이 벌어질 거다. 그런 무언의 협박이었어요."

24

"어떻게 오셨어요?"

형사과 입구에서 사무실을 기웃거리는데 덩치 좋은 형사가 지나가다 말고 물어봤다.

"정언수 형사님 좀 뵈러 왔습니다."

"아, 언수요? 잠깐만요."

몸을 돌린 형사가 안쪽을 향해 크게 소리쳐 불렀다.

"정형사! 손님 오셨다."

창가 쪽 자리에서 전화를 받던 남자가 고개를 들고 윤재를 쳐다봤다.

"이쪽으로 앉으시죠."

통성명을 하고 간단히 용건을 밝히자 정언수가 파티션으로 둘러싸인 간이 회의실로 데려왔다.

"강남 클럽 사건에 대해 물어볼 게 있다고요? 아시겠지만 이미 수사 종결 후 검찰로 넘어간 사건인데요."

정언수가 시원시원한 말투로 얘기했다. 바쁠 텐데도 성가셔 하는 기색은 없었다. 다부진 눈빛과 열의 있는 태도가 믿음직해 보였다. 겉보기에는 직무유기나 불성실한 수사를 할 타입으로 보이진 않았다.

"몇 가지 궁금한 점이 있어서요."

"궁금한 점이라…… 혹시 수사에 문제가 있다고 생각하시는 건가요?"

"아니요, 그런 건 아닙니다. 직접적인 사건 관계자는 아니지만 재벌가가 엮여 있잖습니까. 뭐라도 건질 수 있지 않을까 싶어서요."

윤재의 얄궂은 표정에 그가 알 만하다는 듯 머리를 까딱거렸다. 윤재가 의도한 대로 사건의 본질보다는 자극적인 가십거리를 좇는 하이에나로 보인 듯했다. 양정남의 가설을 아직 들이밀 단계는 아니었다. 미친놈 취급당하기 십상이었고 경찰에도 한민의 스파이가 활동하고 있을 가능성이 있다는 양정남의 말도 귓가를 맴돌았다.

"그러시군요. 어떤 점이 궁금하시죠?"

"우선 클럽 CCTV 영상이 삭제된 경위를 알고 싶습니다."

"그건 클럽에 문의를 하셔야 될 것 같은데요."

"그쪽에도 물어볼 겁니다. 그전에 형사님 의견을 듣고 싶어서요."

정언수가 입을 실룩거리더니 대꾸했다.

"제 의견이랄 게 있나요. 클럽에서는 직원이 실수로 지웠다고 했습니다."

"그 말을 곧이곧대로 믿으셨나요? 이상하다고 생각하지는 않으셨습니까? 하필 사건 당일 그런 실수를 했다는 게? 고의로 삭제했을 가능성은 고려해보지 않으셨나요?"

"별로요. 사건 당일 영상뿐만 아니라 일주일치가 뭉텅이로 날아갔잖아요. 기자님이 CCTV 관리 실태를 잘 모르셔서 이런 말씀을 하시는 겁니다. CCTV 관리를 제대로 하는 데가 생각보다 많지 않습니다. 영상 보관 기간이 30일인데 그전에 지우는 데가 태반이에요. 모형만 달아놓은 데도 수두룩하고요."

현장 생리를 잘 아는 사람의 입에서만 나올 수 있는 자신만만한 발언이었다. 윤재는 다음 질문으로 넘어갔다.

"이현수 씨와 주민훈 씨는 친구 사이라던데 맞습니까?"

"이현수 본인이 그렇게 진술했습니다."

"두 사람의 관계를 확인해보셨나요? 진짜 친구가 맞는지?"

정언수가 의아하다는 얼굴로 눈썹을 꿈틀거렸다.

"기자님은 두 사람이 친구가 아닐 거라 생각하시나 보죠?"

"그럴 수도 있다고 봅니다. 둘 사이에 별다른 접점이 안 보여서요."

"흠…… 두 사람의 관계를 조사해보지는 않았습니다. 구태여 그럴 필요성을 못 느꼈거든요. 설사 친구 관계가 아니라 해도 사건과는 아무 상관 없으니까요. 주민훈 씨는 사건 발생 전에 현장을 떠났고요."

그게 뭐 대수냐는 듯한 말투였다.

"부검은 왜 진행하지 않으신 건가요?"

"유족의 반대가 워낙 강경해서요. 검안으로도 사인을 밝히기에 부족함이 없었고 사건이 해결된 점도 한몫했고요."

"그렇다 해도 양형의 주요 판단 기준이 될 부검 영장을 신청조차 안 했다는 게 저로선 납득이 잘 안 가는데요."

"부검 여부도 절대적인 건 아닙니다. 상황에 따라 바뀌는 거죠."

그가 떨떠름하게 대꾸했다. 더 캐물어봐야 평행선만 달릴 것 같아 윤재는 화제를 돌렸다.

"주민훈 씨는 클럽에서 나와 집에 어떻게 갔다고 하던가요? 대리기사를 불렀나요? 아니면 택시로?"

"글쎄요, 그건……."

"안 물어보셨나요?"

"네, 방금 말씀드렸다시피……."

"사건과 아무 관계도 없어서요?"

"그렇습니다. 주민훈 씨는 단순 참고인일 뿐이고 귀가를 어떻게 했는지까지는 제가 신경 쓸 부분이 아니죠."

정언수가 깍지 낀 손 위로 엄지를 초조하게 꼼지락댔다. 이제까지의 막힘없고 당당하던 태도가 미세하게 달라졌다는 인상을 받았다. 바짝 엎드려서 동태를 살핀다고 해야 되나. 어떤 질문이 그를 조마조마하게 만든 걸까. 대화를 되짚어보다가 윤재는 퍼뜩 깨우쳤다.

회심의 미소를 지으며 입을 떼려는 순간 벨소리가 울렸다. 정언수의 휴대폰이었다. 그가 액정 화면을 힐끗 확인하더니 '거절' 버튼을 터치했다. 2초도 안 돼 휴대폰이 다시 울리자 아예 전원을 꺼버렸다.

"전화 받고 오시죠. 계속 거는 걸 보니 급한 일인가 본데."

"나중에 받아도 됩니다. 별로 중요한 전화도 아니에요."

말은 그렇게 하면서도 신경이 쓰이는지 휴대폰을 연신 곁눈질했다.

"바쁘신데 시간을 너무 빼앗았나 보네요. 마지막으로 하나만 더 여쭤보겠습니다."

마지막이란 말에 그의 표정이 밝아졌다. 말투도 쾌활함을 되찾았다.

"말씀하세요."

"주민훈 씨 참고인 조사는 언제 하셨나요?"

"아, 참고인 조사는…… 사건 발생 다음 날 진행했습니다."

그는 대답하면서 눈을 마주치지 못했다.

"주민훈 씨는 혼자 왔나요? 아니면 변호사랑 왔습니까?"

"뭐…… 혼자 왔던 것 같네요."

"같다고요? 주민훈 씨가 그날 뭘 입었는지 말씀해주시겠습니까?"

"그렇게 시시콜콜한 걸 어떻게 다 기억합니까? 주민훈 씨는 단순 참고인일 뿐입니다. 사건과 아무 상관도 없는 사람을 왜 자꾸 들먹이는지 모르겠네요."

신경질적인 목소리였다. 궁지에 몰렸다는 뜻이었다.

"참고인 조사 안 했죠? 주민훈 씨는 경찰서에 오지도 않았고?"

정언수가 곤혹스러운 표정으로 마른세수를 하더니 변명을 늘어놨다.

"참고인은 증인과 달리 출석할 의무가 없어요. 우리가 소환 요청을 해도 응하지 않는 참고인도 한둘이 아니고요."

"마치 주민훈 씨 변호사처럼 말씀하시네요."

윤재의 말에 그의 귓불이 벌겋게 달아올랐다.

"저도 할 만큼 했습니다. 출석 요구를 그쪽에서 거부하는 걸 어쩝니까. 못 오겠다는 사람을 억지로 끌고 올 수는 없잖아요."

"주민훈 씨 정도면 중요 참고인 아닌가요? 사건 현장에 피해자와 함께 있었고 피의자를 부른 장본인인데."

"서면 진술로 충분히 조사를 했습니다. 누누이 말씀드리는데 주민훈 씨는 사건 발생 전에 클럽을 떠났어요. 피의자는 피해자 폭행 혐의를 자백했고요. 문제될 게 아무것도 없다고요."

"근데 왜 주민훈 씨가 참고인 조사를 받았다고 하신 거죠?"

체념의 한숨이 그의 코에서 길게 뿜어져 나왔다.

"좋아요. 솔직히 말씀드리죠. 대신 하나만 약속해주세요. 제게 들은 얘기는 어디에도 발설하지 않겠다고."

"알겠습니다. 약속하죠."

그가 일어서서 파티션 너머를 살피더니 윤재 쪽으로 몸을 기울이고 목소리를 낮췄다.

"사건 발생 당일에 한민그룹으로 전화를 했었어요. 참고인 출석 요청을 하려고요. 비서가 받았는데 자리를 비웠다고 하더라고요. 연락 달라는 메모를 남기고 끊었는데 10분 후에 반장님이 저를 회의실로 호출하더군요. 불러서는 대뜸 한다는 말이 주민훈을 소환하지 말라는 거예요. 그쪽에서 서면 진술서를 보내기로 했다고. 그런 게 어디 있냐고, 중요 참고인이니 대면 조사를 꼭 해야겠다고 버텼더니 버럭 성질을 내면서 서장한테 직접 내려온 명령이니까 잔말 말고 시키는 대로 하라는 거예요. 그러면서 주민훈은 경찰서에 와서 성실히 조사에 임한 거라고, 그렇게 알고 있으라고 덧붙였고요."

"주민훈이 참고인 조사에 응한 것처럼 군이 꾸밀 필요가 있나요?"

"자기네들 이미지 관리를 위한 거겠죠. 별것 아니긴 하지만 수사 과정에서 특혜를 받았다는 게 드러나 봐요. 한민그룹에 대한 반감과 불신 여론이 확산될 거 아니에요. 솔직히 출석 거부하는 것도 이해하고 주민훈이 조사를 안 받아도 상관은 없어요. 다만 이런 식으로 외압을 행사하는 건 아니죠. 나도 이런 건 질색이라고요. 근데 뭐 어쩌겠어요, 저 같은 말단 형사가. 위에서 까라면 까야지."

정언수는 자조적인 투로 심경을 토해냈다. 낙심한 기색을 감추지도 않았다. 불합리한 명령에 따를 수밖에 없는 자신의 가련한 신세를 알아달라는 듯이.

25

휴게실 문을 연 윤재는 고개만 내밀어 안을 확인했다. 아무도 없었다. 휴게실로 들어가 주머니에서 쪽지를 꺼냈다. 접힌 쪽지를 펴자 갈겨쓴 휴대폰 번호가 보였다. 양정남이 알려준 톰의 연락처였다.

그는 웬만하면 이 사건의 취재를 접으라고 근심 어린 얼굴로 충고했다. 덧붙여 톰을 만나봤자 헛수고일 거라고도 했다. 그 또한 자기처럼 협박을 받았을 가능성이 크다면서. 걱정해주는 마음은 고마웠지만 윤재는 멈출 생각이 눈곱만치도 없었다. 휴대폰에 번호를 찍고 통화 버튼을 눌렀다. 한참을 안 받기에 끊으려는 순간 전화가 연결됐다. 막 자다 일어났는지 잠긴 목소리였다.

"여보세요?"

"톰 씨?"

"그런데요. 누구시죠?"

"스쿱뉴스 나윤재 기자라고 합니다."

"기자요?"

윤재의 소개에 잠이 확 달아난 모양이었다. 동시에 말투도 경계모드로 바뀌었다.

"기자가 저한테 무슨 일로……?"

"안드로메다 클럽 사건에 대해 여쭤보고 싶어서요. 시간 괜찮으시면 만나서……."

"난 아무것도 몰라요. 말할 것도 없고요. 그러니 다시는 전화하지 마세요."

그는 대답도 듣지 않고 일방적으로 전화를 끊어버렸다. 다시 전화를 걸어봤지만 전원이 꺼져 있다는 말만 흘러나왔다. 양정남의 말이 옳았다. 그는 안드로메다의 '안' 자만 나와도 정색하며 철벽을 쳤다. 정공법으로는 만나기는커녕 말 한마디 섞기도 힘들 것 같았다.

윤재는 페이스북과 인스타그램 등의 SNS로 눈을 돌렸다. '클럽', 'MD', '톰'이라는 키워드를 조합해 검색하자 게시물이 폭포처럼 쏟아져나왔다. 클럽 MD의 주요 홍보 수단이 소셜 미디어와 인터넷 커뮤니티라더니, 과연 온갖 클럽 사진들과 이벤트 포스팅이 넘쳐흘렀다.

톰의 인스타 계정도 쉽게 찾을 수 있었다. 프로필 사진을 눌러봤다. 많아봐야 20대 후반으로 보였다. 금발로 염색한 머리에 옅게 화장까지 했는지 입술이 불그스름했다. 양쪽 눈동자 색이 다른 걸 보니 서클렌즈도 낀 모양이었다. 목덜미와 팔뚝에는 뜻 모를 타투가 새겨져 있었다.

클럽을 배경으로 찍은 사진 중 하나를 클릭해봤다. 초점이 풀린 눈으로 담배를 문 채 빨간색 탱크톱을 입은 여자와 어깨동무를 한 사진이었다. 세상을 다 가진 듯한 자신만만한 포즈였다.

상단에 예약 문의는 인스타 DM으로 해달라는 문구가 보였다. 어제 올린 게 가장 최근 게시물이었다. 사진 밑의 태그로 눈길을 돌렸다.

래쉬최고물게 #톰톰고고 #이번주는 래쉬로 달리자아~ #최고 클럽MD #인생별거없다 #난오늘만산다 #톰하고 놀자

윤재는 인스타그램 계정을 만든 다음 톰에게 DM을 보냈다.

– 오늘 래쉬에서 놀고 싶은데 테이블 예약 가능한가요?

5분쯤 지났을 때 답장이 왔다.

– 바는요?

바? 그게 뭐였더라? 미간을 찡그리며 안드로메다 MD에게 언뜻 들었던 말들을 필사적으로 더듬었다. 머리를 쥐어짠 끝에 기억 더미에서 '바'를 찾아냈다. '바'는 바틀(bottle)의 줄임말이었다. 즉 술을 몇 병 시킬 거냐는 질문이었다.

– 하드로 10바요.

하드는 증류주인 hard liquor를 뜻하는 약어로 위스키나 보드카, 진 등의 양주를 일컫는다. 클럽에서 하드 열 병이면 최소 가격이 300만 원대였다. 억 단위 세트 메뉴를 시키는 VVIP급에 비할 바는 아니지만 군침을 흘릴 정도는 될 터였다. 아니나 다를까 즉답이 날아왔다.

– 2번도 가능할 것 같네요.

2번은 테이블 번호였다. 번호가 낮을수록 스테이지에서 가까웠고 스테이지와 가까울수록 인기가 많았다.

– 좋아요.

– 총 몇 명이에요?

– 혼자 갑니다.

– 혼자 온다고요?

– 독고다이로 노는 걸 좋아해서요. 톰 님만 믿고 갑니다.

– 알겠습니다. 시간이랑 이름은요.

– 오픈 시간에 갈게요. 제리라고 합니다.

– 오케이. 입장할 때 가드한테 톰 손님이라고 말하면 돼요. 제리, 그럼 밤에 봐요.

"뭘 그렇게 열심히 하고 있어?"

"으악, 깜짝이야!"

윤재는 몸을 흠칫 떨며 자지러졌다. 잽싸게 휴대폰을 등 뒤로 숨겼지만 예지의 시선은 이미 휴대폰에 꽂혀 있었다.

"뭘 했기에 그렇게 놀라는 거야?"

놀란 가슴을 진정시키는 척하며 윤재는 얼버무렸다.

"아무도 없는 줄 알았는데 뜬금없이 나타나서 그렇지. 언제 왔어?"

"방금."

"나 놀래주려고 소리도 없이 살금살금 들어온 거야?"

"그럴 리가. 선배가 휴대폰에 정신이 팔려 있어서 못 들은 거겠지. 누구랑 연락한 거야?"

"동훈이랑. 저녁에 잠깐 보기로 했어. 미안한데 오늘도 둘만 봐야 될 거 같아."

"누가 같이 간대? 왜 묻지도 않은 말을 하실까. 뭐, 찔리는 거라도 있으신가?"

속내를 꿰뚫어 보겠다는 듯이 예지는 실눈을 뜨고 예리하게 바라봤다.

"내가 찔릴 게 뭐가 있어. 동훈이 보고 싶어 했잖아. 저번에도 같이 가자고 했었고. 그래서 얘기한 거지."

얼떨결에 동훈의 이름이 튀어나왔고 입 밖에 내자마자 후회했다. 다른 핑계를 댔어야 했다. 얼마 전에 써먹은 핑계를 또 대다니 어리석기 짝이 없었다. 동훈이를 방패막이로 삼은 것까진 봐준다 쳐도 그다음 대응은 더 가관이었다. 예지가 따라온다고 할까봐 조바심이 나서 사족을 달았는데 의심만 키운 꼴이 됐다. 비밀 수사 중인 걸 들켜서는 곤란했다. 특히 예지에게는.

예지가 한민과 어떤 관계를 맺고 있는지 파악할 때까지는 기밀을 유지해야 했다. 근무표는 데이트 스케줄을 잡기 위해 갖고 다녔을 수도 있다. 한민그룹과 교류나 친분이 있는 기자 역시 수도 없이 많다. 스쿱뉴스와 명정일보만 해도 한 트럭은 될 것이다. 한민그룹이 운영하는 호텔 뷔페 티켓을 받은 기자도 예지뿐만은 아닐 것이다.

한민 홍보팀에서 주기적으로 언론사에 뿌리는 걸지도 몰랐다. 혹은 기자 선배나 다른 루트를 통해 받았을 가능성도 있다. 고작 근무표와 한민의 뷔페 티켓을 근거로 예지를 스파이로 모는 건 피해망상이나 다름없었다. 이렇게 이성적이고 합리적으로 생각하려 안간힘을 썼지만 번번이 실패했다.

가슴속 깊은 곳에 똬리를 튼 의심을 쫓아낼 수가 없었다. 지금도 윤재를 감시하려고 접근한 게 아닐까 하는 의혹이 마음 한구석에서 꼼지락거렸다. 예지의 미심쩍은 목소리에 윤재는 고개를 들었다.

"두 번 연속으로 날 따돌리는 게 괘씸하지만 이번만 봐줬다. 남자들끼리 우정을 나눌 시간도 필요한 법이니까. 재밌게 놀아."

질투가 살짝 섞이긴 했지만 부루퉁한 기색은 아니었다. 예지가 깊이 캐묻지 않는 것에 윤재는 안도했다.

"무리하지는 말고. 요새 컨디션도 안 좋았잖아."

"동훈이랑 나랑 언제 늦게까지 달리는 거 봤어? 적당히 마시고 일찍 들어갈 거야."

휴대폰을 확인하는 체하며 윤재는 어물쩍 대답했다.

26

클럽 래쉬는 강남역보다 신논현역에서 더 가까웠다. 안드로메다에서 불과 한 블록 거리라 하룻밤에 두 군데를 오가는 클러버들도 있다고 들었다. 안드로메다와 함께 강남의 쌍두마차로 불리는 클럽답게 정문 앞은 오픈 시간임에도 긴 줄이 꼬리를 물고 있었다. 윤재는 성큼성큼 입구로 걸어갔다. 검은색으로 쫙 빼입은 가드가 손을 들어 막았다.

"예약했습니다. MD는 톰이고요."

가드가 고개를 한 번 끄덕이더니 옆으로 비켜나 길을 터줬다. 게이트를 통과한 윤재는 지하로 내려갔다. 메인스테이지로 통하는 입구에서 톰의 손님이라고 밝히자 직원이 이어마이크에 대고 뭐라고 중얼거렸다.

잠시 후 마중 나온 톰은 사진으로 봤던 모습 그대로였다. 그가 함박웃음을 지으며 윤재의 손을 잡고 얼싸안았다. 어제도 만났던 절친인 양.

"웰컴이에요, 제리! 톰이라고 해요."

"안녕하세요. 반가워요."

윤재의 외모와 스타일을 단숨에 스캔한 톰의 눈초리에 깔보는 기색이 스쳤다. 나름 클럽룩으로 차려입는다고 입었는데 그의 성에는 안 차는 모양이었다. 클럽과는 담 쌓고 지내는 아저씨다 보니 어쩔 수 없는 노릇이었다. 그럼에도 톰은 가식적인 미소를 띠며 영업용 멘트를 날렸다.

"제리, 오늘 스타일 죽이는데요. 여자들이 껌뻑 죽겠어요. 래쉬는 처음이에요?"

"강남 쪽은 완전 초짜예요. 기대되면서도 좀 떨리네요."

"걱정 마요. 미쳐버릴 만큼 재밌을 테니까. 장담하는데 너무 신나서 매일 출근도장을 찍게 될 거예요. 나중에 강남 클럽 투어도 시켜줄게요."

"톰만 믿고 따라갈게요."

"그럼 테이블로 갈까요? 술은 1바만 우선 깔아놓을게요."

입구로 몸을 돌리는 톰에게 윤재가 비밀 얘기 하듯 속삭였다.

"그전에 잠깐 단둘이 얘기 좀 할 수 있을까요?"

"무슨 얘기요?"

"물게에 대해서요. 제 취향을 미리 알려주는 게 서로 편할 것 같아서요."

제리의 입가에 엉큼한 미소가 번졌다. 다 알아들었다는 듯이 그가 윤재의 옆구리를 팔뚝으로 툭 쳤다.

"오케이!"

톰은 윤재를 클럽 안쪽의 룸으로 안내했다. 룸은 널찍했고 소파나 테이블 등의 가구도 고급스러워 보였다. 문을 닫자 요란했던 음악 소리가 볼륨을 줄인 것처럼 작아졌다.

"VVIP룸이에요. 1시 예약이라 그때까진 편하게 있어도 돼요."

톰이 담배를 꺼내 권했지만 윤재는 손을 내저어 사양했다.

"금연 중이라."

"저런…… 나중에 더 좋은 걸 드리려고 했는데."

톰이 보일 듯 말 듯 묘한 웃음을 흘렸다. 그는 소파에 기대앉아 다리를 꼬고 담배에 불을 붙였다. 맞은편에 자리 잡은 윤재는 룸 내부를 두리번거렸다.

"확실히 VVIP룸은 다르네요. 이런 데 잡고 놀려면 술을 얼마나 시켜야 되죠?"

톰이 윤재를 바라보며 담배 연기를 코로 뿜었다. 가소롭다는 눈빛이었다. '너하고는 상관없는 세계야'라고 말하는 것 같았다.

"최소 한 장이오."

하룻밤에 1억이라니, 윤재는 놀랐지만 그 정도면 나쁘지 않다는 듯 태연하게 허세를 부렸다.

"적당하네요."

"그럼 다음에는 이 방으로 예약할까요?"

담배 든 팔을 소파 팔걸이에 걸친 톰이 짓궂은 눈길을 보냈다. 윤재가 쩔쩔매며 내뱉은 말을 주워 담는 꼴을 구경하려는 것 같았다.

"오늘 놀아보고 재미있으면요."

"와우, 오늘 최선을 다해 제리를 모셔야겠네요."

마음에도 없는 말인 게 여실히 전해졌다. '넌 죽어도 여기서 못 놀아'라고 눈이 비웃고 있었다. 재떨이에 담배를 비벼 끈 톰이 꼰 다리를 풀며 두 손을 마주 비볐다.

"자, 그럼 물게 얘기를 해볼까요? 우리 제리는 어떤 스타일을 좋아하시려나."

"톰의 명성이 자자하던데요. 연결해주는 물게가 연예인 뺨친다고요."

한껏 추켜세우자 톰의 어깨에 뽕이 한가득 들어찼다.

"제 입으로 이런 말 하기는 뭣하지만 종종 연예기획사 사장 아니냐는 소리를 듣긴 하죠. 제리 타입은 글래머? 아니면 큐티 스타일? 둘을 합친 베이글녀?"

"오나연 씨는 어때요?"

허를 찔린 톰의 얼굴에서 핏기가 사라졌다. 건들거리던 몸도 썩은 나무토막처럼 뻣뻣해졌다. 뾰족하게 날 선 목소리가 귀를 찔러왔다.

"너…… 누구야?"

윤재는 품에서 명함을 꺼내 내밀었다. 그가 뺏듯이 명함을 잡아챘다. 명함을 본 그의 표정이 한층 더 험악해졌다.

"아침에 나한테 전화했던……."

"스쿠뉴스 나윤재 기자입니다."

속았다는 사실에 열이 뻗쳤는지 그가 벌떡 일어서서 분통을 터트렸다.

"아무것도 모른다고 했잖아! 당장 나가! 빨리 꺼지라고! 가드한테 흉한 꼴 당하고 싶지 않으면!"

"정말 아무것도 몰라요?"

"모른다고 몇 번을 말해! 나연이 사건에 대해선 아무것도 몰라."

"주민훈에 대해서는요."

그 이름에 한 대 맞기라도 한 것처럼 톰이 숨을 짧게 들이켰다. 그가 눈에 띄게 동요한 목소리로 입을 뗐다.

"그 사람 얘기는 뜬금없이 왜 꺼내는데?"

"사건의 열쇠를 쥔 인물이니까요."

"나도 그 사람 잘 몰라. 룸 잡아주고 나연이를 소개시켜준 게 다야. 그 이상은 아무것도 모르니까 빨리 꺼지라고!"

내빼려는 톰에게 윤재가 꾸짖듯 호통쳤다.

"억울하게 죽은 오나연 씨한테 미안하지도 않나? 죄책감도 안 느끼느냐고? 그 룸에 안 들어갔으면 죽지도 않았을 거 아냐?"

톰이 아랫입술을 질끈 깨물었다. 그래도 일말의 양심은 있는지 얼굴이 후회와 자책으로 일그러졌다. 하지만 끝내 양심을 외면하기로 마음먹었는지 눈을 내리깔더니 스스로에게 면죄부를 줬다.

"내 잘못이 아니야."

"맞아, 네 잘못이 아니지."

톰의 시선이 슬그머니 윤재를 향했다. 뜻밖이라는 표정이었다.

"그렇지만 진실 은폐를 돕는 순간 공범이 되는 거야."

톰의 시선이 갈 길을 잃고 우왕좌왕했다. 어느 줄에 서야 될지 갈피를 못 잡는 것 같아 결정을 내리기 쉽게 도와줬다.

"네가 그토록 겁내는 상대가 내가 여기 온 걸 알면 어떻게 될까?"

"그, 그게 무슨 소리야?"

소리치는 톰의 입가가 경련하듯 실룩거렸다.

"여기서 난리법석을 피우겠다는 소리야. 그러면 그 사람 귀에 우리의 회동 소식이 들어가겠지. 내가 일반 손님이 아니라 기자라는 것도 금세 알아낼 테고. 그 사람은 널 어떻게 생각할까. 해서는 안 될 말을 미주알 고주알 떠벌렸다고 여기지 않겠어?"

"지금 날 협박하는 거야?"

톰이 있는 힘껏 눈을 부라렸지만 눈동자는 흔들리고 있었다.

"협박이라니? 아무것도 모른다면서. 무서워할 이유가 뭐가 있어?"

이를 악물고 윤재를 쏘아보던 톰은 승산이 없다고 판단했는지 결국 백기를 들었다. 바람 빠진 주유소 풍선처럼 그가 소파에 힘없이 주저앉았다. 그러고는 애원하는 투로 윤재에게 다짐을 받았다.

"약속해. 우리는 만난 적도 대화한 적도 없는 거야."

"물론이지."

윤재는 단도직입적으로 물었다.

"한민그룹 사람이 협박했나? 입을 다물지 않으면 가만두지 않겠다고?"

마음을 다잡는지 가슴을 들썩거리던 톰은 천천히 머리를 내저었다.

"번지수 잘못 짚었어. 그쪽과는 말 한마디 섞은 적 없어."

"그럼?"

"덕철파가 으름장을 놨지. 입조심하는 게 좋을 거라고. 강남에서 계속 일하고 싶으면."

"덕철파?"

"강남권을 기반으로 활동하는 조직이야. 안드로메다의 실질적인 소유주이기도 하고."

"안드로메다 사장은 연예인 아니었어?"

"그 사람은 바지사장일 뿐이야. 얼굴마담이지."

"너를 입단속 시킨 이유가 뭔데? VIP를 보호하려고?"

"문제가 커지면 영업에 지장이 생기니까. 한민그룹 비위를 거슬러봤자 좋을 것도 없고. 클럽 잘못이 없다 해도 조폭이 운영하는 데잖아. 아무래도 켕기는 구석이 많을 테니 몸을 사릴 수밖에."

수긍이 가는 말이기도 해서 다른 질문을 던졌다.

"주민훈과는 어떻게 아는 사이지? 얼마나 알고 지냈어?"

"아는 사이라고 할 수도 없어. 두 번 본 게 다니까."

"너한테 주민훈을 소개해준 사람이 누군데?"

"없어. 주민훈이 내게 직접 연락했으니까. 처음에는 나도 한민그룹의 황태자인 줄 몰랐어. 전화로 예약 가능하냐고 묻기만 했으니까."

"그래서?"

"선호하는 테이블을 물었지. 그랬더니 어수선하고 시끄러운 건 별로 안 좋아한다면서 룸은 안 되냐고 되묻더라고. 멋모르는 뜨내기인가 싶어서 룸을 예약할 수 있는 최소 비용을 알려줬지. 쫄아서 그냥 테이블에 앉겠다고 할 줄 알았는데 흔쾌히 오케이했어."

톰이 말을 멈추고 담배를 피워 물었다. 연기를 한 모금 깊게 빨아들인 그가 과거를 회상하듯 허공을 응시했다.

"여럿이 같이 올 줄 알았는데 혼자 왔더군. 당신처럼. 귀티가 좀 나긴 했지만 첫인상은 평범했어. 룸 안에서 명함을 교환했는데 거기 박힌 기업명과 이름을 보고 깜짝 놀랐지. 한민그룹의 실세이자 후계자께서 홀로 행차할 줄은 상상도 못 했거든.

클럽에 출입하는 재벌가 애들이 없는 건 아니지만 주민훈 정도의 거물은 처음이었어. 호박이 넝쿨째 들어왔다 싶어서 내심 쾌재를 불렀지. 매너도 엄청 좋더라고. 나는 물론이고 한참이나 어린 애들한테도 꼬박꼬박 존댓말을 썼으니까. 까다로운 요구사항도 전혀 없었고. 이런 대어를 절대 놓치면 안 되겠다 싶어서 최고의 물게를 붙여주기로 했지."

"그게 오나연 씨였나?"

톰이 가만히 고개를 끄덕였다.

"나연이도 호락호락한 애가 아니거든. 얼마나 자존심이 세고 콧대가 높은데. 그래도 클럽에서 인기는 최고였어. 말 한마디 섞고 싶어서 안달 난 놈들이 한둘이 아니었어. 환심을 살 목적으로 수천만 원짜리 양주를 테이블로 보내는 졸부도 있었고. 나연이는 거들떠보지도 않았지만. 힘들게 꼬드겨서 룸에 데려가도 제 성에 안 차면 상대가 재벌이든 톱배우든 뒤도 안 돌아보고 나왔어. 가차 없었지.

희한하게 남자애들은 또 그런 도도하고 당찬 모습에 더 환장하더라고. 오르지 못할 나무에 대한 갈망 같은 건지도 모르지. 물론 나연이에게 빠지는 가장 큰 이유는 미친 미모 때문이었지만. 그날도 나연이는 몰려드는 불나방떼를 쫓아내느라 여념이 없었어. 부킹은 들어올 때부터 안 하겠다고 못을 박은 상태였지. 그럴 기분이 아니라고. 하는 수 없이 다른 물게를 물색해야 했어. 한민그룹 후계자라고 하면 눈에 불을 켜고 달려들 애들이 한 트럭이라 크게 문제될 건 없었어.

근데 아무리 생각해도 안 되겠다 싶은 거야. 최고가 아니면 주민훈을 놓칠 것 같은 불안감 때문에. 나연이한테 빌듯이 사정사정했지. 정말 중요한 고객이 왔다. 나 한번만 살려주는 셈치고 얼굴만 비춰주라. 많이는 바라지도 않으니 10분만이라도 앉아 있다가 나와라. 그런 식으로 간신히 설득한 끝에 주민훈과의 만남을 성사시킬 수 있었어."

윤재는 숨소리도 내지 않고 톰의 이야기를 경청했다. 주민훈과 오나연의 첫 번째 만남에서 사건과 연관된 실마리가 나올 수도 있었다.

"나연이를 데리고 가서 주민훈한테 소개시켜준 다음 룸을 나왔어. 그날은 정신이 하나도 없었어. 평소에도 많긴 했지만 그날은 특히 더 손님이 많았거든. 금요일인데다 피크 시간대이기도 했고. 테이블 잡아주고 물게 연결해주고 부족한 거 없나 챙겨주고 몸이 열 개라도 부족할 지경이었어. 한창 일하다 시계를 보니까 어느새 한 시간이나 지났더라고. 큰일 났다 싶었지."

"왜?"

"나연이는 룸에서 30분 이상 머문 적이 없거든. 그렇다는 건 30분 넘게 주민훈 혼자 룸 안에 있었다는 소리잖아. VVIP를 30분 넘게 방치한 거지. 스테이지와 테이블을 훑어봤는데 나연이가 눈에 띄지 않더라고. 올 때부터 기분이 안 좋다더니 일찍 갔나 싶었지. 혹시나 평소 성격대로 주민훈한테도 까칠하고 냉랭하게 대한 건 아닌가 싶어서 걱정도 되고. 차라리 피라미 손님을 다른 MD한테 넘기고 주민훈한테 집중했어야 했는데, 그런 후회를 하면서 룸으로 달려갔지. 급한 마음에 노크도 안 하고 벌컥 문을 열었다가 깜짝 놀랐어."

저도 모르게 윤재의 어깨에 잔뜩 힘이 들어갔다. 주민훈이 첫 만남부터 본색을 드러냈던 걸까. 폭행당해 망가진 오나연의 모습이 상상 속 스크린에 투사됐다.

"나연이가 주민훈이랑 그때까지 같이 있는 거야. 그것도 활짝 웃는 얼굴로."

김이 샌 윤재가 따지듯 물었다.

"그게 그렇게 놀랄 일이야?"

"당연하지. 천하의 오나연이 한 시간 이상 룸에 머문 것도 놀랄 노 자지만 그렇게 해맑게 웃는 모습도 처음 봤거든. 주민훈의 매력이 대체 뭐길래 철벽녀의 마음까지 사로잡았나 싶더라니까."

"둘이 따로 나가기라도 했어?"

톰이 무슨 소리냐는 듯 머리를 내저었다.

"전혀. 주민훈은 딱 한 시간만 더 있다가 그냥 갔어."

"그냥 갔다고? 오나연은?"

"나연이는 클럽에 남았지. 주민훈이 가서 아쉬워하는 기색이 역력하더라고. 번호도 안 물어보고 명함도 안 줬다고 울상까지 지었다니까. 나연이가 그렇게 애태우는 모습을 볼 거라고는 상상도 못 했지. 그것도 남자 때문에. 그래서 주민훈은 어땠느냐고 물어봤지. 신사적이고 자상했대. 박학다식한데도 잘난 체하는 티도 전혀 안 내고. 재벌가 태생이라고 거만하게 굴지도 않았대. 그저 세상 돌아가는 얘기만 하는데도 마음이 잘 맞는 친구처럼 편안했다고 하더라고. 자기한테 추근대거나 찝쩍대지 않는 남자는 처음이었다고 말하는데 눈에 하트가 가득했다니까."

"술은 얼마나 마셨는지 알아?"

"거의 안 마셨어. 양주병에 술이 3분의 2 넘게 남아 있었으니까. 그마저도 나연이가 거의 다 마신 거라고 하더라고. 주민훈은 첫 잔만 비우고 그 뒤로는 술을 입에 대지도 않았다고 했어."

"이유도 알아?"

"안 그래도 물어봤대. 술을 왜 안 마시냐고. 체질적으로 술이 잘 안 받는다고 했다던데."

꼭 틀린 말이라고 할 수도 없다. 술을 마시면 개가 되는 것도 몸에서 술이 안 받아서 그런 거니까. 만취하면 폭주하는 주사를 본인도 잘 알기 때문에 자제하려고 한 거겠지.

"나연이가 신기해서 물어봤대. 술도 못 마시는데 클럽에는 왜 왔느냐고. 그랬더니 쓸쓸한 표정으로 '마음 편하게 쉴 데가 없어서 왔다'라는 식으로 얘기하더래."

무심결에 혀끝으로 아랫니를 쓸어 올리던 윤재가 말했다.

"다른 얘기는 없었어? 사소한 거라도 괜찮아. 언행이 좀 과격해졌다거나 별것 아닌 일로 화를 냈다든가."

"그런 말은 못 들었는데. 입이 닳도록 칭찬만 늘어놨거든. 약간 산만한 것만 빼면 완벽한 남자라고."

"산만했다고?"

"빈 양주잔을 쉴 새 없이 만지작거렸다고 하더라고."

윤재의 눈이 예리하게 반짝였다. 알코올중독자가 술을 끊은 후 겪는 금단증상 같은 게 아닐까. 술 마시고 싶은 욕망과 싸우느라 안절부절못했을지도 모른다. 자기 안의 괴물을 깨울까봐 걱정됐겠지. 알코올을 입안에 쏟아부으며 마음껏 취하고 싶어도 주변에서 뜯어말리다 보니 자기만의 비밀 공간을 찾고 싶었던 건지도 모른다.

"주민훈이 가고 나서는? 그냥 끝난 거야?"

"고객관리 차 다음 날 바로 문자를 날렸지. 즐거우셨냐고, 담에 또 뵙기를 바란다고, 클럽에 오시면 톰을 찾아주시라고."

"답장은?"

"왔어. 재미있었고 고마웠다고. 예의 바르지만 간단명료하게. 답장을 준 것만 해도 어디냐고 생각할지 모르지만 나는 엄청나게 낙담했지."

톰이 재떨이에 담배를 비벼 끄더니 테이블 위의 생수를 따 마셨다. 그가 생수를 내려놓는 것과 동시에 윤재가 물었다.

"낙담할 이유가 뭐가 있어?"

"답장에 '또 갈게요'라든가, '다음에 봐요'라는 식의 훗날을 기약하는 인사치레조차 없었으니까. 그날이 처음이자 마지막이었다는 뉘앙스만 풀풀 풍겼다고. 뭐가 마음에 안 들었나, 끙끙대며 고민하다가 다 끝났는데 무슨 소용인가 싶더라고. 속은 쓰리지만 별수 있나, 잊어야지. 나연이도 애가 닳아서 계속 물어보는 거야. 주민훈 실장님은 또 언제 오느냐고. 와, 얘가 절대 그런 애가 아니었거든. 마음은 아프지만 어떡해. 사실대로 알려줬지. 아마 다음은 없을 거라고. 그랬더니 세상 다 산 것 같은 표정을 짓더라. 어깨를 토닥여주는 수밖에 없었지."

쉬지 않고 입을 놀리느라 지쳤는지 톰이 말을 멈추고 숨을 몰아쉬었다. 한편으로는 다소 긴장한 것처럼 보이기도 했다. 지금까지는 변죽을 울리는 것에 불과했으니 말이 술술 나왔을 것이다. 슬슬 사건의 핵심에 다다르자 입이 떨어지지 않는 모양이었다.

윤재는 닦달하지 않고 잠자코 기다렸다. 부담을 줬다간 입에 자물쇠를 채울 공산이 컸다. 마음의 준비가 됐는지 톰이 허리를 곧게 폈다.

"완전히 포기한 채 잊고 있었는데 한 달 후에 주민훈의 문자를 받았어. 클럽에 오겠다는 연락이었지. 잃어버린 로또를 되찾은 기분이었어. 나연이도 뛸 듯이 기뻐했고."

"그때도 주민훈 혼자 왔나?"

"혼자였어."

"일행이 올 거라는 얘기는?"

윤재가 정곡을 찔렀는지 톰의 입이 굳게 닫혔다. 첫 번째 난관이었다. 여기서 입을 열게 만들지 못하면 영영 대답을 듣지 못하리란 직감이 들었다. 윤재는 들으라는 듯이 부러 혼잣말을 했다.

"그런 얘기는 없었겠지. 처음부터 주민훈에게 일행은 없었을 테니."

톰의 표정이 윤재의 말이 사실임을 증명해주고 있었다. 윤재는 잇달아 자신의 추리를 늘어놨다.

"이현수는 중간에 합류하지 않았어. 그 말은 주민훈이 중간에 자리를 뜨지 않았다는 뜻이고. 다시 말해 주민훈은 줄곧 오나연과 단둘이 있었던 거야."

톰은 긍정도 부정도 하지 않았다. 고개를 숙여 시선을 내리깔 뿐 입도 벙긋 안 했다. 심리적 허들이 낮은 질문부터 하는 게 나을 것 같았다.

"그날 주민훈이 주문한 술. 첫 방문 때 마셨던 것과 같은 거였나?"

톰이 넌지시 눈을 마주쳐 왔다. 이 질문에는 대답해도 괜찮을 거라 여겼는지 한결 편안해진 목소리로 말했다.

"같은 거야."

"그날도 술을 많이 남겼나?"

그러지 않았을 거라는 데 윤재는 전 재산을 걸 수도 있었다. 아니나 다를까 톰이 고개를 저었다.

"바닥까지 깨끗하게 비어 있었어."

짐작대로였다. 그날 주민훈은 자신을 옭아맸던 금주령을 풀었다. 그와 함께 봉인됐던 폭력성도 해제됐을 것이다. 윤재는 차근차근 톰을 공략해나갔다.

"이현수는 언제 왔지?"

"나도 몰라. 룸에 함께 있지도 않았는데 어떻게 알겠어. 문 앞을 내내 지켰던 것도 아니고."

"중간중간 안 들어가봤어? 애써 잡은 물고기를 놓치지 않으려고 무척 신경 썼을 거 아냐."

"그러려고 했지. 근데 나연이가 방해하지 말라고 신신당부했어. 자기가 알아서 할 테니 신경 쓸 필요 없다고."

"주민훈을 입장할 때만 보고 나갈 때는 못 봤다는 거야?"

"먼저 갔다는 얘기만 전해 들었어. 좀 이상하긴 했지만 워낙 바쁜 사람이니까. 급한 일로 호출받아서 인사할 경황이 없었을 수도 있고……."

썩 납득이 가지는 않았다. 톰 또한 자신의 추측을 반신반의하는지 말꼬리에 힘이 없었다. 중간에 떠난 게 아니다. 만취하자 주민훈의 폭력성이 드러났고 오나연은 속수무책으로 당했을 것이다.

그녀가 죽자 정신이 번쩍 들었겠지. 어딘가로 전화를 걸어 도움을 요청했고 급파된 이현수가 뒷수습을 한 게 아닐까. 그사이 주민훈은 유유히 빠져나간 것이다.

"오나연도 줄곧 룸에 머물렀던 거야?"

"그랬던 거 같아."

"이현수는? 그 사람은 언제 본 거야? 경찰에 신고하기 직전에?"

머뭇거리던 톰이 체념조로 털어놨다.

"주민훈이 갔다는 걸 전해준 사람이 이현수야."

윤재는 몸을 앞으로 숙이고 심각한 어조로 물었다.

"몇 시쯤?"

"정확히는 모르겠는데 2시가 좀 지나서였을 거야."

"잠깐만, 주민훈이 클럽에 입장한 건 몇 시지?"

"11시. 오픈하자마자 왔어."

윤재가 계속하라는 뜻으로 손을 까딱였다.

"정신없이 일하다 룸 호출벨이 울려서 가보니 문 앞에 웬 남자가 서 있었어. 그자가 이현수였지."

"룸 안이 아니라 복도에 나와 있었다고?"

"그래."

"문은 열려 있었나?"

"아니, 닫혀 있었어."

누가 봐도 이상해 보일 장면이었다. 호출벨을 누르고 밖에 나와서 기다리는 손님이라니. 톰이 얘기를 계속했다.

"술을 한 병 주문하더라고."

"술?"

"응. 누구냐고 물었더니 주민훈 친구라는 거야. 자기를 불러놓고 내뺐다면서 웃더라고."

"그래서?"

"언제 갔냐고 물어보니까 벌써 한 시간 전에 떠났다는 거야."

부자연스럽고 작위적인 상황의 연속이었다.

"그 말을 믿었어?"

"석연치 않은 구석이 없는 건 아니지만 고객이 그렇다는데 뭘 어떡해. 그런가 보다 해야지."

수상한 점이 한둘이 아니었다. 보통 새로운 일행이 오면 바로 호출벨을 누르지 않나? 술잔과 수저 등을 세팅해줘야 하니까.

"술을 가져다줬어?"

"응. 근데 그때까지도 문 앞에 서 있는 거야. 갖고 들어가려고 했더니 막아서면서 자기한테 달라고 하더라고. 느낌이 싸해서 나연이는 안에 있느냐고 물어봤지. 자기랑 잘 놀고 있다고 걱정 말라고 했어. 세팅해주 겠다는 핑계로 문을 열려고 했는데 가로막으면서 날 노려봤어. 섬뜩한 눈으로. 씩 쪼개면서 여기는 신경 쓰지 말고 볼일 보라는데 오금이 다 저리더라고. 억지로 밀고 들어갈 수도 없는 노릇이라 그냥 돌아섰지.

찜찜하긴 했지만 나연이도 원체 야무지고 똑 부러지는 애라 별일이야 있겠나 싶은 안이한 마음도 있었고. 무슨 일이 생기면 호출벨을 누르든, 룸을 뛰쳐나오든 할 거라 여겼어. 근데 그렇게……."

톰은 말을 못 잇고 얼굴을 두 손으로 감쌌다. 그러고는 머리카락을 쥐어뜯었다. 윤재는 그를 물끄러미 지켜보다 말을 건넸다.

"더 말해줄 건 없어?"

그 질문에 톰은 슬그머니 눈길을 내리깔았다. 할 말이 있는 것처럼 보였지만 입 밖에 내기가 두려운 듯했다. 우물쭈물하던 그는 윤재의 송곳 같은 눈길을 못 견디고 실토했다.

"이현수와 얘기할 때 뭔지 모를 위화감을 느꼈거든. 아무리 생각해봐도 그게 뭔지 콕 집어낼 수가 없더라고. 며칠 지나서야 불현듯 생각났어. 그와 대화할 때 느꼈던 위화감의 정체가 뭔지."

"그게 뭔데?"

"술 냄새가 나지 않았어. 합석한 지 한 시간이 넘었으면 술을 마셔도 몇 잔은 마셨을 거 아냐. 근데 몸에서 술 냄새가 전혀 나지 않았어."

"술을 못 마시는 걸 수도 있잖아."

"그러면 술을 더 시킬 이유가 없지. 또 그전에 있던 술은 누가 마셨겠어?"

"나연 씨가 있잖아."

"나연이는 전날 배탈이 난 상태였어. 주민훈이 아니었으면 클럽에 오지도 않았을 거야. 술은 못 마시겠다면서 자기가 마실 홍차 음료수를 따로 시켰다고. 주민훈도 술이 안 받는 체질이라고 했잖아. 그러니 술 마실 사람이 이현수밖에 더 있어?"

풀이 과정은 달랐지만 그가 내린 결론은 윤재의 생각과 일치했다. 처음 시킨 양주는 몽땅 주민훈의 배 속으로 들어갔을 것이다. 이현수는 한 시간 전이 아니라 톰과 만나기 직전 클럽에 도착했을 테고. 주민훈은 한참 전에 클럽을 떠났고 이현수가 술김에 오나연을 죽였다는 시나

리오를 완성하기 위해서는 혈중 알코올 농도를 높여야 했으리라.

하지만 술은 이미 바닥났다. 주민훈이 한 방울도 남기지 않았을 테니까. 그래서 이현수는 술을 추가로 주문한 것이다. 술을 어느 정도 마시고 현장을 조작한 다음 사람을 불렀겠지. 톰의 말이 이어졌다.

"이현수를 처음 봤을 때 낯설지 않다는 느낌을 받았거든. 왠지 어디서 본 것 같은 얼굴이었어. 근데 통 기억이 안 나더라고."

"어디서 봤는지 기억났구나?"

윤재의 외침에 그가 고개를 까딱였다.

"나중에야 강남 근처 술집에서 봤다는 사실이 생각났어. 술을 마시고 있는데 가게로 덕철파 패거리가 몰려 들어온 거야. 그 무리에 이현수가 껴 있었어."

그의 말이 사실이라면 이현수는 덕철파의 조직원일 가능성이 컸다. 사건 현장인 안드로메다의 주인도 덕철파고, 어쩌다 합석한 범인도 덕철파라니, 단순히 우연이라고 보기에는 석연치 않은 점이 많았다.

룸을 나선 윤재의 발걸음은 무거웠다. 수확이 없는 건 아니었지만 결정적인 실마리는 얻지 못했다. 주민훈이 진범이고 이현수가 대타라는 정황은 차고 넘쳤지만 주민훈을 심판대에 세우기엔 물증이 없었다. 정황만으로는 승산이 1퍼센트도 없었다. 무조건 지는 게임이었다. 섣불리 주민훈 진범설을 주장해봤자 돌아오는 건 고소밖에 없을 터였다.

축 처져서 통로를 지나가는데 맞은편에서 오던 남자가 톰을 보고 알은체를 했다. 코뚜레 피어싱 밑에서 경박한 목소리가 새어나왔다.

"이게 누구야? 톰 아니야? 잘 지냈어?"

코뚜레를 알아본 톰은 이맛살을 찌푸리며 관자놀이를 문질렀다. 누군지는 몰라도 상대하고 싶지 않은 기색이 역력했다.

"어, 뭐 그냥저냥."

"요즘 나한테 너무 소홀한 거 아냐? 왜 나는 부킹 안 해주는 거야?"

"그거야 네가 애들을…… 아니다 됐다. 그만하자."

"왜 말을 하다 말아? 내가 뭐? 내가 애들한테 뭘 어쨌는데?"

"마시기 싫다는 애들한테 억지로 술 먹였다면서? 그만하라는데도 계속 들이대면서 스킨십하고?"

"여기가 무슨 교회냐? 클럽이잖아. 다들 즐기러 왔으면서 뭘 그 정도 갖고 그래. 그리고 넌 MD라는 자식이 뭘 그렇게 까탈스럽게 굴어."

"야, 너 때문에……."

한바탕 쏟아낼 기세로 입을 벌렸던 톰은 이내 말해봤자 무슨 소용이냐는 듯 체념조로 얘기했다.

"아무튼 더 이상 너는 연결 못 해줘. 애들이 너라면 치를 떨어."

"못 해준다고? 웃기고 자빠졌네. 매상만 많이 올려주면 내 발가락도 핥을 새끼가."

발끈한 톰이 주먹을 불끈 쥐고 코뚜레를 노려봤다. 코뚜레가 재수 없는 얼굴을 들이대며 비아냥거렸다.

"왜? 한 대 치게? 어디 한번 쳐봐. MD가 손님 치면 어떻게 되는지 한번 보게. 치라니까."

그가 살살 약을 올리며 도발했지만 톰은 넘어가지 않았다. 턱뼈가 도드라질 정도로 어금니를 악물며 분을 삭였다. 무시하는 게 상책이라 여겼는지 어깨로 그를 밀치고 지나갔다. 사태를 관망하던 윤재도 발길을 옮기는데 코뚜레가 이죽거리는 소리가 귓전을 때렸다.

"맞다. 나연이 걔 죽었다면서?"

톰이 멈춰 섰다. 코뚜레는 계속해서 막말을 지껄였다.

"쯧쯧, 언젠가 한번은 큰코다칠 줄 알았다. 분명 쓸데없는 장난질 치다가 걸렸을 거야. 나니까 관대하게 넘어가준 거지, 이상한 놈한테 제대로 걸리니까 그런 꼴을…….”

획 돌아선 톰이 코뚜레에게 덤벼들었다. 주먹이 코뚜레에게 닿기 직전 윤재가 잽싸게 그의 허리를 잡고 끌어당겼다. 톰은 붙잡힌 상태에서도 길길이 날뛰며 악을 썼다.

“야 이 개새끼야! 네가 사람 새끼냐! 사람이 죽었어! 애도는 못할망정 그게 죽은 애를 두고 할 소리야!”

지가 내뱉은 막말은 생각 안 하고 코뚜레가 적반하장으로 성을 냈다.

“이 새끼가 돌았나? 감히 손님한테 주먹을 휘둘러? 너 이 새끼 이 바닥에서 매장되고 싶어? 클럽에 아예 발도 못 붙이게 만들어줘?”

“매장시켜봐! 누가 죽나 한번 해보자고!”

윤재는 광분한 톰을 부둥켜안고 진정시키려고 무던히 애를 썼다.

“워, 워. 진정해. 네 마음 다 알아. 나도 열 받는데 넌 오죽하겠냐. 내가 너 같았어도 한 방 날렸을 거야. 근데 저런 쓰레기는 때릴 가치도 없어. 때려봤자 깽값만 아깝다고. 그러니 네가 참아.”

윤재의 말에 코뚜레가 인상을 팍 구겼다.

“뭐? 쓰레기? 당신 뭐야?”

윤재는 그를 향해 한쪽 손바닥을 쫙 펴 보였다. 잔말 말고 기다리라는 제스처였다.

“내가 저 인간 찍소리도 못 하게 해줄게. 사과도 받아낼 테니 그만 화 풀어. 알았지?”

그제야 격렬했던 몸부림이 점차 수그러들었다. 윤재는 팔에서 힘을 뺀 뒤 톰의 몸에서 서서히 손을 뗐다. 톰은 약속대로 잠자코 있었지만 여전히 분이 안 풀린 얼굴이었다. 윤재는 옷매무새를 가다듬고 코뚜레 앞에 섰다. 얕잡아 보는 시선이 윤재를 훑어 내렸다.

"근자감이 아주 대단하시네. 내가 누군지나 알고 떠드는 거야?"

"모르겠는데. 너 같은 놈이랑 알고 지낼 생각도 없고."

"아주 그냥 쌍으로 죽고 싶어서 환장했구나."

코뚜레가 눈을 부릅떴지만 윤재는 눈썹 하나 깜짝하지 않았다.

"대충 보니 있는 집 자식 같은데 그럴수록 처신을 똑바로 하고 다녀야지. 개망나니 짓을 하면 쓰나."

"뭐? 개망나니 짓?"

"나연 씨에 대해 네 멋대로 나불댄 거 말이야. 사자 명예훼손이 될 수도 있어."

코뚜레가 코웃음을 치며 반박하려는 걸 윤재가 선수 쳤다.

"물론 명예훼손 성립 요건을 만족하기는 쉽지 않겠지. 하지만 기삿거리로서의 요건은 충분히 충족하거든."

"기삿거리? 뭔 소리야?"

"네가 아주 좋은 기삿감이란 뜻이야. 이런 갑질이나 막말, 폭언, 진상 화제는 없어서 못 팔 정도거든."

"당신 뭐야? 기자야?"

"그건 알 필요 없고. 가진 게 많을수록 잃을 것도 많다, 그 평범한 진리도 모르냐? 떵떵거리는 집안일수록 사소한 스캔들에 취약한 법이야. 못난 자식 하나 때문에 집안이 휘청거릴 수도 있다는 말이지."

"개소리하지 마. 너 같은 평민 새끼 하나 때문에 우리 집안이 흔들릴 거 같아? 그딴 헛소리에 내가 겁먹을 줄 아냐고?"

코뚜레의 기세는 눈에 띄게 꺾인 상태였다.

"방금 멘트 좋은데. 특히 '평민 새끼'라는 키워드! 댓글창이 아주 그냥 후끈 달아오르겠어."

"말도 안 되는 엉터리 기사 쓰면 가만 안 둘 거야! 당신이랑 당신네

신문사 다 고소할 거라고!"

목소리에 힘이 실리지 않은 마지막 발악이었다.

"어이구, 내 걱정까지 해주는 거야? 걱정하지 마. 팩트만 쓸 거니까. 고소해서 판을 키우고 싶으면 그렇게 해. 주목받으면 받을수록 다른 언론사들이 옳다구나 하면서 개떼처럼 달려들 테니."

숨통이 조이는지 코뚜레가 셔츠 앞섶을 잡고 풀어헤쳤다.

"인생은 실전이란 걸 가르쳐주고 싶지만 내가 바빠서 말이야. 운 좋은 줄 알아. 마지막 기회를 줄게. 톰에게 사과해. 고인을 욕보여서 미안하다고."

"미쳤어? 내가 왜 이 새끼한테 사과를 해!"

"그렇게 유명해지고 싶어? 그럼 어쩔 수 없지. TV와 신문을 자기 이름으로 도배하고 싶다는데 뭐."

쩔쩔매던 코뚜레는 끝내 하기 싫어 죽겠다는 얼굴로 툭 내뱉었다.

"아까는 내가 좀 지나쳤다."

"이게 사과야, 방구야. 똑바로 안 해!"

"미안하다. 내가 말이 좀 심했어. 나연이한테도 미안하고."

코뚜레를 쏘아보던 톰은 말없이 몸을 쌩 돌려 가버렸다. 욕설을 나직이 칭얼대며 발을 떼는 코뚜레의 고삐를 윤재가 잡아챘다.

"잠깐, 그쪽은 나랑 면담 좀 해야겠어."

"왜 또 그러는데? 시킨 대로 사과했잖아!"

쉴 새 없이 툴툴거리는 코뚜레를 톰과 얘기했던 룸으로 끌고 왔다. 자리에 앉자마자 그가 입을 비죽이며 불만을 토해냈다.

"아직도 나한테 할 말이 남았어? 기삿거리가 더 필요해?"

"아까 톰에게 했던 얘기 다시 해봐."

"무슨 얘기?"

"오나연 씨가 장난질 어쩌고 했던 말."

별안간 그의 눈빛이 심술궂게 번득였다.

"그 얘기는 왜 궁금하실까?"

"그건 네가 알 필요 없고."

"맨입에 알려줄 수야 없지. 가는 게 있으면 오는 게 있어야지?"

코뚜레가 거만하게 소파에 몸을 기댔다. 자신에게 수도권이 넘어왔다고 생각하는 듯했다.

"그렇게 나오시겠다 이거지. 나도 그럼 취재방향을 바꿔야겠네."

"무슨 취재방향?"

"아까 얼핏 톰 얘기를 들어보니 네가 여자 손님한테 과하게 들이댄 모양이던데. 잘만 취재하면……."

그가 짜증을 내며 바로 꼬리를 내렸다.

"알았어. 알았다고! 얘기해주면 되잖아! 오늘 재수 더럽게 없네."

"재수가 좋은 거지. 너그러운 대인배를 만났으니."

그가 콧방귀를 꼈지만 윤재는 아랑곳하지 않고 본론으로 들어갔다.

"오나연 씨가 장난질을 쳤다는 게 무슨 뜻이야?"

코뚜레의 시선이 허공을 향했다. 아련한 추억을 더듬는 듯한 눈빛이었다.

"솔직히 말하면 오나연을 처음 봤을 때 와! 뭐 저런 애가 다 있나 싶었거든."

"왜? 당돌해서?"

"아니, 겁나게 예뻐서. 뭐, 당돌하기도 했지. 아무튼 외모가 완전 내 취향이더라고. 톰에게 오나연을 소개시켜달라고 주야장천 졸랐어. 그렇게 룸에서 오나연을 만났는데 들어올 때부터 표정이 썩어 있는 거야. 나라고 기분이 좋았겠어? 면전에서 오만상을 쓰고 있는데. 그래도 최선

265

을 다했지. 술도 따라주고 재밌는 얘기도 해주고. 근데 앉은 지 10분도 안 돼서 일어나는 거야. 어이가 없어서 말도 안 나오더라니까. 그래서 팔목을 잡아끌고 좋게 얘기했지. 당장 앉으라고."

"좋게 얘기하기는. 팔목 잡아끈 것부터가 잘못인 거 몰라?"

윤재의 지적에 코뚜레가 벌레 씹은 표정을 지으며 변명했다.

"난 그냥 대화나 좀 더 하고 싶었던 거라고."

"그래서 어떻게 됐어?"

"나연이가 좋은 말로 할 때 당장 손 놓으라고 하더라. 안 놓으면 어쩔 건데 하고 비웃으니까 지 휴대폰을 눈앞에 들이대는 거야."

"휴대폰?"

"화면을 밑으로 쓱 내리니까 알림창이 보이는데 거기 활성화된 앱이 떠 있더라고. 글쎄, 그 앙큼한 년이 나 몰래 녹음 앱을 켜놨던 거 있지."

"녹음을 했다는 거야?"

"어, 룸에 들어오기 전에 휴대폰 앱을 켜놓은 거지. 이게 뭐냐고, 왜 이딴 걸 켜놨냐고 따지니까 자기는 룸에 들어갈 때면 항상 녹음 앱을 켜놓는다는 거야. 밀폐된 장소라 무슨 일이 벌어질지 모르는데다 나 같은 또라이를 만날 수도 있다고."

코뚜레가 계속 푸념을 늘어놨지만 윤재의 귀에는 아무것도 들어오지 않았다. 그녀가 주민훈과 함께 있었을 때도 녹음 앱을 작동시켰을 가능성에 대해 고심하느라. 회의적인 생각부터 들었다. 호감을 가진 사람과 만나는 자리에서까지 몰래 녹음할 생각을 했을까.

그렇지만 몸에 밴 습관은 하루아침에 바뀌지 않는다. 특히 보호본능에 따른 습관이라면. 주민훈의 룸으로 들어가기 전에도 습관적으로 녹음 앱을 켰을지도 몰랐다.

정언수는 오나연의 휴대폰을 확인해봤을까. 이현수가 범행 사실을 자백함으로써 사건은 조기 해결됐다. 휴대폰을 조사할 필요를 못 느꼈을 것이다. 녹취 파일이 발견됐다면 진작 난리가 났겠지. 어쩌면 윤재의 헛된 바람인지도 몰랐다. 룸에서 녹음 앱은 작동되지 않았을 가능성도 높았다. 그렇다 하더라도 확인해볼 가치는 있었다. 확인해야만 했다. 유일한 희망을.

27

계단을 올라 지하철역 출구로 나오자 햇빛이 눈을 찔렀다. 윤재는 눈두덩 위에 손그늘을 치고 재게 발걸음을 뗐다. 상가 처마 밑 그늘로 가서 지도 앱을 켰다. 주소를 입력하고 도착을 누르자 최단 경로와 소요 시간이 표시됐다. 걸어서 8분 거리였다.

노상 공영주차장과 초등학교 그리고 빌라가 밀집된 주택가를 거쳐 목적지에 도착했다. 윤재는 2층짜리 단독 주택을 올려다봤다. 오나연의 집이었다.

휴대폰을 포함해 사건 현장에서 수거한 오나연의 소지품은 유족에게 인도된 상태였다. 피의자에게 폭행치사 혐의를 적용한 것에 대한 소감을 듣고 싶다는 핑계로 인터뷰 요청을 했다. 예상대로 모친은 단칼에 거절했다. 휴대폰을 얻는 건 고사하고 문전 박대당할 게 눈에 선했지만 윤재는 초인종을 눌렀다.

세 번째로 눌렀을 때 인터폰이 치직거리더니 목소리가 흘러나왔다.

"누구세요?"

"안녕하세요. 어제 전화드렸던 스쿱뉴스 나윤재라고 합니다."

"인터뷰 안 한다니까요. 돌아가세요."

대꾸할 틈도 안 주고 그녀는 가차 없이 인터폰을 끊었다. 윤재는 쓰게 입맛을 다셨다. 밤에 몰래 들어가서 휴대폰을 훔칠 수도 없는 노릇이고, 어쩐다. 골머리를 싸매다가 정면 돌파해보기로 했다.

전부 밝히진 못하더라도 있는 그대로 얘기하고 협조를 구하는 게 최선일 듯싶었다. 더군다나 유족이라면 진실을 알 권리가 있었다. 어떻게 설득할지 머릿속으로 리허설을 몇 번 해보고 다시 초인종을 눌렀다. 상대가 인터폰을 받자마자 윤재가 열띤 목소리로 부탁했다.

"어머님, 더도 말고 덜도 말고 딱 5분만 시간을 내주십시오."

"전 할 말이 없다니까요. 나연이 일은 더 이상 떠올리고 싶지 않아요. 그만 괴롭히고 돌아가 주세요."

인터폰이 끊기기 전에 윤재가 다급하게 외쳤다.

"사건의 진상은 알려진 것과 다를지도 모릅니다!"

엄경숙의 얼굴에서는 생기를 조금도 찾아볼 수 없었다. 윤재를 멀거니 쳐다보는 눈빛도 텅 비어 있었다. 소파 끄트머리에 엉덩이만 걸친 윤재는 신중하게 할 말을 고르고 있었다. 차 한 잔 하겠느냐는 인사치레도 없이 그녀가 물었다.

"사건의 진상이 다를 수도 있다는 게 무슨 말씀이시죠?"

"저는 나연 씨 사건에 의혹을 품고 있습니다."

"무슨 의혹이오?"

동요하거나 당황한 기색은 없었다. 기계적인 목소리였다.

"말씀드리기 전에 부탁드리고 싶은 게 있습니다. 오늘 나눈 대화는 비밀로 해주셨으면 합니다. 행여나 밖으로 새어나갔다간 문제가 생길 수도 있어서요."

"그렇게 할게요."

윤재는 목을 가다듬은 다음 차분하게 말을 꺼냈다.

"피의자는 나연 씨를 죽인 진범이 아닐 수도 있습니다."

잠깐 틈을 뒀다가 내처 방문 목적까지 밝혔다.

"나연 씨 휴대폰에 진상을 밝힐 단서가 들어 있을지도 모릅니다. 휴대폰을 제게 빌려주십시오."

윤재는 초조한 눈으로 엄경숙의 반응을 지켜봤다. 분노에 차 울부짖거나 충격으로 혼절할 거란 예상은 크게 빗나갔다. 경악할 만한 이야기인데도 무표정으로 일관했다. 하다못해 진범이 누군지 궁금해하는 것 같지도 않았다. 남의 얘기를 듣듯 그저 보일락 말락 턱을 까딱일 뿐이었다.

"검거된 사람은 억울하게 누명을 쓴 건가요?"

"그건 아닙니다. 진범과 한패일 가능성이 높습니다. 진범을 보호하려고 대신 죄를 뒤집어쓴 것 같습니다."

"그렇군요."

"별로 놀라지 않으시는군요."

"제가 놀라야 하나요?"

그녀의 반문에 윤재는 뭐라고 대답해야 될지 알 수가 없었다. 모녀 사이가 안 좋았던 건가. 아니면 모성애가 결핍된 사람인가. 그것도 아니면 한민에게 뒷돈을 받아먹어서 이런 건가. 머릿속에서 별의별 억측이 뒤엉켰다. 어찌 됐든 돌직구보다는 변화구를 던질 시점이었다.

"진범이 궁금하지 않으신가요?"

"네. 궁금하지 않아요."

매정하고 단호한 대답에 윤재의 입이 반쯤 벌어졌다. 친엄마가 맞기는 한 걸까. 아연실색한 윤재에게 질문이 불쑥 날아왔다.

"진범을 안다고 뭐가 달라지나요?"

"진실을 밝히고 범인을 잡을 수 있잖습니까?"

"진범을 잡으면 뭐가 달라지는데요? 죽은 나연이가 살아 돌아오기라도 하나요?"

윤재는 순간 말문이 턱 막혔다. 진실 규명이나 진범 체포는 그녀에게 아무 의미도 없었다. 딸이 돌아오지 못하는데 그깟 게 뭐 대수란 말인가. 그녀는 매정한 것도 무심한 것도 아니었다. 절망의 구렁텅이에 스스로 뛰어든 다음 구조 밧줄을 몽땅 걷어내고 있었다.

"진범이 누구든 내 알 바 아니에요. 나연이가 돌아오지 못하는데 그런 게 다 무슨 소용이겠어요."

"나연 씨가 원통해하지 않을까요? 자신을 죽인 살인범을 잡지 못하면요. 진범이 죗값을 치러야 나연 씨도 편히 영면하지 않겠습니까."

"죽으면 모든 게 끝이에요. 내세니 영혼이니 하는 건 전부 인간이 만들어낸 허상일 뿐이라고요. 나연이는 원통해할 수 없어요. 죽었으니까요. 진범이 잡히든 말든 나연이는 털끝만큼도 신경 쓰지 않아요. 죽었으니까요. 그러니 이제 그만 돌아가주세요."

그녀의 태도가 너무나 완고해서 돌파구를 마련하려면 충격요법을 동원하는 수밖에 없었다.

"부검은 왜 거부하셨죠? 돈 때문인가요?"

엄경숙은 느닷없이 뺨을 맞은 표정을 지었다.

"그게 무슨 말씀이시죠? 돈 때문이라니요?"

아무것도 모르는 눈치였다. 연기라면 배우 뺨치는 재능이었다. 그렇다면 둘 중 하나일 것이다. 양정남의 추측이 틀렸거나 엄경숙 모르게 돈을 받은 사람이 있거나.

"부검 결정을 번복한 이유가 뭡니까?"

"남편이 원했어요. 더 이상 나연이에게 고통을 주기 싫다고, 예쁜 모습 그대로 보내주고 싶다고요. 저도 그이 말에 찬성했고요. 근데 돈 얘기는 대체 뭐죠?"

대답을 독촉하는 엄경숙의 혼란스러운 표정을 보니 돈에 대해선 아는 게 없는 듯했다. 윤재는 껄끄러운 마음으로 입을 뗐다.

"합의금이든 뭐든 피의자 측에서 돈을 받지 않으셨나요?"

"아뇨, 돈 같은 건 한 푼도 받지······."

흔들림 없는 태도를 보였던 엄경숙이 불현듯 뭔가 떠올랐는지 말을 하다 멈췄다. 별안간 그녀가 창백해진 낯빛으로 일어섰다.

"잠시만 실례할게요."

급하게 방으로 들어가더니 문을 닫아걸었다. 누군가와 통화를 하는지 나지막한 말소리가 들렸다. 난데없이 다투는 것처럼 언성이 높아졌다가 언제 그랬냐는 듯이 잠잠해졌다.

잠시 후 문이 열리고 엄경숙이 나왔다. 한 가닥 남아 있던 생의 의지마저 끊어진 얼굴이었다. 말 붙이기가 안쓰러울 정도였다. 소파에 무너져내리듯 앉은 그녀가 독백하듯 읊조렸다.

"돈을 받았다고······ 남편이 털어놨어요. 서둘러 좋게 마무리하는 조건이었대요. 그래서 부검도 생략했다고 하고요. 남편이 말은 안 했지만 얼마 전부터 남편 회사가 휘청거린다는 건 눈치채고 있었어요. 돈줄이 막혀 고전하고 있다는 것도요. 그래도 설마 이럴 줄은······ 합의금조로 받은 것일 뿐 딸 목숨을 팔아먹은 건 절대 아니라고는 하는데······."

윤재는 착잡한 눈으로 그녀를 바라봤다. 엄경숙이 서서히 고개를 들더니 말했다.

"드릴게요. 휴대폰."

윤재는 손에 든 오나연의 휴대폰을 내려다봤다. 화면을 밀자 잠금해제로 넘어갔다. 안타깝게도 엄경숙 또한 딸의 휴대폰 잠금해제 패턴은 알지 못했다.

윤재는 휴대폰으로 몇 군데 검색을 해본 뒤 택시를 잡아탔다. 용산 근처에 위치한 데이터 복구 업체 주소를 기사에게 말해줬다. 택시가 출발하자 길가에서 대기 중이던 검은색 승용차도 움직이기 시작했다.

"휴대폰 잠금을 좀 풀려고 하는데요, 가능할까요?"

업체 직원이 휴대폰을 살펴보았다.

"해제 가능한 기종이네요. 본인 명의 휴대폰이죠?"

"제 건 아니고요. 고인 명의 휴대폰입니다."

"그럼 가족이세요?"

"가족도 아닌데요. 가족 동의를 구해 대리인 자격으로 왔습니다."

그가 곤란하다는 얼굴로 턱을 긁적였다.

"그럼 안 되겠는데요. 직계가족이 직접 오셔야 돼요. 관련 서류를 구비해서요."

"긴급을 다투는 일이라 그러는데 작업 먼저 해주시면 안 될까요? 증빙 서류는 즉시 보내달라고 하겠습니다."

"죄송하지만 안 됩니다. 나중에 문제가 생기면 저희가 책임을 져야 돼서요. 직계가족에게 직접 오시라고 전해주세요."

절차를 따라야 마땅했지만 시간을 지체할 수가 없었다. 윤재가 한 번 더 간곡하게 사정했다.

"부탁입니다. 살인범을 잡을 단서가 이 안에 들어 있을지도 몰라요."

"경찰이세요?"

"경찰은 아니고 기자입니다."

윤재가 얼른 명함을 꺼내 보여줬다.

"빨리 사건을 해결하지 않으면 또 다른 피해자가 발생할 수도 있습니다. 꼭 좀 부탁드리겠습니다."

"근데 왜 경찰에서 나서지 않고 기자분이 이걸⋯⋯."

의구심 어린 표정으로 그가 고개를 갸웃거렸다.

"자세한 사정은 밝히기 어렵지만⋯⋯ 경찰 수사는 마무리됐습니다. 그래서 개인적으로 조사하는 중이고요."

고민에 잠겼던 그의 입에서 어렵사리 승낙이 떨어졌다.

"알겠습니다. 이번만 특별히 해드릴게요. 신분증 좀 주세요. 고인 가족에게 증빙 서류도 팩스로 보내달라고 하시고요. 차후 문제 발생 시 본인이 모든 책임을 지겠다는 각서도 작성해주셔야 합니다."

한 시간 후 윤재는 오나연의 휴대폰을 돌려받았다. 상가 밖으로 나서며 화면을 밀자 홈 화면이 눈앞에 드러났다. 녹음 앱 아이콘을 찾으려고 애쓸 필요도 없었다. 홈 화면 첫 페이지 중앙에 있었다. 언제 어떤 상황에서도 켤 수 있도록 즉각 손이 닿는 곳에 배치한 것 같았다.

윤재는 숨을 들이쉬며 앱을 터치했다. 인터페이스는 심플했다. 상단에 녹음 시간을 알려주는 숫자가 있었다. 작동 중이 아니라서 00:00:00으로 표기돼 있다. 그 밑에 '452시간 남음'이라고 적혀 있었다. 메모리 용량에 따른 녹음 가능 시간이었다.

녹음이 시작되면 중앙의 빈 공간에 음원 파형이 표시될 것이다. 막대바가 왼쪽 출발점에서 대기 중이었다. 그 밑으로 빨간색 원형 녹음 버튼이 보였다. 파일을 불러오는 메뉴를 찾다가 맨 위쪽의 마이크 아이콘을 눌러봤다. 녹음 파일이 날짜별로 정렬된 페이지가 나타났다. 파일명은 한눈에도 날짜와 시간으로 돼 있다는 걸 알 수 있었다.

제일 상단에 있는 파일을 윤재는 뚫어지게 응시했다.

20200512_230833_기본

사건 발생일이자 오나연의 사망일은 5월 13일이었다. 주민훈과 함께 룸에 들어간 날은 전날인 5월 12일. 흥분한 맥박이 미친 듯이 고동쳤다. 사건 현장 상황이 생생하게 기록된 녹취 파일이 눈앞에 있었다.

윤재는 무의식중에 시선을 돌려 주변을 살폈다. 수상쩍은 사람이나 자신을 지켜보는 눈이 없는데도 경계심이 발동했다. 결정적인 증거가 될지도 모를 것을 손에 거머쥔 탓이었다. 집에 가서 확인하는 게 안전하겠지만 치미는 호기심을 억누를 수가 없었다. 당장 들어보지 않으면 녹음 파일이 사라질 것만 같은 조바심에 안달이 났다.

윤재는 인적 드문 골목길로 방향을 틀었다. 중심가를 벗어나 통행인이 눈에 띄지 않을 때까지 안쪽 깊숙이 들어갔다. 한적한 샛길에서 아무도 없는 걸 거듭 확인한 다음 이어폰을 꺼내 휴대폰 단자에 꽂았다. 숨을 죽이고 재생 버튼을 눌렀다. 제일 먼저 들린 소리는 바닥을 둥둥 울리는 드럼비트였다. 음악 소리를 배경으로 하이힐 굽이 또각거렸고 문이 열렸다 닫히는 소리가 들렸다.

– 어, 왔어요?

중저음의 듣기 좋은 목소리가 부드럽게 귀를 울렸다. 처음 듣는 주민훈의 육성이었다. 윤재는 마른 입술을 혀로 핥았다.

– 안녕하세요, 실장님. 이렇게 또 봬서 진짜 반가워요.

오나연이 화답했다. 의도적으로 비음을 살짝 섞은 목소리였다. 들뜬 억양만으로도 그녀가 오늘의 재회를 얼마나 고대했는지 알 것 같았다. 피해자의 생전 목소리를 접하자 마음이 뒤숭숭해졌다. 소파에 착석할 때 나는 찐득이는 마찰음, 잔에 술을 따라주는 기척, 건배하며 잔을 부딪치는 소음이 잇달아 이어폰에서 흘러나왔다.

- 왜 이렇게 오랜만에 오셨어요?

- 일이 좀 바빴어요. 나연 씨는 잘 지냈어요?

- 아뇨, 잘 못 지냈어요.

시무룩한 투였지만 애교도 한 스푼 담겨 있었다.

- 왜요? 무슨 일이라도 있었어요?

- 별다른 일은 없었는데…… 실장님도 안 놀러 오시고 해서…….

이 정도면 보고 싶었다는 얘기를 대놓고 하는 수준인데. 톰의 말대로 첫 만남에서 주민훈에게 단단히 빠진 모양이었다.

- 아…… 그랬군요.

주민훈은 별다른 반응 없이 말을 맺었다. 낯가림이 심하고 부끄럼을 많이 타는 남자의 전형적인 대화였다. 응석을 부리는 듯한 오나연의 목소리가 들렸다.

- 쳇, 저는 실장님 언제 오시나 매일같이 클럽에서 기다렸는데.

- 하하, 나연 씨는 클럽에 원래 자주 오지 않아요?

- 아…… 좋아요. 인정할게요. 저 클럽 죽순이 맞아요. 근데 춤추는 걸 좋아하는 거지, 절대 남자 만나러 오는 건 아니에요! 진짜예요! 못 믿겠으면 톰한테 물어보세요.

- 남자 만나러 오는 거냐고 안 물어봤는데.

- 아…….

- 걱정 마요. 나연 씨 얘기 다 믿으니까.

주민훈은 신사적이었다. 말투는 자상했고 사소한 말 한마디에서도 그녀에 대한 배려가 느껴졌다. 흐트러짐 없고 예의 바른 몸가짐도 눈에 보이는 듯했다. 재벌 티도 전혀 내지 않았다. 오나연은 그런 소탈한 면에 더 끌리는 듯했다. 초반부에서는 건질 게 없었다. 윤재는 재생 바를 손가락으로 짚고 뒤쪽으로 이동시켰다. 한 시간 30분 정도를 건너뛰고 새벽 1시경으로. 진술에 의한 사망 시각은 대략 새벽 2시 30분경이지만 윤재의 추정 시각은 그보다 한 시간 이상 빨랐다. 파일이 재생되자마자 윤재는 어깨를 움찔 떨었다. 고막을 찢을 듯한 괴성이 귀를 찔렀다.

– 씨발, 술 가져오라고!

– 실장님, 너무 많이 드셨어요. 그만 드세요, 네?

– 많이 안 먹었다니까! 나 멀쩡하다니까 그러네! 빨리 술 시켜!

– 안 돼요. 실장님은 더 이상 드시면 안 될 거 같아요.

화기애애했던 분위기는 온데간데없었다. 주민훈은 혀가 잔뜩 꼬인 채 술주정을 부렸고 오나연은 쩔쩔매며 그만 마시라고 말리는 중이었다. 주민훈의 극단적인 변화가 좀처럼 적응되질 않았다. 상냥하고 공손했던 말투는 천박하고 사나워져 있었다. 동경과 흠모가 물씬 풍겼던 오나연의 말씨에도 실망과 짜증이 묻어나왔다. 그럼에도 아직 미련을 버리지 못한 듯했다. 인내심을 긁어모은 듯한 그녀의 목소리가 들렸다.

– 실장님, 많이 취하셨어요.

– 에이 씨, 안 취했다니까. 더 마실 수 있다고! 술 가져와! 쌍!

– 술은 더 이상 못 시켜요. 그만 드세요. 오늘은 이만 집에 들어가시는 게 좋을 것 같아요.

– 가긴 어딜 가? 나랑 놀아야지! 빨리 술 시켜! 웨이터 부르라고!

– 톰 오빠 불러올게요.

오나연이 일어서는 기척이 들린 순간 주민훈이 룸이 떠나가라 고함을 빽 질렀다. 귀청이 떨어질 듯한 소리에 윤재는 오만상을 찌푸리며 귀에 손을 댔다.

– 야, 이년아! 거기 안 서! 이 씨발년이 누구 마음대로 나가! 너 나랑 뒹굴고 싶은 거 아냐? 나랑 잔 다음에 한몫 잡으려던 거 아니었냐고!

물을 끼얹은 듯한 적막이 오나연의 싸늘한 음성에 깨졌다.

- 괜찮은 놈인 줄 알았더니 이거 완전 개또라이네. 술 안 먹어봤으면 큰일 날 뻔했어.

- 뭐? 개또라이? 이게 미쳤나! 입 닥치지 못해?

- 너나 닥쳐! 술 먹을 거면 혼자 처마셔, 미친 새끼야! 아무래도 넌 술을 평생 끊는 게 좋겠다. 패가망신하지 않으려면.

오나연은 기죽지 않고 당차게 맞받아쳤다. 가까스로 붙잡고 있던 한 톨의 연민마저 사라진 자리에는 경멸이 들어차 있었다. 난데없이 요란하게 병 깨지는 소리가 났다. 주민훈이 술잔을 집어던진 모양이었다.

- 이게 진짜 죽고 싶어 환장했나? 너, 내가 누군지 몰라?

- 알지, 술만 먹으면 개 되는 병신새끼잖아!

난데없이 대화가 뚝 끊어졌다. 살얼음판을 걷는 듯한 정적이 흘렀다. 주민훈은 아무 대꾸도 하지 않는데 그게 더 오싹하게 느껴졌다. 마치 예리한 칼날 위에 아슬아슬하게 서 있는 것처럼. 오나연도 심상찮은 낌새를 포착한 것 같았다. 도망치듯 재게 또각대는 구두 소리가 들리는가 싶더니 공기를 찢는 비명이 울려 퍼졌다.

- 꺅!

- 뭐? 술만 먹으면 개 되는 병신새끼? 이 주민훈이가 그렇게 만만하냐? 씨발년아!

- 이거 놔! 놓으라고! 안 놔!

머리채를 잡혔는지 오나연이 괴로움에 찬 신음을 토해냈다. 빠져나오려고 몸부림치는 듯했지만 소용없는지 겁에 질린 앓는 소리만 띄엄띄엄 흩날렸다. 그때 섬뜩한 말소리가 윤재의 귀를 파고들었다. 술이 약간 깼는지 불분명했던 발음도 아까보다 또렷해져 있었다.

- 안 놓을 건데. 너는 혼이 많이 나야겠어. 싸가지가 없어도 정도껏 없어야지. 오냐오냐 했더니 기어오르다 못해 날 아주 깔아뭉개려고 하

네. 감히 나한테 그따위로 말을 싸질러?

오나연도 그의 몸에서 발산되는 원초적인 욕구를 감지한 것 같았다. 잠깐 타오르다 마는 일시적인 충동이 아닌 피를 봐야만 끝나는 잔인한 살기를. 자신에게 지독한 일이 벌어지리란 걸 예감한 듯했다. 맹수에게 잡힌 초식동물처럼 그녀의 목소리가 벌벌 떨려 나왔다.

- 죄, 죄송해요. 제…… 제가 잘못했어요. 한번만 용, 용서해주세요.

- 이미 늦었어. 기회를 수도 없이 줬잖아. 그 기회를 계속 발로 차버린 게 누군데. 술 가져오라고 했어, 안 했어?

- 죄송해요. 다시는 안 그럴게요. 정말 잘못했어요. 제발 보내주세요.

오나연이 울먹거리며 애걸했지만 주민훈은 들은 척도 하지 않았다.

- 너 같은 년은 용서해주면 안 돼. 뒤돌아서면 언제 그랬냐는 듯 또 뒤통수칠 게 뻔하거든.

- 안 그럴게요. 맹세해요! 제발요. 실장님 앞에 두 번 다시 얼씬거리지 않을게요. 안드로메다에도 완전히 발길을 끊을게요.

- 클럽에 환장한 죽순이가 발길을 끊겠다고? 차라리 개가 똥을 끊겠다.

- 진짜예요! 두 번 다시 여기 안 올게요. 제발 보내주세요.

- 진심으로 잘못했다고 생각해?

오나연의 절절한 호소에 주민훈이 봐줄 것처럼 물어봤다.

- 네, 네!

- 좋아. 용서해줄게.

- 감사해요! 정말 감사해요!

- 용서해주겠다고 했지, 벌주지 않겠다고 한 적은 없는데.

난데없이 쿵 하고 둔탁한 소리가 크게 났다. 단단한 것에 뭔가가 세게 부딪히는 소리였다. 뒤이어 끙끙대는 신음소리가 희미하게 들렸다. 연속으로 쿵, 쿵 뭔가를 찧는 듯한 소음이 울렸다. 윤재는 온 신경을 귀에 집중했지만 사태가 어떻게 돌아가는 건지 알 수가 없었다.

소음의 정체를 파악하려고 애쓰던 중 별안간 온몸의 털이 쭈뼛 곤두섰다. 주민훈이 오나연의 머리채를 부여잡고 단단한 테이블 모서리에 내려친 게 아닐까, 그런 처참한 추측에 휩싸인 것이다. 어느 순간 방아를 찧는 것 같은 소음이 사라졌다. 오나연의 신음소리도 들리지 않았다. 소름 끼치는 정적이 귀를 감싸는가 싶더니 나지막한 욕설이 울렸다.

- 아, 씨발. 왜 말을 안 들어 처먹어서 사람을 귀찮게 만드냐.

뒤이어 꿀꺽꿀꺽 물을 들이켜는 소리가 났다. 술일지도 몰랐지만. 잔을 딱 내려놓는 소리도. 잠시 후 주민훈이 말했다.

- 네, 저예요.

순간 오나연에게 하는 말인가 싶어 안심했다가 금세 잘못 짚었다는 걸 깨달았다. 주민훈은 누군가와 통화를 하고 있었다.

- 네, 이사님. 문제가 좀 생겼어요. 죄송합니다. 술을 좀 많이 마셔서…….

주민훈이 면목 없다는 투로 자신이 저지른 만행을 전했다. 두 시간 전 오나연을 만났을 때처럼 예의 바르고 공손하게.

- 네, 그게 죽은 거 같아요.

섬뜩한 한기가 맨살을 핥고 올라와 윤재는 몸을 흠칫 떨었다. 방금 사람이 아니라 모기 한 마리를 죽인 것처럼 차분한 말투였다.

- 아니요. 일부러 그런 건 아니고요. 얘가 워낙 발광을 해대서요. 제 몸을 지키려다 보니 어쩔 수 없이……. 뭐 하는 애냐고요? 잘은 모르겠는데 꽃뱀 같더라고요. 첫 만남부터 부담스러울 정도로 들러붙어서 질척거렸거든요. 이유야 안 봐도 뻔하죠. 저한테 빨대 꽂아서 팔자 고치거나 약점 잡아서 한몫 챙길 속셈이었겠죠. 제가 처신을 잘했어야 했는데

죄송합니다. 여기요? 강남에 있는 안드로메다요. 네, 맞습니다. 경 사장이 운영하는 데요. 네. 그럼 여기서 기다리고 있겠습니다. 늘 이사님한테 신세만 지네요. 감사합니다.

들으면서도 어처구니가 없었다. 오나연을 남자를 등쳐먹는 꽃뱀으로 둔갑시킨 것도 모자라 정당방위인 척 가증스러운 거짓말까지 하고 있었다. 전화를 끊었는지 이내 고요해졌다. 이윽고 파리가 윙윙대는 것 같은 작은 소리가 들렸다.

이어폰을 눌러 귀에 더 밀착시켰다. 콧노래 소리였다. 온몸에 소름이 돋았다. 주민훈은 단순한 주폭이 아니었다. 그보다 사이코패스에 더 가까워 보였다. 살인에 거리낌이 없었고 죄책감을 느끼지도 않았다. 주민훈 혼자 주절대는 소리가 10분가량 더 이어지다 파일은 종료됐다.

참혹한 실상에 사로잡힌 윤재는 한동안 옴짝달싹하지 못했다. 주민훈이 오나연을 살해했다. 폭행치사도 아니었다. 고의적인 살인이었다. 잔인한 살육이 자행됐던 시각에 이현수는 현장에 있지도 않았다. 이사라 불린 자가 이현수를 보낸 게 틀림없었다.

이사는 아마 김광철일 것이다. 윤재는 무심결에 있는 힘껏 주먹을 움켜쥐었다. 손바닥에 손톱 자국이 깊게 팰 정도로. 주민훈을 꼼짝 못 하게 만들 증거를 확보했다.

다른 사람의 대화를 동의 없이 몰래 녹음하는 것은 불법 도청이다. 하지만 녹음한 사람이 대화의 당사자라면 상대방의 허락을 구하지 않고 비밀리에 녹음을 하더라도 불법 녹취가 아니었다. 합법적인 녹취 증거로 법적 효력을 발휘할 수 있었다.

만약에 대비해 카피본을 만든 다음 경찰서에 가야겠다고 마음먹던 참이었다. 느닷없이 윤재의 무릎이 풀썩 꺾이며 상체가 무너져내렸다. 손에서 놓친 휴대폰이 땅바닥으로 굴러떨어지는 장면이 슬로비디오처럼 느리게 보였다. 무슨 일이 벌어진 건지 알아챌 새도 없었다. 뒤늦게야 불에 덴 듯 극심한 통증이 머리를 엄습했다. 뒤통수를 만져보니 손끝에 피가 묻어나왔다. 눈앞이 흐려진 윤재는 필사적으로 팔을 뻗었다. 네 발로 기듯이 휴대폰을 향해 움직였다.

등 뒤에서 무시무시한 파공음이 일었고 녹취 파일에서 들었던 쿵 하는 타격음과 함께 윤재는 고꾸라졌다. 윤재의 머리 위로 검은 그림자가 드리워졌다. 상대가 양손을 위로 치켜드는 게 가물가물하게 보였다. 끝장을 낼 작정이구나. 그런 생각을 하는데 골목길에서 말소리가 들렸다.

괴한도 행인이 나타난 걸 감지한 듯 귀를 쫑긋 세우며 얼굴을 들었다. 햇살이 그의 눈언저리를 비추자 한쪽 눈만 깜빡였다. 마치 윤재에게 윙크를 하는 듯했다. 다음에 또 보자고 하는 것 같기도 했다. 오늘은 운 좋은 줄 알라는 의미인지도 몰랐다. 괴한은 눈 깜짝할 사이에 사라졌다. 햇살이 얼굴을 덮쳤지만 윤재는 바닥이 보이지 않는 암흑 속으로 떨어졌다.

28

"대체 어떻게 된 거예요?"

대기석에서 벌떡 일어선 희선이 부리나케 다가와 물었다. 윤재는 멋쩍게 뒤통수에 덧댄 붕대를 매만졌다. 스무 바늘이나 꿰매긴 했지만 다행히 머리에는 이상이 없다고 했다. 아직 머리가 어질어질하고 다리에 힘이 잘 들어가지 않았지만.

"별거 아냐. 그냥 좀 찢어진 것뿐이야."

정신을 잃고 길바닥에 쓰러져 있던 윤재를 행인이 발견해 119에 신고했다. 지갑에 있는 명함을 보고 병원에서 뉴스룸에 연락한 모양이었다. 마침 근무를 마친 희선이 쏜살같이 병원으로 달려온 것이다.

"대체 뭘 하다가 이렇게 다쳤는데요? 선배가 병원에 실려 갔다고 해서 얼마나 놀랐는지 알아요? 십년감수했다고요. 경준이가 떠난 지 얼마나 됐다고……."

윤재는 면목 없는 얼굴로 볼을 긁적였다.

"다른 사람들도 알아?"

"저하고 은빈이만 알아요. 일단 상황을 봐야겠다 싶어서요."

"잘했어. 다른 사람들한텐 얘기하지 마. 괜한 걱정 끼치고 싶지 않아."

그때 응급실 문이 열리고 예지가 허겁지겁 뛰어 들어왔다. 거친 숨을 헐떡이는 예지는 반쯤 정신이 나가 있었다. 망연한 눈길로 사방을 두리번거리다 윤재를 발견하더니 만감이 교차한 표정으로 눈가를 훔쳤다. 뛰듯 걸어온 그녀의 시선이 붕대를 감은 뒤통수에 꽂혔다. 그녀가 속상해 죽겠다는 투로 언성을 높였다.

"머리는 어쩌다 이렇게 된 거예요? 뭐 하다가 다친 거냐고요?"

"그렇게 됐어. 별거 아냐. 걱정 안 해도 돼."

"어떻게 걱정을 안 해요? 머리에 붕대를 칭칭 감고 있는데! 소식 듣고 얼마나 놀랐는지 알아요? 선배가…… 선배가…….."

감정이 북받친 예지는 말을 잇지 못하고 입술을 앙다물었다. 희선이 그녀의 어깨를 토닥이며 달랬다.

"괜찮아. 왜 울고 그래? 선배 많이 안 다쳤대. 이렇게 멀쩡하잖아."

윤재는 쩔쩔매며 예지의 눈치를 살폈다.

세 사람은 병원 휴게실로 자리를 옮겼다. 토끼처럼 벌게진 눈으로 팔짱을 낀 채 예지는 퉁명스럽게 윤재를 째려봤다. 희선도 음료수에는 손도 안 대고 윤재의 대답만 기다리고 있었다. 청문회에 불려 나온 기분이었다.

"그래서 뭣 때문에 다친 거냐고요?"

"실은…… 나도 잘 몰라."

"뭐라고요? 모른다니요? 그게 무슨 소리예요?"

팔짱을 푼 예지가 테이블에 손을 짚고 달려들 기세로 추궁했다. 윤재는 몸을 웅크렸다. 희선이 끼어들었다.

"예지야, 선배 얘기 먼저 들어보자."

희선 덕에 산 줄 알라는 듯 예지가 콧김을 내뿜더니 의자 끝에 걸터앉았다.

"걸어가고 있는데 난데없이 머리를 맞고 쓰러진 거라…… 내 생각에는 아무래도 퍽치기 같은데…….”

“퍽치기요?”

희선의 눈이 동그래졌다. 예지도 믿기지 않는다는 얼굴로 고개를 갸
웃거리며 중얼거렸다.

“요즘도 퍽치기가 있나.”

“그럼 뭐 없어진 거 있어요? 지갑이나 돈 같은 거.”

윤재는 속으로 아차 싶었다. 거기까진 미처 대본을 안 써놨던 것이다.
급히 그럴듯한 핑곗거리를 만들어냈다.

“뺏긴 건 없어. 그때 마침 사람이 지나가서 그냥 튄 모양이야. 운이 좋
았지.”

“그나마 다행이네요. 경찰에 신고는 했어요?”

“뭘 신고를 해. 없어진 것도 없는데. 경찰서 왔다 갔다 번거롭기만 하
지. 얼굴은커녕 그림자도 못 봤어. 잡기도 힘들 거야.”

희선은 별다른 의심 없이 받아들이는 듯했다. 문제는 예지였다. 그녀
는 게슴츠레 실눈을 뜨고 윤재를 주시했다. 거짓말을 꿰뚫어 보려는 것
처럼. 윤재는 그녀의 매서운 시선을 외면하며 말을 돌렸다.

“애들한테는 그냥 계단에서 발을 헛디뎌서 굴렀다고 해줘. 놀라게 하
고 싶지 않으니까. 데스크한테는 내가 따로 말씀드릴게.”

“알았어요. 그렇게 할게요. 그나저나 올해 뉴스룸이 삼재인가 봐요.
경준이가 허망하게 가더니 선배까지 다치고…….”

넋두리하듯 혼잣말을 늘어놓던 희선이 머리를 좌우로 크게 흔들었
다. 불길하고 재수 없는 생각을 머릿속에서 내쫓으려는 것처럼.

“내가 뭔 소리를 하는 거지? 못 들은 걸로 해줘요. 그나저나 근무는
괜찮겠어요? 좀 쉬어야 되는 거 아니에요?”

윤재가 미안한 투로 입을 열었다.

"안 그래도 얘기하려고 했는데 며칠 쉬는 게 좋을 거 같긴 해. 병원에서도 큰 이상은 없지만 당분간 무리하지 말라고 했고."

"그래요. 이참에 몸조리하면서 푹 쉬어요."

오랜만에 보는 예지의 긍정적인 반응이었다. 잘 생각했다는 듯 고갯짓까지 해췄다.

"미안해. 가뜩이나 근무 인원 부족한데 나까지 빠진다고 해서."

"아니에요, 선배. 우리는 괜찮으니까 신경 쓰지 말아요."

희선이 돌아간 뒤 윤재는 예지와 함께 저녁을 먹으러 갔다. 윤재는 밥 생각이 없다고 했지만 예지가 억지로 죽집으로 끌고 왔다. 윤재는 전복죽이 입으로 넘어가는지 코로 들어가는지 알 수가 없었다. 예지는 침묵을 지키며 먹는 데만 열중했다. 차라리 화를 내거나 혼을 내는 게 마음이 백배 더 편할 것 같았다. 가시방석에 앉은 기분으로 급하게 입속에 죽을 꾸역꾸역 밀어 넣다 사레가 들리고 말았다. 어깨를 격렬하게 들썩이며 기침을 하자 예지가 냅킨을 건네줬다.

"괜찮아? 좀 천천히 먹지. 내가 선배 잡아먹기라도 할까봐 그래?"

예지에게 속내를 읽혀 뜨끔했지만 입가를 냅킨으로 훔치며 둘러댔다.

"배가 고파서 허겁지겁 먹은 거야."

"아까는 입맛 없다더니."

"먹다 보니 또 잘 들어가네."

예지도 숟가락을 내려놓고 물을 마신 다음 입가를 닦았다. 그릇에는 죽이 반 이상 남아 있었다.

"다 먹은 거야?"

"응."

"왜 이렇게 많이 남겼어?"

예지가 말없이 윤재의 눈을 똑바로 쳐다보았다. 사실대로 말하라고 채근하는 눈빛이었다. 눈길을 피하고 싶었지만 그러면 죄지은 걸 시인하는 꼴이나 매한가지였다. 불쑥 밑도 끝도 없는 질문이 그녀의 입에서 나왔다.

"진짜야?"

"어? 뭐가?"

"진짜 퍽치기 당한 거 맞느냐고?"

윤재는 마음을 단단히 먹었다. 정신을 바짝 차리지 않으면 예지에게 탈탈 털릴 수도 있었다.

"당연하지. 내가 거짓말할 이유가 뭐가 있어?"

"용산에는 왜 간 건데?"

"볼일이 좀 있어서……."

"무슨 볼일?"

"간만에 살 만한 게임 없나 해서 가봤어."

몇 년 전 게임에 푹 빠져 살 때가 있었다. 한번 시작하면 날밤을 새우기 일쑤였지만 다 옛날 얘기였다. 지금은 게임기를 어디다 처박아뒀는지도 알지 못했다. 윤재는 억울하다는 표정을 가장하며 반문했다.

"내가 거짓말한다고 생각하는 거야?"

"얼마 전에 경준이의 죽음이 수상하다면서 여기저기 캐고 다녔잖아. 별안간 그게 생각나서."

자신의 연기가 자연스럽게 보이길 염원하며 윤재는 어처구니없다는 표정을 지어 보였다.

"그건 내가 잘못 짚었다고 했잖아. 다 끝난 일이라고. 내 추측을 음모론으로 치부했던 사람이 누구시더라. 존재하지도 않는 음모에 휘말려 머리가 깨질 수도 있나? 그냥 양아치들한테 재수 없게 걸린 것뿐이야."

변명이 어느 정도 먹혔는지 예지의 표정이 한결 누그러졌다. 의심이 한 꺼풀 벗겨진 목소리로 그녀가 사과했다.

"미안해, 선배. 내가 과민 반응했나 봐. 선배가 다쳤다는 얘기를 전해 들었을 땐 정말이지……."

또다시 북받친 감정에 예지는 말을 못 잇고 눈시울을 붉혔다. 윤재는 테이블 위로 넌지시 그녀의 손을 잡았다.

"울지 마. 이렇게 멀쩡하게 살아 있잖아. 머리는 또 얼마나 단단해."

윤재의 우스갯소리에 예지가 울다가 실소를 터뜨렸다. 윤재도 입꼬리를 올렸지만 웃는 게 웃는 게 아니었다. 뱃속 깊은 곳에서 또다시 불신이 고개를 쳐들고 꿈틀거렸기 때문이었다.

예지가 응급실로 뛰어 들어와 울먹거릴 때만 해도 근무표와 한민에 대해선 까맣게 잊었다. 다친 머리 탓에 경황도 없었거니와 윤재를 걱정하는 마음이 진심으로 느껴졌다. 그러나 부상당한 경위를 의심하고 추궁하는 예지를 보고 있자니 염탐을 목적으로 병원에 온 게 아닐까 싶은 생각이 들었다. 다른 사람도 아닌 예지가 그럴 리 없다고, 윤재를 배신하고 한민의 스파이 노릇을 할 리 없다고 되뇌었지만 소용없었다.

마음 한구석에 싹튼 의심은 담쟁이덩굴처럼 무섭게 뻗쳐나가 믿음의 벽을 보이지 않게 에워쌌다. 예지가 결연한 표정으로 입을 달싹거렸다. 그녀의 입에서 무슨 말이 나올지 괜스레 불안했다.

"선배, 하나만 약속해줘."

"무슨 약속?"

"무모한 행동은 하지 않겠다고. 위험한 일에 끼어들지 않겠다고."

"내가 그럴 일이 뭐가 있다고 그래."

얼버무리려 했지만 예지는 놔줄 생각이 없어 보였다.

"그래도 약속해줘, 날 위해서. 그래야 좀 안심이 될 것 같아."

"알았어. 영웅놀이 같은 건 일절 안 할게. 위험한 일에는 얼씬도 안 할 테니 걱정하지 마."

기만으로 굳어진 혀를 놀리며 약속했다. 이런 부탁 또한 사건의 진실에서 멀어지게 만들려는 수작이 아닐까. 그녀를 바라보는 윤재의 마음이 위태롭게 흔들렸다.

"병가를 내고 싶다고?"

"이번 주만요. 병원에서도 당분간 안정을 취하라고 해서요."

"그래, 그렇게 해. 몸조리 잘하고 푹 쉬다 와. 근데…… 퍽치기를 당했다고?"

연중헌이 재차 확인하듯 물었다. 윤재는 그의 눈이 아닌 귓불에 시선을 두고 대답했다.

"바로 정신을 잃어서 자세히는 모르지만 아무래도 그런 거 같아요."

연중헌의 가슴이 살짝 부풀었다가 가라앉았다. 안색은 좋지 않았고 입술은 군데군데 터 있었다. 그 역시 믿지 않는 눈치였다. 그의 진중한 목소리가 단둘만 있는 소회의실에 나직이 울렸다.

"무슨 말 못 할 사정인지는 모르겠다만 말하고 싶어지면 언제든지 편하게 얘기해라. 도울 수 있는 일이라면 언제든 도울 테니."

"그런 거 아니에요. 진짜 양아치들한테 재수 없게 당한 것뿐이에요."

"힘들 땐 주변 사람에게 짐을 좀 덜어줘도 돼. 혼자 마음고생하지 말고. 더 이상 소중한 사람들을 잃고 싶지는 않구나."

그렇게 말하는 연중헌의 얼굴이 10년은 폭삭 늙어 보였다. 경준에 이어 윤재까지 잘못될까봐 노심초사하고 있었다. 윤재까지 의문의 변고를 당한다면 데스크는 무너져내릴지도 모른다.

그에게 가혹한 멍에를 또 한번 지게 할 수는 없었다. 더는 속일 수가 없었다. 속이 바짝 타들어가도록 걱정을 끼치기도 싫었다. 그렇다고 사실대로 털어놓을 수도 없는 노릇이었다. 그가 위험해질 수도 있었다.

"실은 복잡한 문제가 좀 있었어요. 문제를 해결해보려고 아등바등 애써봤는데 다친 머리를 보시면 아시겠지만 잘 안 됐어요. 어쨌든 다 끝났으니까 오늘처럼 꼴사나운 모습을 보여드리는 일은 이제 없을 거예요. 그러니까 걱정 안 하셔도 돼요."

두루뭉술한 얘기였지만 딱히 틀린 말도 아니었다. 한 가지만 제외하면. 윤재의 말에 안심이 됐는지 연중헌의 낯빛이 다소 밝아졌다.

"그동안 마음고생이 많았겠구나. 애석하더라도 지나간 일은 다 잊어라. 시간이 지나면 다 괜찮아질 거다. 무슨 일 생기면 언제든 얘기하고."

"알겠습니다. 근데…… 데스크 퇴사일은 정해졌나요?"

"아마 이번 달까지 나올 것 같구나."

더 이상 그를 잡을 수 없다는 사실에 가슴이 묵직하게 내려앉았다. 자기는 괜찮다는 듯이 연중헌이 윤재의 어깨를 토닥였다.

"이제 그만 가자."

회의실을 나선 윤재가 말했다.

"저는 화장실 좀 다녀올게요."

데스크를 먼저 보내고 화장실로 향하던 윤재는 뒤를 확인하고 잰걸음으로 회의실로 돌아왔다. 그리고 문을 닫자마자 전화를 걸었다.

"접니다."

"어떻게 됐어요? 휴대폰 잠금은 잘 풀었어요?"

"풀긴 했습니다만…… 바로 휴대폰을 빼앗겼습니다. 죄송합니다."

"빼앗기다니요? 누구한테요?"

엄경숙이 놀라서 물었다.

"뒤에서 습격당하는 바람에 저도 얼굴은 못 봤습니다."

"나기자님은 괜찮으신 건가요?"

"네, 저는 괜찮습니다."

잠깐 침묵이 흐르다가 엄경숙의 초연한 목소리가 들렸다.

"괜찮아요. 어차피 조만간 나연이 물건을 처분하려고 했어요."

자신이 미안해할까봐 배려해주는 말을 들으니 더욱 미안해졌다.

"정말 죄송합니다. 소중한 유품을 잃어버리다니 면목이 없습니다."

"괜찮으니까 너무 신경 쓰지 마세요. 휴대폰 안에 중요한 게 들어 있었나 보죠? 그래서 휴대폰을 빼앗아간 건가요?"

"그건 잘 모르겠습니다. 저도 미처 확인을 못 해서."

거짓말로 둘러대는 수밖에 없었다. 하나밖에 없는 외동딸이 비참하게 살해당했다는 진실을 알려줄 엄두가 나지 않았다. 그녀의 가슴을 후벼파고 찢어발길 용기가 나지 않았다. 전말을 들으면 엄경숙이 어떤 반응을 보일지 상상조차 되지 않았다.

증거가 없다는 점도 입을 못 떼게 하는 데 한몫했다. 녹취 파일 없는 윤재의 주장은 뜬구름 잡는 소리에 불과했다. 어쨌든 지금은 진실을 말하기에 적절한 때가 아니었고 그것에 윤재는 안도했다.

"다름이 아니라 어머님께 하나 여쭤볼 게 있습니다. 혹시 나연 씨가 클라우드 서비스를 이용했나요?"

"클라우드요? 그게 뭐죠?"

"말하자면 외부 서버 같은 겁니다. 휴대폰과 연동해놓으면 휴대폰의 사진이나 파일이 자동으로 그 서버에 업로드됩니다."

"나연이가 그런 걸 썼는지 잘 모르겠네요. 그런 얘기를 들어본 적도 없고요."

녹취 파일 백업본이 어딘가에 남아 있을 희박한 가능성을 타진해본

건데 기대를 접어야 할 듯싶었다. 이로써 증거는 깨끗하게 사라졌다. 윤
재는 실망한 내색을 감추며 대꾸했다.

"그렇군요. 괜찮습니다. 저도 혹시나 해서 여쭤본 겁니다."

"그런 건 지아한테 한번 물어보시는 게 나을 것 같네요. 저는 그렇게
복잡한 건 잘 몰라서요. 스마트폰도 제대로 못 쓰거든요."

"지아요?"

"나연이랑 친했던 같은 과 친구예요."

29

계단에서 복도로 내려선 윤재는 오른쪽으로 몸을 틀었다. 복도 좌우로 문들이 달려 있었는데 가운데쯤에 윤재가 찾는 팻말이 보였다. 연극영화과 연습실. 오나연이 얼마 전까지 숱하게 드나들었던 공간이었다.

걸음을 옮겨 문 앞에 다다르자 안쪽에서 연극 톤의 발성이 새어나왔다. 가볍게 노크를 한 뒤 문을 열자 후끈한 열기와 함께 땀 냄새가 밀려나왔다. 여섯 명의 학생들이 연기 연습 중이었다. 다들 추리닝 등의 편안한 차림이었지만 마치 브로드웨이 무대에 선 것처럼 표정과 태도만큼은 진지하기 짝이 없었다.

윤재는 발뒤꿈치를 들고 안으로 들어가 조용히 문을 닫았다. 불청객의 등장에도 눈길을 주는 사람은 아무도 없었다. 다들 연습에만 집중했다. 여학생은 세 명이었는데 셋 중 누가 윤지아인지 알 도리가 없었다.

통화할 때 들었던 목소리로 찾아보려 귀를 기울여봤지만 연기 톤이라 그런지 분간이 가지 않았다. 전면 거울 맞은편 벽에 기대서서 10분쯤 기다리자 연습이 끝났다. 단발머리에 큰 눈망울을 지닌 여학생이 곧장 윤재에게 다가왔다. 연기에는 문외한인 그가 봐도 가장 돋보이는 열연을 펼쳤던 학생이었다.

"나윤재 기자님? 윤지아예요."

옷과 가방을 챙긴 학생들이 윤재를 힐끔대며 연습실을 나갔다. 윤재는 연습실 바닥에 양반다리를 하고 윤지아와 마주 앉았다.

"아무것도 모르는 제가 봐도 연기를 되게 잘하시던데요."

윤재의 칭찬에 그녀가 쑥스러운 웃음을 머금었다.

"아직 턱없이 부족한 걸요. 저보다 잘하는 친구들도 많고요. 아무튼 좋게 봐주셔서 감사해요."

"공연 준비를 하시는 건가요?"

"네, 다음 달에 연극제에 올릴 연극을 연습하는 중이에요."

"바쁜 시간을 뺏은 건 아닌지 모르겠네요."

"괜찮아요. 그리고 나연이 일이라면 없는 시간도 만들어야죠."

"나연 씨랑 많이 친하셨나 보네요."

"연영과에서는 나연이랑 제일 친했어요. 강의실이든 연습실이든 쌍둥이처럼 붙어 다녔으니까요."

"상심이 크시겠네요. 나연 씨가 갑자기 그렇게 돼서."

그 한마디가 참았던 슬픔을 터트렸는지 커다란 눈에 눈물이 차올랐다. 그녀가 감정을 추스를 동안 윤재는 기다렸다. 고개를 떨구고 흐느끼던 그녀가 벌게진 눈을 손등으로 훔치더니 후 하고 숨을 뱉어냈다.

"죄송해요. 안 울려고 했는데. 저한테 물어볼 게 있으시다고요?"

"나연 씨가 혹시 클라우드 서비스를 이용했나요?"

"클라우드요?"

뜻밖의 질문이었는지 그녀의 목소리가 반음 정도 올라갔다. 하기야 생뚱맞게 느껴질 법도 했다. 범죄 사건의 피해자인 친구에 대해 묻는다면서 뜬금없이 클라우드 타령이라니.

"휴대폰과 연동해놓은 클라우드 서비스가 있는지……."

"아니요, 나연이는 클라우드를 안 썼어요."

"확실한가요?"

"네. 나연이는 그런 서비스는 이용하지 않았어요."

"다른 친구들에게도 한번 물어봐줄 수 없을까요? 개인정보와 관련된 부분이니 지아 씨에게도 얘기 안 했을지 모르니까요."

"안 썼어요. 왜냐하면 제가 쓰라고 권했었거든요."

"지아 씨가 클라우드를 쓰라고 권했다고요?"

"저희 과 특성상 영상을 많이 찍거든요. 본인 연기를 찍어서 피드백을 받거나 분석하는 게 일상이라서요. 자기 것뿐만 아니라 다른 애들 것도 자주 찍고요. 휴대폰 메모리 용량이 남아날 틈이 없어요. 그래서 클라우드 서비스를 이용하는 애들이 많아요. 저도 그렇고요. 근데 나연이는 번거롭기도 하고 불안하다면서 노트북에만 백업해놨었어요."

"그렇군요."

윤재가 기운 빠진 목소리로 대꾸했다. 오나연의 휴대폰은 이미 먼지도 찾아볼 수 없을 정도로 파괴됐을 터였다. 혹시나 했던 일말의 기대가 흔적도 없이 증발돼버렸다.

"나연이랑 같이 처음 무대에 섰던 연극이었어요."

윤지아의 목소리에 윤재는 퍼뜩 정신이 들었다. 무슨 얘기인가 싶어 영문 모를 얼굴로 그녀의 시선을 좇았다. 그녀의 눈은 벽에 붙은 여러 장의 포스터 중 하나에 고정돼 있었다.

화려한 무대 의상을 입고 역동적인 포즈를 취한 오나연이 보였다. 포스터를 뚫고 뛰쳐나올 듯한 생동감이 고스란히 전해졌다. 자신보다 뛰어난 친구들이 많던 윤지아의 말은 오나연을 가리킨 게 아니었을까. 사진일 뿐인데도 오나연이 뿜어내는 아우라는 대단했다. 윤지아는 계속해서 풋풋하고 열정적이었던 시절을 회상했다.

"나연이가 얼마나 고대했던 무대였는지 몰라요. 한 달 내내 연습실에서 숙식하면서 연기에만 매달렸어요. 밥 먹듯이 혼나고 지적도 숱하게 받았지만 무대에 선다는 것만으로도 행복해했죠. 상대 배우와 호흡이 딱 맞아떨어졌을 때의 희열과 관객이 자신에게 빠져들 때의 짜릿한 전율은 말로 표현할 수 없을 정도라고 했었어요. 무대에서의 나연이는 누구보다 빛이 나는 배우였어요."

"나연 씨가 연기에 남다른 재능을 갖고 있었나 보네요."

"다들 타고났다면서 부러워했지만 사실 나연이는 엄청난 노력파였어요. 얼마나 악착같이 연습했는지 몰라요. 한번은 교수님한테 발음과 톤 지적을 받은 적이 있었거든요. 그 뒤로 자신의 모든 연기 목소리를 녹음했어요. 그걸 수도 없이 들으면서 연습을 되풀이했죠. 자기 것뿐만 아니라 본받고 싶은 배우의 목소리도 녹음해서 들어보고 분석하고 따라 했어요. 그것도 모자라 일반인들 목소리까지 녹음해서 귀에 딱지가 앉을 정도로 들었다니까요. 연극이나 영화 톤이 아닌 일상의 자연스러운 톤과 목소리로 연기해보고 싶다면서요."

오나연이 주민훈과 만났을 때도 녹취를 했던 이유를 이제야 알 것 같았다. 클럽에서는 스스로를 보호하려는 목적도 있었겠지만 본래 녹취를 시작하게 된 계기는 연기에 대한 열정이었으리라.

"무대에 섰던 공연들도 싹 다 녹음 파일로 만들어서 듣곤 했어요. 같이 무대에 섰던 공연 녹음 파일은 저한테도 주더라고요. 나는 필요 없다고, 안 들을 거라고 손사래를 쳐도 메일로 보내줬죠. 다 나중에 피와 살이 될 거라며. 제 영상을 보는 것도 민망해 죽겠는데 소리만 듣는 건 더 적응 못 하겠더라고요. 근데 요즘은 가끔씩 나연이가 준 녹음 파일을 들어요. 나연이의 목소리를 듣고 있으면 지금까지는 다 연극이었다면서 금방이라도 제 눈앞에 짠 하고 나타날 것 같아서요."

공연 포스터를 바라보는 윤지아의 눈동자가 다시금 촉촉해졌다. 윤재는 윤지아의 마음을 조금은 알 것 같았다. 불과 하루 전에 오나연의 육성을 들었던 참이라 알 수 없는 친근함이 느껴졌다. 비록 윤재가 들은 목소리는 연기가 아닌 잔혹한 현실이었지만.

　윤재는 끙끙대며 침대에 몸을 눕혔다. 베개에 뒤통수를 대자 다친 부위가 욱신거렸다. 절로 목이 뻣뻣해지고 신음이 삐져나왔다. 하는 수 없이 모로 누워 베개를 뺐다. 움직일 때마다 머릿속 뇌가 따로 노는 느낌이 들었다. 의사 말로는 쇠파이프 같은 둔기에 맞은 것 같다고 했다. 운이 좋았다는 말도 덧붙였다. 조금 더 위나 아래쪽을 맞았다면 꿰매는 처치 정도로 끝나지 않았을 거라며.

　생각이 오나연의 휴대폰으로 향하자 가슴이 뻐근해졌다. 하나뿐인 증거를 빼앗기다니. 뼈아픈 실책이었다. 윤재는 멍청한 짓을 한 스스로에게 저주를 퍼부었다. 미행을 눈치 못 챈 것까진 용납할 수 있었다. 으슥한 골목길에서 파일을 확인한 건 정말이지 변명의 여지가 없는 한심한 선택이었다. 기습공격을 해달라고 애원한 거나 다름없었다. 휴대폰 잠금을 풀자마자 택시를 타고 경찰서로 직행했어야 했다. 그랬으면 택시를 덤프트럭으로 밀어버렸으려나.

　윤재는 그동안 자신의 대처가 너무 안일했음을 인정할 수밖에 없었다. 미행당할 줄은 생각지도 못했던 것이다. 언제부터 감시당했던 걸까. 클럽에 갔을 때부터? 톰과 접촉했을 때부터? 톰은 그들에게 요주의 인물이니만큼 감시를 붙였을 가능성이 충분했다. 강남 클럽 도처에 놈들의 눈과 귀가 깔려 있을 수도 있다. 정보는 어디서 샜을까. 톰과 코뚜레를 족쳤을까. 그전부터 윤재를 예의 주시하며 뒤쫓아 다녔을까.

　윤재는 긴 한숨을 허공으로 토해냈다. 지난 과오와 실수에 매달려봤자 속만 쓰릴 뿐이었다. 지금부터가 더 중요했다. 증거는 사라졌지만 윤재는 단념할 생각이 없었다.

연중헌에게는 다 끝났다고 했지만 이제부터 시작이었다. 병가를 낸 진짜 목적은 따로 있었다.

30

윤재는 눈을 치뜨고 운전석 창문 너머를 올려다봤다. 한민그룹 본사 빌딩이 하늘을 찌를 듯 위용을 뽐내고 있었다. 퇴근 시간이 다 됐지만 해가 길어진 덕에 밖은 아직 훤했다.

목적지를 체크한 윤재는 차를 몰았다. 100미터가량 직진하다가 유턴한 다음 인도 변에 붙어 서행하다 한민빌딩 주차장으로 미끄러지듯 들어갔다. 진입로를 뱅글뱅글 돌아 지하 8층까지 내려갔다. 지하 1층부터 4층까지는 타사 및 방문객을 위한 주차장이고 5층부터 8층까지가 한민그룹 임직원용 자리였다.

지하 8층 중앙 엘리베이터 입구 근처에는 임원들이 차를 댔다. 입구와 가까울수록 직급이 높았다. 임원 전용구역이라 못 박아놓은 건 아니지만 그곳엔 주차하지 않는 게 암묵적인 룰이었다.

윤재는 지하주차장을 한 바퀴 돈 후에 중앙 입구가 보이는 구석 자리에 차를 대고 시동을 껐다. 입구 옆에는 고급 은색 세단이 서 있었다. 차량 번호는 2938. 한민그룹 전략기획이사 김광철의 차였다.

이런 고급 정보들은 양정남에게 입수했다. 그는 자신이 수집한 정보를 넘기는 걸 내켜 하지 않았다. 윤재의 신변을 염려했기 때문이었다. 걱정스러운 목소리로 이제 그만 손을 떼라고 말하기도 했다. 전화로 연락했기에 망정이지 다친 머리를 봤으면 어떻게든 말렸으리라.

6시가 지나자 차량이 빠지기 시작했다. 야근이 많고 업무 강도가 높기로 소문난 회사답게 썰물 빠지듯 차들이 한꺼번에 빠지지는 않았다. 튀지 않게 다른 차량들에 둘러싸여 있는 편이 윤재에게는 안전했다.

7시가 넘었을 때 검은 양복 차림의 남자가 중앙 입구를 신속하게 빠져나왔다. 그가 2938 차량 뒷좌석 문을 연 후 붙잡고 있자 곧이어 김광철이 나왔다. 김광철은 사진보다 어려 보였다.

실제 나이는 50대 중반이지만 40대 초중반으로 보일 만큼 동안이었다. 임원진 중에서도 젊은 축에 속했지만 한민에서 그의 말을 흘려들을 수 있는 사람은 회장뿐이었다. 연줄이나 백도 없이 초고속 출세한 것도 희한했지만 회장의 전폭적인 신뢰를 받게 된 계기 역시 미스터리였다.

그룹의 사활이 걸린 프로젝트를 성공시킨 적도, 눈이 휘둥그레질 정도의 경영 실적을 낸 적도 없기 때문이었다. 항간에는 회장의 은밀한 사생활 관리와 더러운 뒤처리를 맡게 되면서 떼려야 뗄 수 없는 관계로 발전한 게 아니냐는 풍문이 나돌기도 했다.

김광철을 태운 세단이 출발하고 윤재는 30초쯤 대기하다 움직였다. 삼성로를 달리던 세단은 성수대교로 진입해 한강을 건넜다. 퇴근 시간 대라 차가 많이 밀렸지만 미행하기는 수월했다. 2938은 내부순환로를 타며 엉금엉금 북상하다 북악터널 쪽으로 향했다.

차가 멈춰 선 곳은 평창동 고급 주택가에 위치한 김광철의 자택이었다. 정체 시간을 포함하면 두 시간이 약간 넘게 걸렸다. 김광철이 여기 사는 이유는 주형원 회장이 이 동네에 살기 때문이었다. 회장의 부름을 받으면 언제든 뛰쳐나갈 수 있도록.

차에서 내린 김광철은 집 안으로 들어갔다. 이 밤에 또 외출할 것 같진 않았지만 혹시 몰라서 윤재는 두 시간을 더 잠복하다가 철수했다.

몸을 뒤척이며 앓는 소리를 내다 비명을 지르며 깼다. 윤재는 가쁜 숨을 몰아쉬며 주위를 두리번거렸다. 집이었고 악몽이었다. 무슨 악몽을 꿨는지는 기억나지 않았다. 오줌을 지릴 만큼 무섭고 끔찍했다는 느낌만 가슴 언저리에 남아 있었다.

식은땀을 얼마나 흘렸는지 시트까지 축축했다. 서둘러 휴대폰으로 시간을 확인했다. 알람이 울리기 10분 전이었다. 토요일이지만 늘어지게 늦잠을 잘 여유는 없었다.

평창동에 도착하니 센터페시아의 시계가 7시 10분을 가리켰다. 오늘로 미행과 잠복 3일 차였다. 김광철이 집과 회사만 오간 탓에 지난 이틀은 허탕만 쳤다.

원래 조용한 동네인데다 주말 오전이라 그런지 도서관처럼 정숙하기 짝이 없었다. 김광철의 집 대문이 한눈에 보이면서 동네 전경에 자연스럽게 녹아들 수 있는 위치에 차를 댔다. 잠복은 무료하고 지루했다. 세 시간이 넘도록 대문은 열리지 않았다. 집을 드나드는 사람도 없었다. 주말이라 하루 종일 집에서 쉴 작정인지도 몰랐다.

뻑적지근한 몸을 풀어주려고 내리려는 순간 백미러에 2938이 포착됐다. 윤재는 잽싸게 상체를 숙이고 얼굴을 돌렸다. 세단이 윤재의 차 옆을 지나 김광철의 집 앞에 섰다.

1분쯤 지났을 때 문이 열리고 김광철이 나타났다. 골프웨어 차림에 오른쪽 어깨에는 골프백을 메고 있었다. 왼손에는 일명 007가방이라 불리는 서류 가방이 들렸다. 골프 라운딩과는 어울리지 않는 가방이었다.

기사가 골프백과 서류 가방을 받아 트렁크에 실었다. 2938이 출발하자 윤재도 천천히 뒤를 쫓았다. 한 시간 반을 달려 차가 도착한 곳은 경기도 인근의 골프장이었다. 김광철이 내리자 기사가 트렁크에서 골프백을 꺼내 건네줬다. 김광철은 골프백을 둘러메더니 곧장 클럽하우스로 들어갔다. 주차장으로 이동할 거란 예상과 달리 2938은 출구로 향했다.

어디로 가는 걸까. 클럽하우스와 2938 꽁무니를 번갈아 보던 윤재는 핸들을 꺾고 가속페달을 밟았다. 차량을 따라가기로 결정한 것이다. 어차피 김광철은 당분간 골프장에 박혀 있을 터였다.

뭣보다 서류 가방이 마음에 걸렸다. 김광철은 클럽하우스에 골프백만 가지고 입장했다. 서류 가방은 차량 트렁크에 그대로 실려 있다는 얘기였다. 단순한 서류 가방일 수도 있다. 기사는 점심을 먹으러 나간 걸지도 모른다. 하지만 그게 아니라고, 뭔가 다른 게 있다고 윤재의 직감이 말하고 있었다.

2938은 서울로 올라가는 국도를 탔다. 윤재는 적당한 거리를 유지하며 2938을 따라갔다. 평창동 저택으로 돌아가는 건가 싶은 생각이 들 무렵 2938이 방향을 바꿨다. 강남 방면이었다. 회사로 가는 건가. 서류 가방 안에 든 것도 단순 업무 관련 서류일까.

실망감이 밀려드는 찰나 차량이 강남대로에서 샛길로 꺾어져 들어갔다. 목적지에서 한민그룹 본사는 제외해도 될 것 같았다.

곧장 꼬리를 물고 쫓아가면 들킬 것 같아서 비상등을 켜고 길가에 정차했다. 놓칠까봐 조바심이 났지만 속으로 열까지 센 다음 우회전했다. 샛길로 진입하자마자 윤재의 입에서 욕이 튀어나왔다.

"젠장!"

가시거리 내에 2938이 보이지 않던 것이다. 놓쳤나. 액셀러레이터를 밟은 발에 힘을 주며 첫 번째 갈림길로 질주했다. 길목에 당도하자마자 고개를 급하게 휘휘 돌려 좌우를 훑어봤다. 이동 중인 차량은 보이지 않았다. 미행을 눈치챈 걸까.

애타는 속을 달래며 두 번째 교차로로 차를 몰았다. 좌우 양쪽에 한 대씩 움직이는 차량이 눈에 띄었지만 SUV였다. 가속 페달을 밟는 순간 정차된 차량 꽁무니가 시야 가장자리에 잡혔다.

윤재는 급브레이크를 밟았다. 상체가 앞으로 쏠렸지만 신경 쓸 틈이 없었다. 눈을 가늘게 뜨고 번호판을 노려봤다. 2938이었다. 기사는 비상등을 켜놓고 운전석에 앉아 있었다. 한쪽 귀에 휴대폰을 댄 채로.

윤재는 문 닫힌 상가 앞에 서둘러 차를 세웠다. 잰걸음으로 되돌아와 모퉁이에 몸을 숨기고 2938을 지켜봤다. 1분쯤 지났을까, 상가 입구에서 거구의 남자 둘이 모습을 드러냈다. 우락부락한 체형에 짧은 머리, 험상궂은 인상. 한눈에도 일반인처럼 보이지는 않았다.

차에서 내린 기사가 두 사람과 묵례를 나눴다. 친밀한 몸짓은 아니었다. 가벼운 안부조차 안 묻는 걸 보니 사무적인 관계만도 못한 사이인 듯했다. 기사는 트렁크를 열고 007가방을 꺼내 전달했다. 가방을 받아든 남자가 고개를 까딱였다. 2938은 즉시 떠났고 이내 자취를 감췄다.

두 사내가 상가 안으로 사라지자마자 윤재는 내달렸다. 헐레벌떡 상가에 다다라 입구로 들어갔다. 1층 복도 좌우를 살폈지만 그들은 보이지 않았다. 계단을 두 칸씩 뛰어넘어 2층으로 올라갔다. 고개를 오른쪽으로 돌리자 사무실 문을 열고 들어가는 그들을 포착할 수 있었다.

문이 닫힌 후 윤재는 종종걸음으로 사무실로 다가갔다. 문 옆에 간판이 달려 있었다. ㈜승원상사.

차로 돌아온 윤재는 휴대폰으로 승원상사를 검색해봤다. 홈페이지는 찾을 수 없었다. 지도 메뉴에 승원상사 전화번호와 주소만 달랑 나와 있었다. 뉴스에서도 승원상사란 기업은 검색되지 않았다. 웹사이트 메뉴를 뒤지다가 승원상사가 나온 페이지를 발견했다. 취업 사이트에 등록된 한 페이지짜리 기업 소개였다.

눈에 띄는 부분부터 훑어봤다. 자본금이 300억대에 전년 매출액이 600억대였다. 업태는 일반음식점, 업종은 소매점이었다. 회사 소개는 적혀 있지 않았다. 뭘 하는 회사인지 감이 잡히지 않았다.

한민그룹과는 어떻게 연결돼 있을까. 김광철의 운전기사가 전달해준 가방 안에는 대체 뭐가 들어 있을까. 기업 정보 페이지에서 빠져나가려던 윤재는 순간 주춤거렸다. 승원상사 대표 이름이 보였는데 어쩐지 낯설지 않았다. 어디서 들었는지 머릿속에서 끄집어내려 했지만 기억나지 않았다. 용량이 부족한 뇌를 탓하며 차를 돌려 밖으로 나왔다.

대로를 이동하다 안드로메다가 눈에 들어온 순간 윤재는 뭔가에 홀린 듯 브레이크를 밟았다. 뒤에서 성난 경적 소리가 들려왔다. 윤재는 비상등을 켜고 차를 인도 변에 붙였다. 경덕철이란 이름을 누구에게 들었는지 생각났던 것이다.

톰이 말했었다. 안드로메다의 실소유주가 덕철파라고. 윤재는 핏발선 눈으로 안드로메다의 간판을 응시했다. 주민훈은 안드로메다 클럽 룸에서 오나연을 죽였다. 당일 안드로메다의 CCTV 영상은 삭제됐다. 덕철파 조직원인 이현수가 진범으로 체포됐다. 한민그룹 김광철은 안드로메다의 소유주 경덕철에게 007가방을 전달했다. 거기에 뭐가 들어 있을지는 어렵지 않게 짐작할 수 있었다.

CCTV 영상을 삭제하고 주민훈의 대타를 제공한 대가를 준 게 아닐까. 덕철파 패거리와 몰려다녔다는 톰의 얘기로 미루어보건대 이현수 또한 경덕철의 똘마니일 가능성이 컸다.

조직원이 보스나 간부를 대신해 감옥살이를 하는 경우가 적지 않다고 얼핏 들은 적이 있다. 오히려 그런 걸 명예나 훈장으로 여긴다고도 했다. 김광철이 경덕철에게 주민훈 대신 자수할 사람을 보내달라고 부탁했을 것이다.

오래전부터 김광철과 경덕철 사이에 검은 커넥션이 형성돼 있었던 건지도 모른다. 녹취 파일에서 주민훈이 경 사장이라고 언급하지 않았던가. 경덕철이 운영하는 클럽이라면 다른 곳보다 안전할 거라 판단해 안드로메다를 이용한 걸 수도 있다.

산산이 부서져 어지럽게 흩어졌던 조각들이 하나, 둘 제자리를 찾아가는 느낌이었다. 뒤처리를 경덕철이 도맡아 했다면 경준이를 살해한 것도 덕철파의 짓일까. 온몸이 화끈 달아오르며 분노가 들끓는 순간 전화벨이 울렸다.

"뭐 하고 있어?"

예지였다. 집에서 쉬는 줄 알 텐데 난감했다. 방 안에 얌전히 있다고 하기엔 차 소리 등의 배경 소음이 너무 컸다. 아니나 다를까 곧바로 의구심 짙은 질문이 튀어나왔다.

"밖이야?"

"어? 응. 동네 병원에 왔어. 상처 부위 소독하고 약 타러."

순간적인 잔머리로 한숨 돌렸지만 방심하기엔 일렀다.

"병원 갔구나. 몸은 좀 어때?"

"많이 좋아졌어. 너무 멀쩡해서 괜히 휴가 냈나 싶더라고."

"무슨 소리야? 선배는 좀 쉬어야 돼. 빨리 복귀할 생각하지 말고 집에 무조건 눌러 붙어 있어, 알겠어?"

이번만은 절대 물러서지 않겠다는 듯 강경한 어조였다. 언젠가부터 예지와 대화를 나누다 보면 서로 꿍꿍이를 숨기고 간만 보는 것 같은 찜찜한 기분을 지울 수 없었다. 지금도 신경 써줘서 고맙다는 마음보다 운신의 폭을 좁히려는 계략이 아닐까 하는 의심부터 들었다.

불신이 둘의 관계를 좀먹고 있었다. 진솔한 얘기는 하나도 없고 밥 먹듯이 거짓말만 늘어놓고 있잖은가. 어찌 됐든 밑밥을 깔아야 할 타이밍이었다. 행여나 병문안이라도 오겠다고 하면 곤란했다.

"얼른 집에 가서 쉬어야겠다. 잠깐 밖에 나왔는데도 엄청 피곤하네. 약 먹고 일찍 자야겠어."

"그럴 만도 하지."

윤재가 속으로 안도하는 순간 예지가 말했다.

"사실 저녁에 선배가 좋아하는 음식 싸들고 가려고 했는데……."

예지의 말이 끝나기도 전에 윤재가 펄쩍 뛰며 사양했다.

"아냐, 괜찮아. 오지 마. 네가 오면 내가 더 힘들어져. 방 치워야 되지, 손님 접대해야 되지. 신경 쓰여서 제대로 쉬지도 못해."

"그렇긴 하겠다. 그래도 그렇지! 오지 말라면서 그렇게까지 정색할 건 뭐야? 여자 친구가 간호해주러 가겠다는데!"

진짜 삐친 건지 윤재를 떠보려고 토라진 시늉만 하는 건지 갈피를 잡을 수가 없었다. 이렇듯 사사건건 의심하는 상황이 피곤하다 못해 정신을 갉아먹는 느낌마저 들었다.

"그런 뜻이 아니라…… 네가 번거롭고 힘들까봐 그런 거지. 괜히 나 때문에 무리하는 거 같아서 미안하기도 하고."

"쳇, 됐거든요. 어차피 오늘 갈 수도 없었네요. 약속이 있어서."

윤재는 자신의 머리를 한 대 쥐어박고 싶은 심정이었다. 너무 앞서가는 탓에 괜히 긁어 부스럼을 만들었다.

"그랬구나. 그럼 오늘 하루 즐겁게 잘 보내고."

"선배도 아무 생각 하지 말고 푹 쉬어. 이따 또 연락할게."

아무 일도 없었다는 듯 예지는 명랑한 인사말을 남기고 전화를 끊었다. 윤재는 지친 숨을 내쉬었다.

31

승원상사가 입주한 상가는 4층짜리 건물이었다. 역세권과 한 블록 이상 떨어진데다 주택가와 인접해 번잡하지 않은 지역이었다. 군데군데 소규모 식당과 술집이 있을 뿐 휘황찬란한 네온사인이 번쩍이는 대형 포차도, 휘청대며 걷는 취객도 눈에 띄지 않았다.

불 꺼진 승원상사의 창문은 깜깜했다. 새벽 1시가 넘은 시각이라 편의점만 빼면 대부분의 상점이 문을 닫은 상태였다. 연식이 오래된 상가 1층 현관에는 별도의 잠금장치가 달려 있지 않았다.

윤재는 유리문을 밀고 안으로 들어갔다. 비상등을 제외한 천장 전구가 꺼져 있어 복도는 어둑어둑했다. 낡고 작은 규모의 상가인 게 다행이었다. 경비원도 동작감지 센서등도 없었으니까.

윤재는 계단을 통해 2층으로 올라가 오른쪽으로 몸을 돌렸다. 몇 걸음 가지 않아 세로로 길게 승원상사라 적힌 현판과 맞닥뜨렸다. 문에는 도어록이 설치돼 있었다. 손잡이를 밑으로 내려봤지만 잠겨 있었다.

들어오기 전 상가 주위를 돌며 침입 가능한 루트가 있는지 살펴봤지만 빈틈은 보이지 않았다. 창문에는 방범창살이 달려 있어 신정한의 별장에 침투했을 때와 같은 요행을 바랄 수도 없었다.

방범창살이 없다 하더라도 건물 외벽을 타고 오르는 건 눈에 띌 위험이 높다. 비밀번호를 알아낼 방법이 없을까. 무심코 도어록을 내려다보던 윤재의 눈길이 손잡이 위쪽 조그만 동그라미에 꽂혔다.

윤재는 건물을 나와 전화를 걸었다. 한참 만에야 클럽 음악을 배경으로 톰의 목소리가 들렸다. 껄끄러워하는 기색이 역력했다.

"무슨 볼일이 남았다고 또 연락한 거야?"

"나랑 만나고 나서 덕철파한테 끌려가거나 추궁당한 적 있어?"

다짜고짜 질문을 던지자 톰이 겁먹은 어조로 되물었다.

"갑자기 그런 건 왜 물어봐? 무슨 일 있었어?"

"내 말에 먼저 대답이나 해. 덕철파가 위협한 적 있어, 없어?"

장소를 옮기는지 부산스럽게 움직이는 소리가 났다. 곧이어 톰이 속삭이듯 말했다.

"없어. 널 만난 걸 아예 모르는 눈치던데. 덕철파가 찾아왔었어? 설마 내 얘기를 한 거야?"

"찾아오지도 않았고 네 얘기도 안 했으니까 안심해. 혹시나 해서 물어본 거야."

골로 갈 뻔한 경험담을 들려주면 겁을 집어먹고 잠적할 게 뻔해 거짓말로 둘러댔다. 덕철파가 톰을 건드리지 않아서 다행이었다. 톰이 가슴을 쓸어내리는지 안도의 콧바람이 수화기를 타고 전해졌다.

"큰일이라도 난 줄 알고 식겁했잖아."

"덕철파가 그렇게 무서워?"

"그걸 말이라고 해? 조폭이잖아. 수틀리면 사람 하나 파묻는 건 일도 아닐걸. 참, 지난번에는 고마웠다."

톰이 별안간 툭 내뱉었다. 코뚜레에게 사과를 받게 해준 일이 나름 심금을 울렸던 모양이다. 감사를 표하는 게 익숙지 않은지 무심하고 건조한 투였지만 진심이 느껴졌다. 마침 잘됐다 싶었다.

"고마우면 술이라도 한잔 사든가."

"술? 알았어. 시간 날 때 클럽 한번 놀러 와."

"나는 됐고 딴 사람한테 사줘."

"딴 사람 누구?"

"덕철파 조직원 중에 아는 사람 있지? 안드로메다에서 MD로 일했으니 그쪽 사람들하고 안면 정도는 텄을 거 아냐."

"있기야 있지."

톰이 얼떨결에 대꾸했다.

"덕철파 조직원에게 술 사."

"뭐? 대체 무슨 소리를 하는 거야?"

"술 산다며? 나 대신 덕철파 조직원한테 사주라고. 간부급이나 행동 대원급은 안 돼. 똘마니 중에서도 완전 막내급이어야 돼. 허세 부리거나 허풍 떠는 거 좋아하는 성격이면 더 좋고. 한번 마시면 끝장을 보는 스타일로 골라. 그렇다고 너무 잘 마시는 놈은 안 된다. 아무리 들이부어도 낯빛 하나 안 바뀌는 말술은 제외시키라고. 술에 못 이겨 뻗는 애로 선택해. 떡실신하거나 필름 끊겨서 무슨 일이 있었는지 기억 못 하는 술버릇을 가진 녀석으로."

"너한테 한턱 낼 걸 덕철파 똘마니한테 사라고? 게다가 그딴 진상이랑 술을 먹으라고? 뒷수습하느라 개고생할 게 안 봐도 훤한데? 뭣 때문에 이딴 해괴한 부탁을 하는 건데?"

어이없어하면서도 경계하는 투로 이유를 캐물었다. 얼렁뚱땅 넘어가기는 그른 듯해 윤재는 진득하게 사정을 설명했다.

그 뒤로 한 시간 넘게 경기를 일으키며 거부하는 톰을 설득하느라 진땀을 뺐다. 죽어도 못 하겠다고 버티는 걸 천신만고 끝에 구워삶았다. 오나연에 대한 마음의 빚과 절대 걸릴 리 없다는 사탕발림을 활용해서.

다음 날 새벽, 윤재는 강남의 작은 주점으로 향했다. 톰의 단골 술집으로 덕철파의 관리 상권에 포함되지 않은 업소였다. 가게로 들어가 톰이 알려준 룸으로 직행했다. 문을 열자 초조하게 서성이던 톰이 볼멘소리를 냈다.

"왜 이렇게 늦게 왔어?"

"뭘 늦어? 딱 맞춰 왔구먼."

"정말 괜찮은 거지? 나중에 문제 생기는 거 아니지?"

"걱정 말라니까 그러네."

건성으로 대꾸한 윤재가 테이블에 면상을 박고 퍼질러진 거구의 남자에게 다가갔다. 곁에 서기만 했는데도 술 냄새가 진동했다. 테이블 절반을 빈 술병들이 차지하고 있었다.

"많이도 마셨네. 이상하게 생각하는 것 같진 않았어? 뜬금없이 술 산다고 해서."

"허세끼 가득한 애로 고르라며. 미래의 덕철파 보스랑 친해지고 싶다고 알랑대니까 좋다면서 따라오더라."

"그쪽에 출입하는 놈인 건 확실하지?"

"아까 술 마시면서 넌지시 물어봤어. 자기가 몇 년 안에 거기를 접수할 거라고 허풍을 떨더라고."

윤재는 테이블 밑으로 축 늘어진 남자의 팔을 들어 올렸다가 놨다. 어떤 저항도 없이 추락한 팔이 허공에서 덜렁거렸지만 그는 시체처럼 미동도 하지 않았다. 톰의 도움을 받아 술에 떡이 된 남자를 윤재가 들쳐업고 일어섰다. 밖으로 나가려는데 톰이 미적대며 말을 꺼냈다.

"나까지 꼭 거길 가야 돼?"

"네가 없으면 얘를 누가 도로 데려와. 길바닥에 버리고 갈 순 없잖아. 엉뚱한 데서 혼자 깨어나면 수상하게 여길 거야."

"그러게 조폭 소굴에는 왜 기어들어가겠다고 해서 사람 피를 말리냐고!"

"너한테 불똥 튈 일 없다니까. 너는 그냥 얘랑 진탕 술이나 마신 거야. 잔말 말고 따라와."

몸을 돌리자 등 뒤에서 한숨을 푹푹 쉬는 소리가 들렸다.

윤재는 상가 맞은편 골목길 안쪽에 차를 세웠다. 어제와 마찬가지로 주택가는 조용했고 인적도 없었다. 뒷좌석에 널브러진 조직원을 끌어내 윤재가 다시 업었다. 몸을 전혀 못 가누는 탓에 톰이 뒤에서 남자의 등을 받쳐줘야 했다. 두리번거리며 주변을 살핀 뒤 걸음을 재촉해 상가로 들어갔다.

현관 입구에서 잠깐 멈춰서 귀를 기울였다. 인기척이 없는지 확인한 다음 은밀하게 움직였다. 2층 승원상사 앞에 도착한 윤재는 반대쪽 벽을 보고 돌아섰다.

"빨리 해."

"등록 안 해놨으면 어쩌지."

"여기 드나드는 애라며?"

"그렇긴 한데 너무 막내급이라……."

"걱정은 나중에 하고 일단 해봐. 무거워 죽겠어."

윤재의 채근에 톰이 조직원의 오른손을 들어 도어록으로 가져갔다. 지문인식 센서에 엄지를 갖다 대고 누르자 짧은 경고음이 울렸다.

"젠장, 왼손으로 해봐."

잠시 후 경고음이 되풀이됐다.

"왼손도 안 되는데. 들키기 전에 그냥 빨리 가자."

윤재는 씨근덕대며 남자를 바닥으로 내렸다. 톰에게 남자를 떠맡긴

후 그의 오른손 엄지를 센서에 꾹 붙였다.

"안 된다니까 그러네. 이 자식 지문은 등록을 안 해놨나 봐. 입방정 떨 때부터 알아봤어야 하는 건데."

톰의 말대로였다. 도어록은 윤재를 비웃듯이 실패 경고음을 흥얼거렸다. 왼손으로도 검지로도 바꿔서 해봤지만 결과는 변하지 않았다.

"그만해. 몇 번 연달아 실패하면 경비업체가 출동할지도 몰라."

윤재는 그의 말을 흘려듣고 접촉점을 변경해보기로 했다. 엄지를 지문 센서 중앙이 아니라 약간 밑으로 내려 댔다. 2초가량 정적이 이어지다 잠금이 해제되는 전자음이 울려 퍼졌다. 작은 희열과 함께 안도감이 몸 안에 퍼졌다. 윤재는 걱정이 태산인 톰을 잘 타일러 남자를 업혀 보낸 다음 사무실로 들어갔다.

문을 닫고 내부를 휘둘러봤다. 창문으로 희미한 빛이 들어오긴 했지만 칠흑 같은 사무실을 다 밝혀주진 못했다. 눈을 게슴츠레 뜨고 어둠에 적응될 때까지 기다렸다. 사물의 윤곽이 서서히 어둠 위로 부상했다. 윤재는 주머니에서 라텍스 위생장갑을 꺼내 끼고 휴대폰의 손전등 앱을 켰다. 창문 쪽으로만 비추지 않으면 빛이 새어나가지는 않을 터였다.

사무실은 생각보다 컸다. 조폭들이 노닥거리며 시간을 때우기만 하는 장소는 아닌지 책상과 컴퓨터 그리고 사무기기가 구비돼 있었다. 안쪽에는 독립된 공간도 있었다. 윗대가리 방부터 수색하는 게 좋을 거라 판단했다. 쫄따구들이 중요한 물품이나 정보를 갖고 있진 않을 테니.

윤재는 사장실로 보이는 방의 문을 열었다. 안으로 들어가자 커다란 원목 책상과 책꽂이가 보였다. 뒤쪽 구석에는 소형 냉장고만 한 금고도 있었다.

윤재는 책상 서랍부터 뒤져봤다. 사무용품과 온갖 잡동사니 그리고 서류 몇 장이 나왔지만 사건과는 상관없는 것들이었다. 책꽂이에서 바인더 몇 개를 꺼내 살펴봤지만 사업과 관련된 내용들뿐이었다. 한민그룹과의 커넥션을 증명할 만한 단서나 실마리는 찾을 수 없었다.

사장실 수색을 마치고 나와서 사무실을 뒤졌지만 소득은 전혀 없었다. 김광철의 운전기사가 건네준 007가방도 보이지 않았다. 허탈감이 밀려왔다. 사장실을 다시 한 번 훑어보기로 마음먹었다.

아까는 몇 개만 선별해 훑었던 바인더와 파일을 모조리 뒤적거렸다. 그러나 클럽 사건이나 경준과의 관련성을 입증해줄 만한 자료는 어디에도 없었다. 수색은 헛수고로 끝나고 말았다.

지친 얼굴로 꺼내놨던 바인더를 하나둘 책장에 꽂아 넣고 정리를 끝낸 순간 윤재는 목을 바짝 움츠렸다. 바깥 사무실 문 쪽에서 작은 소리가 들려왔다. 윤재는 미어캣처럼 목을 꼿꼿이 세우고 몸속의 정지 버튼을 눌렀다. 온 신경을 귀에 쏟았다. 누군가 사무실로 들어오려 하고 있었다. 재빨리 손전등 앱을 끄고 사장실 문간으로 이동했다.

문을 찔끔 열고 문틈으로 바깥 동향을 살폈다. 도어록이 해제되는 소리와 함께 사무실 문이 열렸다. 윤재가 사장실 문을 닫는 것과 동시에 사무실이 환해졌다.

윤재는 다급하게 사장실 내부를 두리번거리다 창가로 가서 밖을 내다봤다. 상가 입구에 봉고차 한 대가 서 있었다. 차 옆에는 덕철파 조직원으로 보이는 남자 둘이 담배를 피우고 있었다. 꼼짝없이 갇혀 오도 가도 못 하는 상황이었다. 쥐 죽은 듯 숨어 있으면 볼일을 보고 금방 나가지 않을까. 밖에서 둘이 대기 중인 걸 보니 오래 머물 것 같진 않았다.

그러나 상황은 윤재의 바람과는 다르게 흘러갔다. 두런대는 말소리가 점점 사장실 쪽으로 들이닥쳤다. 발각되기 직전이었다. 윤재는 발소리를 죽이고 몸을 숨길 수 있는 유일한 공간으로 무작정 줄달음질했다. 허겁지겁 의자를 치우고 책상 밑 공간에 몸을 구겨 넣었다.

의자를 가슴으로 바짝 끌어당긴 순간 문이 벌컥 열렸다. 연이어 딸깍, 불도 켜졌다. 불빛이 눈을 찔러 윤재는 눈살을 찌푸리며 호흡을 멈췄다. 심박 소리가 드럼 치듯 귀에서 쿵쿵 울렸다. 쇠를 긁는 듯한 칼칼한 음성이 사무실에 울려 퍼졌다.

"아까 받은 돈이 마지막인 겁니까?"

"계약대로라면 그렇지."

남자치고는 고음인 새된 목소리가 대답했다.

"확실히 대기업은 뭐가 달라도 다르네요. 쩨쩨하게 흥정도 안 하고 군소리 없이 달라는 대로 다 주다니."

"돈이야 썩어나는 인간이니까. 죽을 때까지 하루에 몇 억씩 써도 다 못 쓸걸. 게다가 귀한 자식을 위한 일인데 이 정도야 껌값 아니겠어?"

대기업이니 귀한 자식이니 하는 그들의 말에 윤재는 촉각을 곤두세웠다. 한민그룹과 주민훈에 대해 얘기하는 게 확실했다. 새된 목소리가 말을 돌렸다.

"큰집에 들어간 녀석은 어떻게 지내고 있나?"

"잘 지내고 있습니다. 옛날부터 큰집 갔다 오고 싶다고 노래를 불렀던 자식이니까요."

"희한한 놈일세. 요즘에도 그런 놈이 있나. 조폭 영화를 너무 많이 본 거 아냐? 훈장 단 것처럼 우쭐대며 떠벌리기라도 하면 곤란한데."

"그 점은 걱정 안 하셔도 됩니다. 그놈 입에서 비밀이 새어나가는 일은 없을 겁니다. 입을 잘못 놀리면 어떻게 되는지 아는 놈입니다."

"좋아. 만약 나중에 문제가 생기면 어떻게 해야 되는지 알지?"

"염려 마십시오. 뒤탈 안 생기게 깨끗이 처리하겠습니다."

칼칼한 목소리의 답변이 섬뜩한 냉기가 되어 윤재의 간담을 서늘하게 파고들었다. 저들이 입에 올린 대상은 이현수가 틀림없었다.

공명심이었든 객기였든 간에 그래도 조직을 위해 제 한 몸 바친 부하인데, 그런 그가 골칫거리가 될 경우 죽이겠다는 소리를 서슴없이 주절대고 있었다. 마치 쓰레기를 내다버리는 일처럼 손쉽게. 의리라고는 쥐뿔만큼도 없는 놈들이었다.

저런 놈들에게 이용당하는 이현수가 불쌍하게 느껴지기까지 했다. 이들이 나누는 대화로 봤을 때 새된 목소리가 덕철파의 두목이자 안드로메다의 소유인인 경덕철 같았다.

"그나저나 조금 아쉽긴 하네요. 이럴 줄 알았으면 처음에 더 세게 부를 걸 그랬나 봐요."

"이것도 적은 액수는 아니야. 후하게 쳐준 셈이지."

"그렇긴 하죠. 사람 욕심이란 게 참 끝이 없나 봅니다."

"욕심이라고 볼 수도 없지. 정당한 대가를 받는 것뿐이니까. 무궁무진하게 샘솟는 돈줄을 놔두고 적은 보수로 만족하는 건 바보 짓이고."

경덕철의 의미심장한 말을 재빨리 간파한 부하가 감탄사를 흘렸다.

"이미 계획을 세워놓으셨군요."

"사업가란 말이야, 눈앞의 이익만 좇다가는 망하기 십상이야. 세 수 앞까지는 내다보고 움직일 줄 알아야 해. 어마어마한 물주를 잡았는데 어린애 코 묻은 정도의 돈만 먹고 떨어질 수는 없잖아. 뜯어먹을 수 있을 때까지는 뜯어먹어야지."

"형님은 역시 대단하십니다. 무슨 좋은 생각이라도 있으신 겁니까?"

"그건 나중에 차차 얘기하지. 사건이 완전히 잠잠해진 다음에. 우선 오늘 받은 것부터 확인해보자고."

김광철의 기사가 넘겨준 007가방을 말하는 것이리라. 육중한 발소리가 움직이기 시작했다. 윤재는 입을 틀어막고 몸을 최대한 웅크렸다. 이쪽으로만 오지 말라고 간절히 빌었지만 늘 그렇듯 소원은 이뤄지지 않았다.

인기척이 책상 앞머리까지 접근했다. 그들이 내뿜는 입 냄새마저 맡을 수 있는 거리였다. 긴장감이 숨통을 졸랐고 두려움으로 몸이 짜부라질 것 같았다.

느닷없이 기척이 사라진 느낌이 들었다. 윤재는 피가 날 정도로 입술을 세게 깨물었다. 들킨 걸까. 일대일로 붙으면 승산이 있을까. 조폭을 상대로? 어림도 없었다. 삼십육계 줄행랑은 가능할까. 그 또한 가망이 없어 보였다. 사장실 문조차도 까마득하게 느껴졌다. 운 좋게 승원상사를 탈출한다 해도 상가 입구에서 대기 중인 놈들에게 잡힐 것이다.

그래도 가만히 앉아서 잡히느니 꿈틀거리기라도 하는 편이 낫겠다 싶었다. 뒷일은 그때 가서 생각하기로 했다. 기습적으로 한 놈을 들이받고 딴 놈이 당황한 틈을 타 튀기로 계획을 세웠다. 마음을 단단히 먹고 속으로 카운트를 하기 시작했다.

'하나, 둘…….'

셋에 뛰쳐나가려는 찰나 경덕철로 보이는 남자가 책상을 지나쳐 책장 쪽으로 향했다. 그가 한쪽 무릎을 꿇고 금고 앞에 앉았다. 뒤따라온 부하가 등 뒤에 서자 힐끔 돌아보더니 턱짓을 했다. 저쪽으로 가 있으라는 뜻이었다. 머쓱한 헛기침 소리가 나더니 부하가 시야에서 사라졌다.

금고 비밀번호를 훔쳐볼까봐 물러나 있으라고 한 모양이었다. 윤재는 숨을 멈추고 미동도 하지 않았다. 손가락 하나도 까딱할 수 없었다. 금고는 책상과 대각선으로 마주 보는 위치에 있었다.

의자가 엄폐물이 돼주긴 했지만 윤재를 완전히 가려주진 못했다. 마찬가지로 경덕철의 손가락이 키패드 숫자를 누르는 장면도 똑똑하게 보였다. 그의 고개가 오른쪽 뒤로 30도 이상 돌아가는 순간 윤재는 죽은 목숨이었다.

금고 문을 열어젖힌 경덕철이 안에서 007가방을 꺼냈다. 김광철의 기사가 가져온 그 가방이었다. 그는 가까이 온 부하에게 어깨 너머로 가방을 건넨 다음 금고 문을 닫았다. 그가 오른쪽으로 상체를 돌려 일어서면 윤재와 어김없이 눈이 마주치게 될 터였다. 제발 왼쪽으로 몸통을 돌리기를. 윤재는 눈을 질끈 감았다.

발소리가 점점 가깝게 들리는 것 같았다. 들켰구나, 이대로 잡히는구나 싶은 찰나에 불이 꺼지며 사장실 문이 열렸다가 닫혔다. 약 10초 후 바깥 사무실도 컴컴해졌고 도어록 소음이 희미하게 메아리쳤다.

윤재는 실눈을 뜨고 고요하게 내려앉은 어둠을 주시했다. 어둠이 이토록 편안하고 반갑게 느껴지기는 처음이었다. 윤재는 참았던 숨을 토해내며 잔뜩 수축시켰던 근육을 이완시켰다. 행여나 다시 돌아올까봐 1분 정도 더 머무르다가 책상 밑에서 기어 나왔다. 일어서며 사지를 쭉 펴는데 안 쑤시고 안 저린 데가 없었다.

창가로 가 고개만 살짝 빼서 바깥을 살펴봤다. 봉고차는 이미 떠나고 없었다. 진이 쫙 빠졌다. 이대로 바닥에 널브러지고 싶었지만 쉴 여유 따윈 없었다. 놈들이 언제 또 들이닥칠지 몰랐다. 문을 향해 몸을 돌리는 순간 금고가 눈에 밟혔다.

저 안에 중요한 단서가 들어 있지 않을까. 조폭들의 불시 방문이 겁났지만 금고로 기진맥진한 몸을 이끌었다. 방금 전 목격했던 비밀번호 4112를 누르고 손잡이를 당겼다. 금고 문이 묵직하게 열렸다.

조폭 금고라 해서 뭔가 다를 줄 알았는데 막상 열어보니 평범했다. 5만 원짜리 돈다발 뭉치 여덟 개와 각종 서류 바인더가 전부였다. 권총이나 마약 같은 게 있을 거라 기대한 건 아니지만 그래도 김이 새는 건 어쩔 수 없었다. 윤재는 서류와 바인더를 꺼내 훑어보기 시작했다.

서류 대부분이 계약서였다. 임대계약서나 채무보증계약서 같은. 바인더 쪽에는 사업계획서나 회계장부 같은 사업 관련 서류들이 들어 있었다. 안드로메다 클럽 사건이나 한민그룹과 연관된 자료는 눈을 씻고 찾아도 없었다.

서류더미 속을 들쑤시며 금고 내부를 훑는 와중에 손끝에 딱딱한 감촉이 느껴졌다. 더듬어보니 대략 휴대폰 사이즈였다. 빼앗긴 오나연의 휴대폰일지도 몰랐다. 경덕철이 뭘 믿고 돈을 더 뜯어내려나 싶었는데 녹취 파일이 든 휴대폰을 갖고 있었던 것이다.

한민으로서는 단단히 약점을 잡힌 셈이었다. 이것만 있으면 주민훈을 잡아 법정에 세울 수 있다.

서류 뭉텅이 속에서 물건을 끄집어내자 가슴을 달궜던 열기는 급속도로 냉각됐다. 휴대폰이 아닌 외장하드였다. 오나연의 휴대폰을 보관해뒀을 리가 없지. 힘없이 어깨를 떨군 윤재가 외장하드를 다시 넣어두려는 순간 머릿속에 다른 가능성이 번쩍였다.

안드로메다와 밀접한 관련이 있는, 직원의 실수로 지워졌다던 CCTV 영상이 아닐까. 윤재는 외장하드를 품속에 집어넣고 금고를 닫아 잠갔다.

32

　칸막이 너머로 사방을 휘둘러봤지만 윤재를 눈여겨보는 이는 없었다. 다들 빨려 들어갈 듯한 표정으로 자기 모니터 화면만 뚫어지게 쳐다보고 있었다. 승원상사를 막 빠져나왔을 때만 해도 집으로 직행할 생각이었다. 하지만 이내 PC방행으로 마음을 바꿔먹었다. 용산에서 기습당한 이후 철저한 경계 태세를 갖추고 있었지만 방심은 금물이었다.

　그사이 수상적은 인물을 보거나 꺼림칙한 기척을 느낀 적은 없지만 미행이나 감시가 중단됐다는 뜻은 아닐 것이다. 그때도 아무런 낌새를 못 챘지만 꼼짝없이 당했다. 같은 실수를 되풀이하기는 싫었다. 허무하게 증거를 약탈당하고 다 낫지도 않은 머리를 또 얻어맞는 일은 사양하고 싶었다. 이번에도 운 좋게 살아남을 거란 보장은 없었다.

　여러모로 따져본 결과 낙점된 장소가 PC방이었다. 보는 눈도 많고 숨어 있을 데도 마땅찮아 함부로 뭘 어쩌지 못할 거란 계산이었다. 케이블로 외장하드와 PC본체를 연결하자 곧장 디스크가 인식됐다. 파일명을 본 윤재는 숨을 작게 들이쉬었다. 이제는 너무나 익숙한 날짜였다.

　20200512.avi

　영상을 본 윤재는 마우스를 힘껏 움켜쥐었다. 모니터 속에 친숙한 전경이 펼쳐져 있었다. 강남 클럽 안드로메다의 복도였다. 직원의 조작 실수로 CCTV 영상이 지워졌다던 소리는 새빨간 거짓말이었다. 경덕철이 한민에게 돈을 받아먹고 삭제해준 것이다. 거기서 한술 더 떠 한민까지 감쪽같이 속이고 파일을 몰래 백업해뒀다. 한민에게는 깨끗하게 삭제해 계약을 이행했다고 둘러댔겠지만. 이걸 빌미로 한민의 등에 빨대를 꽂고 돈을 쪽쪽 빨아먹으려 했던 것이다. 윤재는 영상에 집중했다.

저 멀리 안쪽에 문제의 룸이 보였다. 영상 오른쪽 하단에는 시간이 찍혀 있었다. 12일 오후 10시 25분. 오픈 전이라 영업 준비 중인 직원 말고 다른 사람은 보이지 않았다.

윤재는 마우스 포인터로 재생 구간 뒤쪽을 클릭해 중간을 건너뛰었다. 시간이 흘러 11시가 지나자 손님들이 슬슬 입장하기 시작했다. 룸으로 들어가는 손님들과 분주히 술과 안주를 나르는 직원이 보였다.

그로부터 5분이 지났을 때 화면 속에 낯익은 얼굴들이 등장했다. 톰과 주민훈이었다. 표정까지 읽을 수는 없었지만 주민훈은 무덤덤해 보였다. 룸으로 안내해준 후에 톰은 금세 나왔다. 술과 안주를 세팅하러 직원이 왔다 간 다음 오나연이 들뜬 몸짓으로 걸어와 룸으로 들어갔다.

윤재는 플레이 바를 천천히 뒤쪽으로 끌어당겼다. 빨리감기 된 화면이 휙휙 지나가며 사람들이 우스꽝스럽게 움직였다. 이 정도면 됐다 싶었을 때 재생 바에서 포인터를 뗐다. 영상 속 시각은 1시였다. 진술에 의하면 이현수가 나타나야 할 시점이었다.

그가 룸에 들어가고 나서 약 15분 후에 주민훈이 나와야 한다. 윤재는 단 한순간도 놓치지 않으려고 눈도 깜빡이지 않고 화면을 응시했다. 1분에서 5분, 5분에서 10분이 흘렀지만 이현수는 등장하지 않았다. 문이 열리는 일도 없었다.

그로부터 40분 분량을 눈알이 빠지도록 지켜봤지만 이현수의 모습은 보이지 않았다. 룸을 드나드는 방문객도 없었다.

1시 55분 무렵 복도 끄트머리에서 한 남자가 출현했다. 클럽에 놀러 온 손님과는 사뭇 다른 분위기를 풍기는 사내였다. 20대로 보였고 민첩한 걸음걸이로 거침없이 복도를 이동했다.

PC방 의자에 축 늘어져 있던 윤재는 얼굴을 모니터에 바짝 들이대고 눈에 힘을 줬다. 저자가 이현수다. 아니나 다를까, 남자는 주민훈과 오나연이 있는 룸 앞에서 멈춰 섰다. 그는 바로 들어가지 않고 문 앞에서 좌우를 두리번거리며 복도를 살폈다. 지나가는 사람이 없자 노크를 했고 문이 열리더니 안으로 사라졌다.

5분이 지났을 때 문이 열렸고 주민훈이 나왔다. 그 또한 통로 좌우를 살핀 다음 걸어가기 시작했다. 여유로워 보이는 걸음걸이였는데 스테이지 쪽이 아닌 CCTV를 향해 오고 있었다.

클럽을 나가려면 복도에서 스테이지를 거쳐 들어왔던 입구로 되짚어가야 하는데 반대 방향으로 움직이고 있었다. 직원들과 배달기사만 이용하는 뒷문이 있는 곳으로. 주민훈의 모습이 점점 커지다가 화면 밖으로 사라졌다. 침착한 듯 흥분이 섞인 묘한 얼굴이었다.

5분 후 이현수가 다시 복도로 나와 룸의 문을 닫고 그 앞에서 서성였다. 잠시 후 톰이 달려왔고 이현수와 대화를 나누더니 잰걸음으로 돌아갔다. 톰이 말했던 대로 술을 시키려고 호출한 모양이었다. 이현수는 룸으로 들어가지 않고 계속 복도에 머물렀다. 이윽고 톰이 술을 가져오자 이현수는 그걸 받아 룸 안으로 들어갔다. 톰이 룸 앞에서 고개를 갸웃거리다 돌아서는 모습이 보였다. CCTV 영상은 5분 뒤 끝이 났다.

돈이 될 만한 부분만 편집해놓은 모양이었다. 윤재는 의자에 눕듯이 기댔다. 눈을 감고 지끈거리는 이마를 손가락으로 지그시 눌렀다. CCTV 영상을 결정적인 증거로 보기는 어려웠다. 사건 현장이나 범행 장면이 찍힌 것도 아니니까.

그렇지만 1시쯤 왔다는 이현수의 자백과 그로부터 15분 후 클럽을 떠났다는 주민훈의 진술이 거짓임을 증명하는 귀중한 자료였다. 단순히 착오가 있었다느니, 시간을 헷갈렸다느니 하면서 오리발을 내밀면 옭아매기 쉽지 않을 테지만. 그렇다 해도 사건을 전면적으로 재검토하고 재수사를 시작할 계기는 되지 않을까 싶었다.

윤재는 시간을 확인했다. 새벽 2시 30분이 지나고 있었다. 야심한 새벽이지만 강력계 형사라면 아직까지 일하고 있을 수도 있었다. 당장 정언수를 찾아가 CCTV 영상을 보여주고 싶었다. 이 정도 증거라면 경찰도 움직이지 않고는 못 배길 것이다. 한민 측이 구설수에 오르기 싫어서 참고인 조사를 거부했다고 여길 뿐 주민훈이 진범일 거라고는 상상도 못 했을 테니.

윗선의 불합리한 지시와 사건 무마 청탁에 불만을 토로하던 정언수의 모습이 떠올랐다. 나름대로 소신을 가진 강직한 형사였고 믿어도 될 것 같았다. 어차피 CCTV 영상을 갖고 있어봤자 윤재가 할 수 있는 일은 없었다. 수사 재개와 범인 검거는 경찰의 역할이었다.

내일 아침 일찍 갈까 하다가 보는 눈이 거의 없는 지금이 낫겠다고 결론을 내렸다. 휴대폰으로 연락하자 정언수는 금방 전화를 받았다.

형사과 사무실로 들어가자 정언수가 피곤한 기색으로 윤재를 맞았다. 처음 방문했을 때와 달리 넓은 사무실에는 정언수뿐이었다. 윤재는 내심 지금 오길 잘했다는 생각이 들었다. 정언수가 못 말리겠다는 표정으로 머리를 설레설레 저었다.

"대체 무슨 일인데 이 새벽에 저를 꼭 만나야겠다는 겁니까?"

"굉장히 중요한 일입니다. 정형사님이 경찰서에 계셔서 얼마나 든든한지 모르겠네요."

"잠복근무 끝나고 막 복귀한 참이었어요. 나기자님이 아니었으면 숙직실에서 쪽잠이나 자려고 했죠. 나흘째 집에 못 들어가고 있거든요."

"죄송합니다. 저 때문에 쉬지도 못하시고."

"뭣 때문에 그러시는지는 몰라도 제 빼앗긴 수면 시간만큼 중요한 일이어야 할 겁니다."

장난기를 곁들여 정언수가 너스레를 떨었다.

"아마 보시면 잠이 싹 달아날 걸요. 근데 다른 형사님들은 다들 퇴근하신 건가요?"

윤재가 사무실을 둘러보며 목소리를 낮췄다.

"숙직실에서 자는 사람도 있고 속옷 가지러 가거나 애들 얼굴 볼 겸 집에 간 사람도 있습니다. 저는 왔다 갔다 하는 게 더 피곤해서 여기서 자는 거고요."

"잘됐네요. 보여드릴 게 있습니다. 컴퓨터 좀 써도 될까요?"

윤재는 외장하드를 꺼내 정언수의 노트북과 연결했다. 정언수는 옆자리 의자를 빼와서 윤재 곁으로 붙었다. 파일을 플레이한 다음 주요 지점부터 재생시켰다.

이 세상에 존재하지 않는 줄 알았던 영상을 본 정언수의 눈이 동그래졌다. 이현수와 주민훈의 등장과 퇴장 시간을 확인했을 때는 입이 떡 벌어졌다. 시청 소감을 묻기도 전에 성마른 질문이 튀어나왔다.

"이걸 어떻게 구하신 겁니까?"

대답하기 가장 곤란한 질문이었다. 불법으로 취득한 증거인 탓에 사실대로 말하면 법정에서 증거로 채택되지 않을 수도 있었다. 경덕철이 절도 신고를 할 리 없었기에 선의의 거짓말을 급조했다.

"익명의 제보자에게서 받았습니다."

"익명의 제보자요?"

"누가 제 집 앞에 놓고 갔더라고요."

다행히 그는 더 이상 영상의 출처에 대해 묻지 않았다. 생각에 잠긴 정언수에게 윤재는 기대에 찬 목소리로 보챘다.

"어때요? 이 정도면 재수사를 시작할 수 있겠죠?"

"뭐, 일단 사실과 진술이 다르니까 해명을 요구할 수는 있겠죠."

"해명이오? 이현수는 물론이고 주민훈도 클럽 입장 및 퇴장 시간에 대해 거짓 진술을 했어요. 주민훈은 사건 발생 전에 자리를 떴다고 했지만 오나연이 사망할 때까지 현장에 머물렀을 수도 있다고요."

"그게 사실이라 해도 이 CCTV 영상만으로는 그 점을 입증할 수가 없습니다. 술에 취해서 헷갈렸다고 하면 방법이 없어요."

시큰둥한 반응이 몹시 실망스러웠지만 맞는 말이기도 해서 반박할 도리가 없었다.

"클럽 관계자는요? 그들도 거짓말을 했잖아요. 조작 실수로 영상이 지워졌다고. 그쪽을 불러다 족치는 건 어때요?"

"변명거리야 만들려고 작정하면 몇 개라도 만들 수 있을걸요. 직원 개인의 일탈이라거나, 삭제된 줄 알았는데 알고 보니 하드에 남아 있었다거나, 나중에 복원했다거나…… 빠져나갈 구멍은 수없이 많아요."

"이 영상으로 할 수 있는 게 아무것도 없다는 겁니까?"

윤재가 원망조로 언성을 높이자 정언수는 쓰게 입맛을 다셨다.

"아까 말씀드렸다시피 사실관계를 확인해달라고 요청할 정도는 되겠죠. 그렇지만 극적인 반전을 기대하기에는 증거가 많이 약합니다."

답답하고 분했지만 누가 봐도 그의 말이 옳았다. CCTV 영상에는 판세를 뒤엎을 정도의 파괴력은 없었다. 주민훈이 주연배우이고 이현수는 대역일 뿐이라는 사실을 밝히기에는 턱도 없는 자료였다. 그럼에도 여기서부터 물꼬를 터야 했다. 가진 증거라고는 이게 전부였으니까.

그러려면 정언수부터 설득하는 게 급선무였다. 윤재는 그동안 벌어졌던 사건과 몸소 겪었던 일들을 가감 없이 솔직하게 얘기했다. 자살로 위장된 경준의 타살, 한민이 진실을 은폐하기 위해 개입한 정황, 오나연을 죽인 건 이현수가 아닌 주민훈이라는 사실, 오나연이 남긴 녹취 파일을 듣다가 기습당한 일, 한민과 넉철파의 커넥션 등.

윤재의 놀라운 이야기에 정언수는 벌어진 입을 다물지 못했다. 반신반의하면서도 논리 정연한 흐름과 앞뒤가 딱 들어맞는 전개에 망상으로만 치부하지도 못하는 눈치였다. 긴 이야기가 끝난 뒤에도 그는 쉽사리 입을 열지 못했다. 윤재는 잠자코 기다리며 그에게 생각을 정리할 시간을 줬다. 얼마간의 정적이 흐른 뒤 그가 말문을 뗐다.

"도저히 믿기 힘든 얘기로군요."

"그럴 겁니다. 제가 직접 겪지 않았다면 저도 못 믿었을 겁니다. 그렇지만 제 주장이 아니더라도 이 사건에는 미심쩍은 부분들이 다수 존재합니다. 그 점은 정형사님도 인정하시지 않습니까?"

정언수의 머리가 묵직하게 앞뒤로 움직였다.

"게다가 제 귀로 똑똑히 들었습니다. 주민훈이 오나연을 무참하게 살해하는 소리를요."

"그 녹취 파일만 있었으면 게임 끝인데."

못내 아쉽다는 투로 정언수가 혼잣말을 했다. 긍정적인 반응에 힘을 얻은 윤재는 자신 있게 밀어붙였다.

"이미 없어진 걸 붙들고 있어봐야 무슨 소용이 있겠습니까? 비록 보잘것없는 단서라 해도 CCTV 영상을 갖고 놈들을 공략해야죠."

"아직 나기자님의 얘기를 전부 믿지는 못하겠습니다. 설령, 기자님 말씀이 사실이라 해도 CCTV만으로 그들을 잡는 건 역부족입니다."

"하지만 이걸 이용해먹을 수는 있지 않을까요?"

"이용해먹는다고요? 어떻게요?"

윤재의 입가에 보일 듯 말 듯한 회심의 미소가 번졌다.

33

서울구치소에 정언수가 물었던 질문의 답이 수감돼 있었다. 평일이라 그런지 접견대기실에는 면회객이 많지 않았다. 윤재는 접견신청서 수용자 성명란에 이현수라고 또박또박 적어 넣었다. 아래 칸에는 윤재의 성명과 주민등록번호, 주소, 연락처 등의 개인정보를 기입했다.

빈칸을 하나 남겨두고 펜을 든 손이 주춤했다. '관계.' 기자라고 쓰면 접견을 거부당할 확률이 높았다. 덕철파와 가족 외에는 면회 자체를 피할 수도 있었다. 고민 끝에 승원상사라고 써 넣었다.

처음 보는 이름일지라도 조직명을 보면 무작정 거르지는 못할 거란 꿍꿍이였다. 접견신청서와 신분증을 제출하고 대기 의자에 앉아 간밤의 일을 떠올렸다.

윤재는 정언수에게 CCTV 영상을 회유 카드로 써먹겠다는 의사를 내비쳤다. 이현수만 포섭할 수 있다면 정언수의 말마따나 게임은 끝난 거나 마찬가지였다. 취조실의 강압적인 분위기 속에서 실토하라고 윽박질러봤자 반발심만 커지고 입만 더 굳게 다물 테니 사전에 물밑작업을 해보겠다고 제안했던 것이다. 그는 쉽지 않을 거라며 회의적인 반응을 보였지만 윤재의 계획에 반대하지는 않았다.

외장하드는 정언수에게 넘겨줬다. 그는 막중한 책임감을 느끼는 얼굴로 의욕을 불태웠다. CCTV 영상과 사건의 숨겨진 내막에 대해선 반장을 건너뛰고 형사과장에게 직접 보고하겠다고 했다. 서장 눈치만 보며 줏대 없이 시키는 대로만 하는 반장은 저번처럼 사건을 깔아뭉갤 게 뻔하다면서. 형사과장은 정의감이 투철하고 비리 근절에 앞장서는 존경받는 상사이니만큼 원칙대로 수사를 진행할 거라고 덧붙였다.

이러다 불이익을 당하는 게 아니냐고 걱정하자 정언수는 별일 없을 거라며 씩 웃어 보였다. 지금쯤이면 정언수도 맡은 바 임무를 다하고 있을 터였다. 아무쪼록 형사과장과의 독대가 잘되길 빌고 있는데 윤재의 이름이 불렸다.

가방과 휴대폰을 보관함에 넣고 직원을 따라 걸어갔다. 복도를 지나 철문을 두 개 통과하자 부스가 늘어선 접견실이 나왔다. 윤재는 15호실로 들어가라고 안내를 받았다.

1인 접견실은 상당히 협소했고 사면이 투명한 유리로 돼 있어 내부가 훤히 들여다보였다. 접견실로 들어가 문을 닫자 벌거벗은 기분이 들었다. 주위를 둘러보니 다른 접견실에서 면회 중인 사람들이 고스란히 보였다.

그때 복도 저편에서 죄수복을 입은 남자가 교도관과 함께 걸어왔다. 이현수였다. CCTV로 봤을 때도 느꼈지만 키가 크고 허우대가 멀쩡했다. 얼굴도 곱상한 편이라 조폭과는 거리가 멀어 보이는 인상이었다.

수용자 출입문을 열고 들어온 이현수가 윤재와 마주 앉더니 히죽거렸다. 이상야릇한 웃음이었다. 자신에게 어설픈 꼼수는 통하지 않을 거라고 말하는 것 같았다. 그가 먼저 치고 들어왔다.

"승원상사에서 왔을 리는 없고, 누굽니까?"

두뇌회전도 눈치도 빠른 타입인 듯했다.

"입 한번 벙긋 못 해보고 탄로 났네요. 어떻게 알았어요?"

"접견 신청하면서 승원상사에서 왔다고 한 사람은 없었거든요."

"생각이 짧았군요. 속인 걸 알아챘으면서도 여기 나온 이유가 뭡니까? 거절했어도 됐을 텐데."

"궁금해서요, 누가 날 찾아왔는지. 그리고 맹랑하게 승원상사를 들먹인 인간이 누군지."

수상쩍은 방문객의 신원을 파악해 덕철파에 보고할 속셈인가.

"이현수 씨가 승원상사 소속인 건 인정하시는 건가요?"

"딱히 부인할 생각도 없는데요. 전 승원상사 직원이니까요."

이현수가 어깨를 으쓱였다. 눈은 여전히 웃고 있었다. 신분을 속였는데도 불쾌해하거나 경계하는 기색은 보이지 않았다. 지금의 상황을 은근히 즐기는 것처럼 보이기도 했다.

"이름이 뭐라고 하셨더라?"

"나윤재라고 합니다. 스쿱뉴스 기자입니다."

"스쿱뉴스요?"

윤재는 그의 얼굴을 유심히 살폈다. 스쿱뉴스라는 말에도 별다른 표정 변화는 보이지 않았다. 경준이 사건에 대해선 모르는 듯했다. 클럽에서 체포된 뒤로 줄곧 구치소에 있었을 것이고 덕철파가 이현수에게 바깥 상황을 알려줄 필요는 없을 터였다. 아는 게 많을수록 위험부담만 커질 테니.

"인터넷 언론사입니다."

"들어본 것도 같네요. 기자가 날 다 찾아오다니, 완전 유명인이 된 기분인데요. 그렇게 관심 끌 만한 사건도 아닌데."

"제 눈에는 흥미롭던데요."

"그래요? 잘됐네요. 심심해 죽을 지경이었는데. 뭐든 물어보세요."

전혀 거리낄 게 없다는 태도였다. 할 말이 없다면서 버티거나 자리를 박차고 일어설 줄 알았는데 뜻밖이었다. 이현수를 마음대로 요리할 수 있을 거라 기대하지는 않았지만 생각보다 훨씬 만만찮은 상대 같았다. 쉽지 않을 거라던 정언수의 말이 피부로 와닿았다. 처음부터 CCTV 영상을 거론하며 몰아붙이면 역효과만 날 것 같아 차근차근 사건을 되짚어보기로 했다.

"오나연 씨를 폭행한 이유가 뭡니까?"

"그놈의 술이 문제죠. 술만 마시면 정신줄을 놓거든요. 취하면 별것 아닌 일에도 욱해서 주먹부터 나가고요. 술집에서 깽판 친 게 한두 번이 아니에요. 술을 끊어야지, 끊어야지 했는데 결국 이런 사달이 났네요."

대역이니만큼 주민훈의 주사 캐릭터를 고대로 빌려 입기로 한 모양이었다. 폭행 정황까지 디테일하게 전해 들었을까. 아닐 거라 판단했다. 둘이 룸에 함께 머무른 시간은 고작 5분에 불과했다.

"이현수 씨를 욱하게 만든 게 뭡니까?"

"네?"

"뚜껑이 열리게 만든 계기가 있을 거 아닙니까? 오나연 씨가 뭐라고 했길래 때렸냐고 묻는 겁니다."

그가 손등에 턱을 괴더니 시선을 허공에 뒀다. 기억을 끄집어내는 듯한 모습이었지만 실상은 시간을 끌며 잔머리를 굴리는 게 분명했다.

"글쎄요. 아까 말했다시피 술을 너무 많이 마셔서요. 솔직히 그날 일은 거의 기억이 안 납니다."

역시나 능구렁이처럼 빠져나갔다.

"안드로메다에는 몇 시쯤 도착했습니까?"

"1시쯤 도착한 거 같은데요."

"그전에는 어디서 뭘 하셨는데요?"

이현수가 시답잖다는 표정으로 귓구멍을 팠다. 질문이 마음에 안 든

다는 제스처였다.

"제가 어디서 뭘 했는지가 사건하고 무슨 상관이죠?"

"인터뷰에서는 원래 쓸데없는 질문도 많이 합니다. 상관없다고 생각되더라도 답변해주시면 고맙겠습니다."

"그러죠. 흠…… 그날 뭘 했더라. 특별한 일이 없었으니 아마 집에 있었을 겁니다."

"혼자요?"

"네."

"자고 있었던 건가요?"

"아뇨, TV를 보다가 연락받고 나갔습니다."

"주민훈 씨의 연락을 받고요?"

"그렇죠."

"주민훈 씨랑 종종 연락을 주고받으셨나요?"

"가끔요."

"친한가 보네요."

"가끔 술 한 잔 먹는 사이죠."

"두 분은 어떻게 알게 됐죠? 학교 동창이나 회사 동료는 아니고 서로 생활반경이 겹치지도 않았던 것 같은데."

이현수가 느긋하게 다리를 꼬더니 가소롭다는 눈길을 보냈다.

"근데 이게 지금 취재인가요, 취조인가요? 기자랑 인터뷰하는 게 아니라 형사한테 신문받는 기분인데요."

"취재와 취조는 일맥상통하는 부분이 있거든요. '취' 자로 시작한다는 점. 그리고 상대방에게서 진실을 이끌어낸다는 점에서요."

"농담에는 별 소질이 없으시네요. 흠…… 진실을 끌어내고 말고 할 게 뭐 있나요. 드러난 사실이 전부인데요. 민훈이와 제 관계는 왜 궁금하신 거죠? 술친구가 되기에는 급이 너무 달라서?"

이현수가 이를 드러냈다.

"아니라고는 말씀 못 드리겠네요."

"학교니 생활환경이니 하는 걸 보니 벌써 제 뒷조사를 어느 정도 하신 것 같은데……."

"뒷조사 말고 취재라고 해두죠."

이현수가 반쯤 포기했다는 표정으로 숨을 작게 내쉬었다.

"재벌가 자제와 뒷골목 건달은 누가 봐도 어울리지 않는 조합이긴 하죠. 제가 생각해도 가끔 신기할 때가 있으니까요. 민훈이와 술잔을 기울이고 있으면 꿈꾸는 기분이 들어요. 기자님 말이 맞습니다. 우리는 같이 공부한 적도 없고 일로 만난 것도 아닙니다. 사회 친구라고 볼 수 있죠. 클럽에서 만났거든요."

"클럽이오?"

"술 마시다가 우연히 합석했어요. 왜 남자들끼린 그런 거 있잖아요. 얼큰히 취하면 잘 모르는 사이라도 뭉치게 되는. 일회성 이벤트로 끝난 줄 알았는데 나중에 또 연락이 오더라고요. 한잔하자고. 그렇게 친구 사이가 된 겁니다."

낯빛 하나 안 바꾸고 천연덕스럽게 거짓말을 늘어놓는 것도 대단했지만 삼시간에 이야기를 지어내는 재주도 놀라웠다. 이현수를 주민훈의 대역으로 내세운 이유를 알 것 같았다.

"그때가 언제입니까?"

머릿속을 뒤지는 척하던 이현수가 끝내 미간을 찡그렸다.

"벌써 몇 년 지난 일이라 기억이 잘 안 나네요."

"그러면 이번 말고 가장 최근에 만난 건 언제죠?"

"작년 말이었던 거 같은데…… 확실치는 않네요. 아시다시피 워낙 바뻔 친구다 보니 자주 보기 힘들어서요."

"어디서 만났는데요?"

"그것도 기억 안 나는데요. 반년도 지난 일이라."

창작의 한계에 다다른 건지 확인하면 걸릴 게 염려됐는지 아까부터 단기 기억 상실을 방패막이로 삼고 있었다. 압박 강도를 한 단계 높여 봤다.

"주사가 있다고 했죠?"

"네."

"주민훈 씨도 주사가 심하다고 들었는데요. 이현수 씨랑 비슷하게 취하면 거칠어진다고요."

"그래요? 그건 몰랐는데요."

방금 막 새로운 사실을 알게 됐다는 양 눈을 동그랗게 떴다.

"둘이 마실 땐 별일 없었나 보죠?"

"그 친구랑 마실 땐 먹고 죽자 하는 분위기는 아니라서요. 근데 언제까지 민훈이에 대해서만 물어볼 건가요? 걔는 사건과 별 상관도 없는데. 이럴 거면 민훈이를 찾아가시지 왜 나한테 오셨나 몰라."

그 얘기는 이제 지겹다는 듯 머리카락을 배배 꼬며 말했다.

"그럼 사건 당일의 행적에 대해 여쭤보죠. 주민훈 씨는 룸에서 언제 나갔습니까?"

그의 잇새로 짜증 섞인 한숨이 새어나왔다.

"또 민훈이 얘기시네."

"주민훈 씨도 사건 현장에 있었잖습니까. 게다가 오나연 씨와 이현수 씨를 연결해준 셈이니 아예 무관하다고 할 수는 없죠."

"휴, 제가 오고 나서 15분 정도 있다가요."

"그 정도면 거의 오자마자 간 거 아닌가요? 사람을 불러놓고 왜 그렇게 빨리 간 거죠?"

"피곤하다고요. 갑자기 술기운이 확 올라온 거 같기도 했고요. 됐죠? 더 이상 민훈이에 대한 질문은 사절입니다."

윤재는 그의 말을 귓등으로 흘려듣고 허를 찔렀다.

"둘이 그전에 만난 적 없죠? 그날 안드로메다에서 처음 봤죠?"

순간적으로 이현수의 뺨이 굳었지만 즉각 어처구니없다는 표정으로 바뀌었다.

"갑자기 웬 뚱딴지같은 소립니까."

"뚱딴지같은 소리는 이현수 씨가 하고 있는데요. 그날 주민훈의 연락을 받고 안드로메다로 왔다고 했어요. 맞습니까?"

이현수는 대꾸하지 않고 볼 안쪽을 잘근잘근 씹었다. 질문의 의도를 파악하려 애쓰며 덫에 걸려들지 않으려고 신중하게 말을 고르는 것처럼 보였다. 잠시 후 그가 입을 열었다.

"맞습니다."

"그러면 두 사람 휴대폰에 통화 내역이 남아 있겠네요. 서로의 번호도 저장돼 있을 거고요."

그가 이죽거리며 말을 돌렸다.

"재벌가를 물고 늘어지면 뭐라도 떨어질 거라 기대하는 모양인데 그만두는 게 좋을 겁니다. 그러다가 봉변을 당하는 수가 있어요."

"콩고물 같은 건 바라지도 않습니다. 사건의 진실을 알고 싶을 뿐이에요."

"무슨 진실이오?"

"이현수 씨는 손끝 하나 안 건드렸잖아요."

그의 얼굴에 당황한 기색이 언뜻 비쳤지만 금세 무슨 말인지 모르겠다는 듯 표정 관리에 들어갔다.

"뭘 안 건드려요?"

"내가 무슨 얘기 하는지 알잖아요."

"모르겠는데요."

시치미를 떼는 그를 향해 윤재는 상반신을 기울이고 목소리를 낮췄다.

"당신은 피해자를 폭행하지 않았어요. 당신이 룸에 들어갔을 땐 이미 사망한 상태였으니까."

일순간 침묵이 무겁게 가라앉았다가 어처구니없다는 듯한 이현수의 헛웃음에 산산이 부서졌다.

"지금 무슨 소리를 하는 겁니까? 내가 허위자백을 했다는 얘기예요? 몇 년을 감옥에서 썩고 싶어서? 웃자고 하는 소리죠? 고의는 아니었지만 걔는 내가 죽였어요."

"내가 안 죽였으면 누가 죽인 거냐고는 안 물어보네요. 주민훈이 언급되는 것만은 피하고 싶나 보죠? 그럼 제가 말씀드리죠. 오나연 씨를 살해한 건 주민훈입니다. 이현수 씨는 그의 대타일 뿐이고요."

실소를 금치 못하겠다는 표정이었지만 이현수의 뺨은 부자연스럽게 실룩거렸다.

"직업을 잘못 택하신 거 아닙니까? 기자면 기사를 써야지, 왜 소설을 쓰고 그러세요?"

"글쎄요. 픽션이 아니라 다큐겠죠."

"이보세요, 나기자님. 어떻게든 재벌가랑 엮어보려고 안달 난 것 같은데 좋은 말로 할 때 그만둬요. 당신뿐만 아니라 당신 회사까지 개박살 나는 수가 있어요. 무고한 사람한테 살인자라니, 찌라시보다 더한 분이 여기 계시네."

"증거가 있습니다."

"무슨 증거요?"

"녹취 파일이오. 아무도 몰랐겠지만 오나연 씨가 룸에 있을 때 휴대폰으로 녹음을 했습니다. 주민훈이 그녀를 살해하는 당시 상황이 생생하게 담겼어요. 거기에 이현수 씨의 목소리는 없었고요."

이현수의 목울대가 눈에 띄게 꿀렁거렸지만 바로 수작을 간파했다는 듯 콧방귀를 꼈다.

"그런 게 있을 리가 없죠. 진짜 증거가 존재했으면 지금쯤 나뿐만 아니라 민훈이도 경찰서로 끌려갔을 테니까."

"아픈 데를 찌르시는군요. 맞아요. 증거는 없어졌어요. 당신 식구들에게 빼앗겼죠. 하지만 그게 전부가 아닙니다. 또 다른 증거가 있어요."

"또 뭐가 있는데요?"

"안드로메다의 CCTV 영상이오. 그 영상에서 이현수 씨는 진술과 달리 1시 55분에 사건 현장인 안드로메다 룸에 들어가더군요. 5분 후에 나온 주민훈이 뒷문으로 클럽을 떠나는 장면도 찍혀 있고요."

굳었던 이현수의 입가에 이내 여유 만만한 미소가 번졌다.

"영상이 남아 있을 줄은 몰랐네요. 근데 뭐요? 어쩌라고요. 제가 시간을 헷갈렸나 보죠."

윤재는 두 손을 깍지 껴 무릎 위에 얹고 연민의 눈으로 그를 바라봤다.

"이렇게 말할 수밖에 없는 현수 씨 심정도 이해합니다. 조직의 명령을 거역하지는 못하겠죠. 배신하는 순간 뒤따를 보복과 후환이 무서울 테니까요. 형을 살고 나오면 탄탄대로를 걷게 해주겠다는 달콤한 유혹도 거절하기 힘들 거고요. 근데 말이에요. 의리를 지키고 명령을 충실히 이행하면 정말 장밋빛 미래가 기다리고 있을까요? 그렇지 않다는 건 현수 씨도 알고 있잖아요. 그들에게 현수 씨는 한 번 쓰고 버리는 소모품에 불과해요. 지금이야 온갖 입에 발린 말로 뭐든 다 해줄 것처럼 굴지만 일이 조금만 틀어지면 현수 씨부터 처리하려 들 겁니다."

"나 원 참, 대체 무슨 소리를 하시는 건지 모르겠네."

그가 시치미를 뗐지만 한쪽 다리를 초조하게 떨고 있었다. 그 또한 그 바닥의 생리를 모를 리 없었다. 자신이 언제든 폐기 처분될 수 있다는 사실을 막연하게나마 의식하고 있을 터였다.

"현수 씨가 살아 있는 한 주민훈은 발 뻗고 못 잡니다. 자신의 추악한 비밀을 알고 있는 현수 씨는 언제 터질지 모르는 시한폭탄이나 매한가지니까요."

"말도 안 되는……."

"현실을 똑바로 바라봐요. 주민훈은 이 사건을 덮으려고 제 동료 기자까지 죽였어요. 현수 씨가 여기 갇혀 있는 동안에요. 현 시점에서 제일 위험한 사람은 현수 씨예요. 언젠간 현수 씨도 제거하려고 할 겁니다. 그게 오늘이 될지 내일이 될지, 아니면 1년 후가 될지는 그만 알겠죠."

조폭에게 정의를 바로잡자느니 억울하게 죽은 피해자를 생각해보라느니 하며 귀에 못이 박이도록 말해봤자 약발이 먹힐 리 없었다. 이현수의 마음을 움직이려면 자신의 목숨이 경각에 달렸다는 점을 일깨우는 편이 낫겠다 싶었고 그 전략은 어느 정도 적중한 듯했다. 이현수는 속이 바짝 타는지 입술을 혀로 핥았고 눈에 띄게 흔들리는 시선은 허공을 헤맸다. 윤재는 연이어 밀어붙였다.

"두목에 대한 충성? 조직에 대한 의리? 그딴 건 개나 줘버려요. 그런다고 놈들이 현수 씨 생각을 해줄 것 같아요? 어림 반 푼어치도 없어요. 놈들은 준비가 돼 있어요. 현수 씨를 희생양으로 바칠 준비가."

"그걸 당신이 어떻게 알아요? 당신이 뭔데 다 안다는 듯이 얘기하는 거냐고요?"

"경덕철과 부하가 나누는 대화를 들었거든요."

"사장님이 한 얘기를 들었다고요?"

"물론 정보원을 통해서 입수한 정보지만요. 그들은 문제가 생길 시 현수 씨를 가장 먼저 처리할 거라고 했어요."

승원상사에 침입했다고 할 순 없는 노릇이라 정보원 핑계를 댔다.

"그딴 수작은 나한테 안 통해요."

"사실이에요. 저들에게 현수 씨 목숨은 안중에도 없어요. 오로지 자신들의 이익과 안위만 살필 뿐. 현수 씨가 살길은 하나밖에 없어요."

윤재는 거기서 말을 끊은 뒤 이현수의 반응을 살폈다. 그게 뭐냐고 물어보고 싶은 걸 가까스로 참는 것처럼 보였다. 마지막 자존심인 건지 아직 윤재를 믿을 수 없는 건지는 모르겠지만 그는 끝내 입을 열지 않았다. 조금 더 애를 태워볼까 하다가 선심을 베풀었다.

"사실대로 털어놓는 거예요. 그래야 보호받을 수 있어요. 공론화시켜야 현수 씨를 함부로 못 건드려요. 입을 다물고 있는 것만큼 위험한 게 없어요. 현수 씨는 지금 무방비 상태나 다름없다고요. 알겠어요?"

여전히 불신 가득한 표정이지만 그의 발밑이 격렬하게 뒤흔들리고 있다는 걸 감지했다.

"내 말은 믿지 않아도 돼요. 하지만 이 사건 때문에 제 후배가 죽은 건 명백한 사실이에요. 현수 씨 뒤에 있는 사람은 수단과 방법을 가리지 않아요. 자신의 흉악한 치부를 가리기 위해서라면 사람을 죽이는 일에도 거리낌이 없다고요. 다음은 현수 씨 차례가 될 수도 있어요. 그러니 잘 생각해봐요. 당장 대답을 달라는 건 아니에요. 다음 주 이 시간에 다시 올게요. 부디 현명한 결정을 내리길 바라요. 그동안 몸조심하고요."

이현수는 아무 대꾸도 하지 않았지만 윤재는 그의 눈빛에서 의중을 읽어낼 수 있었다. 90퍼센트는 넘어왔다고 확신했다.

34

구치소를 떠난 윤재는 스쿱뉴스로 향했다. 오늘은 병가 후 복귀 첫날이었다. 뉴스룸으로 들어가자 며칠 못 봤을 뿐인데도 다들 오랜만에 만난 것처럼 윤재를 반겼다. 서로 짧게 안부 인사를 건네고 있는데 연중헌이 자리에서 일어섰다.

"윤재도 왔으니 잠깐 회의실에서 얘기 좀 하자."

이미 근무가 끝난 오전 근무자와 예지까지 소회의실로 모였다. 상석에 앉은 연중헌은 중대 발표를 앞둔 사람처럼 숙연한 표정이었다. 윤재는 그가 무슨 말을 하려는지 알 것 같았다. 뒤숭숭한 마음으로 주위를 둘러보니 은빈과 민수는 영문 모를 얼굴로 데스크를 주시하고 있었다. 희선과 예지는 좋지 않은 일임을 예감한 듯 안색이 어두웠다. 연중헌이 새삼스럽게 모두와 눈을 맞춘 뒤에 말했다.

"나는 이번 달까지만 출근하기로 했다."

다들 귀신에 홀린 듯 멍한 얼굴이었다. 한 박자 늦게 회의실이 술렁거렸다. 노희선이 뒤집어진 목소리로 입을 열었다.

"데스크 지금 뭐라고 하신 거예요? 이번 달까지만 출근하신다니요? 그만두신다는 말씀이세요?"

"그래, 퇴사하기로 했어."

착 가라앉은 연중헌의 대답에 모두가 난데없이 뺨을 맞은 표정이었다. 눈을 휘둥그레 뜬 은빈은 말을 잇지 못했고 민수는 얼떨떨한 얼굴로 눈을 끔뻑거렸다. 놀라서 입을 다물지 못하던 예지가 윤재에게 눈짓을 보내왔다. 선배는 알고 있었느냐고 묻는 눈빛이었다. 윤재는 양심에 찔렸지만 고개를 작게 가로저었다. 결코 수긍할 수 없다는 투로 은빈이 따져 물었다.

"왜요? 왜 그만두시는 건데요?"

"명정일보부터 시작해서 스쿱뉴스까지 20년 가까이 여기서 일했다. 이제 그만 나갈 때도 됐어."

"그래도 그렇죠. 이렇게 갑자기 그만두시면……."

격앙된 어조로 말을 쏟아내던 희선이 해선 안 될 말이라 여겼는지 뒷말을 집어삼켰다. 그러나 은빈은 거침없는 직설화법을 구사했다.

"혹시 경준 선배 일 때문에 그만두시는 거예요?"

연중헌의 눈빛이 이루 말할 수 없이 씁쓸해졌다.

"그건 아니다. 그만둘 때가 돼서 그만두는 것뿐이야."

"아무리 그래도 너무 갑작스럽잖아요. 그런 내색을 한 번도 비추신 적도 없었고요. 이번 달이면 얼마 남지도 않았는데……."

희선의 착잡한 목소리가 허공에서 힘없이 흩어졌다.

"국장님께 말씀드린 지는 좀 됐다. 너희에게 미리 말 못 해서 미안하다. 개인적인 사정이 있어서 그랬으니 이해해줬으면 좋겠다."

"정말 자의로 퇴사하시는 거예요? 책임질 사람이 필요해서 희생양을 자처하시는 건 아니고요?"

은빈이 날이 바짝 선 말투로 물었다.

"그게 무슨 말이냐?"

"국장님이 데스크한테 은연중에 알아서 나가라고 눈치 준 거 아니냐고요?"

데스크가 그렇다고 하면 당장 국장실로 쳐들어가 들이받을 기세였다. 그녀의 추궁에 연중헌이 등을 구부정하게 숙이며 어깨를 힘겹게 떨구었다. 마음을 지탱하던 뼈대가 동강 나 몸까지 무너져내린 사람처럼 보였다.

"이 자리에서 분명하게 말하지만 국장님은 내게 눈치 주신 적 없다. 도리어 재고해보라며 붙잡으셨지."

"근데 대체 왜 나가시겠다는 건데요?"

"앞만 보고 달리느라 육체적으로도 정신적으로도 많이 지쳤다고 해야 되나. 그동안 가정에 소홀했던 것도 미안하고. 쉬면서 이참에 남편 노릇, 아빠 노릇을 제대로 해보고 싶구나. 아무튼 퇴사는 전적으로 내 의지와 결정에 따른 거야. 국장님은 아무 상관 없으니 엄한 사람 탓하지 않았으면 좋겠구나."

그를 잡을 수 없다는 걸, 보내줘야 한다는 걸 뼈저리게 실감했는지 은빈은 입을 앙다물었다. 침울한 정적이 회의실에 내려앉았다. 데스크의 부담을 덜어줄 겸 윤재가 밝은 톤으로 화제를 돌렸다.

"당분간 쉴 생각이세요?"

"식구들하고 얼마간 고향에 내려가 있을까 생각 중이야."

"잘 생각하셨어요. 재충전 하시면서 푹 쉬고 돌아오세요."

"그래, 고맙구나."

"이번 주 금요일에 환송회 하는 건 어때요?"

"환송회를 벌써 해요?"

예지가 물었다.

"정식 환송회는 마지막 날에 해야지. 근데 그때는 국장님은 물론이고 오만 데서 다 낄 거 아냐. 그러면 데스크랑 제대로 얘기나 할 수 있겠어? 그전에 우리끼리 따로 하는 게 어떨까 싶어서."

"저는 좋아요."

노희선이 찬성표를 던졌고 다른 이들도 적극 동의했다. 연중헌도 괜찮다고 해서 금요일에 오붓한 환송회를 하기로 결정했다. 짧게 업무 관련 회의를 하는데 윤재의 주머니가 진동했다. 휴대폰을 꺼내보니 정언수였다. 회의가 끝날 때까지 기다릴 수가 없어서 윤재는 양해를 구하고 일어섰다. 급히 회의실을 나서며 통화 버튼을 누르자 정언수가 밑도 끝도 없이 말했다.

"죄송합니다."

"죄송하다니요? 뭐가요? 무슨 일 있습니까?"

다급하게 빈 회의실을 찾아 들어간 윤재가 문을 닫으며 대답을 재촉했다. 대답 대신 땅이 꺼질 듯한 한숨 소리가 흘러나왔다. 불길한 예감이 들었다.

"정형사님, 무슨 일인데요? 형사과장님과 만난 일이 잘 안 됐습니까?"

"과장님은 뵙지도 못했습니다."

"왜요? 아예 만나주지도 않은 거예요? 용건을 밝히지 않았는데도?"

"그런 게 아니라……."

정언수는 길게 탄식하며 머뭇거렸다. 선생님에게 혼날까봐 잘못을 털어놓기를 망설이는 학생 같았다.

"그러면요? 괜찮으니까 속 시원히 말씀해주세요."

그가 주저주저하며 말문을 뗐다.

"과장님 출근하시자마자 찾아가려고 사무실에서 대기하고 있었거든요. 근데 반장님이 오자마자 저를 호출하더라고요. 글쎄 아침부터 탐문을 다녀오라지 뭐예요. 막내랑 같이요. 긴급한 사안도 아니었고 아침나절부터 탐문을 가봤자 출근하거나 애들 유치원에 데려다주는 사람들이 많아서 허탕 치기 일쑤거든요. 그래서 탐문은 주로 점심이나 저녁때 실시하고요. 뜬금없이 오전에 갔다 오라는 것도 이상하고 형사과장님도 봬야 해서 오후에 가겠다고 했죠. 그랬더니 네가 내 상전이냐면서 버럭 화를 내더라고요. 지시를 하면 왜 군말 없이 따르질 않고 매번 토를 다냐면서요.

하도 성질을 부리길래 하는 수 없이 탐문을 나갔어요. 과장님은 오후에 만나야겠다고 생각했죠. 외장하드는 제 책상 서랍에 넣어뒀고요. 서너 시간 정도만 자리를 비우는 거라 별일이야 있겠냐 싶었어요. 경찰서 잖아요."

여기까지 들은 윤재는 머리카락을 신경질적으로 헝클어뜨렸다. 뒷얘기는 안 들어봐도 대충 감이 왔다.

"오후에 복귀해서 과장님을 찾아가려고 서랍을 열었어요. 근데…… 외장하드가 없는 거예요. 서랍이란 서랍은 다 뒤졌는데 감쪽같이 사라졌더라고요."

"혹시 딴 데 두고 착각하시는 거 아니에요?"

그럴 리 없다는 걸 알았지만 윤재는 지푸라기를 잡는 심정으로 물었다.

"분명 서랍 안에 넣었어요."

"동료분이 실수로 잘못 가져갔을 가능성은요?"

"안 그래도 애들한테 물어봤습니다. 내 책상을 뒤진 사람이 있냐고요. 근데 딴 형사들도 반장 지시받고 아침부터 외근을 다녀왔더라고요. 오전에 사무실에 붙어 있었던 사람이 없었어요. 반장님 빼고는요."

"반장님한텐 물어봤어요?"

윤재는 언성을 높이지 않으려고 애를 써야만 했다.

"여쭤봤죠. 혹시 제 책상에서 뭐 가져간 거 없냐고요. 그랬더니 뭔 소리냐고, 내가 왜 남의 책상을 뒤지냐면서 펄쩍 뛰더라고요. 자기도 회의

들어갔다가 방금 나왔다면서요. 내 책상에 얼씬거렸던 사람이 있는지 물어봐도 다들 모르겠다는 말뿐이에요. 정말 미치고 팔짝 뛰겠더라고요."

윤재야말로 미치고 환장할 것 같은 심정이었다. 어떻게 구한 증거인데, 마지막 남은 한줄기 희망인데 그걸 잃어버렸다니. 아니다. 잃어버린 게 아니라 도둑맞은 거였다. 정언수를 탓할 수만도 없었다. 윤재의 잘못도 컸다. 미리 경고를 해줬어야 했다. 주민훈의 첩자가 경찰 내부에 있을지도 모른다고.

정언수도 그랬겠지만 윤재 역시 경찰서 안에서 증거를 도난당할 거라고는 생각지 못했다. 윤재가 아무 대꾸도 하지 않자 화가 났다고 여긴 건지 정언수가 풀 죽은 목소리로 사과했다.

"죄송합니다. 나기자님이 어렵게 입수했는데…… 증거 하나 간수하지 못하다니. 정말 면목이 없습니다."

"너무 의기소침해하지 마세요. 정형사님 잘못이라고 할 수도 없어요."

"아닙니다. 여기서 없어졌다는 건 분명…….""

정언수가 뒷말을 흐렸지만 무슨 말을 하려다 말았는지 알 듯했다. 본인이 속한 조직에 똥칠하는 셈이나 마찬가지니 차마 입 밖에 내지 못했으리라. 윤재가 부탁했다.

"혹시 모르니 좀 더 찾아봐주실 수 있을까요?"

"알겠습니다. 그렇게 하겠습니다."

부탁하는 사람이나 대답하는 사람이나 헛수고라는 걸 알았지만 그것 외에는 별달리 뾰족한 수도 없었다. 전화를 끊은 윤재는 휴대폰을 테이블에 내팽개쳤다.

35

곁에서 고른 숨소리가 새근새근 들려왔다. 이불도 미세지만 규칙적으로 오르락내리락했다. 윤재는 살포시 눈을 떴다. 고개를 슬쩍 돌려 예지를 바라봤다. 깊게 잠든 상태였다. 와인도 반 병 넘게 마셔서 웬만하면 깨지 않을 터였다.

윤재는 오른손으로 그녀의 목덜미를 슬그머니 받친 다음 팔베개를 해줬던 왼팔을 서서히 빼냈다. 막판에 예지가 뒤척이는 탓에 멈칫했지만 잠에서 깨어나진 않았다. 입맛을 다시더니 모로 누웠을 뿐이다.

윤재는 1분 남짓 가만히 누워 있다가 이불을 조용히 젖히고 상체를 일으킨 뒤 바닥으로 발을 내렸다. 엉거주춤 일어서서 협탁 위에 있는 휴대폰 두 개를 챙겼다. 살금살금 침실을 걸어 나와 거실을 가로질렀다. 서재 겸 옷방으로 들어가 문을 닫은 다음 벽에 등을 기대며 참았던 숨을 길게 뿜어냈다.

저녁에 근사한 레스토랑에서 와인을 마시고 예지의 집에서 외박까지 하게 된 건 전부 다 윤재의 계략이었다. 그간 데이트다운 데이트를 할 겨를이 없었다는 핑계를 댔지만 다른 속셈이 있었다.

단 하루 만에 숨 가쁘게 펼쳐졌던 사건들이 발단이 됐다. 어제 증거를 도난당했다는 연락을 받은 후 오늘 오후에 정언수에게 전화가 걸려왔다. 외장하드를 되찾을 가능성이 희박했기에 이현수와의 2차 회담을 한시라도 빨리 앞당겨야겠다고 마음먹고 있었다. 증거가 없어졌다는 소식이 그의 귀에 들어가면 도로아미타불이 될 게 뻔했으니까. 그전에 협조와 자백을 받아내야만 했다.

하지만 윤재의 계획은 전화 한 통으로 물거품이 돼버렸다. 정언수가 전해준 소식은 외장하드 절도 건을 머릿속에서 싹 지워버릴 만큼 강력하고도 충격적이었다.

첫 번째는 경덕철의 사망 소식이었다. 뺑소니 교통사고였다. 새벽녘 귀가하던 경덕철의 세단을 덤프트럭이 들이받았다. 그가 탄 차량은 손으로 힘껏 우그러뜨린 알루미늄 캔처럼 찌그러졌다. 경덕철은 물론 동승했던 조직원 한 명이 현장에서 즉사했다.

도주 트럭이 CCTV에 찍히긴 했지만 번호판 식별이 불가능해 뺑소니 범 추적에 어려움을 겪고 있었다. 경덕철이 조폭 두목이니만큼 단순 뺑소니 사고뿐만 아니라 조직 간의 세력 다툼일 가능성도 염두에 두고 수사 중이라고 했다.

윤재는 수사 방향을 완전히 잘못 잡았다고 생각했다. 뺑소니 사고도 조직 간의 전쟁도 아니었다. 주민훈이 뒤에서 손을 쓴 게 틀림없었다. 스파이가 넘긴 CCTV 영상을 보고 경덕철이 자신을 속였다는 걸 알게 됐으리라. 경덕철이 CCTV 영상을 백업해둔 속셈을 모를 리가 없었다. 훗날 자신의 목줄을 죄기 위한 협박용임을 대번에 파악했을 것이다. 그랬기에 경덕철을 처벌한 것이다. 감히 자신을 기만하고 협박하려 한 죄목으로.

두 번째 소식은 윤재를 좌절의 나락으로 떨어뜨렸다. 간밤에 이현수가 구치소 수용실에서 집단폭행을 당해 의식불명 상태라는 얘기였다. 구치소나 교도소에서 재소자끼리의 다툼이나 폭행은 심심찮게 발생한다. 온갖 거칠고 난폭한 막장 인생들이 모인 곳이다 보니 구치소에서 동료 재소자에게 맞았다 해도 크게 놀랄 만한 일은 아니었다.

문제는 이현수가 폭행당한 시기가 미묘하다는 점이었다. 새로운 CCTV 증거가 나온 후에, 윤재가 접견한 직후에, 그의 두목이 비명횡사한 날에 집단폭행을 당했다. 우연의 일치라고 보기에는 너무나 절묘한 타이밍이었다.

접견실에서 봤을 때는 어디 한 군데 멍들거나 다친 데 없이 말끔했다. 게다가 덕철파 조직원이니 딴 재소자가 함부로 건드리지도 못했을 터였다. 그런데 CCTV 영상을 도난당하자마자 같은 수용실 재소자들이 집단 린치를 가했다. 그것도 혼수상태가 될 정도로 무차별적인 폭력을 행사했다. 아예 숨통을 끊어놓을 작정이었던 게 분명했다.

병원 중환자실로 이송된 이현수는 죽지는 않았지만 죽은 거나 진배없었다. 오늘내일하는 위급한 상태인데다 설사 운 좋게 살아난다 해도 식물인간이 될 가능성이 높다고 했다.

수용실 재소자들이 하필 오늘 새벽 분노조절장애자나 폭도 무리로 변해 이현수를 공격할 이유는 하나밖에 없었다. 사주를 받은 것이다. 청부의 꼭대기에는 주민훈이 있을 테고. 결정적 비밀을 알고 있는 이현수를 입막음조로 제거한 것이리라.

주민훈은 처음부터 두 사람을 없앨 작정이었을 것이다. 예상치 못한 CCTV의 출현에 계획을 앞당긴 것뿐이다. 이로써 주민훈 응징 계획은 시작도 하기 전에 수포로 돌아갔다. 계란으로 바위가 아니라 지구를 치는 기분이었다.

뭘 어떻게 해야 될지 막막했다. 아무리 몸부림치며 발악해봤자 주민훈의 털끝 하나 건드릴 수 없었다. 빈틈을 파고드는 족족 철통같이 막아냈다. 윤재가 뛰면 상대는 순간이동을 했다. 죗값을 치르게 하기는커녕 법정에 세우는 것조차 불가능했다. 놈에게 다가가면 갈수록 희생자만 늘어났다. 백기를 들고 꼬리를 내리지 않으면 다음은 윤재 차례일 수도 있었다.

이제 그만 손을 떼야 했다. 사실 더 이상 할 수 있는 것도 없었다. 하지만 마지막으로 꼭 확인해야만 할 게 있었다. 예지가 주민훈의 스파이인지 아닌지, 경준의 죽음에 가담했는지 안 했는지. 그 여부를 확인하지 않고서는 예지와 매일같이 뉴스룸에서 얼굴을 마주할 자신이 없었다. 윤재는 귀를 기울여 침실 쪽 동향을 살폈다. 어떤 기척도 들리지 않는 걸 보니 예지는 잠에 깊게 빠져 있는 듯했다.

윤재는 불도 켜지 않고 행어와 책꽂이 사이 빈 공간에 쭈그려 앉았다. 몰래 집어 온 예지의 휴대폰 액정을 톡톡 두 번 두드려 깨웠다. 액정이 켜졌고 화면을 밀자 지문 정보 또는 패턴을 입력하라는 잠금 화면으로 바뀌었다. 지문은 윤재가 어찌할 수 없는 부분이지만 패턴은 알고 있었다.

우연찮게 곁에서 패턴 그리는 걸 본 적도 있고, 그녀의 휴대폰을 몇 차례 사용한 적도 있었다. 예지도 윤재가 자기 패턴을 안다는 걸 알고 있었고 그 사실에 전혀 개의치 않았다. 그녀 또한 윤재의 휴대폰 패턴을 알고 있었다.

하지만 윤재는 이제껏 예지 몰래 휴대폰을 뒤져본 적이 없었다. 그럴 이유가 없었으니까. 최초로 여자 친구의 휴대폰을 훔쳐볼 이유가 생기고 말았다. 사생활이나 개인정보를 알아내기에는 한시도 몸에서 떼놓지 않는 휴대폰만 한 게 없다.

그쪽과 메시지나 연락을 주고받았다면 기록이 남아 있을 터였다. 통화 내역에서 한민그룹이나 주민훈의 번호가 나올 수도 있다. 근무표를 찍은 사진이나 경준의 사진이 갤러리에 저장돼 있을 수도 있었다.

점을 이어서 패턴을 그리자 홈화면이 나왔다. 윤재는 통화 기록부터 살펴봤다. 오늘부터 시작해서 밑으로 날짜를 거슬러 올라가기 시작했다. 이름이 표시된 건 저장된 번호이니 크게 신경 쓸 필요가 없었다.

스쿱뉴스와 명정일보 부서 번호 그리고 기자 이름이 자주 눈에 띄었다. 내역을 훑어보다 저장돼 있지 않은 번호가 보이면 윤재의 휴대폰 메모장에 옮겨 적었다. 나중에 확인해볼 작정이었다. 이중에 한민 측 번호가 있을 가능성도 배제할 수 없었다. 사건 발생일 이전까지 살펴봤지만 크게 눈여겨볼 만한 건 없었다.

사진 갤러리에서도 헛물을 켰다. 윤재와 둘이 찍은 사진들만 눈에 띄지 않게 별도 앨범을 만들어서 관리하고 있을 뿐이었다. 근무표도, 경준의 얼굴 사진도 보이지 않았다.

사진 갤러리를 나와 카톡으로 들어간 순간 갑자기 방문이 벌컥 열렸다.

"안 자고 뭐 하는 거야?"

문간에 선 예지가 눈을 비비며 잠긴 목소리로 말했다. 윤재는 경직된 표정으로 얼버무렸다.

"아, 아무것도 아냐. 잠이 안 와서 휴대폰으로 인터넷 서핑 좀 하고 있었어."

"선배 다리 밑에 있는 거 내 휴대폰 아냐?"

문이 열리는 것과 동시에 잽싸게 예지의 휴대폰을 허벅지 밑에 깔고 앉았지만 들킨 모양이었다. 윤재는 궁색한 변명을 늘어놨다.

"아…… 뭐 좀 같이 비교해볼 게 있어서 네 휴대폰 좀 가져왔어."

윤재는 휴대폰을 내밀었다. 휴대폰을 받아 든 예지는 화면을 쓱 보더니 윤재에게 눈을 돌렸다. 잠결로 멍했던 얼굴은 온데간데없었다. 고개를 삐딱하게 기울이고 의심의 눈초리를 던지고 있었다.

"뭘 비교했는데?"

"아…… 노트북. 지금 쓰는 건 오래되기도 했고 배터리가 슬슬 맛이 가는 거 같아서."

"그래? 어디서 검색했는데?"

"뭐, 그냥 포털에서 검색했지."

"그렇단 말이지?"

예지가 휴대폰을 조작하는 걸 윤재는 초조한 눈길로 지켜봤다. 그녀의 손가락이 액정 위를 민첩하게 움직이다가 어느 순간 멈췄다. 화면을 쏘아보는 눈빛이 한층 더 차가워진 느낌이 들었다. 그녀가 대뜸 휴대폰 화면을 윤재의 눈앞에 들이댔다. 포털 사이트 검색창 밑으로 최근 검색어가 주르륵 나열돼 있었다.

"최근 검색어에 노트북 관련 키워드는 눈을 씻고 찾아봐도 없는데? 대체 이 새벽에 여기서 뭘 한 거야, 불도 안 켜고?"

궁지에 몰린 윤재는 볼 안쪽을 씹으며 머리를 팽팽 굴렸지만 마땅한 핑계가 떠오르지 않았다. 윤재가 묵비권을 행사하는 와중에 예지가 정곡을 찔렀다.

"설마 내 휴대폰 뒤져본 거야?"

"내가 네 휴대폰을 왜 뒤져?"

뜨끔했지만 잡아떼는 수밖에 없었다.

"그게 아니면 내가 자고 있는 사이에 휴대폰을 몰래 가져와서 볼 이유가 뭔데? 노트북 비교해보려고 했다는 거짓말은 또 왜 하고?"

대답이 궁했다. 네가 주민훈의 개냐고, 단도직입적으로 묻고 싶은 마음도 굴뚝같았지만 입이 떨어지지 않았다. 예지가 스파이여도 문제였고 스파이가 아니어도 문제였다. 입 밖에 내는 순간 둘의 관계는 돌이킬 수 없는 파국으로 치달을 터였다. 예지가 혼잣말하듯 중얼대는 소리에 윤재는 퍼뜩 고개를 들었다.

"그러고 보니 오늘도 좀 이상했어. 한동안 연락도 잘 안 되고 매번 선약 있다면서 바쁜 척하던 사람이 왜 갑자기 와인을 마시자고 하고 집에서 자고 가겠다고 한 걸까. 석연찮은 구석이 없는 건 아니었지만 그냥 간만에 나랑 같이 있고 싶어서 그런가 보다 했는데…… 처음부터 휴대폰을 훔쳐볼 속셈이었던 건가."

"뭘 자꾸 훔쳐봤다고 그래. 너도 내 휴대폰 가끔씩 들여다보잖아."

"그걸 지금 말이라고 하는 거야? 나는 선배가 옆에 있을 때만 썼잖아. 그때도 인터넷이나 게임만 했지, 카톡이나 문자 메시지 같은……."

예지의 목소리가 돌연 뚝 끊어졌다. 말하다 보니 어떤 생각에 다다른 듯했고 그 생각이 그녀를 경악하게 만든 모양이었다.

"거짓말이었구나? 선배가 잘못 짚었다고 한 거. 경준이 사건에서 손 뗐다고 말한 거 전부 다. 그동안 남몰래 계속 조사해왔던 거야. 병가 낸 것도 그럼……."

윤재는 아무 대답도 하지 않았지만 그게 곧 긍정을 의미한다는 걸 예지도 알고 있었다.

"휴대폰을 뒤진 까닭이 날 의심해서야? 내가 경준이의 죽음과 관련이 있다고 생각하는 거냐고?"

그녀가 떨리는 목소리로 물었다. 윤재가 무슨 소리냐고, 말도 안 되는 얘기라며 단박에 일축해주길 바라는 듯한 절박함이 깃들어 있었다. 윤재는 쓰게 입맛을 다셨다. 이렇게 된 이상 묻지 않을 수 없었다.

"정말 아무 관련 없어? 경준이랑?"

예지는 금방이라도 주저앉을 것처럼 위태로워 보였다. 극도로 상처 받은 표정이었다. 그녀의 반응에 엄청난 오판과 실수를 저질렀다는 생각이 들면서도 한편으로는 이마저도 가증스러운 연기가 아닐까 하는 의심을 지울 수가 없었다. 마지막 남은 기력을 쥐어짠 목소리로 예지가 입을 열었다.

"……진심이구나. 진짜 그렇게 생각하는구나. 왜…… 왜 그렇게 생각한 거야?"

"편집기자 근무표, 그리고 한민그룹 레스토랑 티켓."

예지는 해명할 가치도 없다는 듯이 코웃음을 쳤다. 이렇게 한심한 얘기는 처음 듣는다는 얼굴이었다. 가뜩이나 패배감에 휩싸여 바닥을 친 윤재의 마음에 그 표정이 불을 질렀다.

"경준이의 자살에 의혹을 제기했을 때부터 너는 줄곧 부정적이고 비판적인 입장을 고수해왔어. 내 얘기를 들어볼 가치도 없는 음모론으로 치부하면서. 진상을 조사하려는 날 학을 떼며 뜯어말렸지. 내 안위를 염려해서 그런 건 줄 알았는데 진실에서 멀어지게 하려는 행동이었던 건지도 모르지. 그래서 그토록 내가 어디를 갔는지, 누구를 만났는지, 뭘했는지 꼬치꼬치 캐물었던 걸 수도 있고."

한번 물꼬가 터진 입은 의지와 상관없이 의혹인지 단정인지 그도 아니면 비방인지 모를 말들을 마구 쏟아냈다. 주민훈에게 못다 한 설욕과 그간 꾹꾹 쌓였던 울분을 화풀이하듯 폭발시켰다. 예지가 진절머리 난다는 표정으로 소리를 빽 질렀다.

"제발! 그만 좀 해! 음모론이라면 이제 지긋지긋해! 경준이는 자살했어! 스스로 목숨을 끊었다고. 그러니까 선배…… 제발 정신 좀 차려."

흐느끼는 듯한 마지막 한마디는 간절한 하소연에 가까웠다. 여기서 멈춰야 한다는 걸 윤재도 알고 있었다. 하지만 반사적으로 모진 말이 튀어나왔다.

"정말 아니야? 주민훈이랑 아무 관계도 없냐고? 진짜 경준이를 죽이는 데 손톱만큼도 일조하지 않았어?"

순간 눈앞이 번쩍이며 윤재의 고개가 홱 돌아갔다. 예지의 손은 매웠다. 희한하게도 맞은 사람보다 때린 사람이 더 아파 보였다.

36

환송회 분위기는 물먹은 솜처럼 축 가라앉아 있었다. 일부러 뉴스룸 인원만 따로 모였건만 석별의 정을 나누지도 못했고 흥겹지도 않았다. 데스크와의 마지막 회식이기 때문만은 아니었다.

연중헌은 한사코 부정했지만 경준이의 자살이 퇴사에 지대한 영향을 끼쳤다는 사실을 모르는 이는 없었다. 연중헌의 얼굴에도 짙은 그늘이 드리워져 있었다. 한잔하자고 하면 자다가도 벌떡 일어났던 양반이 오늘은 술을 입에 대지도 않았다. 그저 몸이 안 좋다는 평계로. 세상의 모든 짐을 혼자 짊어진 표정으로 꿰다놓은 보릿자루처럼 자리를 지킬 뿐이었다.

윤재도 술자리가 편하지는 않았다. 뉴스룸에 출근하는 것 자체가 가시방석에 앉은 기분이었다. 그날 이후 예지와는 말 한마디도 섞지 못했다. 차라리 대놓고 무시하거나 경멸의 눈초리를 보냈으면 조금이나마 마음이 편했을 것이다. 예지는 표정과 감정을 잃어버린 사람 같았다. 다른 사람과 짤막한 대화를 나누는 목소리는 공허했고 눈동자는 텅 비어 있었다. 보기 안쓰러웠고 미안하기도 했지만 무슨 말을 해야 될지 알 수가 없었다. 그녀가 끄나풀인지 아닌지 명확히 밝혀진 게 아무것도 없기 때문이었다. 분명한 건 둘의 관계는 확실하게 끝났다는 사실이었다.

회식이 파장 분위기로 치달을 무렵 희선이 연중헌을 향해 소주병을 들었다.

"데스크, 그래도 마지막인데 한잔만 받으세요."

그것까지 거절하기는 미안했던지 연중헌이 술을 받아 단숨에 입안에 털어 넣었다. 그게 신호라도 된 것처럼 다들 돌아가며 한잔씩 권했다. 뒤늦게 발동이 걸린 그는 술을 배 속에 들이붓기 시작했다. 30분도 안 돼 얼굴이 불콰하게 달아올랐고 눈은 완전히 풀렸다.

누가 따라주지 않아도 맥주 컵에 소주를 콸콸 따라 자작을 하는 지경에까지 이르렀다. 보다 못한 유진이 그만 드시라고 말렸지만 소용없었다. 결국 아무리 마셔도 취한 모습을 보인 적이 없었던 그는 인사불성이 돼버렸다. 불편한 자세로 허리를 꺾고 방바닥에 널브러진 채 뻗어버렸다. 희선이 겸연쩍은 어조로 말문을 뗐다.

"제가 괜히 술을 권했나 봐요."

"괜찮아. 마지막이잖아. 데스크도 좀 취하고 싶으셨던 것 같고."

윤재가 말했다. 은빈이 걱정스러운 눈길로 연중헌을 바라봤다.

"어떡하죠? 혼자서는 못 가실 거 같은데……."

"내가 댁까지 모셔다드릴게. 대리 좀 불러줄래?"

윤재가 연중헌에게 다가가 어깨를 잡고 흔들었다.

"데스크, 이제 그만 일어나세요. 집에 들어가셔야죠."

아무리 깨워도 연중헌은 일어날 기미가 없었다.

"민수야, 그쪽 팔 좀 잡아봐."

"네."

윤재와 민수가 어깻죽지를 양쪽에서 잡고 일으키려는 찰나 연중헌이 거친 숨결과 함께 잠꼬대를 뱉어냈다.

"미안하다, 경준아. 정말 미안해. 나 때문에 네가……."

순간 자리에 있던 모두의 얼굴에 착잡함과 측은함이 교차했다. 연중헌은 자신이 윗선의 모진 질책과 징계를 막아주지 못했고 그로 인해 경준이가 자살했다고 믿고 있었다. 윤재의 뱃속에서 죄책감과 함께 부아가 치밀었다. 본인 탓도 아닌데 자기 탓으로 돌리며 괴로워하는 사람이 있는 반면 범죄에 가담한 걸 모르쇠로 일관하며 안면 몰수하는 사람도 있었다. 윤재는 다소 성난 목소리로 다 들으란 듯이 씩씩거렸다.

"데스크! 경준이가 죽은 건 데스크 잘못이 아니에요. 경준이의 죽음에 데스크는 아무 책임도 없어요. 데스크가 이러실 필요가 없다고요."

어차피 연중헌은 못 듣겠지만 상관없었다. 그에게 한 말이 아니었다. 여기저기서 안타까운 한숨이 흘러나왔다. 눈시울을 살짝 붉히는 사람도 있었다.

민수와 함께 연중헌을 부축해 방을 나서던 윤재는 예지와 눈이 마주쳤다. 서늘하기 짝이 없는 눈동자에 야속함이 언뜻 스쳤다 사라진 것 같았다. 한편으로는 무척 서글퍼 보이기도 했다.

연중헌을 그의 차 뒷좌석에 태운 후 팀원들은 각자의 집으로 뿔뿔이 흩어졌다. 윤재는 예지를 힐끔 곁눈질했지만 그녀는 뒤도 돌아보지 않고 떠났다. 씁쓸한 뒷맛이 목구멍을 메웠다. 차 안에서 대리기사를 기다리는데 온갖 잡념들이 머릿속을 들쑤셨다.

산산조각 난 예지와의 관계도, 망가진 연중헌의 모습도 지켜보기 고통스러웠다. 조만간 연중헌에게는 진실을 귀띔해줘야겠다고 다짐했다. 평생 그가 상심의 늪에서 허우적대는 꼴을 방관할 수는 없었다.

헤드레스트에 머리를 기댄 채 울적한 기분에 빠져 있는데 누군가 운전석 창문을 똑똑 두드렸다.

"어디로 가시죠?"

시동을 켜고 안전벨트를 매며 대리기사가 물었다.

"내비 찍어드릴게요."

윤재는 상체를 숙여 내비게이션을 작동시켰다. 화면을 터치해 최근 목적지 메뉴로 들어갔다. 연중헌의 집 주소는 상단 첫 번째에 고정돼 있었다. 그걸 누르려던 순간 아래쪽에 있던 주소 하나가 눈에 띄었다.

서울특별시 강서구 까치산로……

왠지 모르게 낯익게 느껴졌다. 어디서 본 거 같기도 한데 기억이 나질 않았다.

윤재는 연중헌의 집 주소를 찍은 뒤 안내 버튼을 눌렀다. 화면에 경로가 설정되며 안내음성이 흘러나왔다. 출발한 지 10분쯤 지났을 때 뒷좌석에서 옹알대는 소리가 들려왔다.

윤재는 뒤를 돌아봤다. 연중헌은 태아처럼 몸을 웅크린 채 모로 누워 있었다. 악몽을 꾸는지 괴로운 표정으로 끙끙대더니 이내 잠잠해졌다. 도착 시간이 얼마나 남았는지 확인해보려고 내비게이션 쪽으로 눈길을 돌렸다. 순간 망각 속에 가라앉았던 기억이 부표처럼 불쑥 솟아올랐다.

윤재는 휴대폰의 지도 어플로 손가락을 뻗었다. 마음이 급하다 보니 손가락이 자꾸 엇나가 다른 앱을 건드렸다. 조바심을 억누르며 지도 어플 검색창에 커서를 놓자 최근 검색어가 밑으로 펼쳐졌다. 스크롤을 아래로 내리다가 이윽고 멈췄다. 윤재의 시선이 한 지점에 꽂혔다. 유명빌라. 윤재는 숨을 죽이고 유명빌라를 터치했다. 화면에 유명빌라 좌표가 찍힌 지도가 떴고 하단에는 상세 주소가 적혀 있었다. 윤재는 뚫어질 듯이 그 주소를 노려보았다.

서울특별시 강서구 까치산로16길 23-10

경준이 살았던 집이었다. 윤재는 우두커니 휴대폰을 들고 있다가 정신을 차리고 대리기사에게 양해를 구했다.

"기사님 잠깐만 안내 종료할게요. 주소 좀 확인해야 될 것 같아서요."

"그러세요."

윤재는 이전 버튼을 눌러 안내 중인 화면을 빠져나왔다. 상단에 지도와 검색창이, 하단에는 최근 목적지가 보였다. 스크롤을 내리다 아까 봤던 주소를 발견했다.

서울특별시 강서구 까치산로⋯⋯

주소 뒷부분은 잘려서 보이지 않았다. 뒤쪽 상세주소는 다를 수도 있다. 서울은 의외로 좁다. 저 동네에 연중헌의 친척이 살 수도 있고 저곳에서 친구를 만났을 수도 있다. 경우의 수는 무궁무진하다. 주소를 눌러 확인해보면 금방 끝날 일을 그를 변호해주며 망설이고 있었다.

솔직히 겁이 났다. 추악한 진실을 마주하게 될까봐. 숨을 죽이고 손끝으로 주소를 건드리자 경로가 표시된 지도로 바뀌었다. 상단에는 상세주소가 나와 있었다.

주소를 눈으로 좇던 윤재는 벼랑 끝에 선 것처럼 정신이 아득해졌다. 걱정스러운 기사의 말투에 겨우 제정신으로 돌아왔다.

"이제 내비를 켜주셔야 될 거 같은데요."

싸늘한 냉기에 연중헌은 몸서리를 치며 눈을 떴다. 그는 고개만 들고 제대로 떠지지 않는 게슴츠레한 눈으로 주위를 둘러봤다. 그러다 차 안이란 걸 깨닫고 인상을 찌푸렸다. 그는 시트를 팔로 짚은 채 앓는 소리를 내며 몸을 일으켰다. 손바닥으로 팔뚝을 비비며 몸을 부르르 떨었다.

차츰 정신이 돌아오면서 머리가 깨질 듯한 두통과 속이 울렁거리는 숙취도 동반됐다. 환송회 막판에 부어라 마셔라 한 것까지는 생각났지만 그 뒤로는 필름이 끊겼는지 아무 기억도 나지 않았다.

무슨 수로 회식 장소에서 차 뒷좌석으로 순간이동을 한 건지 짐작조차 되지 않았다. 만취한 상태로 음주운전을 한 걸까. 아니면 애들이 차 안에 집어넣고 간 건가. 여기가 회식 장소 근처인지 집 앞인지도 가늠이 되지 않았다.

해일처럼 밀려드는 숙취에 이맛살을 찌푸리며 창밖을 내다봤다. 바깥은 아직 깜깜했다. 어두워서 잘 보이진 않았지만 모든 풍경이 낯설었다. 적막에 둘러싸인 주택가였는데 집 근처도, 회식 장소도 아니었다. 인사불성 상태로 운전한 탓에 엉뚱한 데로 차를 몰고 온 모양이었다.

필름이 끊긴 상태로 핸들을 잡았다고 생각하니 아찔했다. 연중헌은 차 문을 열고 밖으로 나왔다. 바닥에 발을 딛자마자 다리가 풀려 넘어질 뻔했지만 차 문을 붙잡아 흉한 꼴은 모면할 수 있었다.

새벽 공기를 들이마시자 두통과 숙취가 한결 가시는 느낌이었다. 어스름한 새벽녘의 주택가를 두리번거려봤지만 눈에 익은 이정표나 건물은 보이지 않았다. 역시나 엉뚱한 데로 차를 몰고 와서 노숙을 했나 보다. 차를 빙 둘러 운전석 쪽으로 가던 연중헌은 멈칫했다.

시야 끝에 무심코 포착된 빌라가 그의 발길을 덥석 붙잡았다. 빌라 이름을 본 그의 눈이 튀어나올 듯 커졌다. 앞니가 달달 맞부딪쳤고 눈꺼풀은 경련으로 제멋대로 실룩였다.

경준이 살았던 빌라 앞에 서 있다는 걸 깨달은 연중헌은 옴짝달싹할 수가 없었다. 소름 끼치도록 무서운 뭔가가 쫓아오는데 죽을힘을 다해 도망쳐도 제자리에서 벗어나지 못하는 악몽을 꾸는 듯했다. 꿈이길 바라며 눈을 질끈 감았다 떴지만 유명빌라는 변함없이 눈앞에 있었다.

연중헌은 귀신에 홀린 듯이 빌라를 향해 발걸음을 옮겼다. 왜 그곳으로 기어들어가려 하는지 스스로도 답을 줄 수가 없었다. 뭔가를 확인해 보고 싶었는지도 모른다. 무의식 속에 움튼 죄책감이 자신을 여기로 인도한 건지, 아니면 다른 이유가 있는지.

빌라는 쥐 죽은 듯이 고요했고 복도에는 아무도 없었다. 심장이 목구멍으로 튀어나올 것 같은 두려움을 삼키며 연중헌은 202호 앞에 섰다. 초인종을 누르면 목을 매단 경준이 문을 열어줄 것만 같은 상상에 오한이 일었다.

현관 손잡이를 당겨봤다. 잠겨 있었다. 당연하다면 당연한 일에 그는 가슴을 쓸어내렸다. 더 이상 여기 있을 이유가 없었다. 도망치듯 돌아서는데 나지막한 목소리가 그를 제자리에 못 박히게 만들었다.

"범인은 사건 현장으로 돌아오게 돼 있다."

어둠 속에서 윤재가 모습을 드러내자 연중헌의 낯빛이 새하얗게 질렸다. 윤재가 연달아 말했다.

"범죄 영화에 곧잘 나오는 식상한 대사예요."

"네, 네가…… 여기를…… 어떻게…….

"데스크는 이 시간에 왜 경준이 집 앞에 계신 거예요?"

"나도…… 잘 몰라……. 깨어나보니 여기였어."

"경준이에 대한 죄책감이 무의식중에 데스크를 여기로 데려온 건 아니고요?"

"대, 대체 무슨 말을 하는 거냐? 경준이에 대한 죄책감이라니? 나도 여기 어떻게 왔는지 모르겠구나."

그가 시선을 내리깔았다. 혼란스럽고 당황스러운 기색이 역력했다.

"데스크는 모르실 수밖에요. 실은 제가 모시고 왔어요."

"······네가? 여기는 왜?"

연중헌이 모깃소리만 한 목소리로 물었다. 내심 안도하면서도 대답을 듣기가 두려운 표정이었다.

"환송회에서 완전히 뻗으셨거든요. 댁에 모셔다드리려고 대리기사를 불렀어요. 내비를 켜고 데스크 집을 찍으려고 했는데 최근 목적지 리스트에서 낯익은 주소가 보이더군요. 그걸 보고 데스크가 여기 왔었던 걸 알았어요. 경준이가 죽던 날 밤에요."

자포자기했는지 그는 발뺌도 하지 않고 고개를 푹 떨어뜨렸다.

"저는 여태까지 엉뚱한 사람을 의심하고 있었어요. 그 사람이 근무 정보를 넘겨줬다고 생각했죠. 오늘에서야 헛짚었다는 걸 깨달았어요. 진짜 첩자는 따로 있었는데······. 집 안에서는 침입의 흔적이 전혀 발견되지 않았어요. 그 점이 사건을 자살로 결론짓는 데 커다란 기여를 했죠. 보통 침입한 흔적이 없다는 건 침입자가 없다는 뜻이니까요.

하지만 집 안에는 제2의 인물이 있었어요. 침입의 흔적을 남기지 않고 집 안에 들어갈 수 있는 방법이 하나 있더군요. 굉장히 간단한 방법이오. 집주인이 손수 문을 열어주면 돼요. 방문자의 탈을 뒤집어쓰는 거죠. 아무리 방문객으로 위장했다 해도 오밤중에 순순히 문을 열어주는 사람은 없어요. 그렇지만 경준이는 흔쾌히 열어줬어요. 왜 그랬을까요? 잘 아는 사람이었던 거예요."

윤재의 한마디 한마디가 연중헌의 어깨를 짓누르는지 그의 몸이 갈수록 쭈그러들었다.

"그래서 그렇게 힘들어하셨던 거예요. 회사를 그만두는 것도 그 때문이고요. 술김에 경준이의 죽음이 본인 탓이라고 자책하신 것도 상사로서의 책임감 때문이 아니라 실제로 살인에 가담했기 때문이었던 거고요."

양심의 수압을 견디지 못하고 거짓의 둑이 터졌는지 그가 마침내 이 실직고했다.

"미안하다. 정말 미안해. 죽을죄를 졌다. 그자가 경준이를 죽일 줄은 정말 몰랐어. 그저 기사에 대해 몇 가지 물어본다고만 했었는데……."

"왜 그러셨어요? 도대체 왜?"

윤재가 손끝을 떨며 절규했다. 복도에 고함 소리가 메아리쳤다. 연중헌은 아무 대꾸 없이 어깨를 들썩이며 흐느낄 뿐이었다. 윤재의 몸속에서 배신감과 실망감이 뒤섞여 소용돌이치다가 입 밖으로 분출됐다.

"돈 받고 경준이를 팔아먹은 거예요? 아니면 그쪽에서 임원급 자리라도 하나 마련해준대요?"

"아니다, 그런 건 절대 아니야!"

머리가 떨어져나가지는 않을까 싶을 만큼 고개를 마구 흔들며 연중헌이 부인했다.

"그자가 협박을 했어. 협조하지 않으면 딸을 가만두지 않겠다고. 이름과 학교까지 줄줄 읊으면서 시키는 대로 하지 않으면 평생 후회하게 될 거라고 위협하는 바람에 어쩔 수가 없었다. 선택의 여지가 없었어."

연중헌의 말은 신빙성 있게 들렸다. 가족, 특히 자식의 이름을 들먹이며 협박하는 수법이 양정남에게 했던 방식과 동일하기 때문이었다. 우연찮게 엿들었던 연중헌과 딸의 통화 내용도 비로소 납득이 갔다. 경제 사정 때문에 휴학을 권했다고 지레짐작했는데 실은 협박 때문이었던 것이다. 퇴사 후 가족끼리 고향에 내려가겠다고 한 것도 당분간 가족과 함께 피신할 생각이었던 것이리라.

몹쓸 선택을 할 수밖에 없었던 연중헌이 안쓰러워지는 것과 동시에 비열한 협박을 일삼는 놈에 대한 증오가 맹렬하게 솟구쳤다.

"데스크를 협박했다는 자와 같이 왔던 거예요?"

연중헌이 힘없이 고개를 끄덕였다.

"내가 여기까지 태우고 왔다."

"그다음에는요?"

"202호 초인종을 눌렀지. 인터폰으로 내 목소리를 들은 경준이는 약간 놀란 것 같더구나. 그자가 시킨 대로 기사 관련해서 물어볼 게 있다고 둘러댔어. 긴박한 사항이라 관계자와 함께 밤늦게 왔다고 했지."

"그자랑 같이 집에 들어간 겁니까?"

"그 남자 혼자 들어갔어. 내게는 집으로 돌아가라고 명령했고."

"데스크를 협박한 놈의 인상착의가 어떻게 됩니까?"

연중헌의 눈이 기억 저편을 더듬었다.

"중키에 날카로운 눈빛을 지닌 남자라는 것밖에는…… 얼굴을 제대로 본 적이 없어. 자기 얼굴을 본 사람은 다 죽었다고 을러대서…… 직접 본 것도 그때가 처음이자 마지막이었고."

"그자가 한민그룹이나 주민훈에 대해 언급한 적이 있습니까?"

"한 번도 없었어. 그자가 원했던 거라고는 그 기사를 등록하고 제목을 단 기자가 누구냐는 것뿐이었어. 그 외에는 아무 말도 하지 않았어."

"경준이가 죽은 후에도 그자와 접촉한 적이 없는 거예요?"

연중헌은 우물쭈물하며 대답하지 못했다. 윤재가 채근했다.

"괜찮으니까 말씀하세요."

"실은 그 뒤에 연락이 한 번 왔었어. 윤재, 너에 대해서 물어봤다."

"저에 대해서 뭘 물어봤는데요?"

"네가 요새 뭘 하고 다니는지, 무슨 냄새를 맡은 건지 캐물었지. 난 아무것도 모른다고 했어. 실제로 아무것도 몰랐으니까. 뉴스룸 업무 외에는 직원들이 바깥에서 뭘 하는지 알 도리도 없고 간섭할 수도 없다고 하니까 알았다면서 으름장을 놨어. 너도 이제 공범이 됐으니 입을 다물라고. 실토하게 되면 감옥에서 딸의 변고를 듣게 될 거라고 말이야."

놈의 목소리가 귓가에 되살아났는지 연중헌의 얼굴이 두려움으로 물들었다. 몇 가지를 더 물어봤지만 그에게서 뽑아낼 건 아무것도 없었다. 안드로메다 클럽 사건의 내막도 몰랐고 주민훈이 배후에 있다는 것도 알지 못했다. 경덕철이나 이현수란 이름도 처음 들어본다고 했다.

꼬리를 잡았다고 여겼는데 연중헌은 아무 도움도 되지 못했다. 주민훈으로 연결될 만한 정보는 처음부터 모조리 차단한 것이다. 철두철미하고 용의주도한 놈이었다. 덕철파에게도 오로지 클럽 문제의 뒤처리만 하청을 준 듯했다. CCTV 제거와 대타. 경준이를 자살로 위장해 살해한 일, 양정남과 연중헌을 협박한 일, 그리고 윤재를 습격한 일 등은 주민훈의 수하가 직접 나선 것 같았다.

"그자와 연락은 어떻게 취했습니까?"

"그자가 연락을 해왔어. 발신표시제한 번호로. 내가 그쪽에 연락한 적은 없어. 연락할 번호도 모르고."

예상했던 일이기에 실망스럽지도 않았다. 윤재가 당부했다.

"만약 연락이 오면 저한테 꼭 알려주세요. 아셨죠? 그리고 데스크는 저한테 아무 말씀도 안 하신 겁니다."

"경찰에는……."

"신고해봤자 데스크만 위험해져요. 그자가 누군지도 모르잖아요. 우리한테는 아무것도 없어요. 데스크가 협박당했다는 증거조차 없잖아요."

그가 머뭇대다가 의기소침한 얼굴로 물었다.

"근데 그자는 경준이를 왜 죽인 거냐? 그 기사에 대체 뭐가 있길래? 경준이가 알아선 안 되는 비밀을 파헤쳤던 거야?"

이번에는 윤재가 고해성사를 할 차례였다.

"경준이는 아무것도 몰랐어요. 억울하게 희생된 거예요. 그 기사는…… 제가 썼거든요."

"그게 무슨……."

"데스크 몰래 저랑 경준이랑 근무를 바꿨어요. 그 기사를 등록하고 낚시 제목을 단 사람은 경준이가 아니라 저예요."

연중헌이 아연실색한 얼굴로 입을 벌렸지만 너무나 충격적이라 목소리도 나오지 않는 듯했다. 한참이나 지나서야 가까스로 말문을 뗐다.

"그런 일이 있을 줄은…… 전혀 몰랐구나……. 그럼 앞으로 우리는 어떻게 해야 되지?"

해답을 알려주길 애원하는 얼굴로 연중헌이 물었다. 막막한 건 윤재도 마찬가지였지만 가장 먼저 해야 할 일이 뭔지는 알았다.

"일단 누구를 좀 만나야 할 것 같아요."

37

"소란 피우지 말고 그만 돌아가."

인터폰에서 얼음장 같은 목소리가 쏟아붙였다. 수십 차례 연락을 시도했지만 전화를 받지 않았다. 카톡과 문자도 계속 씹었다. 나중에는 휴대폰 전원까지 꺼버렸다. 집으로 찾아가 수없이 벨을 누른 끝에 가까스로 얘기를 하게 됐지만 예지는 냉담하기 짝이 없었다. 윤재가 애원했다.

"꼴도 보기 싫겠지. 나도 알아. 내가 다 잘못했어. 그래도 잠깐만 만나줘. 꼭 해야 할 말이 있어. 부탁이야. 5분이면 돼."

"난 선배랑 할 말 없어. 더 이상 아무 얘기도 하고 싶지 않아. 그리고 지금이 몇 신지나 알아? 이웃 사람들한테 민폐 끼치지 말고 빨리 가."

"딱 5분만. 5분만 기회를 줘. 너한테 사과하고 싶어. 용서해달라고는 안 할게. 사과만이라도 할 수 있게 해줘."

"사과도 선배 속 편하자고 하려는 거 아냐? 진심이 담기지 않은 사과는 받고 싶지 않아."

"왜 진심이 아닐 거라고 생각해?"

"여전히 의심하고 있잖아. 내가 경준이의 죽음과 연관돼 있다고. 뉴스룸에서 불편하게 지내기 싫으니까 직장 생활에 지장을 주지 않을 정도로만 관계 개선을 하려는 거 아냐? 공과 사는 철저하게 구별해줄 테니까 이럴 필요 없어. 이만 끊을게."

연결이 끊어지기 직전 윤재는 인터폰에 대고 외쳤다.

"데스크야! 데스크였다고! 경준이의 죽음에 관련된 사람은!"

윤재는 허리를 곧게 펴고 두 손을 무릎 위에 단정하게 올린 자세로 침을 삼켰다. 마치 벌 받으러 교무실로 불려온 학생처럼. 윤재를 외면한 채 팔짱을 낀 예지는 뾰로통한 표정이었지만 자못 궁금한 기색도 엿보였다. 주눅 든 자세로 눈치를 살피던 윤재는 의자에서 내려와 바닥에 무릎을 꿇었다. 예지의 눈이 다소 커졌다.

"정말 미안해. 모든 게 내 착오고 실수였어. 전부 내 탓이야. 내가 진짜 미쳤었나 봐. 아무 잘못도 없는 너를 범죄자 취급하며 비난하고 추궁하다니. 너를 볼 면목도, 용서해달라고 빌 자격도 없지만…… 정말 미안해. 진심이야."

사죄의 말을 가만히 되새겨보는 듯했던 예지의 눈에서 별안간 굵은 눈물방울이 뚝뚝 떨어졌다. 그간의 설움이 울컥 북받쳐 오른 모양이었다. 울음을 참으려고 이를 악물던 예지는 끝내 손에 얼굴을 묻더니 서럽게 울기 시작했다. 윤재는 몸 둘 바를 몰라 입술만 깨물었다. 한참 눈물을 쏟아내던 그녀가 불쑥 윤재를 바라보더니 울먹거리며 구박했다.

"바보같이 뭐하는 거야?"

"어?"

"계속 여자 친구 혼자 울게 놔둘 거야? 안아주고 달래줘야지!"

윤재는 허둥지둥 일어나서 그녀를 감싸 안았다. 들썩이는 예지의 등을 가만히 쓸어주고 토닥여줬다. 잠시 후 마음이 다소 진정됐는지 그녀가 후 하며 후련하다는 듯 숨을 뱉어냈다. 그녀의 팔뚝을 부드럽게 어루만지는데 별안간 예지가 윤재의 품에서 빠져나왔다. 그러더니 퉁퉁 붓고 벌게진 눈으로 윤재를 흘겨봤다.

"바보 멍청이 같으니라고. 어떻게 날 의심할 수가 있어?"

윤재가 겸연쩍은 표정으로 목덜미를 긁적였다.

"입이 열 개라도 할 말이 없네. 진짜 바보 멍청이 같은 짓을 했으니."

"흥, 한 번만 더 그러기만 해봐. 진짜 가만 안 둘 거야."

"앞으로는 절대 이런 일 없을 거야. 맹세할게."

"두고 보셨어. 근데…… 아까 한 말은 뭐였어? 데스크가 관련돼 있다니."

무거운 진실을 전하려니 입이 떨어지지 않았지만 말해야 했다. 예지도 들을 각오가 됐는지 결연하게 턱을 끌어당겼다. 자세를 고쳐 앉은 윤재는 나지막한 투로 이야기를 시작했다. 주관적인 해석과 감상을 배제한 채 오로지 사실만을 전달하려고 노력했다. 핵심만 짚어 요약했는데도 이야기를 마쳤을 때는 30분 넘게 시간이 지나 있었다.

사건의 내막을 알게 된 예지는 한동안 말을 잇지 못했다. 경준이가 살해당했다는 주장이 허무맹랑한 음모론이 아니었다는 것에도 경악을 금치 못했지만 연중헌이 연루됐다는 사실에 더 큰 충격을 받은 듯했다. 뻐끔거리던 예지의 입에서 넋 나간 것 같은 말이 새어나왔다.

"어떻게…… 그런 일이……."

"데스크 심경도 참담하기 그지없을 거야. 가족을 볼모로 협박당하지 않았으면 그런 선택을 할 사람이 아니니까."

"정말 무슨 말을 해야 될지 모르겠어. 경준이도 불쌍하지만 데스크도 너무 안됐어. 오나연이라는 피해자는 두말할 것도 없고……. 이 모든 일의 원흉이 한민그룹의 주민훈이었다니……. 그 자식을 처벌할 방법은 정녕코 없는 거야?"

"없어. 증거는 흔적도 없이 파괴됐고 증인이 될 만한 사람들은 불귀의 객이 돼버렸으니까. 티끌만큼이라도 꼬리가 잡힐 만한 건 주민훈이 철저하게 부숴버렸어. 분하고 억울하지만 더는 할 수 있는 게 아무것도 없어. 합법적으로 그놈을 응징할 길은 죄다 막혀버린 거지.”

쓰디쓴 무력감이 진하게 배어나온 대답이었다. 후회 짙은 윤재의 독백이 이어졌다.

“낚시 제목만 뽑지 않았어도…….”

“자책하지 마. 선배 탓이 아니야. 일이 이렇게 꼬일 줄 누가 알았겠어. 경준이는 지독하게 운이 없었던 것뿐이야. 죄를 물어야 한다면 자신의 범죄를 은폐하기 위해 경준이를 죽이라고 사주한 주민훈과 살인범에게 물어야지.”

“경준이는 그 사건에 대해서 아무것도 몰랐어……. 굳이 죽일 필요가 없었는데 왜 죽였을까.”

“알든 모르든 클럽 사건에 대해 추궁한 이상 입막음을 하려면 제거해야 했겠지. 경준이도 아마 눈치챘을 거야. 모른다고 사실대로 털어놔봤자 자신을 살려두지 않을 거라는 걸. 기사를 등록하고 제목을 뽑은 사람이 실은 선배라고 얘기해봤자 희생자만 한 명 더 늘어날 거라고 여기지 않았을까. 그래서 입을 다물었을 거야.”

자꾸 고개를 쳐드는 자책감에 윤재는 괴로운 신음을 토해냈다.

“생각하면 할수록 내 과오가 너무 큰 것 같아. 다른 사람은 몰라도 경준이만은 지킬 수 있었어. 낚시 제목이 아니었다면 주민훈이 낚이지 않았을 테고 최소한 경준이는 죽지 않았을 테니까. 그랬으면…….”

윤재는 말을 하다 말고 입을 벌린 채 굳어버렸다. 머릿속 스위치가 켜지며 생각지도 못한 발상이 번뜩였던 것이다. 말도 안 되는 황당한 계획이었지만 막다른 골목에 몰린 사람에게는 기막힌 묘책처럼 느껴졌다. 얼빠진 윤재를 본 예지의 눈에 근심이 어른거렸다.

“선배, 왜 그래? 무슨 일이야?”

흥분한 윤재는 예지의 어깨를 부여잡고 흔들었다.

"주민훈은 낚시 제목에 걸려들었어, 그렇지?"

"그렇지."

"주민훈에게 그 제목은 낚시가 아니라 팩트였어. 기사 본문을 읽고 나서야 낚시 제목이라는 걸 알아챘겠지만 일말의 불안감은 지울 수 없었겠지. 기자가 무슨 냄새를 맡은 게 아닐까, 어디서 비밀이 새어나간 건 아닐까, 이 기사는 전초전에 불과하고 자신을 무너뜨릴 후속 기사를 준비 중인 게 아닐까 하고 말이야.

　한편으로는 아무것도 아닐 거라고, 그저 조회수를 올리려는 장난질로 치부하며 무시하려 했겠지만 그럴 수가 없었던 거야. 왜? 자기 인생이 걸렸으니까. 조금만 삐끗했다간 평생 감옥에서 썩을 수도 있으니까. 게다가 이전에도 양정남 기자가 수상한 냄새를 맡고 뒤를 캤던 전력이 있었잖아. 그러니 더욱 전전긍긍했겠지. 그렇게 점점 불안이 부풀어 올라 확인하지 않고는 못 배길 지경에 이르렀던 거야."

"무슨 말이 하고 싶은 거야? 요점이 뭐냐고?"

"주민훈을 다시 한 번 낚는 거야."

"어떻게?"

"그때처럼 낚시 기사와 낚시 제목으로."

"두 번이나 같은 수법에 걸려들까? 그리고 이미 모든 증거가 사라졌다며."

　시큰둥한 반응이었다.

"낚일 거야. 왜냐하면 내가 기사를 쓰고 제목을 편집할 거니까. 이제껏 그를 제일 괴롭히고 살 떨리게 만든 인간이 누구일 거 같아? 놈에게 가장 근접했던 사람은 또 누구고. 다른 사람은 몰라도 내가 던진 미끼는 물지 않을 수 없을걸."

윤재가 한껏 들뜬 어조로 장담했지만 예지는 영 내키지 않는 얼굴이었다.

"그가 기사와 제목에 낚인다고 쳐. 그다음에는 어떻게 할 건데? 아니, 그전에 무슨 미끼로 주민훈을 낚겠다는 거야?"

"피해자가 사건 현장을 녹음한 녹취 파일."

"그건 빼앗겼다며?"

회심의 미소를 지은 윤재는 혜성처럼 번쩍 떠오른 시나리오를 열성적으로 설명해줬다. 녹취 파일이 든 휴대폰은 빼앗겼지만 실은 오나연이 클라우드 서비스를 이용했다는 설정이 낚시 작전의 골자였다.

휴대폰의 녹취 파일이 자동으로 클라우드에 업로드된 것이다. 연기 영상 등의 파일을 공유하기 위해 오나연의 클라우드를 같이 사용했던 친구 윤지아가 녹취 파일을 듣게 된다. 그녀는 무서워서 신고를 못 하고 일전에 자신을 찾아왔던 기자, 즉 윤재에게 연락한다. 경찰에 신고하지 않은 까닭은 그전에 윤재가 경고해줬기 때문이다. 경찰에도 주민훈의 검은 손길이 뻗쳐 있으니 뭔가 발견하면 자신에게 연락을 달라고.

윤재는 진위 여부를 가리기 위해 녹취 파일 일부를 보내달라고 요청한다. 윤지아는 오나연의 비명소리가 담긴 짧은 샘플 파일을 보낸다. 오나연의 음성임을 확인한 윤재는 윤지아와 은밀히 접선해 녹취 파일 원본을 넘겨받기로 한다. 원본 파일에는 주민훈의 음성은 물론 그가 오나연을 살해하는 정황이 전부 담겨 있다.

윤재는 기사를 작성하고 낚시 제목을 뽑는다. 강남 클럽 사건의 새로운 증거가 발견됐으며 확인 중이라는 식으로. 기사를 본 그들은 연중헌에게 연락해 윤재의 동향을 파악하려 할 것이다. 그러면 연중헌을 역이용해 윤재와 제보자가 만나는 접선 시간을 흘린다. 놈은 제보자와 만나려는 윤재를 미행해 파일을 탈취하려 들 것이다.

윤재는 파일을 미끼로 놈을 유인해 잡아들인다. 주민훈의 실행범이 자 오른팔을 잡으면 여죄는 물론 주민훈의 살인 및 살인교사도 밝힐 수 있을 것이다. 거창한 포부가 담긴 프레젠테이션을 마친 윤재는 기대에 찬 눈으로 예지를 쳐다봤다.

"어때?"

"안 돼!"

예지는 단칼에 반대했다. 절대 허락할 수 없다는 태도였다.

"왜 안 돼?"

"구멍이 숭숭 뚫린 허점투성이 계획이니까."

"허술한 점이 많다는 건 나도 인정해. 하지만 이런 도박이라도 감행 하지 않으면 그 자식을 잡을 수 없어."

"주민훈이 미끼를 물지 않으면 어쩔 건데. 아니, 차라리 낚이지 않으 면 다행이지. 아무 일도 안 생길 테니까. 설사 미끼를 물었다고 쳐. 그들 이 데스크에게 연락할 거란 보장도 없잖아."

"무조건 연락할 거야. 저번에도 데스크를 협박해서 정보를 캐냈으니 까. 이번에도 써먹을 거야. 좋은 염탐꾼이 있는데 활용 안 할 이유가 없 지."

"기사를 보자마자 선배를 납치하면 어쩔 건데? 계획을 실행하기도 전에 경준이에게 그랬던 것처럼 쥐도 새도 모르게······."

목이 메는지 예지는 말을 잇지 못했다.

"걱정 안 해도 돼. 그럴 일은 없을 테니까. 그때는 출처가 경준이 혼 자였지만 지금은 정보 제공자가 있잖아. 나만 잡아봤자 아무 소용 없다 고. 죽일 거면 내가 증거를 입수한 다음 없애려 할 거야. 혹은 내가 정보 원을 만나는 현장을 덮쳐서 둘을 한꺼번에 처리하려고 하겠지."

"선배 예측대로 놈이 선배를 따라온다고 쳐. 혼자서 뭘 어떻게 할 건데? 정체를 알 수 없는 살인마를 선배 홀로 상대하겠다는 거야?"

"걱정 마. 힘이 돼줄 사람이 있으니까. 도와달라고 하면 기꺼이 손을 보태줄 거야."

"아무리 생각해봐도 안 되겠어. 너무 무모한 계획이야. 너무 위험하다고!"

"이렇게라도 하지 않으면 주민훈은 영영 못 잡아. 억울하게 죽은 희생자들을 생각해봐. 경준이, 오나연 씨 그리고 그에게 이용당하고 버려진 경덕철과 이현수까지. 이게 끝이 아니야. 놈을 잡아 처넣지 않으면 또 다른 희생자가 계속 나올 거라고."

"그러다가 선배마저 그 희생자 대열에 끼면?"

예지가 본심을 뱉어냈다. 윤재가 목숨을 잃을지도 모른다는 불안감이 거센 반대의 이유였던 것이다. 윤재는 그녀의 손을 부드럽게 어루만졌다.

"약속할게. 아무 일도 없을 거라고. 멀쩡하게 살아서 놈을 감옥에 처넣겠다고, 응? 그러니까 날 지지해줬으면 좋겠어."

고집스럽게 입을 꽉 다문 채 침묵을 지키던 그녀가 말문을 뗐다.

"알았어. 선배 황소고집을 무슨 수로 꺾겠어."

"고마워. 걱정 끼치지 않도록 조심할게."

"대신 조건이 하나 있어."

"조건? 무슨 조건?"

"나도 끼워줘. 그러면 반대하지 않을게."

순간 어안이 벙벙해진 윤재는 기가 막혀서 웃음을 터뜨렸다.

"뭐? 끼워달라고? 농담이지?"

"내가 지금 농담하는 걸로 보여?"

예지의 말마따나 그녀의 태도는 그 어느 때보다 진지해 보였다.

"미쳤어? 이게 얼마나 위험한 일인 줄 알고 하는 소리야? 안 돼! 절대로 허락 못 해!"

윤재는 목에 핏대를 세우며 결사반대했다. 방금 전과 입장이 완전히 역전돼버렸다.

"이런 법이 어디 있어? 선배는 되고 나는 왜 안 되는데?"

"그걸 말이라고 해? 너무 위험하니까 그러지. 널 사지로 몰아넣을 순 없어. 무모한 짓은 나 하나로 족하다고."

"전혀 무모하지 않다며? 계획대로만 되면 하나도 위험하지 않다며? 걱정할 필요 없다면서!"

윤재는 말문이 막혔다. 예지를 설득하려고 구워삶았던 말들이 제 발목을 잡은 꼴이었다. 이제는 억지를 부리는 수밖에 없었다.

"아무튼 안 돼! 그 마음만 감사히 받을 테니까 더 이상 이 문제로 왈가왈부하지 말자."

"내가 못 하면 선배도 못 하는 거야!"

예지는 물러설 생각이 추호도 없는 듯했다. 안 되는 이유를 미친 듯이 머릿속에서 뒤지다가 그럴싸한 변명거리를 찾아냈다.

"끼워주고 싶어도 네가 할 만한 일이 없어."

"어떻게든 못 하게 하려고 별의별 핑계를 다 대네."

"진짜야. 이 계획에서 네가 맡을 역할이 없다니까."

"없기는 왜 없어? 제보자 있잖아."

윤재가 고개를 갸웃거리자 그것도 생각 안 해봤느냐는 듯이 예지가 혀를 쯧쯧 찼다.

"제보자와 접선하는 척하면서 놈을 유인할 거라며?"

"그렇지."

"그러면 현장에 제보자도 있어야 할 것 아니야. 설마 윤지아 씨를 참

여시킬 생각이야?"

"그건 당연히 안 되지. 지아 씨를 위험천만한 작전에 끌어들일 순 없어. 제보자는 놈들을 그럴듯하게 속여 넘기기 위해 뿌린 조미료일 뿐이야. 굳이 현장에 있을 필요는 없어."

"그러다가 놈이 안 나타나면? 선배가 제보자와 만나는 걸 확인할 때까지 접근 안 할 수도 있잖아. 제보자가 안 보이면 의심할 수도 있어. 함정이라는 걸 눈치챌 수도 있다고."

인정하기는 싫지만 합당한 지적이었다. 거기까지는 미처 생각지 못했다. 그렇다고 해서 윤지아를 이 계획에 끌어들일 수는 없었다. 윤재가 고민에 빠져 있는데 예지의 의기양양한 목소리가 들렸다.

"제보자 역할을 할 사람이 필요한 건 사실이야. 그렇지? 그러니 내가 한다고. 놈의 최우선 순위는 증거지, 제보자가 아니야. 제보자는 별 신경 안 쓸 거라고. 제보자가 위험해질 일은 없을 거야. 자, 그럼 결정된 거다. 땅땅땅!"

예지가 제멋대로 결정을 내렸다. 윤재는 그녀의 뜻을 따르는 수밖에 없었다. 제보자 역할을 할 사람이 필요한 것도 사실이었고 예지 말대로 제보자 신변은 비교적 안전할 거란 판단도 섰기 때문이었다. 상대는 접선 장소를 모르기 때문에 사전에 제보자에게 접근할 수 없었다.

또한 증거를 건네받으면 윤재를 뒤쫓느라 제보자에게 신경 쓸 겨를이 없을 터였다. 못 말리겠다는 표정으로 승낙하자 예지가 혀를 날름 내밀었다. 마음이 다소 느긋해졌는지 그녀가 가십거리 얘기하듯 신정한을 입에 올렸다.

"그나저나 신정한 의원이 바람을 피우다니 상상도 못 했네. 그것도 상대가 UBC 김주희라니."

반짝이는 그녀의 눈을 보고 윤재는 사전에 원천 봉쇄했다.

"욕심내지 마라. 기사 안 쓰기로 약속했어. 보도는 꿈도 꾸지 마."

"누가 뭐래? 나도 그런 건 관심 없네요."

38

회의실 문을 잠그고 창문 블라인드까지 내린 뒤 윤재는 회의 테이블로 돌아와 앉았다. 반대쪽에 마주 앉은 연중헌의 뺨은 긴장으로 굳어 있었다. 긴히 할 말이 있다며 불러낸데다 문단속까지 하니 마음을 졸일 만도 했다. 윤재는 질질 끌지 않고 선언하듯 말했다.

"주민훈을 잡을 겁니다. 데스크를 협박했던 그자는 물론이고요."

연중헌의 눈에 놀람에 이어 당혹스러운 빛이 스쳤다.

"그 얘기를 왜 나한테……."

"이 계획에는 데스크의 협조가 꼭 필요해요."

"내가 뭘 할 수 있다고……."

"기사를 쓸 겁니다. 그러면 분명 놈이 데스크에게 접촉해 올 거예요."

"연락이 안 올 확률도 높은데. 그 뒤로 계속 잠잠해서……."

연중헌이 소심하게 회의적인 의견을 내비쳤다. 제발 그래주길 바라는 듯한 말투였다. 윤재는 못 들은 체하고 밀어붙였다.

"분명 올 거예요. 아마 그때처럼 누가 기사를 쓰고 편집했는지 물을 거예요. 그럼 제가 썼다고 하세요. 제 동향과 제보자에 대해서도 추궁할 겁니다. 데스크는 모른다고 하세요. 나윤재가 취재원 보호를 이유로 데스크에게까지 철저하게 입을 다물고 있다면서요. 다만, 제가 특정 일에 갑자기 근무를 바꿨다는 말만 슬쩍 흘려주세요. 그렇게만 해주시면 됩니다. 도와주실 거죠?"

연중헌은 대답을 망설였다. 눈길을 내리깐 채 손톱 끝만 잡아 뜯고 있었다. 하기 싫은 것이다. 후환이 두려운 것이다. 실패했을 때 돌아올 무지막지한 보복이 치가 떨릴 정도로 무서운 것이다. 이해 못 할 바는 아니지만 그의 도움이 절실했다. 그가 도와주지 않으면 계획은 시도조차 못 해보고 무산될 테니까.

"데스크!"

"꼭 이렇게까지 해야겠니? 위험부담이 굉장히 큰 계획 같은데. 그냥 이제까지의 일을 모두 묻고 넘어가면 안 되겠니?"

연중헌이 애원조로 말을 꺼냈다. 자기는 계획에 동참하고 싶지 않다는 사실상의 거절이었다.

"안 됩니다. 데스크를 위해서라도 그럴 수 없어요."

"날 위한다면 날 가만히 내버려두면 안 될까? 내가 어떻게 되는 건 상관없어. 하지만 만약 가족한테 무슨 일이라도 생긴다면 난……."

"이번 일을 조용히 덮고 지나간다고 그자들이 데스크를 얌전히 놔둘 거 같아요? 언젠가 또 데스크를 이용해먹으려 할 거예요. 평생 불안에 떨며 살고 싶으세요? 평생 협박당하면서 선량한 사람들을 해치는 자들의 수족으로 살고 싶으시냐고요? 지금이라면 돌이킬 수 있어요. 지금이라면 바로잡을 수 있다고요. 한 번만 더 그들의 지시를 따르면 데스크도 그놈들과 똑같은 범법자가 되는 거예요."

연중헌의 눈가에 깊은 고뇌의 그늘이 드리워졌다. 윤재는 쐐기를 박았다.

"그 정도만 돼도 다행이게요. 놈은 자신의 범죄와 관련됐던 인물들을 모조리 세상에서 지우고 있어요. 경준이뿐만 아니라 놈의 뒤치다꺼리를 했던 조폭 두목도 죽었다고요. 조직원 한 명은 의식불명 상태고요.

377

데스크를 겁주려는 게 아니라 있는 그대로 말씀드리는 거예요. 데스크도 조만간 위험해질 가능성이 높다고요."

두 손으로 이마를 짚고 고심에 잠겼던 그가 마침내 입을 열었다.

"알았다. 네 말대로 하마."

"잘 생각하셨어요. 만에 하나 일이 잘못되면 데스크는 함정인 줄 몰랐다며 잡아떼세요. 제가 데스크까지 속였다고요. 아셨죠?"

연중헌의 고개가 보일락 말락 까딱거렸다.

정언수도 은밀히 만나 대략적인 계획을 설명하고 도움을 청했다. 얘기를 다 들은 그는 자못 곤란하다는 얼굴로 턱을 긁적였다. 경찰 입장에서 마음에 걸리는 게 한둘이 아닐 테니 당연한 반응이었다.

아니나 다를까, 그는 자신이 협조하기 어려운 이유를 조목조목 열거했다. 상부에 보고도 없이 단독 행동을 했다간 징계는 기본이고 파면될 수도 있다는 점, 함정수사에 가깝기 때문에 차후 적법성 문제로 논란이 생길 수 있다는 점 등을.

그의 입장이 충분히 수긍되는데다 애초에 공조가 쉽지 않을 거라 여겼기에 크게 실망스럽지는 않았다. 본인의 밥줄이 날아갈지도 모를 일에 나서달라고 떼쓰는 건 염치없는 짓이었다. 예지에게는 든든한 아군이 합류할 거라 큰소리쳤지만 정언수의 거절을 어느 정도는 예상하고 있었다. 지원군 없이 윤재 홀로 놈을 상대할 마음의 준비까지 해놓은 상태였다. 물론 예지에게는 비밀이었지만.

괜한 부담을 준 것 같아 못 들은 걸로 해달라고 하면서 대화를 끝내려는데 그가 대뜸 말했다. 도와주겠다고. 이번에야말로 이미지가 추락할 대로 추락한 경찰의 체면을 세우겠다고. 별 기대 안 했던 정언수의 합류에 천군만마를 얻은 기분이었다. 일이 술술 잘 풀려서 성공이 손에 잡히는 듯한 기분마저 들었다.

이로써 인력 확보와 역할 분배는 완료됐다. 남은 일은 주민훈을 낚을 미끼를 준비하는 것뿐이었다. 모두가 잠든 철야 근무시간에 낚시 기사를 작성했다.

서울 강남의 모 클럽에서 발생했던 폭행 사망 사건이 새로운 국면을 맞게 될지 귀추가 주목되고 있다. 애초에 드러났던 우발적 폭행에 의한 사망의 양상이 실제와 사뭇 다르다는 의혹이 제기된 것이다.

지난 5월 강남의 모 클럽에서 손님 간에 사소한 말다툼이 벌어졌고 그중 한 명이 폭력을 휘둘러 상대방을 사망케 했다. 현장에서 체포된 A씨는 폭행 혐의를 순순히 인정했고 검찰은 A씨를 폭행치사 등의 혐의로 구속기소 했다.

하지만 가해자로 밝혀진 A씨가 피해자 B씨를 폭행하지 않았다는 주장이 제기되고 있다. 또한 사건 당일 동석했던 C씨가 사건과 밀접한 관련이 있다고 제보자는 주장했다. C씨는 국내 유수의 재벌가 자제이자 해당 기업의 임원인 것으로 알려졌다.

더불어 제보자는 가해자의 혐의가 폭행치사가 아닌 고의적인 살인에 가깝다고 강조했다. 한편 구치소에 수감 중이던 A씨는 의문의 집단 폭행을 당해 의식불명 상태에 빠진 것으로 밝혀졌다.

익명을 요구한 제보자는 "사건 당시의 정황이 담긴 결정적인 증거를 갖고 있다"며 "신변 안전 보장 시 증거를 제공하고 진상을 밝히겠다"고 말했다.

스쿱뉴스 뉴스룸 newsroom@scoop.co.kr

본문을 쓴 다음 주민훈이 게거품을 물 정도로 멋들어지게 제목을 뽑았다.

재벌 살인마? 클럽 사건 '반전 증거' 알고 보니

미끼를 덥석 물 수밖에 없는 기사였다. 제목을 보면 놀라 자빠지겠지만 진위 여부를 확인하지 않고는 못 배기리라. 모든 증거를 없앴다고 자신했다가 이걸 보면 뭔가 놓친 게 있나 싶어 불안에 떨 것이다. 긴가민가하겠지만 목숨 줄이 걸린 일이니만큼 가만히 있지 못할 것이다.

쇠뿔도 단김에 빼라고 기사는 새벽에 올릴 예정이었다. 오늘 당장 반응이 올 수도 있고 하루 정도 더 걸릴 수도 있지만 결코 느긋하게 움직이지는 못하리라.

윤재는 다시 한 번 기사를 꼼꼼하게 검토했다. 누가 보면 터무니없는 악성 루머로 도배된 추측성 기사라고 열불을 내겠지만 사실에 근거한 기사였다. 하늘이 알고 주민훈이 알며 윤재도 아는 사실이었다.

팩트가 아닌 건 딱 하나뿐이었다. 제보자의 증거. 뼈아픈 실수가 떠올라 미간에 세로로 주름이 잡혔다. 그 증거만 잘 간수했어도 진작 사건을 해결했을 텐데. 문득 만일의 상황에 대비해 보험을 들어둬야겠다는 생각이 들었다. 윤재는 시간을 확인해봤다. 새벽 1시 30분이었다. 너무 늦은 시각이지만 이것 때문에 거사를 연기할 수도 없는 노릇이라 실례를 무릅쓰고 전화를 걸어봤다. 다행히 안 자고 있었던 모양인지 금세 전화를 받았다.

"지아 씨, 나윤재입니다. 쉬시는데 밤늦게 연락드려 죄송합니다."

"괜찮아요. 제가 원래 야행성이라 좀 늦게 자요."

"다행이네요. 실은 한 가지 부탁드릴 게 있어서 연락드렸습니다."

"무슨 부탁이오?"

"저번에 나연 씨의 연기를 녹음한 음성 파일을 갖고 계시다고 했죠?"

"네."

"혹시 나연 씨 음성 파일 중에 비명 같은 것도 있습니까?"

"비명이오?"

"네, 겁에 질려 내지르는 비명이나 '살려달라'고 절규하는 목소리 같은 거요."

"찾아보면 있을 거예요. 공포 연기도 많이 했으니까요."

"그러면 그런 파일 몇 개만 제 메일로 보내주실 수 있을까요?"

"그건 왜 필요하신데요?"

윤지아가 의아한 목소리로 물었고 윤재는 생각해둔 핑곗거리를 댔다.

"차후에 나연 씨 성문분석을 할 수도 있거든요. 획득한 증거와 비교할 수 있도록 나연 씨 육성을 미리 준비해두려고요."

"알겠어요. 그러면 지금 바로 찾아보고 메일로 보내드릴게요."

"고마워요. 부탁할게요."

전화를 끊고 20분이 지났을 때 메일 수신음이 울렸다.

윤지아가 보낸 음성 파일은 총 열 개였다. 사용하기 편하도록 편집한 건지 모두 10초 내외로 짧았다. 윤지아가 칭찬했던 대로 오나연의 연기는 훌륭했다. 연기라는 걸 알면서도 듣고 있으려니 마치 실제 상황처럼 리얼하게 느껴졌다.

윤재는 그중 사건 당시 분위기와 가장 비슷하게 들리는 목소리를 골랐다. 비명을 질렀다가 겁에 질린 투로 살려달라고 비는 음성이었다. 두 귀로 똑똑하게 들었던 잔인한 폭행 장면이 자꾸 오버랩돼 속이 메슥거렸다. 그 음성 파일을 휴대폰과 USB에 각각 저장했다. 이로써 모든 준비는 끝났다. 주민훈을 향해 낚싯대를 던질 일만 남았다.

나머지 시간 동안 못다 한 업무를 신속하게 처리했다. 창밖이 환해졌을 즈음 업무를 끝마칠 수 있었다. 몸은 피곤했지만 머리는 더없이 맑았다. 클릭 한 번이면 업데이트가 완료되고 낚시 제목이 노출된다. 작게 숨을 고른 다음 윤재는 놈들에게 미끼를 던졌다.

집에 돌아와 누웠지만 잠이 오지 않았다. 조바심이 나서 연락도 오지 않는 휴대폰만 자꾸 만지작거렸다. 퇴근하면서 연중헌에게 메시지를 보냈다. 기사를 출고했다고, 연락이 오면 잘 부탁한다고. 알겠다는 단답형의 답장이 돌아왔다. 이제 와서 못 하겠다고 하면 어쩌나 싶었는데 다행히 그런 사태는 벌어지지 않았다.

예지와 정언수에게도 작전 개시 문자를 전송하자 둘 다 오케이 사인을 보내왔다. 한참을 뒤척이다 잠이 들었지만 세 시간도 못 자고 깨어났다. 휴대폰은 하루 종일 잠잠했다.

오후가 되고 저녁이 지나도 연중헌에게서 연락은 오지 않았다. 예지가 카톡으로 뉴스룸 분위기와 연중헌의 동정에 대해 알려줬지만 별다른 낌새는 보이지 않는다는 말뿐이었다.

기사 반응도 틈날 때마다 체크했다. 벌써부터 C가 누군지에 대한 추측성 댓글과 추리가 난무했다. 조회수는 하늘을 뚫을 정도는 아니었지만 그래도 상위에 랭크되기에는 충분했다.

이 정도 반응과 조회수라면 주민훈의 귀에도 들어갔을 것이다. 진작 기사를 읽었을 수도 있다. 올리자마자 한 시간도 안 돼 한민그룹 홍보팀의 눈에 포착됐을 수도 있다. 어찌 됐건 12시간이나 지났으니 주민훈이 못 봤을 리가 없었다.

그런데 왜 아무 반응도 없는 걸까. 대책을 세우는 중인가. 혹은 블러핑인 걸 눈치챈 건가. 첫 낚시 제목 때 발 빠르게 대처했던 걸로 봐선 지금쯤이면 연락이 와야 할 텐데. 입안이 바싹바싹 타들어갔다. 작전이 실패로 돌아간 걸까. 아니다. 아직 하루도 채 지나지 않았다. 실패했다고 단정 짓기엔 일렀다.

안달복달하는 스스로를 다독이며 차분하게 기다리기로 마음먹었다.

철야를 한데다 제대로 못 잔 탓에 자기도 모르게 꾸벅꾸벅 졸았던 모양이다. 윤재는 어깨를 움찔대며 깼다. 창밖은 깜깜했고 휴대폰이 머리맡에서 번쩍이고 있었다. 벌떡 상체를 일으켜 전화를 받았다.

"여보세요."

"나다."

"네, 데스크."

연중헌이 뜸을 들이는 잠깐이 영겁의 시간처럼 길게 느껴졌다.

"방금 연락이 왔다. 그 사람에게서."

휴대폰을 쥔 손에 힘이 꽉 들어갔다.

"어떻게 됐어요?"

"그 기사에 대해 물어봤다. 누가 쓴 건지. 시킨 대로 윤재 네가 썼다고 했다. 제보자에 대해서도 물어봤지만 난 아무것도 모른다고 했어. 취재원 보호를 위해 증거를 입수하기 전까진 비밀에 붙이겠다는 보고만 받았다고. 그리고 사흘 후에 네가 저녁 근무를 바꿨다는 얘기도 흘렸다."

"뭐라고 하던가요?"

"별말은 없었어. 알았다고만 하고 바로 끊었으니까."

윤재는 주먹을 불끈 쥐었다. 됐다. 미끼를 제대로 물었다는 느낌이 왔다. 윤재가 상기된 목소리로 감사를 표했다.

"수고 많으셨어요, 데스크. 감사합니다."

통화를 끝내려는데 뭔가 미적거리는 티가 나서 윤재가 물었다.

"무슨 할 말 있으세요?"

"아니다. 아무쪼록 별 탈 없이 잘 해결됐으면 좋겠구나."

39

디데이. 윤재와 예지는 평소와 다름없이 출근해서 평소와 다름없는 일과를 보냈다. 윤재의 원래 근무는 오후 3시였지만 은빈과 맞바꿔 오전 9시에 출근했다. 정언수도 집안일을 핑계로 오후에 조퇴하겠다고 했다. 몇 차례 열띤 회의와 갑론을박을 거쳐 최종 계획이 완성됐다.

제보자와의 접선 장소는 선릉으로 정했다. 실내가 아닌 야외라서 상대가 미행하거나 접근하기 한결 용이하다는 점, 너무 으슥하거나 외지지 않아서 함정일 거라는 의심을 최소화할 수 있다는 점, 도심 속에 위치한 공원 분위기라 불안에 떠는 제보자가 접선 장소로 선택하기에 적절해 보인다는 점 등이 고려됐다.

접선 시간은 오후 8시였다. 관람 시간이 9시까지라 8시면 사람들이 그렇게 많지 않을 시간대였다. 정언수는 예지와 함께 선릉에서 대기하는 걸로 윤재가 밀어붙였지만 예지가 강하게 반대했다.

윤재가 접선 장소에 도착하기 전에 상대가 무력행사에 나설 수도 있다는 점을 근거로. 또한 상대는 접선 장소를 모르는데다 예지는 사람들이 많은 공원에 있으니 안전하다는 주장을 거듭 피력했다. 정언수도 일리가 있다며 예지의 편을 드는 바람에 어쩔 수 없이 계획을 변경했다. 정언수가 윤재와 함께 움직이기로.

6시가 됐을 때 예지는 백팩을 메고 퇴근했다. 백팩에는 제보자로 변신할 옷과 모자 그리고 스카프 등이 들어 있었다. 사무실을 나서는 예지는 긴장한 티가 역력했다. 윤재가 할 수 있는 거라고는 잘될 거라며 격려의 눈빛을 보내는 것밖에 없었다.

7시 10분 전에 선릉에 도착했다는 예지의 메시지를 받았다. 곧이어 회사 근처라는 정언수의 문자도 도착했다. 이제 윤재가 출발할 시각이었다.

자리를 정리하고 가방을 챙긴 다음 근무자와 데스크에게 인사를 하고 사무실을 나왔다. 데스크의 얼굴에는 불안과 걱정이 가득 드리워져 있었다. 그의 표정이 왠지 마음에 걸렸지만 애써 무시하며 스쿱뉴스 빌딩을 나섰다.

현관 출입구를 벗어나 길가로 나오는데 언뜻 정언수의 모습이 시야 끝에 잡혔다가 사라졌다. 스탠바이 상태인 그를 보자 마음이 한결 든든해졌다.

윤재는 일부러 주변을 힐끔대며 경계하는 듯한 기색을 보인 뒤 재게 발걸음을 놀렸다. 그자가 어디서 자신을 지켜보고 있을지 몰랐으니까. 지하철을 타고 이동하다 한 정거장 전인 역삼역에서 내렸다.

도중에 내린 건 정언수의 생각이었다. 도보로 이동하는 거리가 충분해야 자신이 적의 동태를 파악하기 쉽다며 미리 내리는 게 어떠냐고 제안했던 것이다. 괜찮은 의견 같아 윤재도 동의했다.

윤재는 출구로 나와 빠른 걸음으로 밤길을 이동했다. 보행자가 많은 대로 쪽으로 가다가 발길을 돌려 인적 드문 샛길로 진입했다. 아직까지 누군가가 뒤따라오는 기미는 없었다. 지하철에서도 수상쩍은 인물은 보지 못했다. 하지만 분명 보이지 않는 곳에서 윤재를 호시탐탐 노리고 있을 것이다.

스쿱뉴스 앞에서 얼핏 본 뒤로 정언수도 눈에 띄지 않았다. 미행과 추적에 일가견이 있는 강력계 형사이니만큼 그림자처럼 뒤를 밟고 있으리라.

윤재는 휴대폰으로 시간을 확인했다. 7시 반이었다. 예지에게서도 별다른 연락이 없는 걸 보니 걱정할 필요는 없을 것 같았다. 아직 시간은 충분했다. 윤재는 놈을 달고 좀 더 주변을 산보하기로 했다.

정언수는 멀찌감치 떨어져서 윤재를 뒤쫓고 있었다. 미행이 붙은 낌새는 느끼지 못했다. 윤재가 뜬금없이 샛길로 빠졌을 때 추적의 베테랑인 그도 살짝 당황했다.

도보 이동 경로도 사전에 말을 맞춰놓을걸 그랬다는 후회가 일었지만 이미 지나간 일이었다. 이런 식의 사소한 돌발 행동이 계속되면 계획에 차질이 빚어질 수도 있다. 윤재가 곧바로 선릉으로 가지 않고 주변을 뱅뱅 도는 것도 마음에 들지 않았지만 이제 와서 뭘 어쩌겠는가. 임기응변으로 대응하는 수밖에.

정언수는 퇴근하는 직장인처럼 무심하게 걸어가면서도 날카롭게 주변을 훑었다. 여전히 나윤재에게 꼬리가 붙은 조짐은 찾아볼 수 없었다. 언제쯤 나타날까. 접선 장소에 도착해야 행동을 개시하려나. 그런 생각을 하며 윤재가 방향을 튼 모퉁이를 따라 돌았다. 순간 옆에서 날아온 뭔가가 바닥에 툭 떨어지더니 데구루루 굴러가다 멈췄다. 동전이었다. 발걸음을 멈춘 정언수의 등 뒤로 그림자가 다가왔다.

40

매표소에서 티켓을 끊고 입장했을 때가 7시 50분이었다. 그간 윤재에게 접근한 자는 없었다. 폐장 시간이 임박해선지 입장객보다 나오는 사람이 더 많았다. 입구 앞에서 서성이며 매표소를 은근슬쩍 지켜봤지만 그를 따라 부리나케 들어오는 입장객은 없었다.

혼자 생쇼를 하고 있는 걸까. 아니면 눈치를 전혀 못 챌 정도로 은밀하게 움직이는 걸까. 증거를 받아 돌아갈 때를 노리려는 걸 수도 있다. 아니면 오밤중에 집으로 들이닥치려는 건지도.

솟구치는 조바심을 억누르며 윤재는 걸음을 재촉했다. 숲길을 따라 재실과 역사문화관을 지나 성종대왕릉 앞에 다다랐다. 잔디밭에 앉아 있거나 산책하는 관람객들 중에 예지의 모습은 보이지 않았다. 이상했다. 분명 왕릉 앞에 서 있겠다고 했는데.

윤재는 초조하게 왕릉을 돌며 예지를 찾았지만 그녀는 여전히 보이지 않았다. 어떻게 된 거지. 잠깐 화장실에라도 간 걸까. 하필 윤재가 올 걸 뻔히 아는 이 시간에? 휴대폰으로 전화를 걸어봤다. 신호음이 가기도 전에 흘러나온 멘트에 윤재의 몸이 딱딱하게 굳었다.

전원이 꺼져 있었다. 불길한 생각이 뒷골을 때렸다. 혼란과 불안으로 머릿속이 뒤죽박죽된 윤재는 허겁지겁 주변을 이 잡듯이 훑어봤다. 오르막인 숲길을 지나 정현왕후릉까지 가봤지만 거기에도 예지는 없었다.

하늘은 일각이 다르게 어두워졌고 우거진 숲에는 그보다 더 짙은 음영이 깔렸다. 폐장 시간이 다가옴에 따라 관람객은 눈에 띄게 드물어졌다. 예지를 찾아 헤매며 우왕좌왕하다가 문득 정언수에게로 생각이 미쳤다. 통화 버튼을 누르고 휴대폰을 귀에 가져다 댄 윤재의 손이 벌벌 떨려왔다. 예지의 휴대폰과 동일한 안내음성이 흘러나왔다. 정언수도 당한 걸까. 생각하기도 싫지만 그가 습격당했을 가능성이 없지는 않았다.

윤재를 뒤쫓던 자가 정언수의 존재를 알아챘을 수도 있으니까. 하지만 예지의 행방불명은 설명이 되지 않았다. 접선 장소를 아는 사람이라고는…… 제길, 한 명 더 있었다.

연중헌에게 세부 계획은 알려주지 않았지만 예지와 회의실에서 밀담을 나누고 나오던 중 그와 마주쳤던 적이 있었다. 찜찜했던 표정과 한 발 물러서서 방관하는 듯했던 눈빛이 뇌리를 스쳤다. 배신의 대가로 식구의 안전을 보장해달라고 한 건가. 끝내 협박의 공포에 잡아먹혀 엿들은 계획을 죄다 일러바친 걸까.

여기서 이러고 있을 시간이 없었다. 위급 상황이었다. 한시라도 빨리 두 사람을 찾아야 했다. 윤재는 출구를 향해 뛰기 시작했다. 산책로 통제선 너머의 울창한 숲은 먹물을 다 빨아들인 것처럼 시커멨다. 관람객이 썰물처럼 빠져나간 숲길 산책로는 텅 비어 있었다.

윤재는 통제선을 뛰어넘어 입장 금지구역인 숲을 가로지르기 시작했다. 진행 경로 앞의 나무 뒤에서 암흑이 꿈틀거렸지만 윤재는 알아채지 못했다. 그런 것에 신경 쓸 정신이 아니었다. 머릿속은 정언수와 예지의 행방으로 꽉 차 있었다.

나무를 지나치는 순간 암흑에서 튀어나온 덩어리가 무서운 기세로 윤재를 들이받았다. 무슨 일이 벌어진 건지 알아챌 새도 없이 윤재는 쓰러져 바닥을 굴렀다. 후다닥 몸을 일으키자마자 허리가 반으로 꺾였다. 저녁 먹은 걸 다 토해낼 정도의 강한 충격이 복부를 강타했던 것이다.

배를 부여잡고 끅끅대며 고통스러워하는데 두꺼운 천이 입과 코를 억세게 틀어막았다. 천에서 코를 톡 쏘는 매캐한 냄새가 났다. 강철 같은 팔에서 벗어나려고 몸부림치던 윤재는 이내 축 늘어졌다.

덜컹거리는 진동에 윤재는 의식을 되찾았다. 막 잠에서 깬 현실과 꿈을 분간 못 할 때처럼 어떤 상황인지 갈피를 못 잡다가 곧 자신의 처지를 깨달았다. 눈을 뜬 건지 감은 건지 알 수 없을 정도로 눈앞이 깜깜했다. 눈을 깜빡거려봤지만 소용없었다.

무심코 얼굴에 손을 대려다 새로운 사실을 깨달았다. 사지를 옴짝달싹할 수가 없었다. 양손은 등 뒤쪽으로 단단하게 결박돼 있었고 발목도 묶여 있었다. 몸뚱이에 깔린 어깻죽지와 팔뚝은 저리고 결린 단계를 지나 감각이 느껴지지 않았다.

소리를 내보려 했지만 테이프로 막힌 입에서는 억눌린 모깃소리만 새어나왔다. 몸으로 전해지는 노면 상태, 귀를 거슬리는 엔진 소음 그리고 매캐한 매연 냄새. 차 트렁크에 갇혀 어딘가로 끌려가고 있었다. 예지와 정언수는 연락 두절, 윤재는 납치당하는 중이었다. 최악의 상황이었다.

예지가 극구 만류할 때 그만뒀어야 했나 하는 후회가 일었지만 이미 늦어버렸다. 윤재의 형편도 더할 나위 없이 나빴지만 예지와 정언수의 안위가 더 걱정됐다. 어디로 끌려가는 걸까. 다리에 시멘트를 매달아 바다에서 수장시키려는 걸까. 야산에 산 채로 암매장하려는 걸까.

마음을 좀먹는 공포심을 쫓아내려 윤재는 머리를 좌우로 흔들었다. 한가하게 공상에 빠져 있을 때가 아니었다. 어떻게든 이 위기에서 탈출할 궁리를 해야만 했다. 손목의 결박을 풀어보려고 팔에 힘을 잔뜩 줘봤지만 소용없었다. 여러 겹 둘러 묶은 테이프의 위력은 강력했다. 발이라도 풀어볼 수 있을까 싶어 있는 힘껏 허벅지를 벌려봤지만 오금만 뻐근해질 뿐 두 발목은 용접이라도 된 것처럼 꼼짝도 하지 않았다. 칼로 테이프를 잘라내지 않는 이상 결박을 풀기는 불가능했다.

트렁크 안에 혹시 쓸 만한 도구가 있을지도 몰랐다. 하지만 이내 비좁은 트렁크를 채운 짐은 자신뿐이란 걸 깨달았다. 포박을 푸는 일은 단념하고 귀에 온 신경을 기울여보기로 했다.

바깥 소음을 통해 이동 경로나 목적지에 대한 힌트를 얻기 위해서였다. 그러나 귀에 잡히는 거라고는 요란한 엔진음과 타이어가 노면을 굴러가는 소리뿐이었다. 지역이나 위치를 파악할 만한 특정 소음은 잡히지 않았다. 강물 소리나 지하철 소리 혹은 구급차의 사이렌 같은.

윤재는 바짝 치켜들었던 목에 힘을 빼고 머리를 바닥에 눕혔다. 이 안에서는 할 수 있는 게 아무것도 없었다. 목적지에 도착해 트렁크에서 끌려 나간다 해도 상황이 딱히 좋아질 것 같지는 않지만 어쨌든 힘을 비축해두는 편이 나을 듯싶었다.

10여 분가량을 더 달리자 주변 교통 소음마저 뚝 끊겼다. 차량 통행이 없는 한적한 곳으로 온 모양이었다. 인가도 없는 야산 같은 데로 온 건가. 납치 현장에서 그렇게 멀리 온 느낌은 아니었다.

윤재가 깨어난 건 대략 20분 전이었고 얼마 동안 의식을 잃었는지는 모르겠지만 그렇게 긴 시간이 흐른 것 같지는 않았다. 40분에서 길어봤자 한 시간가량 지났으리라. 그 정도 시간이면 아직 서울 내에 있거나 서울을 벗어났어도 그리 멀지 않은 교외일 확률이 높았다.

이런저런 생각을 하는 와중에 차가 멈춰 섰다. 시동이 꺼지자 주위는 쥐 죽은 듯이 고요해졌다. 드디어 도착했다. 저승의 문턱에. 입이 바싹

마르고 심장은 터질 듯이 두방망이질 쳤다. 차 문이 열렸다가 닫히는 소리가 났고 이윽고 트렁크 문이 덜컹 열렸다.

시야가 넓어지며 상쾌한 공기가 밀려 들어왔다. 바깥도 어두웠지만 칠흑 같았던 트렁크에 비하면 대낮이나 다름없었다. 낯선 얼굴이 스윽 하늘을 뒤덮자 윤재는 움찔했다. 묘한 기시감이 느껴졌다. 오나연의 휴대폰을 빼앗기며 기습당했을 때와 비슷한 장면이었다.

남자는 별 특징 없는 평범한 얼굴이었고 표정에서 아무것도 느껴지지 않았다. 감정이 제거된 사람처럼 눈빛을 읽을 수가 없어 절로 등골이 오싹해졌다. 그가 윤재의 팔과 다리를 덥석 움켜잡고 손쉽게 들어 올리더니 내팽개치듯 바닥으로 던졌다. 덩치는 윤재와 비슷했는데 완력이 장난이 아니었다. 묶여 있지 않은 상태라 해도 감히 그와 맞서 싸울 엄두가 나지 않을 정도로.

그가 윤재의 발치에 쪼그려 앉더니 발목을 칭칭 감은 테이프를 뜯어냈다. 떼어낸 테이프를 돌돌 뭉쳐 트렁크에 던져 넣고 윤재의 목덜미를 잡아 일으켜 세웠다. 다리에 힘이 잘 들어가지 않아 무릎이 후들거렸다.

트렁크를 닫자 후미등이 빛을 발하며 번쩍였고 동시에 그가 윙크하듯 한쪽 눈을 찡긋거렸다. 순간 윤재는 언뜻 느꼈던 기시감의 정체를 알아차렸다.

"앞으로 가."

억양 없는 목소리로 그가 명령했다. 윤재는 저릿한 다리를 힘겹게 움직였다. 걷기 시작했을 때에야 비로소 전쟁터나 다름없는 전경이 눈에 들어왔다. 부서진 담벼락과 주저앉은 골조, 철근이 삐죽삐죽 튀어나온 콘크리트 덩어리, 폐자재 등이 사방에 즐비했다. 재개발로 한창 철거가 진행 중인 마을인 듯했다.

도와달라고 소리치고 비명을 질러도 듣거나 신고해줄 사람 한 명 없는 폐허였다. 터덜터덜 걷던 윤재는 발밑에 깔린 폐기물 더미에 걸려 넘어졌다. 남자가 곁에서 싸늘하게 말했다.

"일어나."

손이 묶인 윤재는 몸을 옆으로 굴려 일어나려다 흠칫 놀랐다. 바닥에 못 박힌 나무들이 지뢰처럼 널려 있었던 것이다. 그쪽을 피하는 척하며 반대쪽으로 몸을 돌렸다. 바닥을 짚고 일어서며 잽싸게 녹슨 못 하나를 손안에 숨겼다.

50미터쯤 이동하자 마을회관이었는지 학교 강당이었는지 모르겠지만 제법 널찍한 공간이 나타났다. 지붕은 뻥 뚫려 있고 벽은 죄다 허물어져 건물의 형태만 간신히 유지하고 있었다. 온갖 폐자재가 곳곳에 허리 높이만큼 쌓여 있었다. 여기는 고문 장소일까, 처형 장소일까. 남자가 먼지를 뒤집어쓰고 다리 한쪽이 휜 접이식 의자를 가져와 폈다.

"앉아."

신문이 먼저인가. 의자에 앉자 윤재의 상체가 왼쪽으로 비스듬히 기울어졌다. 뜬금없이 윤재의 입에서 단말마의 신음이 튀어나왔다. 손쓰는 걸 볼 겨를도 없이 순식간에 입에서 테이프를 떼어낸 것이다. 그가 맞은편에 있는 부서지기 직전의 테이블 모서리에 기대앉더니 윤재를 가만히 응시했다. 폭행도 협박도 하지 않는데 차가운 눈을 보고 있자니 두려움이 스멀스멀 피어올랐다. 그래도 윤재는 묻지 않을 수 없었다.

"당신이지?"

윤재의 질문에 그가 뚜벅뚜벅 걸어오더니 주먹을 휘둘렀다. 오함마에 맞은 듯한 충격에 윤재는 나자빠질 뻔했다. 겨우 버텨내긴 했지만 눈앞에 별이 보였고 턱은 얼굴에서 떨어져나간 것처럼 얼얼했다. 격렬한 둔통과 함께 입안에서 피 맛이 느껴졌다. 피가 섞인 침을 바닥에 내뱉은 뒤 가쁜 숨을 몰아쉬는데 그가 검지를 입에 갖다 댔다. 닥치라는 소리였다. 하지만 윤재는 잠자코 있지 않았다.

"경준이를 죽이고 날 공격했던 자가 당신 맞지?"

그가 손을 들어 올리자 윤재는 반사적으로 어깨를 움찔 떨었다.

"내가 말하라고 할 때만 말해. 그 외에는 입에 지퍼를 채우라고."

"당신 말을 고분고분 잘 듣는다고 살려줄 것도 아니잖아. 어차피 죽일 거면서. 안 그래?"

그가 작게 고개를 끄덕였다. 무지막지한 펀치를 또 맞기는 싫었지만 윤재는 계속 떠들고 말을 걸며 조금이라도 그의 주의를 흩뜨려놔야 했다. 그래야 등 뒤에서 못으로 테이프에 흠집을 내고 있다는 걸 들키지 않을 테니까. 그가 도로 테이블에 기대앉더니 팔짱을 꼈다.

"당신이 죽인 거 맞지?"

"맞아."

그는 순순히 인정했다.

"왜 죽였지? 경준이는 아무것도 몰랐어. 주민훈이 저지른 짓에 대해 아무것도 몰랐다고."

"숨기는 게 있었어. 다이어리에서 제보라고 끼적인 메모를 발견했지. 그게 뭐냐고 캐물었지만 끝까지 입을 열지 않았어."

경준의 다이어리에서 속지를 찢어낸 게 이자였구나.

"그건 이 사건과 아무 관계 없는 다른 사건이었어. 다른 제보였다고."

"근데 왜 말하지 않았을까. 목숨이 경각에 달렸는데."

"제보자와 비밀로 하겠다고 약속했으니까. 어떤 상황에서도 취재원을 보호하는 게 기자의 의무라고 여겼으니까! 당신은 엉뚱한 사람을 죽인 거야!"

윤재의 증오 섞인 비난에도 그는 어깨를 으쓱일 뿐이었다.

"운이 없었군."

"그게 다야? 미안하지도 않아?"

"전혀. 그게 내 일이니까. 일하는 와중에 발생하는 불운은 불가피한 거야. 인생과 똑같지."

터무니없는 개똥철학에 이가 갈리는 한편으로 섬뜩하기도 했다. 죄의식을 비롯해 윤리의식이 완전하게 말소된 살인기계가 눈앞에 있었다.

"예지는 어디 있어? 어떻게 했느냐고?"

"기다려. 이제 곧 연락이 올 때가 됐으니까."

"연락? 무슨 연락?"

윤재가 되물었지만 그는 아무 대꾸도 하지 않았다. 5분쯤 지났을 때 그가 전화를 받았다. 짧게 뭐라고 대답하더니 휴대폰을 테이블 가장자리에 올려놓고 스피커모드로 전환했다. 윤재가 다급하게 외쳐 불렀다.

"예지야! 괜찮아? 괜찮은 거야?"

"안녕하십니까, 나윤재 기자님."

또랑또랑한 목소리에 윤재의 피가 싸늘하게 식었다.

"당…… 당신……."

"이제야 정식으로 인사드리게 됐네요. 주민훈이라고 합니다."

"같잖은 수작 집어치워! 예지는 어디 있어? 예지한테 손끝 하나 대봐, 가만두지 않을 거야!"

"최예지 기자님은 제가 잘 모시고 있으니 걱정 안 하셔도 됩니다."

"원하는 게 뭐야? 나한테 뭘 원하느냐고?"

"별거 없습니다. 죽어주시면 됩니다."

주민훈이 담담하게 말했다. 마치 협력사 직원에게 업무 요청을 하는 듯했다. 그가 이어 말했다.

"그동안 기회를 많이 드렸잖습니까. 살 수 있는 기회를요. 이번 일만 안 벌였어도 그냥 넘어갔을 겁니다."

"함정인 걸 어떻게 알았지?"

"돈으로 안 되는 게 없는 세상이잖아요. 사람을 너무 믿으면 이렇게 탈이 나는 겁니다."

윤재는 이를 악물었다. 역시나 연중헌이 배신을 한 모양이었다. 그가 마지막 작별 인사를 건넸다.

"아무튼 그동안 고생 많으셨습니다. 나기자님 가시기 전에 꼭 한 번 인사드리고 싶어서 전화드린 겁니다. 그럼 푹 쉬십시오."

"예지는? 예지는 어떻게 할 거야?"

"글쎄요. 누구의 방해도 받지 않는 조용한 룸에서 최기자님이랑 술 한잔 할까 생각 중입니다."

들뜬 기색이 역력한 주민훈의 말에 온몸의 잔털이 쭈뼛 곤두섰다. 무참하게 폭행당하던 오나연의 목소리가 귓가에 되살아나며 예지의 모습과 겹쳐졌다.

"뉴스룸에서 단기간에 세 명이나 죽으면 모두가 수상하게 생각할 거야."

"그렇겠죠. 근데 어쩌겠어요. 제가 죽였다는 증거가 없는데. 세 분의 죽음을 저와 연결할 작은 실마리 하나 안 나올 텐데. 날 물고 늘어질 나기자님 같은 열혈 기자가 있는 것도 아니고요. 그러니 그런 쓸데없는 걱정은 넣어두셔도 됩니다."

그가 전화를 끊기 직전 윤재는 목이 터져라 외쳤다.

"증거가 있어! 내게 증거가 있다고!"

주민훈이 히죽거렸다.

"거참, 깔끔하게 가시지 추하게 왜 이러세요. 이미 다 들통 났는데. 증거 따윈 존재하지 않는다는 거 다 알고 있습니다. 나기자님이 쓴 기사, 저를 잡으려는 낚시였다는 것도 물론 알고 있고요."

"근데 왜 이렇게까지 하는 거지? 증거가 없다는 걸 간파했으면 그냥 무시했어도 됐을 텐데."

"한두 번도 아니고 계속 귀찮게 구시니까 안 되겠다 싶더라고요. 그냥 놔두면 언젠가는 큰 골칫거리가 될 것 같아서 이참에 처리해야겠다고 생각했죠. 그래서 낚인 척하면서 나기자님을 낚은 겁니다. 해보니까 낚시를 왜 하는지 알겠더라고요. 손맛이 죽이던데요."

"증거는 진짜 있어. 정말이야. 계획을 세웠던 초기에는 없었지만 나중에 극적으로 증거를 입수했어. 그러니 그걸로……."

"됐습니다. 필요 없어요."

주민훈은 허언증 환자를 대하듯 가차 없이 말을 자르더니 남자에게 말했다.

"미스터 김, 그럼 잘 부탁해요."

"알겠습니다."

윤재가 소리쳐 불렀지만 전화는 바로 끊어졌다. 미스터 김은 휴대폰을 챙겨 테이블 안쪽에 놨다. 외투를 벗어 마찬가지로 휴대폰 옆에 올려뒀다. 가죽 장갑을 끼고 테이블 밑에서 뭔가를 끄집어냈다. 철거물의 부산물 중 하나인 전깃줄이었다. 낡고 오래돼 보였지만 사람의 목을 졸라 죽이기엔 충분히 질기고 튼튼해 보였다. 저승사자가 양손으로 전깃줄을 팽팽히 잡아당기면서 윤재에게 다가왔다.

그는 일말의 망설임도 없었다. 네게 딱히 악감정은 없다느니, 그러게 왜 설쳐대서 명을 재촉했냐느니, 먼저 간 놈에게 안부 인사나 전해달라느니 하는 판에 박힌 대사들을 주절대지도 않았다. 겁에 질려 살려달라고 애원하는 모습을 재미있다는 듯이 구경하지도 않았다. 가학적으로 괴롭히고 고문하며 갖고 놀다가 죽일 마음도 없는 듯했다.

윤재가 다급하게 "잠깐만, 아직 그와 할 얘기가 남아 있어!"라고 외쳤지만 들은 체도 하지 않았다. 영화 속 악당과 다르게 역전의 빌미를 전혀 제공하지 않는 스타일이었다.

그는 민첩하고 군더더기 없는 동작으로 윤재 뒤로 오더니 전깃줄로 목을 감고 인정사정없이 잡아당겼다. 윤재는 컥컥 돼지 멱따는 소리를 내며 몸부림을 쳤지만 벗어날 수가 없었다. 발버둥을 치면 칠수록 숨통을 조이는 압박의 강도만 세졌다.

얼굴이 터지기 직전의 풍선처럼 시뻘겋게 부풀어 올랐고 튀어나올 듯한 안구에서는 실핏줄이 터졌다. 어떻게든 공기를 빨아들이려고 입을 크게 벌려 뻐끔거렸지만 헛수고였다. 턱으로 침만 질질 흘러내렸다. 뇌에 산소 공급이 전면 차단되면서 점점 의식이 혼미해졌다. 이대로 저항을 멈추고 잠들고 싶다는 생각마저 들었다. 활어처럼 펄떡펄떡 날뛰던 몸부림도 눈에 띄게 잦아진 상태였다.

그럼에도 미스터 김은 방심하는 법이 없었다. 손에 힘을 빼기는커녕 전깃줄로 목을 더 힘껏 조였다. 확인사살이라도 하듯. 윤재의 입에서 단말마의 비명이 튀어나왔고 꺼지기 직전 마지막으로 확 타오르는 불꽃처럼 몸 전체가 크게 들썩였다.

동시에 윤재는 못으로 야금야금 갈아먹었던 테이프를 뜯어냈고 반동을 이용해 즉각 역습을 감행했다. 못을 쥔 주먹으로 젖 먹던 힘을 다해 머리 위쪽을 후려쳤다. 미스터 김의 오른쪽 눈이 있는 곳이었다.

전깃줄을 잡고 있던 그는 무방비 상태였다. 눈 깜짝할 사이에 벌어진 기습인데다 앞뒤로 붙어 있다시피 했기 때문에 제아무리 반사신경이 뛰어나다 해도 피하지 못할 터였다. 묵직한 타격감과 함께 못이 박히는 감촉이 손에 똑똑히 느껴졌다. 목을 조르던 전깃줄이 느슨해진 틈을 타 윤재는 재빨리 줄을 벗겨내고 반대쪽으로 튀어나갔다.

죽다 살아난 상태라 다리가 풀렸지만 필사적으로 발을 끌며 탈출했다. 안전거리를 확보한 다음 욱신대는 목을 부여잡고 기침을 해대며 구역질하듯 숨을 몰아쉬었다. 무릎을 짚고 숨을 헐떡이면서도 그에게서 눈을 떼지 않았다. 언제 반격해 올지 몰랐으니까. 그는 오른손으로 왼쪽 눈 부위를 감싸고 있었다. 손가락 사이로 삐죽 튀어나온 못대가리가 보였다.

윤재는 나지막이 욕설을 내뱉었다. 제길, 회심의 일격이었는데. 동물적인 감각으로 기습을 피해 오른쪽 눈을 보호한 모양이었다. 어쩐지 손에 느껴지는 감촉이 너무 단단하더라니. 그가 못을 잡고 당기자 왼쪽 눈에서 의안이 빠져나왔다.

"눈치챘나 보군. 왼쪽 눈이 의안이라는 걸."

"당신을 처음 봤을 때도 뭔지 모를 위화감을 느꼈거든. 의식을 잃어 가는 중이라서 얼굴은 제대로 못 봤지만 당신의 눈만은 뇌리에 또렷하게 남아 있었지."

"눈썰미가 대단하군. 한 번 본 것만으로 유리구슬과 플라스틱 눈동자라는 걸 알아채다니."

"그때는 몰랐어. 방금 전에 알아챘지. 그날은 햇빛이 쨍쨍한 날이었어. 당신은 뒤에서 날 쓰러뜨린 후 마지막 일격을 가하려고 다가왔지. 날 내려다보다 누군가 다가오는 인기척에 얼른 고개를 들었고. 그때 당신은 햇빛 때문에 눈살을 찌푸렸어. 오른쪽만. 왼쪽 눈꺼풀은 아무 반응도 없었지. 당시에는 그걸 이상하게 여길 틈도 없었어. 바로 정신을 잃었으니까. 정신이 멀쩡했다 해도 대수롭지 않게 여겼을 거야.

아까 차량 후미등 불빛이 번쩍일 때에야 깨달았어. 불빛이 눈을 찌르는데 오른쪽만 찡그리더군. 왼쪽은 눈 한 번 깜빡이지 않았지. 그래서 눈치챈 거야. 왼쪽 눈이 보이지 않는다는 사실을."

"그랬군."

그가 못이 박힌 의안을 바닥에 버리며 한 발 움직였다. 허리 뒤춤에서 예리한 단도를 꺼내 들며 한 발 더 다가왔다. 윤재는 곁눈질을 하며 재빨리 바닥을 훑어봤다. 무기가 될 만한 걸 찾아보려다 그만뒀다. 각목이나 쇠파이프를 들어봤자 살상이 전문인 인간병기의 상대가 될 리 없었다.

더군다나 칼까지 들고 있었다. 승산 없는 싸움이었다. 맞붙어봤자 개죽음만 당할 터였다. 조금이라도 윤재에게 유리한 장소로 끌어들여야 했다. 등을 돌린 윤재는 냅다 뛰기 시작했지만 얼마 못 가 따라잡혔다. 무덤덤한 목소리가 등에 와 닿았다.

"도망쳐봤자 소용없어. 도망칠 곳도 없으니까, 힘 빼지 말고 포기해."

그의 말을 무시하고 내달리던 윤재는 원하던 곳에 다다르자 잽싸게 땅에서 쇠파이프를 주워들고 전투태세를 갖췄다. 숨이 차서 헉헉대는 윤재와 대조적으로 그의 호흡은 평온하기 짝이 없었다. 윤재는 그가 함부로 접근 못 하게 위협적으로 허공에 쇠파이프를 붕붕 휘둘렀다. 그가 충고조로 말을 건넸다.

"그런 동작은 허점만 노출시키고 에너지만 소모할 뿐이야."

"그래? 그럼 어디 한번 들어와봐."

"저항하지 않으면 고통 없이 보내주겠다고 약속하지."

"개소리하지 마! 아까도 얼마나 고통스러웠는데. 진짜 죽는 줄 알았다고."

어깨를 으쓱이더니 그가 번개같이 치고 들어왔다. 돌진해 오는 그의 머리를 노리고 윤재는 쇠파이프를 힘껏 휘둘렀다. 순간적으로 그의 몸이 시야에서 사라졌다가 난데없이 코앞에 나타났다. 기겁한 윤재가 뒷걸음질을 치며 상체를 틀었지만 칼날은 보이지도 않을 만큼 빨랐다. 섬뜩한 기운이 옆구리를 스쳤고 불에 덴 듯한 통증이 뒤따랐다.

옆구리를 내려다보니 베인 셔츠 자락 주위로 검붉은 자국이 번지고 있었다. 첫 일격은 운 좋게 피해 스쳤을 뿐이지만 다음은 급소를 정확히 찌르리라. 처음이자 마지막 기회를 살리지 못하면 황천행이라는 소리였다.

매의 눈으로 윤재를 주시하던 그가 두 번째 공격에 나섰다. 순식간에 간격을 좁혀 와 윤재는 뒤로 물러나며 거리를 벌렸다. 폭발적인 가속으로 탱크처럼 돌격해 들어온 순간 윤재는 옆으로 비켜서며 그의 머리를 노리고 쇠파이프를 휘둘렀다. 방금 전과 동일한 수법이었다.

그 또한 아까처럼 속도를 줄이지 않고 상체만 낮게 숙여 쇠파이프를 피하려 했다. 그때 쇠파이프의 궤도가 포크볼처럼 뚝 떨어졌다. 달려오던 가속도 때문에 뒤로 물러날 수 있는 상황이 아니었다. 정면이나 왼쪽은 쇠파이프의 궤적 안에 포함돼 있었다. 그가 피할 수 있는 곳은 오른쪽밖에 없었다. 윤재가 그의 시야를 가렸던 그곳에는 못이 잔뜩 박힌 각목들이 깔려 있었다. 그도 이제는 못 지뢰밭의 존재를 인지한 듯했다.

그에게는 두 가지 선택지뿐이었다. 정통으로 쇠파이프와 헤딩을 하든가, 발바닥에 구멍이 나든가. 그는 머뭇대지 않고 옆으로 껑충 뛰어 쇠파이프를 피했다. 못들이 하늘을 향해 예리하게 고개를 쳐든 나무 더미 위로.

윤재는 자신의 발바닥이 꿰뚫린 듯한 기분에 오만상을 찌푸렸다. 구두 밑창을 뚫고 올라간 못이 최소한 서너 개는 될 텐데도 그는 비명은커녕 인상 한번 찡그리지 않았다. 그야말로 지독한 놈이었다.

데미지를 입혀 기동성을 저하시키는 데 성공한 윤재는 날쌔게 반격에 나섰다. 쇠파이프를 머리 위로 올렸다가 힘껏 내리치려는 순간 그가 전광석화처럼 빠르게 칼을 찔러 왔다. 그것도 발에 각목을 단 상태로.

기절할 듯이 놀란 윤재는 본능적으로 쇠파이프를 내려 칼날을 막았다. 손아귀가 찢어질 듯한 충격과 함께 쇠파이프를 놓치며 뒤로 벌렁 나자빠졌다. 절뚝거리며 걸어온 미스터 김이 윤재를 내려다봤다.

그가 칼을 위로 쳐들었고 윤재는 눈을 질끈 감았다. 다 끝났다고 각오한 찰나, 앞에서 뭔가가 쿵 하고 쓰러지는 소리가 들렸다. 눈을 떠보니 바닥에 널브러진 미스터 김이 전신을 부들부들 떨고 있었다. 몸에 꽂힌 줄을 따라가자 테이저건을 들고 서 있는 남자가 보였다.

"괜찮으십니까?"

윤재의 눈이 휘둥그레졌다. 박영미의 심복인 임비서가 다가와 윤재를 부축해 일으켜 세웠다.

"여기는 어떻게 알고 오신 겁니까? 설마 그날 이후로 줄곧 미행하신 겁니까? 제가 비밀을 누설할까봐?"

"아닙니다. 이틀 전 최예지 기자님이 사모님을 찾아오셨습니다."

"예지가요? 왜요?"

"빚을 갚겠다던 약속을 지켜달라고 하시더군요. 사모님께 도와달라고 부탁하셨습니다. 나윤재 기자님을 몰래 따라다니며 위험한 일이 생기면 구해달라고요. 최기자님 부탁을 받아들인 사모님이 저를 보내신 거고요."

윤재는 얼빠진 표정으로 입을 벌렸다. 신정한 의원 사건에 대해서 눈을 빛내며 자세히 캐묻기에 보도 욕심을 내는 줄 알았더니 윤재에게 보디가드를 붙일 꿍꿍이를 했을 줄이야. 임비서가 잇달아 말했다.

"중간에 한 번 놓치는 바람에 헤매다 늦었는데 무사하셔서 다행입니다."

"뭐라고 감사의 말씀을 드려야 할지 모르겠네요. 임비서님이 아니었다면 전 죽었을 겁니다."

"전 지시를 따랐을 뿐입니다. 사모님은 나기자님께 진 빚을 갚은 것뿐이고요."

회포를 풀며 노닥거릴 여유는 없었다. 기절한 미스터 김의 품 안을 뒤졌지만 아무것도 나오지 않았다. 테이블 위에 그가 올려놨던 휴대폰과 재킷이 생각났다. 윤재는 목 졸려 죽을 뻔했던 곳으로 급히 뛰어갔다. 재킷과 휴대폰은 그 자리에 고스란히 놓여 있었다. 재킷을 뒤지자 윤재의 휴대폰과 USB가 나왔다. 휴대폰 전원을 켠 다음 미스터 김의 휴대폰을 집어 들었다. 돌아와보니 임비서가 그의 손을 테이프로 결박하고 있었다.

"잠시만요."

윤재는 미스터 김 옆에 쭈그려 앉아 스마트폰 지문인식 버튼 위에 그의 검지를 갖다 댔다. 잠금이 해제되자마자 통화 목록 제일 상단에 위치한 번호를 눌렀다. 신호가 세 번째 갔을 때 상대가 전화를 받았다.

"잘 처리됐습니까?"

"예지 어디 있어?"

"오, 나기자님이시군요."

윤재의 목소리를 들은 그의 말투에 감탄이 묻어나왔다.

"잔말 말고 예지랑 정형사님이 어디 있는지 말해!"

"예지라니요? 무슨 소리를 하시는 건지 모르겠네요."

주민훈이 딴청을 피웠다. 전화를 딴 사람에게 잘못 걸었나 착각할 만큼 능청맞은 어조였다. 부아가 치밀었지만 윤재는 평정을 유지하려고 애썼다.

"허튼 수작 부리지 마. 스쿱뉴스 최예지 기자 말이야."

"아, 그분이오. 그분 행방을 왜 저한테 물어보십니까? 전 만나 뵌 적도 없는 분인데. 뭔가 단단히 착각하셨나 봅니다. 전 바빠서 이만 통화를 끝내야 할 것 같습니다. 룸에서 기다리는 사람이 있어서요."

"증거! 증거와 두 사람을 맞바꾸자!"

"아까부터 못 알아들을 말만 하시는군요. 나기자님의 엉뚱한 소리에 대답할 이유는 없지만 심심하신 것 같으니 대꾸해드리죠. 나기자님에게 증거가 있었다면 진작 경찰에 넘겼겠죠. 이렇게 전화기를 붙들고 있을 게 아니라요. 유치한 낚시질을 한 것 자체가 증거가 없다는 반증이 아닐까요?"

정곡을 찌르는 말이었지만 윤재의 머릿속에도 나름대로 할 말이 준비돼 있었다.

"경찰에 아직 넘기지 않은 건 당신 끄나풀 때문이었어. 미리 넘겨봤자 당신에게 포섭된 자가 중간에 증거를 가로챌 게 뻔하니까. 저번에 CCTV 영상을 감쪽같이 빼돌렸던 것처럼. 믿을 만한 경찰을 수소문 중이었어. 그때까지 증거를 제보자가 숨겨둔 장소에 보관해두려 했고."

"그럴싸한 설명이긴 합니다만, 말이야 누가 못 하겠습니까?"

"샘플을 직접 들려주지."

"샘플이오?"

"제보자가 내게 연락해왔을 때 같이 보내왔어. 자기 말을 믿지 않을까봐."

윤재는 휴대폰에 저장해둔 오나연의 연기 샘플 파일을 통화 중인 휴대폰에 대고 재생했다. 짧지만 강렬한 비명과 애원을 들은 주민훈은 말이 없어졌다. 잠시 후 그가 무거운 어조로 입을 뗐다.

"좋습니다. 일단 만나기로 하죠."

"그전에 예지를 바꿔줘. 무사한지 먼저 확인해야겠어."

"잠시만 기다리시죠."

30초쯤 지났을까 예지가 외치는 소리가 들렸다.

"놔! 놓으라고! 선배! 오면 안 돼! 여기에……."

"예지야! 예지야!"

문이 쾅 하고 닫히는 소리가 나더니 예지의 목소리는 더 이상 들리지 않았다. 윤재는 입술을 깨물며 분노를 삼켰다. 주민훈이 말했다.

"장소는요?"

어디서 만나야 할까. 전전긍긍하는 와중에 머릿속에 한 군데 장소가 계시처럼 떠올랐다. 거기가 뜬금없이 왜 떠오른 건지 윤재도 알 수 없었다. 오나연과 예지의 잇단 비명이 두뇌 회전을 촉진시킨 걸까. 위급 상황에서 판단력이 흐려진 걸 수도 있지만 어쩌면 주민훈을 잡을 기회의 땅이 될지도 몰랐다. 모 아니면 도 식의 위험한 도박인 건 분명했지만. 만날 장소를 전달하자 그가 미심쩍은 투로 물었다.

"왜 하필 거기죠?"

"증거를 그 근처에 숨겨놨어. 지금 시각이면 사람도 없을 테고."

"좋습니다. 그러면 한 시간 후에 뵙도록 하죠."

시간을 보니 벌써 11시 30분이었다. 거기까지 제시간에 도착할 수 있을지 가늠이 되지 않았다. 무엇보다 놈이 오기 전에 준비해야 될 일이 있었다.

"너무 촉박해. 여기가 어딘지도 모르는데 한 시간 만에 어떻게 오라는 거야?"

"계신 곳도 서울입니다. 지금은 차도 많이 안 밀릴 테니 충분하죠. 빠듯하게 오셔야 딴마음도 안 먹을 테고요. 그때까지 못 오면 협상은 결렬입니다."

선택의 여지가 없었다.

"좋아, 12시 30분까지 가지."

"한 가지 당부를 드리죠. 혼자 오십시오. 누군가를 달고 오면 저는 나타나지 않을 겁니다. 미스터 김을 경찰에 넘겨봤자 별 소득은 없을 겁니다. 어떤 말도 안 할 테니까요. 그가 저지른 범법행위라고 해봤자 납치 및 살인미수인데 나기자님의 일방적 주장인데다 그 친구도 호되게 당했을 테니 쌍방폭행 정도로 끝나겠네요. 더 큰 처벌을 받는다 해도 제 인맥과 법무팀 솜씨면 금방 풀려날 테고요. 저를 엮으려 해봤자 소용없을 겁니다. 허튼 수작을 부리거나 경찰에 신고하는 순간 다시는 최기자님을 못 보게 될 거란 점도 유념하십시오."

"증거를 받고 싶거든 당신이나 약속 지켜."

전화를 끊자마자 윤재는 임비서에게 부탁했다.

"차를 좀 빌려주실 수 있겠습니까?"

"물론입니다. 근데 제가 같이 안 가도 되겠습니까?"

임비서가 걱정스러운 투로 물었다.

"말씀은 감사하지만 저 혼자 가야 하는 일입니다. 이자를 경찰로 인계 부탁드리겠습니다. 위험한 자니 조심하시고요."

"그건 걱정 마십시오. 행운을 빌겠습니다."

임비서의 차 키를 받아 든 윤재는 차를 향해 뛰어갔다. 차 문을 열고 시동 버튼을 누른 다음 내비게이션을 조작했다. 목적지까지 예상 소요시간은 44분이었다. 예상시간은 예상일 뿐 넉넉잡아 50분은 걸린다고 봐야 했다.

윤재는 핸들을 꺾으며 가속페달을 끝까지 밟았다.

41

비가 한두 방울씩 떨어지기 시작했다. 많이 내리진 않았지만 노면이 젖을 정도는 됐고, 속도를 줄여야 했지만 페달을 밟은 발에서 힘을 빼지 않았다. 총알택시 뺨칠 정도로 달린 끝에 윤재는 한강공원 주차장에 당도했다. 12시 4분이었다.

차에서 내리자마자 물기를 머금은 잔디밭을 전력질주로 가로질렀다. 가랑비는 부슬비로 바뀌어 흩날렸고 조만간 그칠 듯싶었다. 잔디밭 너머로 신정한이 연설했던 무대가 어스름하게 보였다.

자정이 넘은데다 비까지 내린 터라 한강공원은 썰렁하기 그지없었다. 산책하는 사람 한 명 보이지 않았다. 공중화장실에 다다르자 윤재는 뜀박질을 멈추고 가쁜 숨을 몰아쉬었다. 신정한이 사실인지 지어낸 건지 모를 에피소드를 구구절절 늘어놓았던 장소였다. 그를 만난 게 얼마 되지 않았는데도 먼 옛날 일처럼 아득하게 느껴졌다.

윤재는 머릿속에서 잡념을 떨쳐냈다. 1분 1초가 아까울 때였다. 휴대폰에 표시된 시각은 12시 7분이었다. 약속 시간까지는 23분이 남았지만 윤재에게 주어진 시간은 길어야 15분 내외였다.

윤재는 잰걸음으로 여자화장실 입구 벽에 붙은 '안전한 화장실', '음성인식 비상벨' 등의 문구가 적힌 보드판 앞에 섰다. 보드판 가장자리를 붙잡고 떼어내려 했지만 꼼짝도 하지 않았다. 한쪽 귀퉁이가 살짝 들릴 정도까지는 떼어냈지만 맨손으로는 더 이상 무리였다. 보드판을 떼려다 손톱이 먼저 부러져나갈 것 같았다. 두꺼운 플라스틱 재질이라 글씨가 적힌 겉면만 찢어낼 수도 없었다.

비품 칸에 쓸 만한 물건이 있는지 찾아보려고 화장실 안으로 뛰어 들어갔다. 내부를 둘러본 윤재의 입에서 낭패 섞인 탄식이 흘러나왔다.

보드판은 총 다섯 군데 더 붙어 있었다. 양변기 세 칸의 내부 벽 버튼식 비상벨 밑에, 출입문 위쪽의 통화 가능한 비상벨 옆에, 마지막으로 천장에 설치된 이상음원 감지기 옆에.

가장 큰 난관은 출입문 위쪽과 천장에 붙여놓은 보드판이었다. 그쪽은 가장자리에 나사까지 박혀 있었다. 외벽에 붙은 건 어찌어찌 떼어낸다 해도 나사로 고정된 건 방법이 없었다.

멍하니 서 있다가 아까운 시간을 허비하고 있다는 조바심에 일단 움직이며 생각하기로 했다. 비품 칸을 열어봤지만 대걸레와 양동이 그리고 호스가 전부였다. 윤재는 화장실을 뛰쳐나와 주차장으로 미친 듯이 내달렸다.

임비서의 차로 오자마자 곧장 트렁크를 열었다. 공구박스와 구급함이 눈에 띄었다. 공구박스 뚜껑을 열어젖히자 삼각대, 세정제, 광택제, 차량용 걸레 등이 보였다.

안쪽으로 손을 더 집어넣고 들쑤시자 렌치와 커터칼 그리고 덕트테이프가 나왔다. 렌치는 2단봉 형태로 폈을 때 60센티미터, 접으면 30센티미터 정도의 길이였다. 구급함에서 챙긴 붕대와 함께 커터칼, 덕트테이프, 렌치를 들고 화장실로 헐레벌떡 돌아왔다. 벌써 14분이었다.

윤재는 서둘러 작업을 개시했다. 외벽에 붙은 보드판은 접착면을 칼날로 살살 쩬 다음 렌치로 모서리를 몇 번 후려친 끝에 제거하는 데 성공했다. 내부에 있는 보드판은 덕트테이프로 덕지덕지 발랐다. 문구가 보이지 않을 때까지.

천장에 달린 보드판을 가릴 때는 양동이를 밟고 올라가 작업했다. 위화감이 들지 않게 문짝과 배수관 그리고 타일 벽에도 몇 군데 덕트테이프를 붙였다. 세 번째 칸 양변기 뒷면에는 USB를 보이지 않게 숨겨놨다. 내부 작업을 완료한 뒤 밖으로 나가 외벽에 달린 외부 경광등 배선 몰딩을 벗겨냈다. 경광등과 연결된 전원 선을 커터칼로 잘라낸 다음 도로 몰딩을 씌웠다. 사이렌과 경고음이 울리는 걸 막기 위해서였다.

경찰 상황실과 연결되는 양방향 비상벨은 섣불리 손을 댈 수가 없었다. 자칫 잘못 건드려서 신고 접수 라인이 끊어지기라도 했다간 모든 노력과 계획이 물거품으로 돌아갈 테니까. 상황실 근무자의 눈치가 백 단이길 비는 수밖에 없었다.

원통형 모양의 이상음원 감지기 중앙에는 벌집처럼 구멍이 숭숭 뚫린 그릴이 달려 있었다. 그곳을 통해 비명이나 음성을 인식하는 듯했다.

그릴 바깥쪽으로 둥그렇게 여섯 개의 꼬마전구가 듬성듬성 박혀 있었는데 이상음원이 감지되면 여섯 개의 불빛이 번쩍이는 시스템 같았다. 이상음원 감지기는 입구 천장에 설치돼 있어 화장실 안쪽으로 들어와 등지고 선 자세라면 눈에 띄지는 않을 터였다. 문제는 감지기의 불빛이었다. 작은 크기로 봐선 반대편 타일까지 물들일 정도로 요란하게 번쩍거릴 것 같지는 않았지만 뒤돌아선 사람의 주의를 끌 가능성도 배제할 수는 없었다.

이상음원 감지기가 빛을 발할 때 주민훈이 알아채지 못하도록 놈의 시선을 붙잡아놔야 했다. 좋은 수가 없을지 궁리하며 붕대로 상처 부위와 무기를 단단히 감았다. 옷을 입는데 미스터 김의 휴대폰이 울렸다. 윤재는 전화를 받으며 급히 밖으로 나갔다.

"도착했습니다. 어디에 계시죠?"

"무대에서 주차장 쪽으로 오다가 왼쪽으로 방향을 틀어. 잔디밭을 지나면 공중화장실이 보일 거야."

"알겠습니다. 그쪽으로 가죠."

윤재는 천천히 심호흡을 하며 흔들리는 몸과 마음을 다잡았다. 드디어 결전의 시간이 왔다. 두 사람의 생사와 주민훈을 잡을 수 있느냐 마느냐가 앞으로의 몇 분에 달려 있었다.

비는 그친 상태였지만 먹구름 탓인지 달도 별도 보이지 않았다. 화장실 앞에서 서성이고 있으려니 저만치서 검은 실루엣 하나가 다가왔다. 혼자였고 느긋한 걸음걸이였다. 가까워지자 주민훈의 얼굴이 가로등 불빛에 드러났다. 윤재를 본 그가 마치 친구를 만난 것처럼 가볍게 손을 들어 보였다. 윤재는 주먹을 쥐었다 펴며 그와 마주 섰다. 주민훈이 눈웃음을 치며 말했다.

"소문으로만 듣던 나기자님을 오늘에서야 뵙는군요. 반갑습니다."

그의 주위를 두리번거린 윤재가 싸늘하게 대꾸했다.

"서로 좋게 만난 사이도 아닌데 쓸데없는 인사는 집어치우지 그래. 예지는 어디 있지?"

"듣던 대로 성질이 급하시네요. 증거는 어디 있습니까?"

"예지 먼저 데려와."

팽팽한 신경전이 이어지다 주민훈이 한 발 물러섰다.

"좋습니다. 최기자님을 데려오죠."

그가 어딘가로 전화를 걸더니 오라는 말만 하고 끊었다. 1분쯤 지났을 때 무대 쪽에서 두 개의 그림자가 등장했다. 실루엣만 보고도 앞에서 떠밀리다시피 걷는 사람이 예지란 걸 알 수 있었다. 뒤에 선 자는 흉기를 들고 있는지 한쪽 손으로 예지의 등을 겨누고 있었다. 얼굴을 식별할 수 있을 정도로 다가왔을 때 그녀의 이름을 외치려던 윤재는 뒷사람을 보고 할 말을 잃었다. 예지를 칼로 위협하고 있는 자는 다름 아닌 민중의 지팡이였다. 윤재는 분을 삭이며 예지의 몸 상태를 확인했다.

"괜찮아? 어디 다친 데는 없어?"

"난 괜찮아. 선배는 괜찮은 거야? 옆구리는 왜 그래?"

예지가 울 것 같은 얼굴로 피로 얼룩진 셔츠를 쳐다봤다.

"약간 스친 것뿐이야. 걱정 안 해도 돼."

그녀를 안심시킨 다음 예지에게 칼을 겨누고 있는 정언수에게 경멸을 가득 담아 내뱉었다.

"당신이 주민훈의 끄나풀이었군. 당신 반장이 아니라. 사건을 졸속으로 마무리한 것도, CCTV 증거 영상을 중간에서 가로챈 것도, 우리 계획을 밀고한 것도 모두 당신 짓이었어."

"반장님한테 좀 미안하긴 하네. 반장님한테 모든 걸 뒤집어씌웠으니."

"예지도 당신이 납치했군. 같은 편인데다 나한테 일이 생긴 것 같다고 둘러대면 안 따라갈 수가 없었겠지."

윤재의 말이 당시 상황을 떠올리게 만들었는지 예지가 노여운 표정으로 정언수를 노려봤다. 정언수가 홀가분한 투로 얘기했다.

"당신을 뒤따라가다가 미스터 김과 합류해서 선릉으로 갔지. 난 최기자를 유인했고 미스터 김은 널 기다렸다가 잡은 거고."

"그런 줄도 모르고 데스크만 원망했다니⋯⋯. 당신은 경찰이잖아. 주민훈의 개가 된 이유가 뭐야? 범죄자를 잡아야 할 형사가 범죄에 가담하는 까닭이 뭐냐고?"

"경찰이 얼마나 박봉인 줄 알아? 쥐꼬리만 한 봉급으로는 네 식구 입에 풀칠하기도 벅차. 거기다가 빚보증을 잘못 서는 바람에 사채 빚까지 떠안았지. 내가 죽게 생겼는데 민중의 지팡이니, 정의 사회 구현이니 하는 말들이 다 무슨 소용이야. 나부터 살고 봐야지."

퍼뜩 그를 처음 만났을 때 걸려온 전화를 받지 않고 피하는 듯했던 모습이 생각났다. 다소 석연치 않게 느꼈는데 사채업자의 독촉 전화였던 모양이었다. 주민훈이 박수를 짝 하고 치며 주의를 환기시켰다.

"비즈니스의 세계에서는 영원한 적도, 영원한 친구도 없는 법이죠. 잡담은 그만하고 이만 본론으로 들어갈까요?"

윤재는 대꾸 없이 고개를 뒤로 젖혀 하늘을 올려다봤다. 추억을 회상하는 듯한 시선으로. 시간을 끈다고 여겼는지 주민훈이 언짢은 표정으로 채근하려는 찰나 윤재가 말문을 뗐다.

"예지는 이번 사건과 아무 관련도 없었어. 내게 전해 들은 얘기가 전부라 증인 자격도 없지. 증거를 숨긴 곳은 내가 알아. 예지는 당신에게는 별 볼일 없는 사람이야. 그러니 예지는 보내줘. 이건 당신과 내 문제잖아."

"나더러 외상을 받아달라고요? 그건 안 될 말이죠. 장사든 유괴든 모든 거래의 기본은 물물교환입니다. 내 손에 증거가 들어올 때까진 아무도 못 갑니다. 기본조차 못 지키겠다면 어쩔 수 없죠."

주민훈이 눈짓하자 정언수가 예지에게 위협적으로 칼을 들이댔다. 윤재는 급히 한쪽 손을 들어 네 뜻에 따르겠다는 의사를 내비쳤다.

"알았어, 알겠다고. 그럼 같이 들어가지. 증거는 화장실 안에 있어."

윤재가 여자화장실 입구로 향하자 주민훈도 발걸음을 뗐다. 정언수의 채근에 예지는 얼떨결에 몸을 움직였다. 의문으로 가득한 예지의 눈길이 밤하늘을 힐끗 향했다.

방금 전 윤재의 언행이 의미심장하게 다가왔기 때문이었다.

생뚱맞게 깜깜한 하늘을 올려다보더니 예지를 '별 볼일 없는' 사람이라고 했다. 그건 분명 윤재가 들려줬던 경준과의 에피소드에서 나온 얘기였다. 세상에서 오로지 예지만 알아들을 수 있는. 그 비화를 왜 갑자기 입에 올린 걸까. 지금처럼 긴박하고 아찔한 대치 상태에서 꺼낼 만한 이야기는 아니었다. 사용한 어휘도 이질감이 느껴질 만큼 어색했다.

아까와 같은 상황에서는 문맥상 '별 볼 일 없는'이라는 수식어보다는 '상관없는'이나 '무관한'이라는 단어가 더 적합했다. 왜 구태여 어울리지 않는 표현을 썼을까. 낚시질의 선봉에 서긴 했지만 윤재는 적확한 단어 사용에 있어서만큼은 누구보다 신경 썼던 기자였다. 문맥에 맞지 않는 표현을 쓸 리가 없었다. 그렇다면…….

내게 보내는 어떤 암호가 아닐까. 불현듯 그런 가설이 머릿속에 스며들었지만 암호를 해독할 수가 없으니 답답하기 짝이 없었다. 내게 뭘 말하고 싶었던 거야? 내가 뭘 하면 되는 거지? 예지는 애간장 타는 눈길로 윤재의 뒷모습을 바라봤다.

윤재는 화장실 맞은편 벽 거의 끝까지 가서 뒤를 돌아봤다. 예지의 팔을 잡아끈 정언수에 이어 주민훈이 들어왔다. 다행히 놈들은 입구 쪽에 달린 비상벨과 이상음원 감지기를 못 본 듯했다. 보드판에 덕지덕지 붙여놓은 덕트테이프도 거들떠보지 않았다.

윤재는 그쪽을 흘낏거리지 않도록 노력하며 주민훈에게 초점을 맞췄다. 윤재가 출구 반대편 벽 가까이 자리를 잡은 덕에 주민훈 일당은 화장실 중앙에 멈춰 섰다.

주민훈의 눈짓에 정언수가 화장실을 수색하기 시작했다. 양변기 칸 문을 하나씩 열어보고 뒷주머니에서 꺼낸 소형 장비로 내부를 꼼꼼하게 훑었다. 두꺼운 안테나가 달려 있는 걸 보니 도청탐지기인 모양이었다. 양변기 쪽 수색을 끝낸 정언수가 윤재에게 다가왔다.

심장이 쿵쿵 뛰었지만 윤재는 감출 게 없다는 듯 셔츠까지 들춰 올려줬다. 옆구리에 피로 물든 붕대가 훤히 드러났다. 도청탐지기로 윤재의 전신을 더듬듯이 쓸어내린 정언수가 주민훈에게 고갯짓을 해 보였다. 이상 없다는 뜻이었다. 주민훈은 바로 본론으로 들어갔다.

"증거는 어디 있나요?"

윤재가 말없이 뜸을 들이자 주민훈이 실눈을 뜨고 다그쳤다.

"설마 이제 와서 없다고 둘러대려는 건 아니겠지요."

"내가 당신을 속였을까봐?"

"나기자님이 워낙에 그쪽으로는 유명하다고 들어서요. 낚시질의 대가시라고."

주민훈이 대놓고 비꼬았다.

"당신도 아까 분명히 들었잖아. 그렇게 못 믿겠으면 다시 들려주지."

윤재는 휴대폰을 꺼냈다. 그리고 예지가 자신이 보낸 신호를 알아챘기를 빌며 샘플 파일을 플레이했다. 예지는 그때까지도 눈을 주의 깊게 굴리며 어떻게든 암호를 해석해보려고 기를 쓰는 중이었다.

그때 화장실 안에 오나연의 처절한 절규가 메아리쳤다. 몸서리쳐질 정도로 소름 끼치는 비명에 예지는 어깨를 흠칫 떨었다. 무심코 시선이 가해자를 향했다. 침착하고 평온한 얼굴. 죄책감은커녕 불쾌한 기색조차 없었다. 입가에는 의기양양해 보이는 엷은 웃음마저 띠고 있었다.

불쑥 머리 한구석에 의문이 솟구쳤다. 선배는 음성 파일을 어디서 구한 거지? 분명 빼앗겼다고 했는데……. 그때 예지의 왼쪽 관자놀이 부위에 약한 박동이 느껴졌다. 맥박처럼 희미한 색깔의 번뜩임이. 예지는 겁에 질려 몸을 웅크리는 척하며 상체를 틀고 그의 머리 위를 힐끗 곁눈질했다. 입구 천장에서 붉은빛이 깜빡거리고 있었다. 마치 하늘에서 빛나는 별처럼.

그걸 보자마자 윤재가 한 말의 의미를 깨달았다. 저들이 절대 저걸 보게 놔둬서는 안 된다는 것도. 예지는 느닷없이 바닥에 풀썩 주저앉았다. 흐느끼면서 정언수의 바짓가랑이를 잡고 애걸복걸했다.

"제발, 살려주세요. 저 여자처럼 죽고 싶지 않아요. 제발요. 시키는 대로 다 할게요. 신고도 안 할게요. 입 다물고 죽은 듯이 살 테니 제발 살려만 주세요."

정언수와 주민훈의 시선이 일제히 예지에게 쏠렸다. 예지가 바닥에 주저앉은 자세여서 그들의 눈길도 자연히 아래를 향할 수밖에 없었다. 예지가 놈들의 시선을 잡아끄는 사이 깜빡이던 불빛이 꺼졌다. 윤재는 예지를 강한 어조로 달랬다. 어떻게 보면 다그치는 것에 가까웠다.

"예지야, 그만해! 이제 아무 말도 하지 마. 입 아프게 빌어봤자 저 인간들만 자극할 뿐이야. 더 위험해질 수 있다고. 마음 굳게 먹고 일어나."

윤재의 말은 예지가 아니라 양방향 비상벨 너머의 상황실 경찰에게 하는 소리였다. 제발, 아무 말도 하지 말고 가만히 있으라고.

상황실에서 무슨 일이냐며 비상벨 스피커로 연락을 시도하는 순간 모든 게 말짱 꽝이 될 터였다. 말귀를 알아먹은 건지 연결이 안 된 건지 비상벨은 잠잠했다. 보일 듯 말 듯 고개를 끄덕인 예지가 힘겹게 몸을 일으켰다. 인내심이 바닥난 얼굴로 주민훈이 말했다.

"시간 낭비는 이제 그만하죠. 증거를 가져와요."

마지못해 넘긴다는 듯이 양변기에 붙여놨던 USB를 갖고 나오자 주민훈이 손을 내밀었다. 윤재가 고개를 저으며 힘주어 말했다.

"예지 먼저 보내줘."

"USB 먼저."

"예지 먼저 보내라니까!"

주민훈이 정언수에게 턱짓을 하자 그가 예지를 거칠게 잡아끌더니 목에 칼날을 들이댔다. 예지의 낯빛이 새파랗게 질렸다.

"누가 이기는지 해볼까요? 궁금하시면 계속 고집을 부리시든가."

비열하기 짝이 없는 주민훈의 협박에 윤재는 입술을 질끈 깨물었다. 어쩔 수 없이 USB를 내밀던 윤재는 돌연 팔을 움츠리며 확인하듯 물었다.

"증거를 넘기면 정말 우리를 보내줄 건가?"

"물론이죠. 전 약속은 칼같이 지키는 사람입니다."

윤재가 못 믿겠다는 듯 미심쩍은 표정으로 반박했다.

"당신과 연관됐던 사람들은 다 죽었잖아. 오나연을 죽인 걸 은폐하기 위해 경덕철과 이현수를 이용한 후 제거했어. 낚시 제목에 낚여 경준이가 알아선 안 될 걸 알아냈다고 여겨 자살로 위장해서 죽였고."

"상호 신뢰는 비즈니스의 기본입니다. 먼저 계약을 깨뜨리고 뒤통수를 친 건 경덕철입니다."

"이현수는?"

"나기자님의 꼬임에 넘어갈 뻔했죠. 그냥 놔뒀으면 그 역시 배신했을 겁니다."

"경준이는 정말 아무것도 몰랐어. 그 낚시 제목은 내가 뽑은 거라고."

피를 토하는 심정으로 진실을 내뱉었지만 주민훈은 놀라지도 않았다.

"그래서요? 엉뚱한 사람을 죽였으니 사과라도 하라고요? 사과하는 거야 어렵지 않죠. 근데 어쩌죠? 사과를 하고 싶어도 받아줄 사람이 없는데?"

"개소리 작작해! 경준이에게 사과할 마음 따위 눈곱만치도 없으면서!"

주민훈의 왼쪽 입꼬리가 야비하게 말려 올라갔다.

"이야, 제 속마음을 이렇게 잘 아시다니. 나기자님을 진작 알았으면 좋았을 텐데 아쉽네요. 그래도 다행 아닌가요? 오늘은 엉뚱한 사람을 죽이지 않아도 되니까요. 어서 주시죠. 애인이 죽는 모습을 실시간 라이브로 보고 싶지 않으면."

머뭇대던 윤재는 예지의 목을 관통하기 직전인 칼끝을 보고 하는 수 없이 반 걸음 앞으로 나섰다. 팔을 뻗어 넘기려는 순간 USB를 떨어뜨리고 말았다. 주민훈이 혀를 찼다.

"그 나이에 벌써 수전증이 있으신 건 아닐 테고. 어서 주우시죠."

"네가 직접 주워. 저 인간을 시키든지."

어색한 윤재의 표정에 주민훈이 코웃음을 쳤다.

"또 무슨 수작을 부리려고 이러실까. 직접 주워요, 당장."

윤재는 체념한 표정으로 한쪽 무릎을 천천히 꿇었다. 얄팍한 꼼수를 간파당한 사람처럼. 주민훈과 정언수는 뒤로 한 발짝 물러나며 경계 태세를 취했다. 팔을 뻗어도 닿지 않는 거리였고 기습적으로 돌진해 온다 해도 충분히 대비할 수 있을 만큼의 간격이었다. USB를 주워 든 윤재는 무릎을 꿇은 자세 그대로 꾸물거렸다.

"앉아서 뭐 하는 겁니까? 안 가져오고."

"이게 그렇게 갖고 싶어? 그럼 직접 가져가."

윤재는 옆벽을 향해 USB를 내던졌다. 순간적으로 그들의 시선이 USB를 쫓아간 틈을 타 뒤쪽 허리춤에 붕대로 고정해놨던 렌치를 빼들었다. 연속 동작으로 렌치를 2단으로 늘리자마자 젖 먹던 힘을 다해 정언수의 발목을 후려쳤다.

정언수가 기습을 알아챘을 땐 너무 늦은 상태였다. 뼈가 부러지는 둔중한 타격음과 함께 목구멍이 째지는 듯한 비명이 화장실에 울려 퍼졌다. 정언수가 고통에 몸부림치는 사이 예지가 재빨리 그에게서 빠져나왔다. 윤재가 소리쳤다.

"빨리 도망쳐!"

"혼자는 안 갈 거야! 같이 가!"

"고집 피울……."

윤재는 미처 말을 끝맺지 못했다. 안면을 강타한 발길질에 뒤로 벌렁 나자빠졌던 것이다. 손에서 떨어져나간 렌치는 철거덕대며 벽 쪽으로 미끄러졌다. 정신을 차릴 새도 없이 연거푸 거친 공격이 이어졌다.

주민훈은 윤재의 머리를 축구공 차듯 힘껏 찼다. 몸통에서 머리가 뽑혀나갈 정도의 충격에 윤재는 의식을 잃을 뻔했다. 핏물이 목구멍으로 쏟아져 들어왔고 코뼈가 부러지며 주저앉았는지 숨 쉬기가 힘들었다. 격렬한 통증이 얼굴에서 몸 구석구석으로 퍼져나갔다. 윤재는 바닥에서 꿈틀대며 정신을 잃지 않으려고 안간힘을 썼다. 울며불며 윤재에게 달려오는 예지가 흐릿하게 보였다가 사라졌다.

주민훈이 날린 주먹에 문짝을 들이받고 폭삭 주저앉는 예지의 모습이 뒤늦게 시야에 잡혔다. 그만두라고 외쳤지만 목소리 대신 피가 쿨럭 튀어나왔다. 화가 안 풀리는지 주민훈은 쓰러진 윤재를 걷어차기 시작했다. 팔로 얼굴을 감싸고 몸을 최대한 웅크렸지만 난타당할 때마다 뼈가 부러지고 내장이 파열되는 듯한 고통이 몰려왔다. 때리다 지친 주민훈이 끙끙거리며 발목을 부여잡고 있는 정언수에게 고함을 쳤다.

"대체 뭐 하는 거야? 명색이 형사라는 새끼가! 이런 새끼 하나 처리 못 하고! 내가 손수 나서야겠어? 돈을 그만큼이나 받아 처먹었으면 밥값을 해야 될 것 아냐?"

오만상을 찌푸리며 몸을 일으킨 정언수가 절뚝대며 걸어가 렌치를 주워들었다. 윤재에게 다가가는 그의 다리를 예지가 필사적으로 붙잡았다.

"안 돼요! 그만해요! 이러다 사람 죽겠어요!"

"죽이려고 이러는 거야. 방해하지 말고 이리 와!"

주민훈이 예지의 머리채를 우악스럽게 잡아채더니 세면대 쪽으로 끌고 갔다.

"안 돼. 예지야⋯⋯."

윤재가 애타게 부르짖었지만 주민훈을 막을 수는 없었다. 질질 끌려 가던 예지가 마구 때리고 할퀴면서 격렬하게 저항하자 주민훈이 욕을 내뱉더니 그녀의 머리를 세면대에 쾅 처박았다. 예지는 그대로 쓰러졌 다. 눈이 뒤집힌 주민훈은 예지가 실신했는데도 폭행을 멈추지 않았다. 미친 듯이 발광하며 예지의 머리를 바닥에 찧어댔다.

"안 돼!"

악을 쓰며 상체를 일으킨 윤재는 정언수가 내리친 렌치에 어깨를 정 통으로 맞고 다시 무너졌다. 어깨를 부여잡고 잇새로 고통스러운 신음 을 흘리는데 뒤뚱대는 발이 눈앞에 섰다.

"빌어먹을. 어차피 갈 거 곱게 좀 갈 것이지. 왜 사람을 힘들게 하고 지랄이야? 날 너무 원망하지는 마. 나도 이러고 싶은 건 아니니까."

"여기 온통 당신 지문이 묻어 있어. 우리를 죽이고도 무사할 것 같 아?"

"지금 형사인 내가 체포될까봐 걱정해주는 거야? 내가 왜 총을 안 썼 겠어. 한 방이면 바로 끝나는데. 너는 성폭행범에게 강간당하려던 애인 을 구하려다 죽은 거야. 성폭행범은 흔적을 지우기 위해서 화장실에 불 을 지를 거고. 그러니 내 걱정은 접어두셔. 죽어서도 영웅으로 추앙받을 테니 이 정도면 꽤 괜찮은 죽음 아냐? 그럼 잘 가라고."

양손으로 손잡이를 움켜쥔 정언수가 렌치를 어깨 위로 치켜들었다. 면상을 향해 힘껏 내리친 순간 윤재가 상체를 젖혀 아슬아슬하게 피했 다. 간발의 차로 렌치는 타일 바닥을 깨뜨렸다. 정언수의 자세가 흐트러 진 틈을 노려 윤재는 다친 그의 발목을 걷어차는 시늉을 했다.

뜻밖의 반격에 식겁한 정언수는 공격을 피하려고 발을 살짝 들었다. 그로선 어쩔 수 없는 선택이었다. 고장 난 발목 탓에 민첩한 동작은 무리였으니까. 킥은 속임수였다. 윤재는 날쌔게 상체를 일으켜서 양손으로 하체를 낚아챘다. 종아리를 있는 힘껏 잡아당기자 거목이 쓰러지듯 뒤로 넘어갔다. 육중한 몸이 공중에 붕 떴다가 뒤통수부터 추락했다. 정언수는 쾅 하는 소음과 함께 머리를 심하게 찧더니 기절했다.

숨을 헐떡거리며 예지를 바라본 윤재는 피가 거꾸로 치솟는 듯했다. 어느샌가 주민훈이 예지의 몸에 올라타 목을 조르고 있었다. 예지는 시체처럼 축 늘어져 있었다. 인간의 성대에서 나온 것이라고는 믿기 힘든 절규가 윤재의 입에서 터져나왔다. 이성을 잃은 윤재는 주민훈에게 죽기 살기로 달려들었다. 멱살을 잡았을 때에야 비로소 그의 손에 칼이 들려 있다는 걸 깨달았다. 비릿한 승리의 웃음을 흘린 주민훈이 윤재의 복부에 칼을 쑤셔 넣었다.

날카로운 칼끝이 정확하게 윤재의 명치 아래쪽에 박혔다. 아니, 박혔다고 여긴 순간 주민훈의 얼굴이 고통으로 일그러졌다. 그와 함께 칼이 바닥으로 쨍그랑 떨어졌다. 주민훈은 칼날에 베여 피가 흐르는 자신의 손아귀와 멀쩡한 윤재의 배를 이해할 수 없다는 시선으로 번갈아 봤다. 당혹과 낭패의 중간 어디쯤에 있는 안면에 윤재는 괴성을 지르며 강펀치를 꽂아 넣었다.

주먹을 맞고 나가떨어진 주민훈이 칸막이 문에 요란하게 부딪힌 후 엎어졌다. 윤재는 칼에 찔린 부위를 매만졌다. 약간 찌릿하긴 했지만 칼날이 살갗을 파고들지는 못했다. 보드판이 방검복 역할을 톡톡히 한 덕분이었다. 붕대로 렌치뿐만 아니라 방어무기까지 장착했던 것이다.

윤재는 정신을 못 차리며 나뒹구는 주민훈에게 다가갔다. 그의 몸에 올라타고는 일방적으로 구타하기 시작했다. 팔을 들어 방어하던 주민훈은 정타를 몇 방 맞더니 샌드백 신세가 됐다. 광기에 사로잡힌 윤재는 난폭하게 그를 두들겨 팼다. 상대가 저항 불가의 피투성이 상태가 됐음에도 그만둬야 한다는 생각은 들지 않았다. 오로지 이 새끼를 죽여야 한다는 살의만이 배 속에서 용솟음쳤다.

때리다 힘이 빠진 윤재가 어깨를 들썩이며 거칠게 숨을 몰아쉬는데 곤죽이 된 주민훈이 입을 달싹거렸다. 피거품과 함께 앓는 소리가 흘러나왔다.

"살…… 살려줘."

"뭐? 살려달라고? 오나연이 살려달라고 빌었을 때 넌 뭐라고 했지? 확실하지도 않은 기사를 보고 경준이는 어떻게 처리했어? 경덕철은? 이현수는 그리고……."

윤재는 차마 마지막 희생자의 이름을 입에 올릴 수가 없었다. 들어 올린 주먹을 바르르 떠는데 사이렌 소리가 아득하게 들려왔다. 주민훈도 들었는지 얼굴에 희색이 돌았다. 이제 살았다는 표정이었다. 머리를 떨어트렸던 윤재는 결연한 얼굴로 일어섰다. 칼을 주워들고 돌아오자 주민훈의 눈에 처음으로 원초적인 공포가 서렸다.

"뭐, 뭐하는 거야?"

"죄를 지었으면 벌을 받아야지. 경찰에 체포돼봤자 얼마 못 가 풀려날 게 뻔하잖아. 한민그룹은 연줄과 인맥 그리고 가진 돈을 총동원해서 네 죄를 최대한 가볍게 만들려 할 거야. 전관예우 프리미엄이 붙은 전직 판사 출신 변호사나 시간당 페이가 상상을 초월하는 막강한 변호인단을 선임할 테고. 결국 심신미약이다, 초범이다, 사회적 기여도가 크다 등등의 말도 안 되는 이유로 감형을 받겠지. 그렇게 네놈이 세상으로 나오는 꼴은 죽어도 못 봐. 그러니 여기서 즉결처분을 하는 수밖에."

윤재가 칼을 허공으로 쳐들자 그가 비굴하게 우는소리를 했다.

"내가 잘못했어. 내 죄를 전부 인정할게……. 평생 감옥에서 사죄하고 반성할게. 그러니 제발 목숨만은 살려줘."

"사죄한다고? 반성한다고? 웃기지 마. 살려면 무슨 말인들 못 하겠어. 너 같은 새끼는 내가 잘 알아. 절대 안 변해. 눈앞에 닥친 위기만 벗어나면 언제 그랬냐는 듯 비웃으며 악행을 일삼겠지. 죽는 게 진정 반성하는 길이야."

사시나무 떨듯 떠는 주민훈의 바짓가랑이가 짙게 물들며 축축해졌다.

"이, 이러지 마. 사람을 죽이면 안 되잖아. 당신은 살인자가 아니잖아."

"네 말이 맞아. 난 살인자가 아니야. 사람을 죽여서도 안 되고. 하지만 너와는 무관한 얘기야. 넌 사람 새끼가 아니니까."

윤재는 그의 목을 향해 칼날을 내리꽂았다. 주민훈의 비명이 날카롭게 공기를 찢었다. 칼 손잡이를 굳게 움켜잡은 손이 떨렸다. 눈에서는 굵은 눈물방울이 흘러나왔다. 그때 요란한 구둣발 소리와 함께 경찰들이 쏟아져 들어왔다. 윤재를 둘러싼 경찰이 총구를 겨누며 외쳤다.

"그 칼 내려놔요."

윤재는 그들의 지시를 순순히 따랐다. 타일 바닥을 찍은 칼을 놓고 팔을 들었다. 십년감수했다는 얼굴로 멀쩡한 자신의 목을 매만지던 주민훈이 경찰들에게 소리쳤다.

"어서 이 사람을 체포하세요. 이자가 날 죽이려 했어요. 저 여자도 목 졸라 죽였고요. 어떻게든 살인만은 막아보려고 했는데 그러질 못했어요. 기절한 형사분이 깨어나면 모든 사실을 증언해줄 겁니다."

윤재는 기가 차서 말이 나오지 않았다. 주민훈이 피해자 코스프레를 하며 모든 범행을 윤재에게 뒤집어씌우고 있었다. 윤재와 주민훈을 번갈아 보던 경찰이 노련하게 주민훈에게 다가갔다. 그에게 피의자 권리를 고지하며 양손에 수갑을 채우자 주민훈이 바락바락 큰소리를 쳤다.

"지금 뭐하는 겁니까? 저자가 사람을 죽였다니까요! 난 저 사람을 말리려다 죽을 뻔했다고요! 살인자는 저 인간이라고요!"

별안간 무전기처럼 지지직거리는 잡음이 한 차례 일더니 낭랑한 목소리가 화장실에 울려 퍼졌다.

"여기는 상황실. 상황은 종료됐습니까? 지원이 더 필요합니까?"

입구에 서 있던 경찰이 입구 천장의 비상벨을 향해 말했다.

"상황 종료됐습니다. 피의자와 피해자들을 호송할 예정입니다. 현장을 정리할 지원인력만 보내주시면 될 것 같습니다."

"알겠습니다. 추가인력을 보내도록 하겠습니다."

그제야 주민훈은 그동안 이 안에서 벌어졌던 모든 일들이 상황실에 생중계됐다는 사실을 알아차렸다. 경찰에게 연행돼 끌려 나가던 그가 이를 갈며 윤재를 노려봤다. 아직 다 끝난 게 아니라는 듯이.

윤재는 너덜너덜해진 몸을 이끌고 예지에게 다가갔다. 때마침 들어온 응급구조대가 심폐소생술을 시행했다. 인공호흡과 가슴압박을 번갈아 했지만 예지의 호흡은 돌아올 줄을 몰랐다. 손으로 쉼 없이 펌프질을 해대는 구조대원의 이마에서 굵은 땀방울이 뚝뚝 떨어졌다. 결국 심장충격기까지 동원됐다. 가슴에 심장충격기 패드를 댄 후 버튼을 누르자 예지의 상체가 펄쩍 튀어 올랐다.

무신론자인 윤재는 지구상에 존재하는 모든 신에게 간절히 빌었다. 예지를 제발 살려달라고. 다시 내 곁으로 보내달라고. 기도가 무색하게 그녀의 눈동자에서 점점 생명의 빛이 빠져나갔다.

42

듬성듬성 불이 켜진 빌딩을 올려다보던 윤재는 천천히 발걸음을 뗐다. 일주일이나 지났지만 아직도 움직일 때마다 골이 울리고 삭신이 쑤셨다. 병원에서는 며칠 더 안정을 취하라고 권했지만 윤재는 퇴원을 고집했다. 오전에 퇴원해 집에서 쉬다가 철야 근무를 하러 출근하는 길이었다. 뉴스룸으로 들어가자 은빈이 머리를 내저으며 혀를 찼다. 말을 지지리도 안 듣는 아들내미를 보는 부모처럼.

"아무튼 우리 선배 고집은 알아줘야 한다니까. 완쾌될 때까지 푹 쉬면서 몸조리 좀 하고 복귀할 것이지, 뭐가 그렇게 급하다고. 이러다 탈나면 어쩌려고 그래요?"

"다 나았어. 이제 멀쩡해. 그리고 내가 없으면 뉴스룸이 안 돌아갈 게 뻔한데 어떻게 마음 편히 쉬겠냐."

"선배 없는 동안에도 쌩쌩 잘만 돌아갔거든요!"

윤재도 알고 있었다. 자기가 없어도 뉴스룸 시계는 이상 없이 잘 돌아갈 거라는 걸. 그렇지만 더 이상 다른 기자들이 생고생하는 꼴을 지켜볼 수 없었다. 3교대 근무체계에서 두 명이나 빠진 공백을 메우려고 남은 인원이 얼마나 고생했을지는 안 봐도 훤했다. 의자에 앉으려던 윤재가 통증으로 인상을 찌푸리자 은빈이 그것 보란 듯이 타박했다.

"낫긴 뭘 다 나았다고 그래요? 제대로 앉지도 못하고 아파서 얼굴만 찡그리는 환자가!"

"아파서 찡그린 거 아니야. 오랜만에 본 후배가 반가워서 윙크한 거다."

"쳇, 말이라도 못 하면 얄밉지나 않지. 아무튼…… 잘 왔어요, 선배. 그리고 고마워요. 경준 선배도 선배한테 고마워할 거예요."

느닷없이 붉어진 눈시울을 훔치며 은빈이 배시시 웃어 보였다.

"원망이나 안 하면 다행이지……."

"무슨 소리예요? 그럴 리 없어요. 분명 선배를 자랑스러워할 거예요."

윤재의 눈길이 절로 경준의 책상으로 향했다. 한 자리 건너 예지의 책상 역시 휑뎅그렁했다. 다음 주면 그들의 빈자리를 채울 새로운 기자들이 올 것이다. 데스크의 흔적이 남아 있는 책상도 보였다.

오랫동안 함께 일했던 동료들의 빈자리를 보니 허한 가슴으로 그리움이 밀려왔다. 연중헌은 구치소에 수감됐다. 살인방조 혐의였지만 협박으로 인해 불가피한 상황이었다는 점, 사전에 살인 계획을 몰랐다는 점, 이후 죄를 뉘우치고 진범을 잡는 데 적극 협조했다는 점 등이 정상 참작돼 대폭 감형될 확률이 높았다. 더불어 스쿠프뉴스 직원들뿐만 아니라 각계에서 그를 선처해달라는 탄원서를 제출하고 있었다. 상념에 빠졌던 윤재는 은빈의 목소리에 현실로 돌아왔다.

"특별하게 전달할 내용은 없어요. 그럼 전 이만 가볼게요. 선배, 복귀 첫날이니까 무리하지는 말고요."

"그래, 수고했어."

은빈이 퇴근하자 널따란 사무실에 윤재 혼자 덩그러니 남겨졌다. 친숙하고 고즈넉한 뉴스룸에 앉아 있으려니 고향에 온 것처럼 마음이 편안해졌다. 의자를 끌어당겨 앉고 컴퓨터를 켰다. 바탕화면이 뜨자마자 메일 수신 알림이 구석에서 빠끔 고개를 내밀었다. 발신자를 본 윤재의

양쪽 입꼬리가 기분 좋게 올라갔다. '나야, 예지'라는 제목을 클릭하자
짤막한 내용이 눈에 들어왔다.

> 선배, 출근은 잘했어? 퇴원하고 첫날이니 무리하지 말고 쉬엄쉬엄해. 다른 게
> 아니라 이번 사건 사회부에서 시리즈로 쓰고 있는 거 알지? 내일부터 한 꼭
> 지씩 내보낼 건데 첫 기사는 선배가 편집해줬으면 해. 경준이도 선배가 해
> 주길 바랄 것 같고. 읽어보고 준비해줘. 경준이 기사는 꼭 내가 쓰고 싶었
> 는 데 너무 아쉬워. 병실에만 갇혀 있으려니 답답해 죽겠어. 일하다 졸리거나 내
> 목소리 듣고 싶으면 언제든 전화해♥
>
> 예지가.

그날 예지는 삶을 포기하지 않았다. 끈질기게 사투를 벌인 끝에 죽음
의 문턱에서 되돌아왔다. 윤재는 의식이 돌아온 그녀의 손을 다시는 놓
치지 않겠다는 듯 꼭 부여잡고 감격의 눈물을 터뜨렸다.

예지는 순조롭게 회복 중이었지만 말 그대로 죽다 살아난 터라 절대
안정이 필요한 상태였다.

희대의 사건으로 스쿱뉴스는 물론이고 명정일보도 난리가 난 상태였
다. 사회부 데스크는 예지가 복귀하는 즉시 명정일보로 돌려보내라며
노발대발했다. 직속 부하직원을 보호한다는 명목이었지만 예지가 사건
당사자이니만큼 기사 소스를 선점하려는 속내도 없지는 않을 것이다.

주민훈은 초반에는 혐의 일체를 부인했다. 하지만 공중화장실 비상
벨을 통해 상황실에 고스란히 녹음된 자백 아닌 자백에 발목이 잡혔다.
빼도 박도 못 하는 상황이었기 때문에 하루도 안 돼 노선을 변경했다.

우발적인 폭행으로 오나연을 사망케 한 점은 인정하면서도 나머지
세 건의 살인은 김창오, 일명 미스터 김의 과잉 충성이 빚은 참사라며

꼬리를 잘라냈다. 자신은 장경준과 경덕철 그리고 이현수를 죽이라고 사주한 적이 없다며 미꾸라지처럼 빠져나갔다.

정언수와 김창오도 수사에 비협조적이었다. 그들은 일정 부분 범죄 혐의를 인정하면서도 주민훈과의 관계 및 그가 내린 명령에 대해서는 일절 함구했다. 협박이든 회유든 간에 한민 측의 입김이 작용한 게 틀림없었다. 주민훈의 변호인단은 국내 최고의 로펌으로 구성됐고 벌써부터 법원과 검찰에 로비 중이라는 소문이 자자했다.

재벌가 후계자로서 받았던 과도한 압박, 경영 실적 기대치에 따른 극심한 스트레스, 진짜 앓았는지 어떤지도 모를 우울증 등을 내세워 심신미약으로 인한 형량 감경이나 정신감정을 통한 치료감호 처분을 받아낼 전략을 세웠다는 루머도 돌았다.

그들의 계획대로 된다면 주민훈은 솜방망이 처벌을 받고 오래지 않아 자유의 몸이 될 터였다. 역시나 한민그룹의 위력은 막강했지만 윤재는 추호도 물러설 생각이 없었다. 공정한 판결이 내려지고 주민훈이 마땅한 죗값을 치를 때까지 맞서 싸울 작정이었다.

길고 힘든 싸움이 될 테지만, 그나마 다행인 건 한민그룹과 주민훈에 대한 여론이 최악이라는 사실이었다. 각종 커뮤니티마다 주민훈을 성토하는 게시물이 빗발쳤고 중형을 받게 해달라는 청원도 쇄도했다.

한민그룹 제품에 대한 불매운동도 들불 번지듯 확산되면서 주가도 연일 폭락 중이었다. 윤재를 손가락질하는 의견도 적지 않았다. 기레기가 애꿎은 목숨을 희생시켰다느니, 낚시 제목의 엄청난 폐해라느니, 클릭 장사하다 큰 사달이 날 줄 알았다느니 하면서 비난에 열을 올렸다. 기사마다 절로 눈살이 찌푸려지는 악플이 달렸고 윤재를 회사에서 자르라는 항의전화도 숱하게 걸려왔다.

윤재의 신상은 며칠 만에 털렸고 사진과 개인정보가 인터넷에 떠돌아다녔다. 유출된 이메일과 휴대폰으로 온갖 악담과 협박이 날아들었다. 그래도 낚시 제목 덕에 살인마를 잡지 않았느냐는 호의적인 반응도 없지는 않았지만 다수의 부정적인 여론에 즉각 철퇴를 맞고 사라졌다.

이렇듯 언론에 대한 대중의 불신이 한층 더 팽배해졌는데도 미디어는 전혀 아랑곳하지 않았다. 물 만난 고기처럼 매일같이 자극적이고 원색적인 기사를 쏟아냈다. 오랜만의 대형 특종이라 그런지 조회수 경쟁에 불이 붙었고 선정적인 낚시 제목이 판을 쳤다.

윤재는 복귀 직전 병문안을 왔던 편집국장에게 힘주어 말했다. 이번 사건에 대한 팩트체크가 제대로 선행되지 않을 경우 단 한마디도 하지 않겠다고. 진실 규명이나 중립 보도보다 회사의 논조나 이익을 우선시해도 타 언론사에 모든 정보를 넘기겠다고. 요청보다는 선전포고에 가까웠지만 거래는 성사됐다. 대박 특종을 빼앗기느니 입맛에 안 맞더라도 기사를 내보내는 편이 이익이라는 손익계산이 섰을 것이다. 머리를 흔들어 잡념을 털어낸 윤재는 모니터로 눈길을 돌렸다. 포털에서 타 언론사들의 제목을 쭉 훑어봤다.

여대생·기자·조폭…재벌 살인마의 덫에 걸려 결국

미모의 여대생을 클럽 룸 안에서…'끔찍'

헉! 강남 클럽 사이코패스 살인마 정체 알고 보니

조회수를 올리려는 선정적인 제목이 주를 이루는 가운데 한민그룹과 주민훈을 두둔하는 어조의 제목도 적지 않았다.

재벌 족쇄 채우기? 경찰 함정 수사 '논란'

우울증과 과다경쟁이 화 키웠나…각계 자성 목소리

윤재는 입을 앙다물었다. 중립적이고 객관적인 척하지만 속이 빤히 들여다보이는 제목들이었다. 한민그룹이 돈으로 약을 치고 있는 게 틀림없었다. 윤재는 메모장을 띄웠다. 제목으로라도 못다 한 복수를 하고 싶었다. 펜으로라도 놈을 죽이고 싶었다. 원한이 사무친 키워드를 하나, 둘 적어나갔다. 증오로 점철된 낚시 제목 후보를 열렬히 써내려가던 중 윤재는 주춤했다. 문득 어제의 방문객이 떠올랐다.

병실 문이 열렸을 때 윤재는 가슴이 철렁 내려앉았다. 생각지도 못한 사람이 병문안을 왔던 것이다. 퇴원하는 즉시 찾아뵙고 용서를 구하자고 마음먹었지만 막상 얼굴을 보니 도망치고 싶은 생각만 간절했다. 윤재가 허둥지둥 몸을 일으키려 하자 경준의 아버지가 그대로 누워 있으라며 제지했다. 병상 곁에 앉은 그는 한동안 아무 말도 하지 않았다.

침묵이 윤재의 숨통을 옥죄었다. 무언의 질타가, 소리 없는 원망이 귀에 생생히 들리는 듯했다. 너 때문에 내 아들이 죽었다고. 경준이를 살려내라고. 어떤 변명도 하지 않겠다고 결심했다. 어떤 원성도 달게 받으리라 다짐했다. 머리를 숙이고 처분을 기다리는데 예상 못 한 한마디가 가슴을 파고들었다.

"고마워요……."

저도 모르게 고개를 들고 놀란 눈으로 그를 바라봤다.

"진실을 밝혀줘서. 경준이도 이제는 편안히 잠들 수 있을 거예요."

윤재는 귀를 틀어막고 싶었다. 고맙다는 말이 그 어떤 비난과 욕설보다 가혹하게 들렸다. 얼른 무릎을 꿇고 납작 엎드려 사죄했다.

"저는 그런 말을 들을 자격이 없는 놈입니다. 저는 죄인입니다. 저 때문에…… 저 때문에 경준이가 죽었습니다. 정말 죄송합니다."

회한과 자비가 뒤섞인 눈빛이 윤재를 지그시 바라봤다.

"원망이 조금도 없다면 거짓말이겠죠. 경준이가 근무를 바꾸지 않았으면 어땠을까. 윤재 씨가 그런 제목을 달지 않았으면 어땠을까 하는 생각이 들 때가 있어요. 하지만 윤재 씨를 탓할 마음은 없어요. 경준이가 죽은 건 윤재 씨 잘못이 아니니까요. 경준이가 윤재 씨를 원망할 거라 생각해요?"

뜻밖의 질문에 윤재는 말문이 막혔다. 경준의 성품상 남을 탓하진 않았을 거라는 생각이 들다가도 죽음 앞에선 그런 성정도 유지하기 힘들었을 거라는 쪽으로 무게추가 기울어졌다.

"경준이가 착해빠지긴 했지만…… 죽음을 목전에 뒀다면…… 그것도 저 때문에 억울하게 죽어야 하는 상황이라면 저주를 퍼부었다 해도 이상할 게 없지 않을까요?"

"그랬을 수도 있겠군요……. 많이 무서웠을 거예요. 마지막 순간엔 무너져내렸을지도 모르겠군요."

혈육의 입에서 나오는 한마디 한마디가 윤재를 인정사정없이 후려쳤다.

"그럼에도 윤재 씨를 미워하지는 않았을 거예요."

"그건 아무도 모르는 겁니다."

"원망했다면 유서에 이름을 언급하며 뒷일을 부탁하지는 않았을 거예요."

"네가 뿌린 똥은 네가 직접 치우라는 뜻이었을지도 모릅니다."

"그랬다면 애초에 죽음을 각오하고 유서를 쓸 필요가 없지 않았을까요. 살인자에게 처음부터 사실대로 털어놓았을 거예요. 윤재 씨를 넘겼겠죠."

그의 지적이 타당하다는 걸 알면서도 윤재는 받아들일 수 없었다. 스스로를 용서할 수 없었다. 잠시 침묵을 지키던 그가 다시 입을 뗐다.

"그 녀석은 선택을 한 거예요."

"선택이오?"

"자신이 옳다고 여기는 일을 하기로요. 옳은 일을 함께해줄 적임자로 윤재 씨를 지명한 거고요. 무서웠을지는 몰라도 결코 후회하거나 원망하지는 않았을 겁니다."

"아무리 저를 위로해주시려 해도 제 잘못이…… 없던 일이 되는 건 아닙니다."

"사람은 누구나 잘못을 하고 실수를 저질러요. 중요한 건 그 후의 태도가 아닐까요. 잘못을 책임지고 바로잡으려는 사람이 있는가 하면, 갖가지 핑계를 대면서 과오를 덮으려는 사람도 있죠. 잘못이란 걸 아예 인식조차 못 하는 사람도 있고요. 윤재 씨는 실수를 바로잡으려 애썼어요. 결국에는 바로잡았고요. 경준이가 바란 것도 그런 게 아니었을까요. 그럼 된 거예요. 본인을 너무 못 살게 굴지 말아요. 스스로라도 자기 편이 돼줘요. 윤재 씨는 경준이가 믿고 존중했던 사람이니까. 우리 아이 몫까지 올바르게 살아줬으면 좋겠어요."

그 말을 끝으로 그는 병실을 나섰다.

올바르게. 그 단어가 계속 귓가를 맴돌았다. 윤재는 딜리트키를 꾹 눌렀다. 악의로 가득 찬 제목들이 남김없이 사라졌다. 이번 일을 겪지 않았더라면 좋다고 날뛰는 언론과 한통속이 됐을 것이다. 대형 사건이 터진 걸 옳다구나 반기며 앞장서서 낚시 제목을 달았겠지. 그간 무슨 수를 쓰든 결과만 올바르면 된다고 여겼다. 조회수에만 혈안이 돼 얄팍한 제목으로 독자들을 기만해왔다. 사실에 기반을 둔 기사를 쓴다. 본문의

맥락에 의거해 제목을 편집한다. 이런 기본적인 원칙마저 외면한 채.

　이제야 알 것 같다. 올바르지 못한 방식으로는 올바른 결과를 가져올 수 없다는 걸. 윤재가 낚아야 할 건 조회수도 독자도 아니었다. 루머, 허위사실, 오보, 편파 보도, 왜곡과 선동, 여론 조작, 가짜 뉴스가 넘실대는 세상에서 기자가 낚아 올려야 하는 건 다름 아닌 투명한 진실이라는 걸.

　윤재는 예지가 보낸 첨부 파일을 클릭했다. 기사를 꼼꼼하게 정성 들여 읽고 또 읽었다. 어떻게 진실의 얼굴을 보여줄지 한참 심사숙고했다. 사사로운 감정과 주관적인 의견을 배제하고 팩트로 무장된 제목을 머릿속에서 뽑았다. 마침내 윤재의 손가락이 자판 위를 빠르고 신중하게 움직이기 시작했다.

_끝

지금부터 낚시질을 시작합니다 : 팩트 피싱

초판 1쇄 발행 2021년 12월 8일

지은이 염유창
발행인 이진수
펴낸이 황현수
기획 이수현 황예인
출판신고 2010년 8월 16일 제2015-000037호

펴낸곳 ㈜타인의취향
기획실장 최지연
마케팅 이유리 김현지 안이슬
디자인 데시그 이하나
제작 어진
주소 서울시 마포구 큰우물로75 성지빌딩 1406호
전화 02-6949-6014 **팩스** 02-6919-9058
▶ youtube.com/c/타인의취향